RETÓRICAS

RETÓRICAS

Chaïm Perelman

Tradução
MARIA ERMANTINA DE ALMEIDA PRADO GALVÃO

Martins Fontes
São Paulo 2004

Este livro foi publicado originalmente em francês com o título RHÉTORIQUES
por Éditions de l'Université de Bruxelles, Bruxelas, 1989.
Copyright © 1989 by Éditions de l'Université de Bruxelles.
Copyright © 1997, Livraria Martins Fontes Editora Ltda.,
São Paulo, para a presente edição.

1ª edição
março de 1997
2ª edição
setembro de 2004

Revisão da tradução
Eduardo Brandão
Revisão gráfica
Ana Maria de Oliveira Mendes Barbosa
Produção gráfica
Geraldo Alves
Paginação/Fotolitos
Studio 3 Desenvolvimento Editorial

Dados Internacionais de Catalogação na Publicação (CIP)
(Câmara Brasileira do Livro, SP, Brasil)

Perelman, Chaïm
  Retóricas / Chaïm Perelman ; tradução Maria Ermantina de Almeida Prado Galvão. – 2ª ed. – São Paulo : Martins Fontes, 2004.
  – (Justiça e direito)

  Título original: Rhétoriques.
  Bibliografia.
  ISBN 85-336-2017-9

  1. Conhecimento – Teoria 2. Dialética 3. Filosofia – História 4. Linguagem – Filosofia 5. Lógica 6. Retórica I. Título. II. Série.

04-4244   CDD-168

Índices para catálogo sistemático:
  1. Retórica : Lógica : Filosofia   168

Todos os direitos desta edição para o Brasil reservados à
Livraria Martins Fontes Editora Ltda.
Rua Conselheiro Ramalho, 330 01325-000 São Paulo SP Brasil
Tel. (11) 3241.3677 Fax (11) 3105.6867
e-mail: info@martinsfontes.com.br   http://www.martinsfontes.com.br

Índice

Apresentação, de Michel Meyer VII

PRIMEIRA PARTE

A LINGUAGEM: PRAGMÁTICA E DIALÓGICA

Capítulo   I – Dialética e diálogo 3
Capítulo II – O argumento pragmático 11
Capítulo III – Ter um sentido e dar um sentido 23
Capítulo IV – O método dialético e o papel do interlocutor no diálogo 47

SEGUNDA PARTE

LÓGICA OU RETÓRICA?

Capítulo   I – Lógica e retórica 57
Capítulo II – Lógica, linguagem e comunicação 93
Capítulo III – As noções e a argumentação 105

TERCEIRA PARTE

FILOSOFIA E ARGUMENTAÇÃO,
FILOSOFIA DA ARGUMENTAÇÃO

Capítulo   I – Filosofias primeiras e filosofia regressiva 131

Capítulo II – Evidência e prova 153
Capítulo III – Juízos de valor, justificação e argumentação 167
Capítulo IV – Retórica e filosofia 177
Capítulo V – Classicismo e romantismo na argumentação 187
Capítulo VI – Filosofia e argumentação 199
Capítulo VII – Uma teoria filosófica da argumentação .. 207
Capítulo VIII – Ato e pessoa na argumentação 219
Capítulo IX – Liberdade e raciocínio 249
Capítulo X – A busca do racional 255
Capítulo XI – Da prova em filosofia 265
Capítulo XII – Resposta a uma pesquisa sobre a metafísica 275
Capítulo XIII – O real comum e o real filosófico 279

QUARTA PARTE

TEORIA DO CONHECIMENTO

Capítulo I – Sociologia do conhecimento e filosofia do conhecimento 293
Capítulo II – Os âmbitos sociais da argumentação ... 303
Capítulo III – Pesquisas interdisciplinares sobre a argumentação 323
Capítulo IV – Analogia e metáfora em ciência, poesia e filosofia 333
Capítulo V – O papel da decisão na teoria do conhecimento 347
Capítulo VI – Opiniões e verdade 359
Capítulo VII – Da temporalidade como característica da argumentação 369

Notas 395

Apresentação

Perelman tinha o hábito de publicar regularmente suas conferências e seus artigos em volumes onde se misturavam suas diferentes áreas prediletas, tais como, entre outras, o direito e a história. Assim é que foram publicadas sucessivamente *Rhétorique et philosophie* (1952), *Justice et raison* (1963) e *Le champ de l'argumentation* (1970). Embora tal apresentação permita seguir a evolução do pensamento, seu inconveniente é a perda de sistematização. Logo, pareceu-nos útil, hoje, retomar todas essas coletâneas e agrupar seus textos fundamentais por grandes temas.

Este volume das *Obras* de Perelman diz respeito à retórica, ao modo como ele a via, sua relação com a linguagem, com a lógica e com o conhecimento em geral. Mas, também, ao lugar que ocupa na história da filosofia, um lugar continuamente negado e que Perelman empenhou-se, ao longo de toda a sua vida, em restaurar, sem esquecer de explicar o que motivava os filósofos, desde Platão, a tratar a retórica como disciplina secundária ou perigosa.

Michel Meyer

PRIMEIRA PARTE
A linguagem:
pragmática e dialógica

Capítulo I
*Dialética e diálogo**

Nos países de língua francesa (e inglesa), e até depois da Segunda Guerra Mundial, a noção de dialética era considerada com desconfiança. No *Vocabulário técnico e crítico da filosofia* (verbete "Dialética", edição de 1947), depois de precisar-lhe os diversos sentidos, A. Lalande conclui com a observação: "Esta palavra recebeu acepções tão diversas que apenas pode ser utilmente utilizada indicando-se com precisão em que sentido é entendida. Cabe desconfiar, mesmo sob essa reserva, das associações impróprias que se corre o risco de provocar".

Por ocasião das palestras organizadas por F. Gonseth e dedicadas, em abril de 1948, à *Idéia de dialética*[1], o saudoso lógico holandês E. Beth, depois de haver apresentado um notável relatório sobre as relações da dialética com a lógica[2], terminou sua exposição com uma conclusão que pleiteava contra a reintrodução da palavra "dialética" na terminologia da filosofia científica:

> A dialética de Platão ramificou-se, logo em sua origem, em três doutrinas separadas, das quais somente uma desenvolveu-se de uma forma retilínea e contínua, de modo que atualmente apenas a lógica constitui uma construção sólida cuja importância para o pensamento científico já não poderia ser seriamente posta em dúvida. A arte de discutir e a metafísica, em contrapartida, mostram de forma manifesta as enfermidades da velhice e pare-

---
* Publicado *in Hermeneutik und Dialektik*, Tübingen, J. C. B. Mohr, 1970, vol. II, pp. 77-83.

cem estar condenadas a incorporar-se na lógica. Em conseqüência, parece-me inoportuno tentar reintroduzir o termo "dialética" na terminologia da filosofia científica, tanto mais que tal termo foi, no palavreado de certas escolas filosóficas, associado a pretensões particularmente ambiciosas, incapazes de se realizar no campo do pensamento científico[3].

A atitude de Beth é conforme com a da maioria dos lógicos contemporâneos que foram levados, na esteira de Kant e dos matemáticos que tanto contribuíram para a renovação da lógica moderna, a reduzi-la à lógica formal, sendo todas as considerações não formais encerradas na psicologia ou na epistemologia. Mas, ainda que se reconheça a legitimidade do estudo dos aspectos não formais do raciocínio, será mesmo preciso fazer da dialética uma fórmula vazia e pretensiosa, com resposta a tudo, que se mete em toda parte em que há negação, contradição, incompatibilidade, oposição, interação, adaptação, condicionamento ou mesmo mudança? É em todos esses sentidos, e em alguns outros também, que essa palavra foi utilizada nas Atas do Congresso de Nice, dedicado à dialética[4].

Pode-se justificar, a rigor, usos analógicos da noção de dialética, mas contanto que se comece por indicar o sentido primitivo do termo, do qual os outros derivariam de modo mais ou menos direto. Ora, a esse respeito, não há dúvida alguma: o sentido original, aquele de que todos os outros dependem, refere-se à arte do diálogo. O fato é atestado não só pela etimologia, mas também por textos explícitos de Platão. Assim é que ele define o dialético como quem sabe interrogar e responder (*Crátilo*, 390c), quem é capaz de provar as teses formuladas pelo interlocutor e de refutar as objeções que se opõem às suas; é o espírito crítico que dá provas de seu domínio ao questionar os outros e ao fornecer respostas satisfatórias às suas perguntas. É nesse sentido que Zenão, Sócrates e o Parmênides posto em cena por Platão são dialéticos.

Zenão exerce sua dialética partindo de uma tese do adversário e mostrando que ela é incompatível com outras teses

A LINGUAGEM: PRAGMÁTICA E DIALÓGICA

igualmente aceitas pelo adversário. Forçando-o a reconhecer essa incompatibilidade, Zenão obriga o interlocutor a fazer uma escolha, renunciando à tese que menospreza. Assim também, Sócrates, em sua busca de definições satisfatórias, critica as tentativas de definição de seu interlocutor, mostrando que as definições propostas são incompatíveis com afirmações, crenças ou teses que parecem mais seguras.

Para Platão, o metafísico, a dialética é apenas um método para transcender as hipóteses, para chegar ao absoluto, mas essas teses não hipotéticas devem ser garantidas por uma intuição evidente. A dialética sozinha não pode fundamentá-las e, quando a evidência lhes fornece um fundamento suficiente, a dialética torna-se supérflua: é crítica, mas não construtiva.

Como assinalou o professor Joseph Moreau[5], o objeto próprio da dialética platônica é a discussão sobre os valores. Uma passagem do *Eutífron* (7b-d) é muito explícita a esse respeito:

> ... será que, se tivéssemos uma divergência, tu e eu, a propósito de numeração, sobre o ponto de saber qual, de duas somas de coisas, é a mais forte, nossa divergência a esse respeito nos tornaria inimigos e nos enfureceria um contra o outro? Ou então, será que, recorrendo a um cálculo, não poríamos rapidamente, sobre as questões desse gênero, fim à divergência? ... Sim, com toda a certeza. – Mas, da mesma forma, a respeito do maior e do menor, se tivéssemos uma divergência, recorrendo à medição não cessaríamos bem depressa de ter uma opinião diferente? – É exato. – E, recorrendo à pesagem, não chegaríamos a um acordo, se não estou enganado, quanto ao mais pesado e ao mais leve? – Com efeito, como o negar?
>
> Ora, sobre o que nossa divergência deveria portanto existir, em que caso seríamos incapazes de conseguir chegar a um acordo, para que, na verdade, sentíssemos, um contra o outro, inimizade e cólera? Talvez não entendas de imediato a coisa; mas, ouvindo-me dizê-la a ti, examina se os presentes objetos de divergência não são o que é justo e o que é injusto, belo e feio, bom e mau: não é a propósito de nossas divergências sobre isso e por causa de nossa incapacidade de, nesses casos, chegar a um acordo que nos tornamos inimigos uns dos outros quando no-lo tornamos, tanto tu quanto eu e, na totalidade, o resto dos homens?

Quando existe um critério, o cálculo ou a experiência, para dirimir as contendas, as discussões são supérfluas e a dialética não está em seu lugar. Ao contrário, ela é indispensável na ausência de tal critério, quando não este não pode pôr fim ao desacordo mediante técnicas aceitas.

Os raciocínios dialéticos, no *Parmênides* de Platão, concluem, opondo-as a teses de senso comum, pela rejeição tanto das hipóteses examinadas quanto de sua negação: fornecem assim um modelo para a dialética transcendental de Kant e para o raciocínio por absurdo por ela autorizado. Com efeito, se a tese e a antítese podem ser afirmadas simultaneamente, e de forma contraditória, tal contradição revela a existência de uma proposição falsa, que foi pressuposta de forma pouco crítica.

A originalidade da dialética transcendental em Kant é que não são interlocutores diferentes que defendem um a tese e o outro a antítese: se fosse esse o caso, estas seriam apenas a expressão de *opiniões* que, com uma crítica prévia, Kant exclui do campo da filosofia. Para ele, a tese e a antítese são ambas necessárias, expressão de uma razão que ultrapassa os limites do conhecimento legítimo: essa ilusão natural da razão obriga-nos a um exame crítico das premissas implícitas em que coisas em si e fenômenos se encontram confundidos. A eliminação dessa confusão, graças ao criticismo, permite a Kant apresentá-lo como uma síntese que não dá ganho de causa ao dogmatismo nem ao cepticismo, duas conseqüências antitéticas da confusão entre coisas em si e fenômenos. Observe-se, a esse respeito, que a síntese apresentada não resulta de um movimento dialético, automático e impessoal, mas de um rasgo genial de Kant, que o deixava muito orgulhoso.

Para Aristóteles, *dialético* é um adjetivo aplicável aos raciocínios. O raciocínio dialético não é, como o raciocínio analítico, um raciocínio necessário que tira sua validade de sua conformidade às leis da lógica formal. Neste último, ou as premissas são verdadeiras, e nesse caso a correção do raciocínio garante a verdade da conclusão, ou são hipotéticas, e então a conclusão também é hipotética, a não ser que o raciocínio chegue a uma conclusão inexata, o que permitiria, se o raciocínio for correto, concluir pela inexatidão de pelo menos uma das premissas.

O raciocínio dialético tem um caráter distintivo quando não é formalmente válido, mas somente verossímil ou racional, tal como o raciocínio pelo exemplo. Mas então, para considerar ponto pacífico a conclusão a qual ele chega, é indispensável que esta seja aceita pelo interlocutor. Esse traço distintivo faz que o raciocínio dialético não possa, como o analítico, desenvolver-se de um modo impessoal ou automático. Ademais, as premissas desse raciocínio não são, com muita freqüência, nem evidências nem hipóteses. Apenas em diálogos erísticos, nos quais há empenho em pôr o adversário em dificuldade, diga ele o que disser, recorrendo a sofismas, é que as premissas não têm muita relevância. Em contrapartida, nos diálogos críticos ou dialéticos, o papel das premissas e a adesão do interlocutor são essenciais.

No diálogo crítico põe-se à prova uma tese do interlocutor ou uma hipótese que a própria pessoa pode sustentar, para ver se ela não é incompatível com outras teses asseguradas. O raciocínio dialético, em Aristóteles, é aquele cujas hipóteses iniciais são racionais, ou seja, aceitas pelo senso comum, pela grande maioria dos homens ou pelo menos pelos mais sensatos dentre eles. Para estar seguro, a propósito delas, da concordância do interlocutor, escolhe-se como premissas teses notórias ou aquelas às quais este último mostra explicitamente sua adesão. É por essa razão que o dialético deve recorrer constantemente ao método de perguntas e respostas.

É importante não esquecer que, ao lado do método dialético, utilizado nos diálogos, os Antigos conheceram outra forma de torneio oratório que se caracteriza não pelo método socrático de perguntas e respostas, mas pela apresentação de dois discursos em sentido oposto que nos fazem pensar nos δισσοὶ λόγοι, nas antilogias de Protágoras[6]. Aliás, é com razão que, no *Teeteto* e a propósito da tese de Protágoras sobre o homem medida de todas as coisas, Platão põe na boca do célebre sofista as seguintes palavras: "Esta tese, se és capaz de recomeçar a contestá-la, contesta-a colocando exposição diante de exposição; se, porém, preferes proceder mediante interrogações, que seja mediante interrogações" (167d).

O método de duas exposições antitéticas é largamente utilizado por Tucídides em sua *História da guerra do Peloponeso*. Os acontecimentos, ao darem razão a um dos dois adversários, desempenham o papel da experiência crucial que permite, nas ciências naturais, desempatar duas hipóteses concorrentes[7].

É no *Fedro*, diálogo consagrado à retórica, que Platão introduz discursos antitéticos, que opõem à exposição de Lísias os dois discursos de Sócrates: mostra-nos em andamento um debate oratório, o mais representativo gênero retórico. Entretanto, a esse gênero apreciado pelos sofistas, em particular por Górgias e Protágoras, Sócrates prefere o método dialético das perguntas e respostas, e nos fornece a razão disso numa passagem de *A República* (348a-b). Em resposta ao discurso de Trasímaco sobre o grande número de bens que a injustiça proporciona, Sócrates diz a Glauco: "Supondo-se que, voltando contra ele nossas forças, dirijamo-lhe, em contrapartida de um discurso, outro discurso sobre o grande número de bens que, ao contrário, o fato de ser justo comporta, que Trasímaco recomece, e nós também, outra vez; então será necessário uma enumeração dos bens e deveremos medir qual quantidade deles enuncia, em cada discurso, cada um de nós; por conseguinte, precisaremos também de juízes para decidir a questão. Supondo-se, de outro lado, que procedêssemos a um exame análogo ao de há pouco, pondo-nos mutuamente de acordo, assim, ao mesmo tempo, nós é que seremos juízes e pleiteantes".

No debate oratório, semelhante a um processo, são terceiros que dirimem; na discussão dialética, pode-se eximir-se de recorrer aos terceiros graças a um acordo sobre uma verdade revelada aos interlocutores pela razão comum deles.

Mas, se examinamos a história da filosofia, teremos realmente de constatar que os diversos sistemas filosóficos nela se apresentam mais como discursos antitéticos. Numa interessantíssima comunicação, Clémence Ramnoux acaba de mostrá-lo com detalhes a propósito dos pensadores pré-socráticos[8]. E, segundo o grande conhecedor de Hegel que foi Kojève, a seqüência contrastada dos sistemas filosóficos é que teria sugerido a Hegel sua concepção do método dialético. O próprio Hegel, ao fazer intervir o espírito absoluto, que se torna o juizfiador do progresso da razão, empenha-se em realizar a união entre as filosofias da natureza e as filosofias da liberdade. De fato, para que a razão progrida, não basta opor, um ao outro, sistemas antitéticos: é preciso que o sistema que sucede à antítese trate de recuperar o que havia de válido na tese.

Para quem estuda a história da dialética, aparece um nítido hiato entre as concepções antigas, sempre referentes ao método do diálogo, e as concepções modernas que desenvolvem uma visão ternária em que, à tese e à antítese, sucede uma síntese que apresenta a união entre uma e a outra. Parece-me que se compreenderia muito melhor esse desenvolvimento ternário pensando nas antilogias, nos discursos em sentido oposto, que se ouvem durante o desenrolar de um processo, em que o juiz decide levando em conta a tese e a antítese.

Para Kant, a tese e a antítese são submetidas ao tribunal da razão, que julga, de um ponto de vista crítico, tanto o dogmatismo como o cepticismo. Para Hegel, seriam apenas momentos sucessivos no progresso em direção ao espírito absoluto, que garantiria a univocidade e a necessidade da evolução dialética.

Mas suprimamos esse espírito absoluto e o desenvolvimento unitário que lhe garante a presença; nesse momento, a indispensável arbitragem entre a tese e a antítese exigiria a intervenção de um juiz humano que, na ausência de um critério irrefragável, deveria, sob a sua única responsabilidade, tomar livremente decisões que considera racionais.

A intervenção do juiz de última instância permite, em direito, encerrar o debate, graças à autoridade da coisa julgada. A filosofia não concebe tamanha autoridade; é por essa razão que o debate sempre pode ser recomeçado e continuado indefinidamente. Mas, então, as oposições tradicionais entre sujeito e objeto, fato e valores, fins e meios, totalidade e liberdade, não ficarão congeladas, pois os critérios de distinção dos termos antitéticos sempre poderiam ser questionados e modificados.

Em vez de fixar de uma vez por todas, por meio de critérios imutáveis, de um recurso a alguma intuição ou evidência, o que é dado ao sujeito e o que é interpretado por ele, aquilo diante do que ele tem de submeter-se e o que se explica por sua tomada de decisão, o que é absoluto e o que é relativo, o que constitui o sistema com suas regras e o que permite transcender e reformular tal sistema, a existência de uma pluralidade de sujeitos racionais e de uma abordagem diferenciada dos problemas permitiria entrever uma dialética resultante de um diálogo que confronta as diversas opções e as diversas perspectivas.

Tratar-se-ia então de uma dialética que não conduziria necessariamente a uma finalidade preexistente, mediante um desenvolvimento uniforme e necessário, mas que deixaria certo espaço à liberdade humana, com suas possibilidades de transcender qualquer sistema, qualquer totalidade dada. É óbvio que se trataria de uma liberdade situada, pois suas tomadas de posição só se justificariam em relação a concepções e valores admitidos, cuja perenidade não pode ser garantida. Compreender-se-ia então o grande debate filosófico não como a abordagem de uma razão pré-constituída, mas como uma arbitragem entre posições cada vez mais abrangentes e englobadoras, que expressariam todas as vezes uma visão do homem, da sociedade e do mundo, que refletiriam as convicções e as aspirações do filósofo e do seu meio de cultura.

Capítulo II
*O argumento pragmático**

A partir de alguma coisa que é considerada uma conseqüência, poderíamos tirar uma conclusão referente à existência ou ao valor de outra coisa.

Chamo de *argumento pragmático* um argumento das conseqüências que avalia um ato, um acontecimento, uma regra ou qualquer outra coisa, consoante suas conseqüências favoráveis ou desfavoráveis; transfere-se assim todo o valor destas, ou parte dele, para o que é considerado causa ou obstáculo.

Eis dois exemplos característicos do uso deste argumento. O primeiro está em Hume, em *Enquête sur les principes de la morale*

> Poder-se-á pronunciar um elogio maior de uma profissão como o comércio ou a manufatura do que assinalar as vantagens que ela proporciona à sociedade? E um monge ou um inquisidor não se enfurecerá quando tratamos sua ordem como inútil ou perniciosa à humanidade?[1]

O segundo é extraído de Locke e serve-lhe para criticar o poder espiritual dos Príncipes:

> No peace and security, not so much as common friendship, can ever be established or preserved amongst men so long as this opinion prevails, that dominion is founded in grace and that religion is to be propagated by force of arms[2].

---
* Publicado *in Logique et analyse*, Bruxelas, 1958, vol. I, pp. 14-23.

Este argumento desempenha um papel tão essencial que certos autores quiseram reduzir a ele qualquer argumentação racional:

> Que é dar uma boa razão no tocante à lei?, pergunta Bentham. É alegar bens ou males que tal lei tende a ocasionar... Que é dar uma razão falsa? É alegar, pró ou contra uma lei, qualquer outra coisa que não seus efeitos, seja em bem, seja em mal³.

É essa redução de qualquer boa argumentação, na área da ação ou mesmo na teoria do conhecimento, ao uso do argumento pragmático que caracteriza, de um lado, o utilitarismo, do outro, o pragmatismo. Todo sistema filosófico se desenvolve, assim, graças ao uso de um ou do outro esquema argumentativo. É a eliminação, pelo menos na parte construtiva do sistema, dos outros tipos de argumentação que normalmente podem contrariar o sistema adotado, que confere ao pensamento filosófico seu aspecto demonstrativo. Em contrapartida, os adversários do sistema em questão recorrerão, em sua crítica, aos outros esquemas argumentativos. A continuação da exposição permitirá ilustrar as relações da controvérsia filosófica com a escolha de um ou de outro tipo de argumentação.

A transferência do valor das conseqüências, operada pela argumentação pragmática, em geral se estabelece espontaneamente. De fato, o argumento não requer, para ser admitido pelo senso comum, nenhuma justificação. Ao contrário, é o fato de não a levar em conta que é reconhecido como paradoxal e necessita de uma explicação. Como o uso óbvio do argumento pragmático não basta para tornar compreensível a paixão pela caça, Pascal encontrará outro uso do mesmo argumento que servirá para fundamentar sua teoria do divertimento:

> E aqueles,... que crêem que os homens são muito pouco sensatos por passar o dia inteiro correndo atrás de uma lebre que não gostariam de ter comprado, não conhecem muito a nossa

natureza. Essa lebre não nos preservaria da visão da morte e de suas misérias, mas a caça – que dela nos afasta – nos preserva[4].

A transferência emotiva operada pelo argumento pragmático se impõe mesmo de modo tão evidente que muitas vezes acreditamos prezar algo por seu valor próprio, enquanto só nos interessamos pelas conseqüências. Tal fenômeno é significativo sobretudo quando divergências a propósito da oportunidade de uma medida resultam unicamente do fato de cada um dos interlocutores ter levado em consideração apenas uma parte de suas conseqüências[5].

Essas conseqüências podem ser presentes ou futuras, certas ou hipotéticas; a influência delas se exercerá ora sobre a conduta, ora unicamente sobre o julgamento.

O argumento pragmático pode ser fundamentado quer numa ligação causal comumente aceita, verificável ou não, quer numa ligação conhecida por uma só pessoa, cujo comportamento ele poderá justificar. Eis como Odier, numa obra intitulada *L'angoisse et la pensée magique*, resume o raciocínio do supersticioso:

> Se somos treze à mesa, se acendo três cigarros com um único fósforo, pois bem! fico inquieto e não presto mais para nada. Se, pelo contrário, exijo que sejamos doze ou recuso acender o terceiro cigarro, então sinto-me sossegado e recobro todas as minhas faculdades. Logo, essa exigência e essa recusa são legítimas e racionais. Numa palavra, são lógicas e sou lógico comigo mesmo[6].

Constatamos que o supersticioso racionaliza seu comportamento invocando argumentos que devem parecer racionais a seu interlocutor: o desejo de evitar uma deficiência física fornece, de fato, em ligação com o argumento pragmático, uma razão suficiente para justificar um comportamento, à primeira vista, irracional. Como se admite geralmente que é melhor, sendo idênticas as demais condições, evitar um estado de inquietude e de mal-estar, a discussão só incidirá, nesse caso, sobre a realidade do vínculo causal alegado pelo supersticioso.

Mas como utilizar o argumento pragmático quando não há acordo sobre o valor das conseqüências?

Quando o valor das conseqüências nas quais se fundamenta o argumento pragmático é por sua vez contestado, é necessário recorrer ao auxílio de outras técnicas argumentativas. É assim que J. St. Mill resolve a dificuldade proveniente do fato de nem todos os seres apreciarem o mesmo gênero de prazeres, estabelecendo entre estes uma hierarquia qualitativa, fundamentada numa hierarquia dos seres que os aprovam e de suas faculdades. Utiliza, para isso, o argumento de *hierarquia dupla*[7] que, a partir de uma hierarquia dos seres, conclui com a hierarquização de seus atos[8]. E, para justificar, por seu turno, a hierarquia dos seres, de uma forma que não fosse irracional a seu ver, ele se estriba na superioridade daquele cujo conhecimento engloba, abrange, o do outro:

> It is better to be a human being dissatisfied than a pig satisfied; better to be Socrates dissatisfied than a fool satisfied. And if the fool, or the pig are of a different opinion, it is because they only know their own side of the question. The other party to the comparison knows both sides[9].

A superioridade do competente se fundamenta no lugar-comum de que o todo vale mais do que uma de suas partes, cuja aplicação pressupõe, aliás, que o homem ou o sábio viveu a vida de um porco ou de um louco e apreciou seus prazeres.

Se a argumentação de Mill, seja qual for seu interesse, se afasta do utilitarismo clássico, é porque faz intervir outros esquemas de raciocínio além do argumento pragmático e infringe com isso a regra metodológica de Bentham, indicada acima.

O argumento pragmático não se atém a transferir um dado valor do acontecimento-efeito para o acontecimento que seria a sua causa. Possibilita também passar de uma ordem de realidade para outra, da apreciação dos atos para a da pessoa, dos frutos para a árvore, da utilidade de uma conduta para a da regra que a inspira. Possibilita ainda, sendo então que parece filosoficamente mais interessante, ver nas boas conseqüências de uma tese a prova de sua verdade. Sabemos que pragmatistas como William James e Dewey desenvolveram uma "instrumental view of truth" que James resume assim:

> The true is the name of whatever proves itself to be good in the way of belief, and good, too, for definite assignable reasons[10].

Mas é curioso notar que alguns pensadores, dos quais se admite terem uma concepção absolutista da verdade, não desdenharam de modo algum o argumento pragmático para fazer prevalecer suas teses. Quando se trata de fixar a doutrina ortodoxa referente às relações entre o livre-arbítrio e a graça, Calvino não hesita em escrever:

> Mas, a fim de que a verdade desta questão nos seja esclarecida com mais facilidade, cumpre-nos primeiramente ter uma meta, à qual dirigirmos toda a nossa disputa. Ora, eis o meio que nos protegerá do erro: considerar os perigos que estão de um lado e do outro[11].

Leibniz, por sua vez, apresenta o argumento pragmático em favor de sua tese que conclui pela imortalidade natural da alma:

> Pois é infinitamente mais vantajoso para a religião e para a moral, sobretudo na época em que estamos (em que muita gente não respeita muito a revelação por si só e os milagres), mostrar que as almas são imortais naturalmente, e que seria um milagre se não o fossem, do que sustentar que nossas almas devem morrer naturalmente, mas que é em virtude de uma graça miraculosa, fundamentada apenas na promessa de Deus, que não morrem[12].

É nesse mesmo espírito que o sucesso é apresentado como critério da validade. O êxito, a felicidade, a salvação constituem, em grande número de filosofias e de religiões, a justificação capital de seu sistema e de seus dogmas, o indício de uma conformidade com o real, de um acordo com a ordem universal. O argumento pragmático é utilizado nas mais variadas tradições. A felicidade do sábio, seja ele epicurista ou estóico, garante o valor de sua doutrina; não é somente nas ordálias e torneios que a causa triunfante é declarada a melhor. E é sabido que o realismo hegeliano santifica o êxito ao conferir à história o papel de juiz supremo. O que existe pôde nascer e desenvolver-se, o que é valorizado pelo sucesso passado, penhor de sucesso futuro, constitui uma prova de objetividade e de racionalidade. Mesmo os filósofos existencialistas, que se pretendem anti-racionalistas, se resolvem, contudo, a ver no fracasso de uma existência o indício evidente de seu caráter *não autêntico*. O teatro de Gabriel Marcel costuma insistir nessa idéia[13].

O argumento pragmático faz que dependa das conseqüências a opinião que se terá do que as determina. Quando estas são divergentes, eis-nos de posse de argumentos favoráveis aos dois partidos envolvidos na controvérsia. Aristóteles nos informa que a utilização dessas conseqüências divergentes era todo o objeto da *techné* de Calipo. Dava o seguinte exemplo dela:

> A educação expõe à inveja, o que é mal, e torna sábio, o que é um bem[14].

Para escapar ao vaivém dos argumentos em sentidos diferentes, Bentham propõe o cálculo utilitarista. Basta determinar quantitativamente a importância de cada uma das conseqüências, e aplicar as regras da aritmética. Mas tudo isso não se dá sem dificuldades, pois cumpriria, em cada caso, conhecer o *conjunto* das conseqüências às quais se aplica o cálculo e determinar a *importância* de cada uma delas; às vezes cumprirá precisar as *causas* às quais seriam imputáveis. Para aplicar seu cálculo, Bentham afastará por princípio qualquer outro elemento de apreciação que não seja a argumentação pragmática[15].

O exame dessas condições, pressuposto pela "lógica da utilidade", permitirá não só tomar posição a respeito do utilitarismo, mas também, é o que esperamos, projetar alguma luz sobre as relações de um sistema filosófico com esquemas argumentativos determinados.

A LINGUAGEM: PRAGMÁTICA E DIALÓGICA

Nunca seria possível reunir o conjunto das conseqüências de que depende a aplicação do argumento pragmático, se cada conseqüência devesse, por sua vez, ser apreciada consoante suas próprias conseqüências, pois a seqüência destas seria infinita. Para evitar esse impasse, podem ser consideradas duas soluções: pode-se admitir a existência de elementos capitais, cuja avaliação seria feita de maneira imediata, e aos quais todo argumento pragmático deveria, *de direito*, ser reduzido; pode-se, mais modestamente, contentar-se com um *acordo de fato* para determinar o conjunto dessas conseqüências capitais.

A primeira solução conduziria a seqüência das conseqüências aos elementos capitais, prazeres ou pesares, por exemplo, que, servindo para avaliar tudo quanto os causa, seriam por sua vez objetos de uma apreciação imediata; graças à sua evidência, tais elementos escapariam a qualquer discussão e a qualquer argumentação. A segunda solução não se reportaria à metafísica, pois, sem especificar *a priori* a natureza das conseqüências, se esforçaria para obter um acordo a respeito delas. É verdade que esse acordo só registraria uma situação de fato, precária, pois pode ser questionada, se houver motivos, mas que, pelo menos, não suscitaria dificuldades de princípio insuperáveis.

A aplicação do princípio da utilidade supõe que a importância de cada uma das conseqüências é invariável e a mesma para todos; muito mais, para que ela enseje um cálculo numérico, seria preciso que essas conseqüências fossem representadas por grandezas, não só comparáveis, mas até quantificáveis com o auxílio de técnicas indiscutidas. A realização dessas condições provoca incontáveis dificuldades. Mesmo Bentham, que acreditava na possibilidade de um cálculo utilitário, porque negava a existência, entre os prazeres e os pesares, de diferenças qualitativas irredutíveis, era mesmo obrigado a reconhecer que havia diversas espécies deles e que seu valor dependia da intensidade, duração, certeza, proximidade, fecundidade, pureza e extensão deles[16]. Esses diversos fatores exercem uma influência, por assim dizer objetiva, sobre a avaliação dos prazeres e dos pesares. Mas Bentham reconhece, ademais, que diferenças de sensibilidade fazem que os mesmos excitantes não produzam o mesmo efeito sobre todos os indivíduos. Como supor, nessas condições, que seja realizável um cálculo dos prazeres e, *a fortiori*, quando se reconhece, como J. St. Mill, que há entre os prazeres e os pesares diferenças qualitativas que deixam estes sem medida comum? Por isso, cumpre recorrer à comparação das conseqüências e contentar-se com estimativas, avaliações, que dependem ao mesmo tempo do indivíduo e do que ele avalia. Mas, se é assim, o uso do argumento pragmático pressupõe a existência de um acordo sobre a importância das conseqüências. Como se tratará de um acordo de fato que, por falta de critérios objetivos, não podemos transformar em acordo de direito, também não é essencial que tais conseqüências sejam de natureza igual.

A hipótese do cálculo utilitário supõe que os elementos desse cálculo constituem grandezas invariáveis, seja qual for o papel que desempenhem no conjunto da situação. Mas avaliaremos da mesma forma o que é freqüente e o que é raro ou mesmo único? Um mesmo efeito será avaliado diferentemente se estiver isolado do contexto, se lhe for atribuído um valor simbólico, se for percebido como um marco numa certa direção. Conforme sua interpretação, o significado que lhe é concedido, um mesmo fato será apreciado de modo favorável ou desfavorável.

Quando os habitantes de Tarragona vieram anunciar a Augusto que havia crescido uma palmeira sobre o altar que lhe era consagrado, e apresentaram esse fato como um sinal milagroso, o imperador esfriou-lhes o entusiasmo com esta simples observação: "Bem se vê que amiúde acendeis fogo nele"[17]. O acontecimento que é valorizado como milagre é desvalorizado quando só se vê nesse acontecimento o efeito de uma negligência. De um modo similar, um mesmo ato será julgado diferentemente conforme a intenção que se atribui a seu autor.

Todas essas divergências na interpretação dos mesmos fatos podem explicar que o argumento pragmático nem sempre conduza às mesmas conclusões, que necessite de um acordo prévio sobre a natureza e a importância das conseqüências, acordo que é, aliás, em dado meio de cultura, mais freqüente do que se poderia imaginar.

Se, em vez de partir de um fato para determinar-lhe as conseqüências, opera-se de modo inverso, parte-se de um acontecimento ou de um conjunto de acontecimentos favoráveis ou desfavoráveis, a qual causa vai-se imputá-los para aplicar a esta o argumento pragmático? A resposta a esta pergunta quase nunca se impõe e pode suscitar intermináveis controvérsias. Com efeito, embora o argumento pragmático permita avaliar algo por meio de seus efeitos, como determinar a parte que cabe a uma causa única na realização dessas conseqüências?

O caso ideal seria aquele em que se poderia mostrar que um acontecimento constitui a condição necessária e suficiente de outro. É a isso que visa a seguinte argumentação de um autor medieval:

> É-te duro ter perdido isto ou aquilo? Logo, não busca perder; pois é buscar perder querer adquirir o que não se pode conservar[18].

Habitualmente, o acontecimento será apenas uma condição necessária ou uma causa parcial. Para poder transpor para ele todo o peso dos efeitos, será preciso diminuir a importância e a influência das causas complementares, tratando-as como ocasiões, como pretextos, de causas ocasionais.

Por outro lado, nessa transferência do valor de um efeito para a sua causa, a qual elo da cadeia causal deve-se remontar? Já Quintiliano constatara que "remontando assim de causa a causa e escolhendo-as, pode-se chegar aonde se quer"[19].

Quem é acusado de haver cometido um crime pode empenhar-se em lançar a responsabilidade à sua educação, aos pais, ao meio social. Uma das teorias mais complicadas do direito é a que se empenha em determinar os autores responsáveis dos danos. A que se deve imputar um fato danoso, o que é a sua causa responsável? Não há nada menos evidente.

A mesma dificuldade se apresenta em teologia. A que se deve imputar o que há de mau e defeituoso no universo? Deus se propõe manifestamente o bem da ordem universal e, conquanto seja todo-poderoso, constatamos, não obstante, que o universo não é isento de imperfeições. Impor-se-á uma construção intelectual para imputar a Deus, causa primeira pura de qualquer defeito, apenas o que o Universo contém de bem e de perfeição, mas não o que contém de mal e de defeituoso[20].

Em resumo, como um efeito o mais das vezes resulta de um concurso de várias causas, e cada uma delas faz parte de uma cadeia causal, será possível fornecer critérios incontestáveis que determinem, sem discussão, a causa a qual se aplicará o argumento pragmático? Creio na possibilidade de acordos limitados nessa matéria, mas não na existência de uma definição metafísica da causa, válida em qualquer circunstância e que possibilitaria transferir para ela, de um modo indiscutível, o valor das conseqüências.

A derradeira objeção se refere ao emprego exclusivo do argumento pragmático para determinar todo valor. Isto supõe, evidentemente, a redução de todo fato às conseqüências que permitem avaliá-lo. Se essas conseqüências são de uma espécie determinada, elas é que constituirão o denominador comum ao qual qualquer outro valor será reduzido e em função das quais será avaliado. Os adversários do argumento pragmático, como único esquema utilizável na argumentação sobre os valores, reprovam-lhe o fato de fazer desaparecer o que há de específico nas noções de dever, de falta, ou de pecado, de reduzir assim a esfera da vida moral ou religiosa. O valor de verdade, de sinceridade, não é medido apenas por seus efeitos felizes, e o êxito não é o único critério em todas as matérias. Montaigne aponta, em seus *Ensaios*, que:

> É acatada com razão a máxima de que não se deve julgar os conselhos pelos acontecimentos. Os cartagineses puniam os maus pareceres de seus capitães, ainda que fossem corrigidos por um desfecho feliz. E o povo romano recusou amiúde o triunfo a grandes e úteis vitórias, porque o comportamento do chefe não correspondia à sua felicidade[21].

Ao utilitarismo se opõe o formalismo. Aos efeitos do argumento pragmático se opõe uma apreciação fundamentada noutro critério, a conformidade com certas regras cuja observação se impõe sejam quais forem as conseqüências.

Nesse mesmo espírito, Simone Weil se indigna com que vários argumentos em favor do cristianismo sejam da espécie "publicidade para pílulas Pink", e do tipo "antes do uso – depois do uso". Consistem em dizer: "Vede como os homens eram medíocres antes de Cristo..."[22].

Com efeito, a apreciação mediante a simples consideração das conseqüências redunda em rebaixar o que as produz à categoria de um meio que, seja qual for sua eficácia, já não possui o prestígio do que vale por si só. Há um mundo separando o que vale unicamente enquanto meio daquilo que possui um valor intrínseco. Releia-se esta análise do amor de Goblot:

> Já se está amando quando se adivinha no amado uma fonte de felicidades inesgotáveis, indeterminadas, desconhecidas... Então o amado ainda é um meio, um meio único e impossível de substituir por inumeráveis e indeterminados fins... Ama-se verdadeiramente, ama-se o amigo por ele próprio, como o avarento ama seu ouro, quando, tendo-se deixado de considerar o fim, o meio é que se tornou o fim, quando o valor do amado, de relativo, tornou-se absoluto[23].

O processo inverso, que transformaria um fim em meio, tem algo de desvalorizador, de depreciativo. Ora, avaliar a moral unicamente por seus efeitos significa não ver nela senão uma mera técnica, por mais importante que seja, significa ter uma concepção farisaica da moral.

É essa censura de farisaísmo que Scheler, em seu *Formalisme en éthique*, dirige a todos os que confundem o bom e o mau em si mesmos com a moral socialmente admitida, cujo funcionamento teria sido, segundo ele, perfeitamente analisado pelos utilitaristas.

Segundo Scheler, de fato,

> os modos de conduta que correspondem a essas qualidades axiológicas (o bom e o mau) só são elogiados e censurados no plano social *na medida em que* tais modos de conduta são *ao mesmo*

tempo úteis ou nocivos para os interesses da sociedade. Noutras palavras, a "utilidade" e a "nocividade" dos modos de conduta desempenham aqui o papel de *limiares* do *elogio* e da *censura sociais* suscetíveis de serem aplicados aos valores morais, mas não *são de modo algum a condição de existência* dos valores nem o elemento que lhes determinaria a unidade enquanto "moral" ou "imoral"[24].

O argumento pragmático, por sua própria natureza, limita-se, segundo Scheler, à medição do que é socialmente útil ou nocivo, mas nos deixa longe da apreciação da moralidade verdadeira. Tal objeção, e outras da mesma espécie, serão sempre evocadas quando os fenômenos estudados e as conseqüências que deveriam permitir-lhes a medição não estão situados num mesmo plano e quando os processos de medição adotados parecem uma profanação do valor superior.

O rápido exame dos usos do argumento pragmático e das críticas que suscita revela-nos que a limitação metodológica das técnicas de raciocínio a apenas esse tipo de argumento só é defensável se, na ocasião de sua aplicação, uma intuição ou uma evidência pode ser oposta com pertinência a qualquer veleidade de discussão. Se um *acordo de fato* sobre todos os pontos discutíveis permite limitar a uma única técnica – a saber, a aplicação do argumento pragmático – todo raciocínio sobre os valores, um *acordo de direito*, imposto por uma tomada de posição filosófica, pressupõe a garantia de intuições evidentes. Na falta de tal garantia e em caso de desacordo, lançar-se-á mão das outras técnicas argumentativas para permitir dirimir as questões em litígio. E, como em qualquer argumentação, as soluções aceitas não se imporão por si sós, mas serão adotadas sob a responsabilidade de quem tiver, na alma e na consciência, pesado o pró e o contra.

Capítulo III
*Ter um sentido e dar um sentido**

A pergunta "qual é o sentido de um enunciado ou de um signo?" suscitou respostas muito variadas que, por exigências da exposição, poderíamos reduzir a três espécies que correspondem, *grosso modo*, ao realismo, ao nominalismo e a uma síntese de natureza teológica.

Ninguém jamais negou que as expressões lingüísticas sejam utilizadas de diferentes maneiras que, aliás, os filólogos se esforçam em analisar, mas os realistas pretenderam que as respostas que se esperam dos filósofos, às questões referentes ao sentido, são de natureza totalmente diferente. A função destas é fazer-nos conhecer *a proposição*, *a idéia*, *a essência*, numa palavra, a realidade objetiva à qual se refere quem expressa o que tem um sentido, para nos permitir julgar da verdade ou da falsidade de suas asserções. Nessa perspectiva, em que a filosofia é definida como uma ciência do ser, uma ontologia, as questões de sentido estão subordinadas àquelas concernentes ao verdadeiro e ao falso. Convém considerar resultante de insuficiências de linguagem, desprezíveis para o filósofo, toda ambigüidade, todo equívoco, tudo que se afasta da expressão das idéias claras e distintas que são, em última análise, os únicos objetos de estudo dignos dele. Estes serão subtraídos a toda contingência, a toda evolução histórica, ser-lhes-á concedido o estatuto de realidades eternas e imutáveis, de idéias, de proposições ou de essências, cujo conhecimento deverá, se possível, modelar-se

---

* Publicado *in Logique et Analyse*, 1962, vol. V, pp. 235-250. (Palestras de Oxford do Instituto Internacional de Filosofia.)

pelo dos seres matemáticos. Nessa perspectiva, as matemáticas constituem o modelo privilegiado do filósofo, que deverá, ademais, completar os resultados de suas descrições e análises do real com a indicação de todas as causas de ambigüidade e de erro que infestam a linguagem e as opiniões do vulgo, e contra as quais convém precaver-se mediante uma ascese intelectual. Cumpre purgar o pensamento de tudo quanto é confuso, equívoco e inconsistente, dos produtos da imaginação, dos preconceitos e das prevenções, do apego ao que é apenas individual, mutável e contingente.

É essa a concepção da filosofia própria do racionalismo, desde Platão até Spinoza, mas é essa também, paradoxalmente, a concepção do empirismo lógico, com a única diferença, mas importante, de que para os racionalismos a filosofia é capaz de fornecer respostas a todas as questões essenciais que preocupam a humanidade, ao passo que para o neopositivista o campo da filosofia assim concebida encolheu como uma pele de chagrém, pois a função essencial da atividade filosófica já não é positiva, mas negativa, e consiste na crítica implacável de todos os disparates e contra-sensos de que se nutre o pensamento dos filósofos.

Para aqueles que poderíamos qualificar de nominalistas, o sentido é obra humana. Servir-se da linguagem de um modo sensato significa aplicar corretamente as regras de seu uso. Mas, nessa perspectiva, o que importa acima de tudo ao filósofo é saber como se elaboram essas regras e por que evoluem em dada disciplina e em dado meio. Contentar-se com a afirmação de que tais regras se elaboram e evoluem de modo arbitrário, sendo o essencial conformar-se a elas, significa ver apenas o aspecto formal das coisas que permite conciliar uma concepção nominalista da linguagem com as conseqüências do realismo. Chega-se desse modo à mesma rejeição que os realistas do contingente, do variável e do instável, no âmbito da linguagem estudada, com a circunstância agravante de que se recusa a fornecer, enquanto filósofo, uma resposta qualquer aos problemas concretos que preocupam os homens. Se o sentido é obra humana, as diversas expressões lingüísticas devem, direta ou indiretamente, exprimir de um modo que lhes parece apropriado os problemas e as soluções que os homens preconizam nas mais diversas áreas. É com toda a razão, de fato, que as terminologias e as classificações científicas evoluem, assim como as definições e as classificações jurídicas. É sobretudo no direito, por causa de sua organização pormenorizada e de sua elaboração explícita, que se pode observar melhor as condições e analisar as razões dessa evolução. É por isso que os nominalistas fariam bem em prestar atenção ao que uma reflexão sobre o direito pode trazer de novo e de esclarecedor no tocante à elaboração das regras, inclusive as regras da linguagem.

Se o sentido é obra humana, e não a expressão de uma realidade objetiva, o principal perigo que se deve combater é o conflito das subjetividades, resultante da profusão de regras arbitrárias. Os juristas procuraram paliar esse enorme inconveniente com a elaboração de regras de competência e de procedimentos de decisão que haveria interesse em examinar com mais vagar. Cumpre assinalar, desde já, que grande número de filósofos preferiu resolver essa dificuldade recorrendo a uma solução de natureza teológica. Ao reconhecer que todo sentido depende de um pensamento que o elabora, basta imaginar essa elaboração como o produto de um pensamento divino, portanto perfeito, para realizar uma síntese vantajosa do nominalismo e do realismo. Assim como o Deus criador é a origem de toda realidade, o pensamento divino se torna o fundamento de todo sentido objetivo e norma indiscutível do pensamento humano. Como as idéias divinas são claras e distintas, eternas e imutáveis, o sentido procurado pelos filósofos, ao mesmo tempo que é de origem espiritual, se torna para os homens uma ordem objetiva que devem reconhecer e a qual devem submeter-se, como o legislador humano deve submeter-se ao direito natural.

Ao recusar essa solução teológica, o nominalismo, para o qual os problemas de sentido permanecem problemas puramente humanos que fornecem respostas a preocupações humanas, avalia que nada mais permite postular a objetividade do sentido, cujo estudo já não será necessariamente o reflexo de uma ontologia. O sentido de uma expressão, na medida em que resulta da aplicação de uma regra de uso, poderá apresentar aspectos diversos, conformes à variedade dessas regras. Já não é indispensável postular a clareza e a univocidade de todo enunciado, de toda expressão com um sentido; já não é indispensável concebê-lo unicamente como correlativo da verdade ou da falsidade, à maneira de Frege.

Embora seja indubitável que em certas áreas, quando se trata de uma linguagem formalizada, por exemplo, a exigência de univocidade prima sobre todas as outras, esta desaparece muitas vezes perante outras exigências. Quase toda expressão de uma tautologia, na linguagem natural, será interpretada dando ao sujeito e ao predicado sentidos diferentes, para conservar certo interesse ao enunciado. Por outro lado, inúmeros usos da linguagem exigem que seja deixada uma margem de liberdade ao intérprete. Assim é que, a cada vez que o legislador quer conceder ao juiz um grande poder de apreciação na aplicação da lei, introduzirá voluntariamente nos textos termos vagos, tais como "eqüidade", "ordem pública", "interesse geral", etc., que serão precisados pouco a pouco pela tradição jurisprudencial. A escola francesa da exegese que, durante a primeira metade do século XIX, pretendeu limitar o papel da doutrina jurídica à interpretação do código a partir dos próprios termos da lei, referindo-se à vontade do legislador mesmo quando ela não se manifestara explicitamente, se inspirara nos métodos da teologia, justificados pela lei na perfeição e na onisciência do legislador divino. Sabemos, porém, não só que o legislador abandona de quando em quando ao juiz o cuidado de precisar a regra, mas também que um texto que parece perfeitamente claro pode deixar de sê-lo quando é preciso aplicá-lo a situações imprevistas e nas quais o legislador não *pôde* pensar. São claras as noções cuja extensão é conhecida; ora, o que caracteriza qualquer legislação que comporta a obrigação de julgar é que ela pode dever ser aplicada a situações radicalmente novas. Como explicar as reviravoltas de jurisprudência que ocorrem regularmente em qualquer sistema jurídico?

Quando, perante um novo caso de aplicação, a interpretação antiga é julgada contrária à finalidade de uma instituição jurídica, a decisão jurisprudencial poderá dar a um texto antigo um sentido novo. Tal modo de agir constituirá uma *burla*, em tais circunstâncias haveria *urgência* ou *negligência*, tal decisão administrativa será conforme ao *interesse geral*? As decisões judiciárias, ao qualificar os atos e as situações, fazem um julgamento, que não é meramente conforme a uma realidade objetiva, mas resulta de uma apreciação dos elementos em causa. Essa apreciação judiciária, que redunda em qualificar os fatos de certa forma, precisa a extensão de um conceito e contribui, com isso, na medida em que cria um precedente, para definir a compreensão de um ou outro termo da lei. É assim que o juiz colabora, com suas decisões, para o aperfeiçoamento de uma ordem jurídica, que não é simplesmente um dado objetivo que o magistrado só teria de aplicar cegamente. Ao *enunciado*, cuja verdade ou falsidade pressupõe um sentido preciso e invariável, opõe-se o *julgamento* resultante de uma apreciação judiciária, que dá um sentido determinado aos textos aplicados.

Numa concepção realista, o pensamento é uma atitude contemplativa que visa a reconhecer a evidência de uma intuição ante um objeto que se impõe a todo sujeito cognoscente que aplica os métodos racionais. Numa concepção nominalista, como o sentido é uma obra humana, perfectível e modificável, o pensamento consiste, muitas vezes, numa apreciação, num juízo, que resulta numa decisão que não se impõe necessariamente, e da qual, por essa razão, convém justificar o caráter racional. O pensamento, nesse caso, não se inclina simplesmente diante de seu objeto: adapta as regras aceitas a uma situação nova graças a uma ação que discrimina, aprecia, julga e decide. Já não se pode, nessa perspectiva, separar nitidamente, como no realismo, a teoria da prática, e o pensamento da ação: o pensamento, enquanto expressão de um juízo, resulta de uma tomada de posição, cuja legitimidade é preciso justificar, e que envolve a personalidade de quem julga.

O sentido, quando não é um objeto inteiramente dado, mas resulta da aplicação de uma regra, que um indivíduo competente e responsável elabora ao aplicá-la, não remete a uma ontologia, mas a uma axiologia, que fornecerá os fundamentos filosóficos que possibilitam justificar tomadas de posição do homem racional que pensa, julga e decide.

Discussão

* Prof. Topitsch. – Penso que o Prof. Perelman está certo ao contrastar um conceito realista e um conceito nominalista de significado. Para o primeiro, os significados são entidades preestabelecidas que existem independentemente da vontade ou do costume humano; são eternos, imutáveis, perfeitamente claros e precisos e dão acesso à verdadeira essência da realidade assim como aos princípios imutáveis da conduta moral. Pode ser adequado denominar essa opinião como essencialista. Posso acrescentar à crítica do Sr. Perelman que os atributos honoríficos mencionados acima são aplicados justamente a convicções que se tornaram questionáveis pelo desenvolvimento do conhecimento e da sociedade.

Para a outra abordagem, que o Sr. Perelman chama nominalista e eu chamaria *convencionalista*, os significados são produtos humanos; podem desenvolver-se lentamente por meio do processo social do costume e da tradição ou podem ser criados por decisão deliberada. De qualquer maneira, formam uma parte da atividade social humana.

Não posso concordar com o Sr. Perelman se ele mostra a tendência de associar muito intimamente o ideal de claridade e precisão à visão essencialista. Se podemos de alguma maneira alcançar a claridade e a precisão, podemos fazê-lo apenas por meio da convenção, estabelecendo deliberadamente certos sistemas de signos. Para a visão convencionalista, porém, surge o problema de saber se e como construtos mentais podem ser aplicados à realidade – o caso paradigmático é a relação entre a geometria pura e a aplicada. Não obstante, as ciências naturais

---

* As falas assinaladas com asteriscos estão em inglês no original. Os textos em inglês podem ser encontrados no Apêndice ao final deste capítulo.

matematicamente formalizadas atingiram um grau considerável de precisão e, portanto, gostaria de colocar a questão, se a adoção da visão nominalista ou convencionalista realmente implica uma renúncia à claridade e à exatidão, pelo menos como um objetivo de que deveríamos nos aproximar, tanto quanto possível, também fora do domínio do discurso puramente analítico.

Mas o problema principal levantado pelo Sr. Perelman não se encontra no domínio da teoria da ciência natural. Pertence ao uso pictórico, performativo e/ou pragmático da linguagem, o que oferece um âmbito muito mais amplo à interpretação individual. Além disso, esse uso da linguagem muitas vezes esforça-se legitimamente rumo a outros objetivos que não à exatidão científica, por exemplo, na poesia. Assim como o poeta, o legislador e o político têm outros objetivos que não o do cientista, e este não pode obrigá-los a se esforçarem pela clareza. Em muitos casos, as exigências da prática podem ser inteiramente diferentes das exigências da precisão conceitual. Contudo, o cientista político está inteiramente livre para analisar e comentar as atividades e hábitos lingüísticos dos legisladores, juízes e políticos a partir de seu próprio ponto de vista; ele pode tratar esses fatos sociais exatamente da mesma maneira que outros objetos de pesquisa.

Tentarei dar um exemplo de tal análise. O Sr. Perelman enfatizou que a linguagem cotidiana muitas vezes oferece âmbito para diferentes interpretações da mesma expressão e que às vezes os legisladores usam deliberadamente uma terminologia vaga e deixam a exegese aos juízes ou às tradições jurídicas. Palavras como "eqüidade", "interesse público", "justiça", etc. desempenham um papel importante nesse contexto.

Para esclarecer esses problemas pode ser conveniente mencionar a relação entre o âmbito e o conteúdo de uma expressão. Em conformidade com a regra da prova de falsidade de Popper, o conteúdo informativo depende da exclusão de eventos possíveis. O enunciado, por exemplo, "Amanhã choverá ou não choverá" não oferece nenhuma informação porque não exclui nenhum tempo possível – mas, pelo mesmo motivo, é necessariamente verdadeiro. Falando em termos gerais, enunciados com um âmbito muito amplo correm apenas um pequeno risco de ser considerados falsos mas não oferecem muita informação. Situação análoga é a que diz respeito a expressões normativas. Um princípio normativo que não exclui nenhum tipo de conduta é uma fórmula vazia e não tem nenhuma função reguladora. A vacuidade de tais princípios torna impossível derivar deles quaisquer regras para a ação humana.

Em muitos casos, porém, essas expressões não são desprovidas de qualquer conteúdo normativo; elas têm um âmbito bastante amplo e excluem apenas algumas posições extremas, por exemplo, o postulado: "O produto social deve ser distribuído de tal maneira que ninguém morra de fome". Tal postulado não é inteiramente vazio mas oferece pouca ajuda numa decisão quanto à distribuição da renda em um Estado de bem-estar social altamente industrializado.

Expressões desse tipo desempenharam e ainda desempenham hoje um papel importante na filosofia social. Durante mais de dois milênios, uma variedade de ideais e exigências socioéticas e políticas estabeleceram-se sob o título de "justiça" ou "Direito natural" sem obter nenhum sucesso na determinação dessa "pluralidade de leis naturais" ou "princípios de justiça" ou mesmo na probabilidade de determiná-las. Isso deve ser atribuído simplesmente ao fato de que não excluem nenhum ou quase nenhum tipo de conduta humana. Do ponto de vista lógico, elas têm um âmbito tão amplo que qualquer postulado ético-político pode ser apresentado como uma regra do "Direito universal" ou da "natureza humana".

Nesse contexto, é necessário diferenciar o âmbito lógico e o social de tais expressões. Sob as condições sociais concretas de seu tempo, os indivíduos e grupos humanos praticamente não são livres para fazer uso de todas as interpretações logicamente possíveis das fórmulas mencionadas acima. Os líderes políticos de países democráticos, na interpretação, por exemplo, das fórmulas vazias da constituição, são limitados pelas regras mais ou menos institucionalizadas de seu papel social como políticos, pelos hábitos da prática jurídica, pelo mecanismo das eleições, pelos interesses de poderosos grupos de pressão, pela opinião pública, etc. Mas nem mesmo os chefes de governos totalitários estão livres de tais limitações.

Além disso, o Sr. Perelman ofereceu algumas observações importantes sore o caráter histórico do significado. Lamento que não tenha sido mais explícito quanto a esse aspecto. Talvez seja necessário enfatizar este ponto porque ele é geralmente negligenciado em discussões epistemológicas. Os significados das palavras usadas na vida cotidiana, assim como nas ciências e humanidades, são sistemas de signos em evolução, não entidades eternas. Devem ser adaptadas a novas situações no desenvolvimento da ciência e da sociedade – embora muita vezes *não* sejam adaptados, e, como vemos o mundo por meio dos óculos da linguagem, devemos nesse caso enxergar o presente pelos olhos do passado. Este fato é especialmente importante nas ciências sociais porque os próprios conceitos pelos quais interpretamos a sociedade constituem uma parte do processo social e exercem uma influência sobre esse mesmo processo. Provavelmente seja muito recompensador ampliar o âmbito da análise da linguagem no que diz respeito a essas questões, e dessa maneira poderia ser construída uma ponte entre o historicismo alemão e a filosofia analítica anglo-saxônica.

Prof. Perelman. – Agradeço ao Prof. Topitsch suas excelentes observações que, em muitos pontos, completam e prosseguem minha própria exposição. Gostaria de responder apenas aos pontos por ele levantados e que merecem algumas precisões de minha parte.

Não gostaria de identificar o ponto de vista nominalista ao convencionalismo, a não ser que estendesse o sentido desta palavra a além do que eu poderia admitir. Para mim, uma convenção resulta de um acordo voluntário e explícito de um agente. É por isso que me oponho a uma teoria convencionalista como a do "contrato social". De fato, a linguagem que nos foi ensinada, com todas as suas especificações e seus usos que resumem um passado de cultura, não é, para mim, mais uma convenção do que um passado que ela resume. Será possível ser ao mesmo tempo convencionalista e adepto de uma explicação histórica de fenômenos semânticos?

É verdade que, em minha opinião, o realismo, assim como o "essencialismo", favorece uma visão unilateral da linguagem, visão centrada na verdade dos enunciados, e tudo quanto esse ponto de vista implica. Um ponto de vista nominalista não exclui, é evidente, a busca da clareza e da precisão, como o provam amplamente os trabalhos dos lógicos contemporâneos, mas permite estudar a linguagem em seus múltiplos usos.

As fórmulas ambíguas ou vagas, as que o professor Topitsch considera desprovidas de conteúdo, têm um papel essencial para desempenhar, se concedemos importância ao papel do juiz e do intérprete. Permitem uma divisão do trabalho, às vezes indispensável, como a existente entre o legislador e o juiz, o teórico e o político prático, um porta-voz da divindade (como a pítia) cujos veredictos são obedecidos e o sacerdote ou o chefe que deve aplicá-los. Essa divisão do trabalho é inconcebível e inexplicável na teoria realista da linguagem, pois o que parece socialmente útil é apresentado como um defeito, uma insuficiência que se deve eliminar sem demora.

* Prof. T. E. Jessop – Manifesto apreciação pela maneira de Perelman extrair as implicações respectivas do significado tido como (a) dado a nós, (b), conferido por nós. Tudo o que desejo questionar é o pressuposto comum de que *todo* exemplo de significado *tem* de ser (a) ou (b). Gostaria que os vários tipos de significados fossem primeiramente considerados, por exemplo, o que o *falante* quer dizer, o que uma palavra, expressão ou sentença quer dizer, conotação e denotação, significação e significância (ter importância ou valor). Pergunto-me se o termo "significado", considerado como abrangendo tudo o que a filosofia precisa considerar, está sendo tão largamente ampliado a ponto de deixar de ser útil.

Prof. Perelman. – Só posso assinalar minha concordância com todas as nuanças e distinções que o professor Jessop desejaria ver introduzidas no debate. Mas este é, justamente, o objeto do conjunto de nossas palestras. Tinha de prender-me a um único ponto de vista, e ainda tive de tratar muitas questões por alusão. Parece-me que, ao colocar-me num ponto de vista, que está longe de esgotar o assunto, podia dar atenção a algumas teses que formulo e que foram por demais negligenciadas, em minha opinião, pelos filósofos contemporâneos.

Prof. Battaglia. – O professor Perelman traçou de forma excelente as duas posições essenciais acerca da questão de que nos ocupamos, a saber, o sentido de um enunciado e de um signo: a posição realista e a posição nominalista. A primeira reduz o sentido ao verdadeiro, na medida em que o sentido de um enunciado significa somente que algo é verdadeiro e até falso, se isso corresponde a um objeto ou a um dado, falso se não corresponde a eles. Mas é evidente que não é para essa solução que ele tende, mas, antes, para a *solução nominalista*.

Esta solução apresenta *o* sentido, bem melhor, *os* sentidos, como uma obra humana, capaz de resolver todas as vezes problemas concretos da vida. Daí deriva certa variedade de perspectivas e de soluções diferentes, mas também a dificuldade de evitar os conflitos da subjetividade que poderão surgir correlativamente. O Sr. Perelman prova sua preferência apresentando o direito como um modelo de ciência humana sustentado pelo nominalismo, precisamente no ponto em que o nominalismo traça as perspectivas e orienta as soluções.

Peço a permissão de formular algumas observações a propósito disso. Parece-me que o Sr. Perelman excluiu, mui oportunamente, que o direito é um sistema de conceitos, um contexto de proposições numa forma puramente lógica. Isso lhe permite colocar-se fora das doutrinas que hoje dominam, tal como a de Kelsen, contra qualquer redução do direito aos limites de uma doutrina puramente formal. Estou de pleno acordo com ele a esse respeito, uma vez que toda redução lógica do direito, que o direito formaliza na lógica, não tem condições de apreender a essência profunda do direito. As posições jurídicas são, antes, direta ou indiretamente ordens. Se ultrapassamos os aspectos exteriores, aparecem como "regras" ou, melhor ainda, ordens, "imperativos" que exigem obediência, ordens imperativas da autoridade, trate-se do legislador ou do prefeito, do administrador ou do juiz. Ordens e imperativos que recebem seu sentido em relação à meta que a pessoa se propõe a cada vez. O momento em que se destaca a essência do direito e, por conseguinte, seu sentido, constitui a interpretação. E é na interpretação que se destaca precisamente a meta, através da significação que o intérprete dá às normas.

Esta é a razão da importância que as situações assumem na experiência jurídica. A norma é interpretada não no abstrato, em comparação com perfis puramente lógicos, mas em comparação com situações concretas. As situações variam, as interpretações variam, porque variam as significações que o intérprete pode dar a essas ordens, quando leva em conta a norma, suas palavras e seu contexto. Daí a extrema variabilidade da jurisprudência que não pode fixar-se e que está sempre em evolução.

Compartilhamos a opinião de Perelman quando considera firmemente que o direito não é um capítulo da lógica, mas que é, antes, vinculado à axiologia, e somos da opinião de que a mais ampla relatividade histórica determina suas ordens e suas interpretações. Todavia, não cremos realmente que isto comporte a recusa de qualquer objetividade, como se a objetividade só dependesse da formulação realista ontológica e tradicional. Falamos de "valores" que destacamos na interpretação ao considerar a meta, uma vez que o intérprete se propõe adquirir tais valores e fazê-los valer numa situação; mas os valores não significam somente subjetividade, uma vez que a subjetividade está vinculada ao relativismo histórico, quando se aceita que todo valor histórico se apóia, por sua vez, num valor humano e que esse valor humano apreendido na profundeza do homem não é menos objetivo porque absoluto. Por outro lado, é verdade que tal valor supremo que rege os valores históricos e particulares, apreendidos na interpretação, não é *in re*, como dizem os ontologistas. Ele brota, antes, das profundezas da mente, está no ato que procede. Há, em suma, um ponto ao qual se deve retornar no próprio relativismo histórico, um ponto que se deve encontrar metafisicamente para que o processo e o ato possam adquirir um significado espiritual.

A LINGUAGEM: PRAGMÁTICA E DIALÓGICA

Se isso não nos fosse concedido, eu não poderia compreender como o Sr. Perelman poderia evitar os contrastes da subjetividade e os perigos aos quais ele se refere explicitamente.

Prof. Perelman. – Agradeço ao Sr. Battaglia sua intervenção, que me permite precisar dois pontos. No tocante às regras de direito, não creio que todas as leis se apresentam como imperativos. A análise minuciosa de diferentes tipos de leis, empreendida recentemente pelo professor Hart[1], permitiu-lhe distinguir regras primárias e secundárias, cuja interação possibilita compreender o fenômeno jurídico (capítulo V). Apenas as regras primárias seriam imperativos; as regras secundárias abrangem leis de processo, de competência e todo um conjunto de leis técnicas que apresentam aspectos diferentes e necessitam de um estudo detalhado.

No tocante ao absoluto, a única coisa que nos permitiria ultrapassar o relativismo e o subjetivismo, não vejo inconveniente algum em admiti-lo, desde que não se faça dele um ser, cujo estudo pressupõe uma ontologia, mas uma aspiração, um ideal, que só poderia exprimir-se em termos axiológicos.

* Prof. Rotenstreich. – O Sr. Perelman introduziu uma tipologia que distingue realismo e nominalismo. Essa tipologia, como todas as outras, é ao mesmo tempo plausível e, no entanto, não exaustiva. Kant, por exemplo, não pode ser considerado nem um realista nem um nominalista. Sugiro outra distinção não-exaustiva entre uma visão da linguagem como correspondente a um estado de coisas e uma visão teleológica da linguagem. Em Platão e Hume seria válida a teoria da correspondência, ao passo que a visão de que os objetos geométricos são construídos, a moderna teoria da informação, será classificada como a visão teleológica. O parecer do Sr. Ayer tem de ser compreendido a partir de ainda outro ponto de vista.

Quanto à importância do modelo jurídico, o Sr. Perelman é um filósofo que leva a jurisprudência a sério. No entanto, ele enfatiza um aspecto do sistema jurídico, isto é, o da decisão ou aplicação. Ele não considera o aspecto da legitimação do sistema jurídico (*ius naturacle*) ou então o aspecto dos indícios e da convocação de testemunhas, que Kant – citando Bacon – enfatizava. Neste ponto, o Sr. Pcrelman demonstra que o sistema jurídico, sendo formal à sua própria maneira, não se presta a uma formalização ou generalização total. A razão para isso parece-me que se encontra no fato fundamental de que um caso jurídico não pode ser reduzido totalmente a um tipo, mas que há uma sobreposição de tipos. Um ladrão é considerado um ladrão, mas também como possuidor de um impulso patológico, ou como estando em uma posição social de abandono, etc. Esta sobreposição de tipos aos quais um caso está subordinado proporciona-me uma multiplicidade de pontos de vista e, assim, impede uma abstração e formalização unilaterais.

Prof. Perelman. – O Sr. Rotenstreich tem razão em assinalar as insuficiências de qualquer tipologia; a questão é saber que serviços ela pode prestar. Kant, a meu ver, estaria do lado do realismo, na medida em que as estruturas lingüísticas devem corresponder, em Kant, a categorias dadas ao homem, e as quais ele não domina. Observe-se, aliás, que Kant escapa do mesmo modo, se não mais, à tipologia por ele próprio sugerida, e que poderia ter utilidade.

Meu interesse pelo estudo do raciocínio jurídico – sob todos os seus aspectos – resulta do fato de o direito constituir uma tentativa de formalizar, na medida do possível, o campo da ação, sob seus mais diversos aspectos. Desejo interessar-me, enquanto filósofo, pelo problema filosófico da legitimidade de um sistema jurídico, mas já não será um problema relativo ao raciocínio em direito: será um raciocínio que tomará o direito como objeto de suas reflexões.

Prof. Calogero. – Creio que o Sr. Perelman fez bem em lembrar-nos de que às vezes o uso de termos vagos é preferível ao de termos mais precisos, conquanto em geral, e sobretudo nas ciências, ocorra o contrário. Ele poderia mesmo ter apresentado muitos exemplos de tal situação. Mas limitemo-nos ao que citou, extraindo-o da experiência jurídica. Salientou, com razão, que "toda vez que o legislador quer conceder ao juiz um grande poder de apreciação na aplicação da lei, costuma introduzir no texto termos vagos".

Concordo. Mas gostaria de levar um pouco mais longe a análise. O legislador não se dirige somente aos juízes; dirige-se, acima de tudo, ao público. E pode-se dizer que é importante que fale sobretudo ao público, pois a melhor situação é aquela em que todos os cidadãos o compreendem e o seguem tão bem que os juízes têm poucos processos para decidir. A melhor das situações cívicas é aquela em que as leis são tão eficazes que os juízes não têm nada que fazer.

Mas, então, na medida em que fala ao público em geral, a lei deve ser a mais precisa possível, pois somente nesse caso os indivíduos têm a certeza do direito. Logo, a lei deve falar, na maioria dos casos, o mais claramente possível ao público. Somente nos casos excepcionais pode falar vagamente aos juízes (ao mesmo tempo que os faz compreender claramente que devem precisar-lhe a imprecisão).

Ora, tudo isso ressalta onde está a justificação mais profunda da exigência da clareza e da não-ambigüidade das comunicações. Quando se trata das coisas que são comunicadas, estas podem mesmo ser às vezes obscuras. Afinal de contas, nem sempre temos necessidade de clareza, mas também de obscuridade; e quando preferimos trabalhar na luz, ou dormir nas trevas, não se trata de uma escolha lógica, mas de uma escolha prática. Por outro lado, se consideramos os indivíduos aos quais fazemos nossas comunicações, então vemos que não há razão para que elas não sejam as mais claras possíveis, em todas as situações possíveis.

Em suma, a própria clareza, como imperativo da linguagem, adquire um valor absoluto apenas quando é considerada no plano dialógico, ao passo que sua imperatividade bem pode admitir exceções, quando é considerada no plano simplesmente lógico.

Prof. Perelman. – O Sr. Calogero tem razão: o público necessita de segurança jurídica, o que justifica o cuidado de clareza e de precisão do legislador. Mas busca também a eqüidade, o que, dada a multiplicidade e a variedade das situações concretas, nem sempre pode resultar de uma lei absolutamente clara. Se houvesse apenas a segurança, poder-se-iam imaginar autômatos aplicando leis claras, mas os autômatos ainda não têm o senso de eqüidade. Na própria medida em que queremos deixar certo poder de apreciação ao juiz, somos obrigados a permitir-lhe interpretar a lei em sua aplicação. Trata-se de uma verdadeira incompatibilidade, que o legislador deve resolver, todas as vezes, favorecendo, conforme o caso, a segurança (e a precisão) ou a eqüidade (e o poder de interpretação do juiz), de uma forma variável e adaptada às situações.

* Prof. A. J. Ayer. – Como o Prof. Rotenstreich referiu-se a mim, gostaria de dizer que não vejo nenhuma incoerência entre a abordagem da linguagem que segui em minha dissertação e a que o Prof. Perelman adotou hoje. Eu estava admitindo como certas as regras semânticas e não oferecia teoria quanto à natureza da relação de signos. Penso que é muito provável que a teoria instrumental do Prof. Perelman seja correta, embora gostasse de vê-la elaborada mais detalhadamente.

Tenho uma pergunta a fazer ao Prof. Perelman. Ele sugeriu a nós que o trabalho dos juristas, que os filósofos tenderam a negligenciar, oferece-lhes um modelo útil a seguir. Agora concordo que a jurisprudência proporciona um campo fértil para o exercício da análise filosófica. O próprio trabalho do Prof. Perelman provou isso, e também o do Prof. Hart. Tenho um pouco de dúvida quanto ao inverso. Talvez existam analogias *úteis* a serem extraídas entre os julgamentos jurídicos e os morais. Mas o Prof. Perelman pode nos dar um exemplo em que o estudo de métodos jurídicos poderia promover a solução de um problema filosófico fora do campo da filosofia moral?

Prof. Perelman. – Fico feliz em saber que o professor Ayer, pelo menos como hipótese de trabalho, estaria tentado a adotar a perspectiva em que vejo fecundas possibilidades para o estudo da linguagem.

Pessoalmente, creio que o estudo das técnicas jurídicas pode ser de inestimável valia para o filósofo, todas as vezes que se trata de compreender os problemas levantados pelo controle da regularidade, da racionalidade, da justificação das decisões. A meu ver, a introdução da distinção entre juízos de realidade e juízos de valor foi esterilizante para a filosofia. Se examinarmos o direito, veremos, por exemplo, uma correlação entre a extensão do poder de interpretação do juiz e a generalidade dos termos da lei; também veremos aí um modo útil de abordar o problema das relações entre a liberdade e a razão. Mas tudo isso exigiria uma elaboração detalhada.

Prof. Barzin. – Gostaria de fazer duas observações.

A primeira diz respeito à oposição entre realistas e nominalistas. O realista, diz o Sr. Perelman, crê em significações objetivas. Mas que serão tais significações? Serão significações de palavras ou de noções? Ou então significações de proposições? Na primeira hipótese, sou um nominalista, pois, se penso como o Sr. Perelman, que recebemos nossa linguagem de nosso meio histórico, teoricamente pelo menos, as definições de noções ou de palavras não têm a menor importância. Não importa se damos a tal palavra esta ou aquela significação. O que importa é que os interlocutores dêem às mesmas palavras a mesma significação.

Se, ao contrário, as significações são as de proposições que nos informam sobre o real, sinto-me profundamente realista. Creio que há proposições objetivamente verdadeiras e outras que são objetivamente falsas. Creio que há uma verdade. E isto me leva à minha segunda observação.

O Sr. Perelman fez-nos do juiz um retrato que aceito integralmente. Disse-nos que o juiz é guiado por uma finalidade. Defende a ordem pública. Significa dizer-nos que sua atividade pertence à área da ação. É orientada por valores. Gostaria de comparar ao juiz um outro modelo. Gostaria que esse modelo não fosse nem o filósofo, cuja atividade é por demais complexa e levanta demasiados problemas; nem o matemático, cujo saber é puramente formal; nem mesmo o físico, cuja ciência hoje está ocupada com uma reorganização de seus fundamentos. Mas consideremos o químico ou o fisiologista durante suas pesquisas. O cientista das ciências da natureza busca a verdade, e uma verdade objetiva. Dentro desse objetivo, uma das condições de sua atividade é repelir toda finalidade, e notadamente todas essas finalidades, que guiam o juiz. Para estabelecer uma lei científica, ele se desvencilhará de todos os valores que aprova enquanto homem, para só dar atenção ao critério da validade da prova. Por conseguinte, não somos obrigados a concluir que aqui estamos diante de duas formas de atividade humana, que diferem não em grau, mas em natureza? E querer assimilá-las uma à outra não introduziria em nossas análises uma confusão que nos tornaria incapazes de "explicar fatos"?

Prof. Perelman. – A oposição que eu queria estabelecer entre realistas e nominalistas se refere à linguagem no conjunto de seus usos. Não se trata, quando se é nominalista, de negar a existência de proposições verdadeiras, mas essa verdade não é simplesmente a reprodução do real. Qualquer uso de uma linguagem se vale de noções, de categorias, de classificações, que foram elaboradas com metas variáveis. Em ciência, tais metas são a possibilidade de se compreender, de verificar, de prever; nela se favorecem a simplicidade, a clareza, a fecundidade, que são igualmente valores humanos. Creio que há interesse em integrar a atividade do cientista no conjunto das atividades humanas.

Apêndice

* Prof. Topitsch. – I think that Prof. Perelman is right in contrasting a realistic and a nominalistic concept of meaning with each other. For the first one meanings are pre-established entities existing independently of human will or custom: they are eternal, immutable, perfectly clear and precise and give access to the true essence of reality as well as to the unchangeable principles of moral conduct. It may be suitable to style this opinion the *essentialist* one. I may add to M. Perelman's criticism that usually the honorific attributes mentioned above are heaped just on such convictions which have become questionable by the development of knowledge and society.

For the other approach which M. Perelman calls the nominalistic one and which I would style the *conventionalist*, meanings are human products; they may grow slowly by the social process of custom and tradition or may be created by deliberate decision. At any rate, they form a part of human social activity.

I cannot agree with M. Perelman if he shows the tendency to associate the ideal of clarity and precision too closely with the essentialist view. If we can reach clarity and precision at all we can do so only by convention, by deliberately establishing certain systems of signs. For the conventionalist, however, the problem arises whether and how mental constructs can be applied on reality – the paradigm case is the relation between pure and applied geometry. Nevertheless, the mathematically formalized natural sciences have attained a considerable degree of precision, and therefore I would like to put the question, whether the adoption of the nominalistic or conventionalist view really implies a renunciation of clarity and exactness at least as a goal we should approach as nearly as possible, also outside the realm of purely analytic discourse.

But the main problem raised by M. Perelman lies not in the domain of the teory of natural science. It belongs to the pictorial, performative and/or pragmatic use of language which gives a much wider scope to individual interpretation. Furthermore, this use of language strives often legitimately towards other goals than scientific exactness, e.g., in poetry. Just as the poet, the lawgiver and politian has other objectives than the scientist and the latter cannot oblige him to strive for clarity. In many cases the exigencies of practice may be quite different from those of conceptual precision. Nevertheless, the political scientist is entirely free to analyse and to comment the activities and linguistic habits of legislators, judges and politicians from his own point of view; he may treat these social facts just in the same way as other objects of research.

I will try to give an exemple of such an analysis. M. Perelman has emphasized that everyday language gives often ample scope to very different interpretations of the same expression and that sometimes lawgivers deliberately use a vague terminology and leave the exegesis to the judges or the juridical traditions. Words like "equity", "public interest", "justice", etc. play an important role in this connection.

For clarifying these problems it may be convenient to mention the relation between the scope ant the content of an expression. In accordance with Popper's rule of falsifiability the informative content depends on the exclusion of possible events. The statement, e.g., "Tomorrow it will rain or it will not rain" gives no information because it does not exclude any possible weather – but for the same reason it is necessarily true. Generally speaking, statements with a very wide scope run only a small risk to be falsified but give no much information. Analogous is the situation concerning normative expressions. A normative principle which does not exclude any kind of behaviour is an empty formula and has no regulative function.

The vacuity of such principles makes it impossible to derive from them any rules for human action.

In many cases, however, these expressions are not devoid of any normative content; they have a very wide scope and exclude only some extreme positions, e.g., the postulate: "The social product should be distributed in such a way that nobody dies of hunger". Such a postulate is not entirely empty but it gives little help for a decision concerning the distribution of income in a highly industrialized welfare-state.

Expressions of this kind played an important role in social philosophy and play it still today. For more than two millennia, a variety of socio-ethical and political ideals and requirements, often in complete contradiction to one another, have been established under the title of "justice" or "natural law" without any success in settling this "plurality of natural laws" or "principles of justice" or even any likelihood of settling them. This much be ascribed simply to the fact that they exclude no or almost no kind of human behavior. From the logical point of view they have such a wide scope that any arbitrary ethico-political postulate may be set forth as a rule of the "universal law" or of "human nature".

In this connection, it is necessary to differenciate between the logical and the social scope of such expressions. Under the concrete social conditions of their time human individuals and groups are practically not free to make use of all the logically possible interpretations of the formulae mentioned above. The political leaders of democratic countries are in their interpretation of, e.g., the empty formulae of the constitution restricted by the more or less institutionalized rules of their social role as politicians, by the habits of legal practice, by the mechanism of elections, by the interests of powerful pressure-groups, by public opinion, etc. But not even the heads of totalitarian governments are free of such restrictions.

Furthermore, M. Perelman has given some important remarks on the historical character of meaning. I regret that he has not been more explicit in this respect. It may be necessary to stress this point, because it is usually neglected in epistemological discussions. The meanings of words used in everyday life as well as in the sciences and the humanities are historically evolving signsystems, not eternal entities. They must be adapted to new situations in the development of science and society – although they often are *not* adapted, and since we see the world through the spectacles of language, in this case we see the present through the eyes of the past. This fact is especially important in the social sciences, because the concepts by means of which we interpret society form themselves a part of the social process and exert an influence upon this very process. It would be probably very rewarding to extend the scope of the analysis of language on this questions, and in this way a bridge could be built between German historicism and Anglo-Saxon analytic philosophy.

* Prof. T. E. Jessop. – I express appreciation of Perelman's way of drawing out the respective implications of meaning regarded as (a) given to us, (b) conferred by us. All that I wish to question is the common assumption that *every* instance of meaning *must* be either (a) or (b). I should like the various kinds of meaning to be first considered, e.g., what a *speaker* means, what a word, phrase or sentence means, connotation and denotation, signification and significance (having importance or value). I wonder whether the term "meaning", taken as embracing all that philosophy needs to consider, is being extended so widely as to cease to be useful.

* Prof. Rotenstreich. – Mr Perelman introduced a typology distinguishing between realism and nominalism. This typology, as every other one, is both plausible and yet not exhaustive. Kant e.g. cannot be considered neither as a realist nor as a nominalist. I suggest another non-exhaustive distinction between a view of language as corresponding to a state of affairs and a teleological view of language. In Plato and Hume would hold the correspondance theory while the view that geometrical objects are constructed, the modern information theory, will fall under the teleological view. Mr Ayer's view has to be understood from yet a different point of view.

As to the importance of the legal model, Mr Perelman is a philosopher who takes jurisprudence seriously. Yet he stresses only one aspect of the legal system i.e. that of decision or application. He does not consider the aspect of legitimation of the legal system (*ius naturale*) or else the aspect of evidence and asking for testimonies, which Kant – quoting Bacon – stressed. Here Mr Perelman shows that the legal system being formal in its own way does not lend itself to a total formalization or generalization. The reason for this seems to me to lie in the fundamental fact that a legal case cannot be totally reduced to one type, but that there is an overlap of types. A thief is considered as a thief, but also as having a pathological urge, or as being in a social position of abandonment, etc. This overlap of types to which a case is subordinated provides for me a multiplicity of points of view and thus prevents a one-sided abstraction and formalization.

* Prof. A. J. Ayer. – Since Professor Rotenstreich referred to me, I should like to say that I see no inconsistency between the approach to language which I followed in my paper and that which Professor Perelman has adopted today. I was taking semantic rules for granted and offered no theory about the nature of the sign-relation. I think it very likely that Professor Perelman's instrumental theory is correct, though I should like to see it worked out in greater detail.

I have one question to put to Professor Perelman. He has suggested to us that the work of jurists, which philosophers have tended to neglect, offers a useful model for them to follow. Now I agree that jurisprudence provides a fertile field for the exercise of philosophical analysis. Professor Perelman's own work has proved this, and so has Professor Hart's. What I am a little doubtful about is the converse. Perhaps there are useful analogies to be drawn between legal and moral judgments. But can Professor Perelman give us an example in which the study of legal methods would be likely to further the solution of a philosophical problem, outside the field of moral philosophy?

Capítulo IV
*O método dialético e o papel do interlocutor no diálogo**

Em *Górgias*, Platão nos indica a razão por que o diálogo lhe parece convir melhor para a apresentação de teses filosóficas[1]. O longo discurso contínuo, conforme com os preceitos da retórica, visa essencialmente a persuadir os ouvintes por meio de um amontoado dos mais diversos procedimentos, que se sustentam uns aos outros e impressionam mais pelo efeito de conjunto do que pela solidez de cada um dos argumentos enunciados. Não se dá o mesmo no diálogo conforme com o método da dialética platônica. Nela o raciocínio avança passo a passo, e cada passo deve ser testado e confirmado pela concordância do interlocutor. Só se passa de uma tese para a seguinte quando a adesão daquele a quem se dirige garante a verdade de cada elo da argumentação. É essa, pelo menos, a ambição de Platão, tal como se manifesta neste preâmbulo à discussão que Sócrates entabula com Caliclés:

> Eis uma questão resolvida; todas as vezes que estivermos de acordo sobre um ponto, este ponto será considerado suficientemente testado por ambas as partes, sem que haja motivo para examiná-lo de novo. Não podias, de fato, conceder-mo, por falta de ciência, nem por excesso de timidez, e não poderias, fazendo-o, querer enganar-me; pois és um amigo, dizes. Nossa concordância, por conseguinte, provará realmente que teremos atingido a verdade[2].

---

* Comunicação apresentada nas Palestras de Atenas (abril de 1955) do Instituto Internacional de Filosofia sobre o tema *Diálogo e Dialética*. Publicado *in Revue de Métaphysique et de Morale*, 1955, I, pp. 26-31.

Pareto, que interpreta Platão sem complacência, escreve, zombando desse modo de proceder:

> O excelente Platão tem uma maneira simples, fácil, eficaz, de obter o consentimento universal ou, se preferirmos, o dos sábios: faz que um interlocutor de seus diálogos o conceda, fazendo-o dizer o que quer; de modo que esse consentimento é, no fundo, apenas o de Platão e somente é admitido sem dificuldade por aqueles cuja imaginação ele lisonjeia[3].

Mas não será esse interlocutor apenas um mero títere cujos fios o autor puxa da forma que lhe parece ser a mais apropriada? Qual seria, nesse caso, não só para os leitores mas para o próprio Platão, o valor do método dialético? Goblot responde à objeção de uma maneira que lhe permite especificar o alcance desse método:

> A dialética procede mediante perguntas e respostas, para jamais passar de uma asserção para a seguinte sem se estar seguro do assentimento do interlocutor. A arte do dialético é agir de modo que esse assentimento nunca possa ser recusado. Esse método do diálogo é essencialmente oral e exige o concurso de pelo menos duas pessoas. Por que Platão pensa, entretanto, que possa ser praticado numa obra escrita, em que a mesma pessoa, o autor, faz igualmente as perguntas e as respostas? Seu próprio assentimento dá-lhe o direito de seguir em frente? Platão pensa estar seguro de que nenhum interlocutor poderia responder de modo diferente de quem ele faz falar. Essa é toda a arte da dialética...[4]

Se a interpretação de Goblot é correta, se o desenrolar do diálogo não é em nada influenciado pela personalidade de quem responde, pois este só encarna as reações de uma mente normal perante a evidência, a forma dialogada não passa de um engodo que apresenta o risco, como mostra o exemplo de Pareto, de nos induzir em erro, ao permitir atribuir ao interlocutor do diálogo um papel que ele não tem. Ao contrário, nessa perspectiva, a dialética platônica constitui um esboço do sistema dedutivo, no qual as teses decorreriam umas das outras graças a um mecanismo interno que conduziria, em sua forma moderna, à construção de máquinas dialéticas, baseadas no modelo das máquinas calculadoras. O *método* dialético, correlativo, em nossa mente, de um pensamento dialogado, se transformaria num *sistema* dialético, monolítico, no qual, a partir de teses iniciais, as conseqüências se desenvolveriam de uma forma automática que não deixaria nenhum espaço à personalidade não só de quem responde, mas também do próprio dialético. Dialética e lógica analítica coincidiriam. O procedimento dialético seria tão coercivo quanto a demonstração formal e, para consegui-lo, deveria beneficiar-se da mesma univocidade dos termos aos quais se aplica e do mesmo caráter indiscutível de suas regras operatórias. Tornando-se uma lógica, a dialética se torna um sistema de encadeamentos necessários, mas à custa do abandono de qualquer conformidade com um diálogo real, cujo desenrolar é condicionado tanto à personalidade dos interlocutores quanto às intenções que os animam.

Para Aristóteles, o raciocínio analítico é que teria o caráter de univocidade e de necessidade que hoje atribuímos às demonstrações formais. Quando existe um acordo sobre as teses iniciais e sobre as regras de dedução, na exposição do sistema, na apresentação de suas conseqüências, o mestre terá todo o interesse em utilizar os esquemas analíticos de raciocínio; o papel do aluno é passivo: este deve contentar-se em seguir e em compreender os encadeamentos do discurso. É na ausência de um acordo sobre os elementos de semelhante sistema dedutivo – acordo resultante de uma convenção, de uma intuição ou de uma forma qualquer de evidência – que, segundo Aristóteles, o recurso às provas dialéticas pode mostrar-se inevitável. Apenas mediante estas últimas é que é possível raciocinar sobre os princípios primeiros de cada ciência: "É, de fato, impossível raciocinar sobre eles fundamentando-se em princípios que são próprios da ciência em questão, já que tais princípios são os elementos primeiros de todo o resto"[5]. Embora o método dedutivo seja o melhor quando se trata de expor os resultados de uma ciência cujos âmbitos estão estabelecidos, cumpre recorrer ao método e às provas dialéticas, tanto para descobrir como para aprovar os âmbitos de uma ciência em formação. Trata-se de examinar as diversas formações admissíveis de seus princípios, de pesar-lhes as vantagens e os inconvenientes, e essa investigação, seja ela feita por várias pessoas ou se limite a uma deliberação íntima, assumirá inevitavelmente a forma do diálogo, em que se pergunta e se responde, em que se objeta e se replica. O método dialético, como procedimento heurístico e crítico, acha-se assim naturalmente associado ao pensamento dialogado.

O confronto de teses opostas, num diálogo, pode ocorrer de várias maneiras essencialmente distinguidas pelas intenções que animam os participantes.

Quando o desejo de vencer, de deixar o adversário embaraçado e de fazer o ponto de vista pessoal triunfar constitui o único móbil dos interlocutores, encontramo-nos diante do gênero mais afastado das preocupações filosóficas, o qual recebeu o nome de diálogo erístico. No torneio erístico, trata-se unicamente de vencer o adversário, o que implica uma completa indiferença pela verdade. Assim é que Platão, em seu *Eutidemo*, o próprio padrão do diálogo erístico, faz Sócrates dizer por meio de Dionisodoro, o mais velho dos sofistas: "Predigo-te que este jovem, seja qual for sua resposta, será obrigado a contradizer-se"[6].

No diálogo crítico, trata-se de testar uma tese tentando mostrar a sua incompatibilidade com outras teses aceitas por quem a formula. A coerência interna é que fornecerá o critério para a investigação crítica; esta não supõe necessariamente a existência de vários interlocutores; cada qual pode examinar por conta própria as teses às quais estaria tentado a aderir, confrontando-as com as suas outras crenças, para ver se são, ou não, incompatíveis.

O diálogo deixa de ser crítico para tornar-se dialético, e com isso adquire um interesse filosófico construtivo, quando, para além da coerência interna de seus discursos, os interlocutores procuram chegar a um acordo sobre o que consideram verdadeiro ou, pelo menos, sobre as opiniões que reconhecem como as mais sólidas[7]. A busca da verdade, tal como a considera Platão, torna-se, em Aristóteles, uma argumentação a partir de proposições, não necessária mas geralmente aceitas, cujas conclusões tampouco são evidentes, mas as mais conformes com a opinião comum.

Assinale-se que a distinção aristotélica das argumentações erísticas, críticas e dialéticas, desenvolvida no local já citado das *Refutações sofísticas*, só constitui uma idealização das preocupações que, com intensidades variáveis, são misturadas inextricavelmente nos debates reais, nos quais os interlocutores se esforçam, é verdade, em fazer sua tese triunfar, mas a julgam, o mais das vezes, isenta de contradição e a mais conforme com a verdade. Apenas um estudo minucioso das atitudes e das intenções dos interlocutores possibilitaria, em certos casos, e com uma verossimilhança que apenas raramente está próxima da certeza, distinguir com precisão entre as diferentes ordens de seus móbeis. Essa distinção chama, porém, a nossa atenção sobre os três gêneros de critérios que nos poderiam servir para avaliar os debates e o valor das conclusões às quais puderam chegar.

O diálogo crítico poderia, à primeira vista, ser julgado por meio de critérios puramente formais, e certamente seria este o caso se sua meta tivesse sido estabelecer uma contradição formal entre as teses admitidas por um dos interlocutores: bastaria estar em condições de enumerar essas teses que comportariam regras operatórias e de procurar estabelecer, por meio de um cálculo, a contradição. Mas as coisas não são assim tão simples. Com efeito, o discurso crítico visa menos a estabelecer contradições formais do que a indicar a existência de incompatibilidades que só ocorram no tocante a certas situações. Assim é que a norma que prescreve a obediência aos pais só se torna incompatível com aquela que proíbe matar se um dos pais ordena ao filho cometer um assassinato. Não basta, portanto, para estabelecer a incompatibilidade, conhecer as normas aceitas e o sentido que se lhes confere, mas também as situações que o interlocutor está disposto a levar em conta.

Se fosse preciso um sinal manifesto que permitisse opor o critério do diálogo erístico ao dos outros gêneros, seria na existência de um juiz ou de um árbitro encarregado de desempatar os antagonistas que o encontraríamos, muito mais do que nas intenções e nos procedimentos dos adversários[8]. É porque o debate não visa a convencer o adversário, e sim o juiz, é porque o adversário não deve ser convertido à causa para ser declarado vencido que o torneio erístico não tem grande interesse para o filósofo. A decisão do juiz pode, de fato, depender de certos critérios convencionalmente aceitos – de um alcance social que pode ser indiscutível – mas não é assim que se formam as opiniões filosóficas.

O diálogo filosófico por excelência é dialético: é ele que determina as características de um método dialético. Nele, a concordância dos interlocutores poderia servir de ponto de partida para a argumentação, não porque se trataria de um concurso de duas opiniões aberrantes, mas porque essa concordância seria a expressão de uma adesão generalizada às proposições em questão. A concordância dos interlocutores concerne ao que, no meio que representam, é considerado válido, obrigatoriamente aceito, até prova em contrário. O ponto inicial de uma argumentação dialética não consiste em proposições necessárias, válidas em toda parte e sempre, mas em proposições efetivamente aceitas em dado meio e que, noutro meio, noutro contexto histórico e social, poderiam não usufruir o favor geral. O diálogo poderia ter-se interrompido depois do estabelecimento dessas proposições iniciais, se um raciocínio formal houvesse permitido deduzir delas todas as conseqüências que importam. Mas tais proposições iniciais servirão quase sempre, não de axiomas de um sistema dedutivo, mas de argumentos em favor de outras teses que há empenho em promover. Seu valor como argumentos, sua utilização como exemplo ou como elemento de analogia, nunca enseja uma conclusão coerciva: a adesão expressa dos interlocutores é, todas as vezes, indispensável para permitir o progresso do raciocínio. As teses novas, vinculadas às precedentes, virão integrar-se ao conjunto das opiniões geralmente aceitas: tal é, pelo menos, a ambição dos autores dos diálogos filosóficos.

O método dialético, tal como se manifesta no diálogo, apresenta a particularidade de que nele as teses examinadas e as conclusões adotadas não são evidentes, nem fantasistas, mas representam opiniões que, em determinado meio, são consideradas mais sólidas. É esse aspecto da argumentação dialética que permite considerar os interlocutores dessa espécie de diálogo não como simples defensores de seu ponto de vista pessoal, mas como expressão da opinião "razoável" de seu meio. A controvérsia referente a essas opiniões tem como efeito estender ou modificar o campo do razoável. O que é razoável não se limita ao que se exprime por meio de sistemas dedutivos, bem elaborados, mas se estende a todas as teses que um pensador pretende fazer valer para a comunidade humana, partindo daquelas que são geralmente aceitas no meio que ele conhece e que o formou. Não há, nesse caso, outro critério que permita julgar essa forma de diálogo e as conclusões a que chega, além da visão filosófica dos interlocutores. Na argumentação dialética, são concepções consideradas como geralmente aceitas que são confrontadas umas com as outras e opostas umas às outras. Por isso, o método dialético é, por excelência, o método de toda filosofia que, em vez de se fundamentar em intuições e evidências, consideradas irrefragáveis, dá-se conta do aspecto social, imperfeito e inacabado, do saber filosófico[9].

SEGUNDA PARTE
Lógica ou retórica?

Capítulo I
*Lógica e retórica**

As reflexões que apresentamos são, é o que esperamos, apenas o prefácio de um trabalho que nos parece suficientemente importante para merecer todos os nossos esforços. Elas não se desenvolvem no âmbito de uma disciplina existente, nitidamente caracterizada, com seus problemas e métodos tradicionalmente definidos. Não têm, a esse respeito, nada de escolar. Vamos situá-las dizendo que estão nas fronteiras da lógica e da psicologia. Seu objeto seria *o estudo dos meios de argumentação, não pertencentes à lógica formal, que permitem obter ou aumentar a adesão de outrem às teses que se lhe propõem ao seu assentimento.* Obter e aumentar a adesão, dizemos nós. Com efeito, a adesão é suscetível de maior ou menor intensidade: o assentimento tem seus graus, e uma tese, uma vez admitida, pode não prevalecer contra outras teses que viriam a entrar em conflito com ela, se a intensidade da adesão for insuficiente. A qualquer modificação dessa intensidade corresponderá, na consciência do indivíduo, uma nova hierarquização dos juízos.

Vê-se imediatamente que nosso estudo pode englobar, como caso particular, aquele do sujeito que delibera consigo mesmo. Esse caso poderia mesmo ser considerado primordial. Todavia, parece apresentar, pelo ângulo em que focalizamos o nosso trabalho, dificuldades ainda muito maiores do que as apresentadas pelo caso da argumentação com outrem. Portan-

---

* Escrito em colaboração com L. OLBRECHTS-TYTECA e publicado *in Revue philosophique de la France et de l'étranger*, Paris, janeiro-março 1950.

to, ele parece mais dever beneficiar-se das análises relativas a esta última do que poderia, por sua vez, esclarecê-las.

O objeto de nossa investigação não nos apareceu, desde o início, com a clareza – totalmente relativa, aliás – que aqui tentaremos dar-lhe. Tínhamos a convicção de que existia uma área muito vasta, mal explorada, que merecia um estudo sistemático e paciente. Preocupamo-nos, a um só tempo, em circunscrevê-la, em defini-la e em nela começar nossas investigações. Parece-nos que essa progressão tríplice, conjunta, é a que melhor corresponde a nosso propósito.

Nosso cuidado primordial foi o do lógico às voltas com o real social. Assim nossa pesquisa era, e permanece, centrada na adesão que se obtém através de meios de argumentações. É por isso que dela excluiremos deliberadamente todo um conjunto de procedimentos que permitem obter a adesão, mas sem utilizar a argumentação propriamente dita.

Excluiremos, em primeiro lugar, o recurso à experiência – externa ou interna. Nada mais eficaz, por certo, do que dizer a outrem: "Olha e verás" ou "observa-te e sentirás". Não consideramos isso argumentação. Mas a experiência bruta será, muitas vezes, julgada insuficiente como meio de prova; um dos interlocutores o recusará e, em conseqüência, surgirá a questão de saber se a percepção em apreço deve ser admitida ou não como um fato. A argumentação a respeito das interpretações da experiência entrará em jogo, e os procedimentos utilizados para convencer o adversário farão, é claro, parte de nosso campo de estudo. É o que acontecerá quando o comerciante pretender, defender a brancura de um brilhante onde o comprador vê reflexos amarelados, quando o psiquiatra se opõe às alucinações de seu paciente, quando o filósofo expõe suas razões para recusar objetividade à aparência.

O critério do que constitui o fato não estará, portanto, estabelecido de uma vez por todas. Não adotaremos separação fixa, à maneira de Kant, entre o que é dado ao entendimento e o que provém deste. A contribuição do sujeito será concebida como variável, como podendo ser objeto de um incessante aprofundamento à medida que se apura a crítica filosófica ou que os resultados da pesquisa científica necessitam de uma revisão numa área especial ou no conjunto do conhecimento. A distinção entre o fato e a interpretação resultará portanto, para nós, da observação: seu critério será a insuficiência de concordância entre os interlocutores e a discussão que se seguirá.

Há outros procedimentos para obter a adesão que serão igualmente excluídos de nosso estudo; serão aqueles a que chamaremos ação direta, o afago ou o tapa, por exemplo. Mas, assim que raciocinarmos sobre o tapa ou sobre o afago, assim que o prometermos ou o lembrarmos, estaremos em presença de procedimentos de argumentação relacionados com nossas investigações.

O conjunto que gostaríamos de estudar poderia, decerto, ser objeto de uma pesquisa psicológica, uma vez que o resultado a que tendem essas argumentações é um estado de consciência particular, uma certa intensidade de adesão. Mas nossa preocupação é a de apreender o aspecto lógico, no sentido muito amplo do termo, dos meios empregados, a título de prova, para obter esse estado de consciência. Com isso nossa meta se diferencia daquela que uma psicologia que se dedicasse aos mesmos fenômenos se proporia atingir.

Uma distinção clássica opõe os meios de convencer aos meios de persuadir, sendo os primeiros concebidos como racionais, os segundos como irracionais, dirigindo-se uns ao entendimento, os outros à vontade.

Para quem se preocupa sobretudo com o resultado, persuadir é mais do que convencer: a persuasão acrescentaria à convicção a força necessária que é a única que conduzirá à ação. Abramos a enciclopédia espanhola. Dir-nos-ão que convencer é apenas uma primeira fase – o essencial é persuadir, ou seja, abalar a alma para que o ouvinte aja em conformidade com a convicção que lhe foi comunicada[1]. Vejamos sobretudo os autores americanos que se empenharam em dar conselhos, em geral judiciosos, sobre a arte de influenciar o público ou de granjear os compradores. Dill Scott nos dirá que não se deve forçar a adesão por meio de um silogismo que age como a ameaça de um revólver. "Any man will sign a note for a thousand dollars if a revolver is held against his head and he is threatened with death unless he signs. The law, however, will not hold him for the payment of the note, on the ground that it was signed under duress. A man convinced by the sheer force of logic is likely to avoid the very action which would seem to be the only natural result of the conviction thus secured"[2]. Para esses autores, a psicologia contemporânea teria mostrado, contrariamente à opinião tradicional, que o homem não é um ser lógico, mas um ser de sugestão[3].

Em contrapartida, para quem é educado numa tradição que prefere o racional ao irracional, o apelo à razão ao apelo à vontade, a distinção entre convencer e persuadir será da mesma forma essencial, mas serão os meios, e não os resultados, que serão avaliados, e a primazia será conferida à convicção.

Escutemos Pascal: "Ninguém ignora que há duas entradas por onde as opiniões são recebidas na alma, que são as suas duas principais potências: o entendimento e a vontade. A mais natural é a do entendimento, pois sempre se deveria aceder apenas às verdades demonstradas; porém a mais comum, embora contra a natureza, é a da vontade; ... esta via é baixa, indigna e estranha: por isso todos a desaprovam. Cada qual declara publicamente que só crê e mesmo que só ama se sabe merecê-lo"[4].

Escutemos também Kant:

> A crença (*das Füwahrhalten*) é um fato de nosso entendimento suscetível de repousar em princípios objetivos, mas que exige também causas subjetivas na mente de quem julga. Quando é válida para alguém, pelo menos na medida em que este tem razão, seu princípio é objetivamente suficiente e a crença se chama convicção. Se ela só tem fundamento na natureza particular do sujeito, chama-se persuasão.
>
> A persuasão é uma mera aparência, porque o princípio do juízo que está unicamente no sujeito é tido como objetivo. Por isso um juízo desse gênero só tem um valor individual e a crença não se pode comunicar[5].
>
> ... Não posso afirmar, ou seja, expressar como um juízo necessariamente válido para alguém, senão o que produz a convicção. Penso guardar para mim a persuasão, se me dou bem com ela, mas não posso, nem devo, fazê-la valer fora de mim[6].

Kant opõe, de um lado, convicção, objetividade, ciência, razão, realidade, do outro, persuasão, subjetividade, opinião, sugestão, aparência. Para ele, incontestavelmente, a convicção é superior à persuasão; apenas ela é comunicável. Todavia, se consideramos o indivíduo isolado, a persuasão acrescenta algo à convicção, no sentido de se apoderar mais totalmente do ser.

Para os racionalistas, há, pois, superioridade da convicção e, desse ponto de vista, Pascal pode ser considerado um racionalista. Mas, em Pascal, aliás como em Kant, havia surgido uma dificuldade: é o lugar que se deve dar ao conhecimento religioso, que não poderia, para eles, estar vinculado à área do entendimento. Pascal é obrigado a corrigir, de certo modo, seu desprezo pela persuasão:

> Não falo aqui das verdades divinas, que eu estaria longe de introduzir na arte de persuadir, pois elas estão infinitamente acima da natureza: apenas Deus as pode pôr na alma, e da maneira que lhe apraz. Sei que ele quis que elas entrem do coração para o espírito, e não do espírito para o coração, para humilhar esse soberbo poder do raciocínio[7].

Dizemos que Pascal atenua seu desprezo pela persuasão.

Poder-se-ia sustentar que não é assim e que, muito pelo contrário, ele o acentua ao excluir explicitamente dela as verdades divinas. A intervenção da graça não deixa de ser uma grave brecha na hierarquia convicção-persuasão. Ela se encontra, aliás, em Kant, e pelo mesmo motivo.

A essa dificuldade com que se choca o racionalista crente corresponde uma dificuldade análoga para o racionalista incréu: situa-se na área da educação, na dos juízos de valor e das normas. Nelas parece impossível recorrer apenas aos meios de prova puramente racionais; outros além desses devem, pois, ser admitidos.

A verdade é que, para todos os racionalistas, certos procedimentos de ação são indignos de um homem que respeita seus semelhantes e não deveriam ser utilizados, conquanto o sejam com freqüência e a ação sobre o "autômato" que arrasta o espírito sem que ele pense nela, como diz Pascal[8], seja a mais eficaz.

O senso comum, como a tradição filosófica, impõem-nos portanto, de certo modo, uma distinção entre convencer e persuadir que equivale à diferença entre raciocínio e sugestão. Mas poderá tal distinção satisfazer-nos? Precisar a oposição entre convicção e persuasão exigiria a determinação dos meios de prova que são considerados convincentes, sendo os outros qualificados de meios de persuasão, seja qual for o aparelho lógico com que se ornamentem.

Por conseguinte, se somos muito exigentes quanto à natureza da prova, vamos aumentar o campo da sugestão em proporções inesperadas. É o que acontece com o autor holandês Stokvis que, num estudo recente e amplamente documentado dedicado à psicologia da sugestão e da auto-sugestão[9], é levado a vincular à sugestão qualquer argumentação não científica. É o que acontece também em muitos trabalhos sobre a propaganda em que o lado emotivo, sugestivo, do fenômeno é considerado essencial, sendo o único levado em consideração.

No limite, qualquer deliberação numa assembléia, qualquer defesa, qualquer discurso político ou religioso, a maioria das exposições filosóficas, agiriam apenas por sugestão, e a área desta se estenderia a tudo quanto não pode ser baseado, quer na experiência, quer no raciocínio formal.

Pelo contrário, se não formos muito exigentes quanto à natureza da prova, seremos levados a qualificar de "lógicas" uma série de argumentações que não atendem de modo algum às condições que os lógicos consideram, hoje, que lhes regem a ciência. É isso que fazem amiúde os partidários de outras disciplinas. O jurista americano Cardozo[10], por exemplo – pouco suspeito de não perceber o lado movediço do direito e o papel desempenhado pela ambigüidade de seus conceitos – dirá que a "lógica dedutiva" se aplica a certos grupos de raciocínios jurídicos: pareceria que, em sua mente, apenas as inovações jurídicas acarretam argumentos extralógicos, ao passo que seriam lógicos os raciocínios baseados na interpretação tradicional. Muitos juristas utilizam assim o termo "lógica" numa acepção ampla e imprecisa. Ora, essa extensão do campo da lógica já não é compatível com as concepções da lógica moderna. Isso significa, portanto, em vez de dar maior importância à sugestão, dar à lógica uma importância que os lógicos atuais já não estão dispostos a aceitar.

Este exame incita-nos a concluir que a oposição convicção-persuasão não pode ser suficiente quando se sai dos âmbitos de um racionalismo estrito e se examinam os diversos meios de obter a adesão das mentes. Constata-se então que esta é obtida por uma diversidade de procedimentos de prova que não podem reduzir-se nem aos meios utilizados em lógica formal nem à simples sugestão.

De fato, o desenvolvimento da lógica moderna data do momento em que, para estudar os processos de raciocínio, os lógicos começaram a analisar a forma de raciocinar dos matemáticos; é de uma análise dos raciocínios utilizados nas ciências formais, nas ciências matemáticas, que resulta a concepção atual da lógica; isso implica que qualquer argumentação que não é utilizada em ciências matemáticas tampouco aparece em lógica formal.

Se essa análise das ciências formais foi tão fecunda, não se poderia empreender uma análise semelhante no domínio da filosofia, do direito, da política e de todas as ciências humanas? Isso não teria por resultado subtrair a argumentação utilizada nas ciências a uma assimilação a fenômenos de sugestão – o que geralmente implica certa desconfiança –, ou a uma assimilação à lógica que, em sua estrutura atual, deve necessariamente repudiar esse gênero de raciocínios?

Não se poderia tomar das disciplinas das ciências humanas textos que são tradicionalmente considerados modelos de argumentação e deles extrair experimentalmente os processos de raciocínio que consideramos convincentes? É verdade que as conclusões a que chegam essas exposições não têm a mesma força coerciva das conclusões dos matemáticos, mas deveremos, por isso, dizer que não têm nenhuma e que não há meios de distinguir o valor dos argumentos de um bom ou de um mau discurso, de um tratado de filosofia de primeira ordem ou de uma dissertação de iniciante? E não se poderiam sistematizar as observações assim feitas?

Tendo, pois, empreendido essa análise da argumentação em certo número de obras, em especial filosóficas, e em certos discursos de nossos contemporâneos, demo-nos conta, no decorrer do trabalho, de que os procedimentos que encontrávamos eram, em grande parte, os da *Retórica* de Aristóteles; de todo modo, as preocupações deste se aproximavam estranhamente das nossas.

Foi, para nós, tanto uma surpresa como uma revelação. Com efeito, a palavra "retórica" desapareceu completamente do vocabulário filosófico. Não a encontramos no *Vocabulário técnico e crítico da filosofia* de Lalande[11], ao passo que muitos termos conexos à filosofia ou quase fora de uso nele estão devidamente apresentados. Em todas as áreas, o termo "retórica" evoca a suspeita e em geral se alia a certo desprezo. Pío Baroja, querendo descrever o Humorismo que aprecia, não encontra outra antítese mais adequada do que o opor, ao longo de ensaios cheios de verve, à Retórica, ornamental e estereotipada[12].

Durante os últimos cem anos, não faltaram tratados de Retórica. Mas os autores acham que devem desculpar-se no prefácio por consagrar seus esforços a um assunto tão indigno. Nem sempre se esconde que não há outra razão para dar, a não ser que a matéria é objeto de ensino. É sob a proteção oficial dos regulamentos que a Retórica parece sobreviver[13]. Aliás, a maior parte do tempo, os autores não sabem muito bem em que consiste o objeto de sua obra; muitos misturam, sem pé nem cabeça, o estudo do silogismo ao das figuras de estilo. Isto não quer dizer que a todos faltem gosto, cultura ou inteligência; mas o objeto de seus esforços parece furtar-se ao seu domínio.

Um dos últimos autores que trouxe algo de construtivo à retórica, o arcebispo inglês Whately, que escreveu em 1828, também se sente obrigado a apresentar desculpas ao público. Mas seus termos merecem uma meditação. Veremos que podem incentivar-nos a perseverar em nosso empreendimento. Eis como se expressa Whately na introdução a seus *Elements of Rhetoric*:

> The title of "Rhetoric" I have thought it best on the whole to retain, as being that by which the article in the *Encyclopaedia*[14] is designed; thought it is in some respects open to objection. Besides that it is rather the more commonly employed in reference to public *speaking* alone, it is also apt to suggest to many minds an associated idea of empty declamation, or of dishonest artifice.
>
> The subject indeed stands perhaps but a few degrees above logic in popular estimation; the one being generally regarded by the vulgar as the art of bewildering the learned by frivolous subtleties; the other, that of deluding the multitude by spurious falsehood[15].

Ora, sabemos como a lógica se desenvolveu durante os últimos cem anos, deixando de ser uma repetição de velhas fórmulas, e como se tornou um dos ramos mais vivos do pensamento filosófico.

Não temos o direito de esperar que, ao utilizar para o estudo da retórica o mesmo método que foi bem-sucedido em lógica, o método experimental, também conseguiremos reconstruir a retórica e torná-la interessante? Diremos mais adiante por que temos motivos válidos para crer que o estado atual das pesquisas filosóficas e as novas noções que permitiram elaborar são particularmente propícias a esse trabalho.

Voltemos, por um instante, a Aristóteles, cuja *Retórica*, como dissemos, se aproxima muito de nossos problemas.

Enquanto, nas *Analíticas*, Aristóteles se preocupa com raciocínios concernentes ao verdadeiro, e sobretudo ao necessário, "a função da Retórica", diz-nos, "é tratar dos assuntos sobre os quais devemos deliberar e cujas técnicas não possuímos, perante ouvintes que não têm a faculdade de inferir através de inúmeras etapas e de seguir um raciocínio desde um ponto afastado"[16].

Portanto a retórica teria, segundo Aristóteles, uma razão de ser, seja por causa de nossa ignorância da maneira técnica de tratar um assunto, seja por causa da incapacidade dos ouvintes de seguir um raciocínio complicado. De fato, seu objetivo é possibilitar-nos sustentar nossas opiniões e fazer que sejam admitidas pelos outros. A retórica não tem, pois, como objeto o verdadeiro, mas o opinável, que Aristóteles confunde, aliás, com o verossímil[17].

Cumpre observar, de imediato, que essa concepção que fundamenta a retórica na ignorância e no provável, à míngua do verdadeiro e do certo – e que não dá espaço algum ao juízo de valor – a deixa, à primeira vista, num estado de inferioridade que explicará seu declínio posterior. Em vez de ocupar-se com a retórica e com opiniões enganadoras, não será melhor, amparado na filosofia, procurar conhecer o verdadeiro? A luta entre a lógica e a retórica é a transposição, em outro plano, da oposição entre a ἀλήθεια e a δόξα, entre a verdade e a opinião, característica do século V a.C.

A introdução da noção de juízo de valor muda o aspecto do problema, sendo essa uma das razões pelas quais, hoje, o estudo da retórica poderia ser retomado a partir de zero. Tendemos, aliás, a crer que esse estudo poderia esclarecer a própria noção de juízo de valor cuja legitimidade em filosofia parece definitivamente adquirida, mas do qual é muito difícil fornecer as características precisas, suscetíveis de um acordo suficiente.

Seja como for, tal noção modificou os dados da relação "lógica-retórica" e já não permite a subordinação da segunda à primeira. Veremos, aliás, que resultam outras conseqüências da introdução da noção de juízo de valor no debate. É ela, acima de tudo, que nos permitirá esclarecer e justificar as dificuldades sentidas pelos antigos na compreensão dos gêneros oratórios.

Com efeito, para os antigos, havia três gêneros oratórios: o deliberativo, o judiciário e o epidíctico. O deliberativo se refere ao útil e diz respeito aos meios de obter a adesão das assembléias políticas; o judiciário se refere ao justo e diz respeito à argumentação perante os juízes; o epidíctico, tal como é representado pelo panegírico dos gregos e pela *laudatio funebris* dos latinos, se refere ao elogio ou à censura, ao belo e ao feio; mas ao que visará? É aqui que os antigos se viram em grande embaraço[18]. Encontramos o eco dele em Quintiliano. Opondo-se a Aristóteles, acredita ele que o gênero epidíctico não se limita apenas ao prazer dos ouvintes, mas os argumentos que fornece são fracos e enleados. Quintiliano vê sobretudo que a existência do gênero "mostra bem o erro dos que crêem que o orador sempre fala apenas sobre matérias duvidosas"[19].

Com efeito, para a Antiguidade – se isentarmos a tradição dos grandes sofistas – nada era mais seguro do que a apreciação moral. Enquanto os gêneros deliberativos e judiciários supunham um adversário, portanto um combate, visavam a obter uma decisão sobre uma questão controvertida, e neles o uso da retórica se justificava pela incerteza e pela ignorância, como compreender o gênero epidíctico, referente a coisas certas, incontestáveis, e que adversário nenhum contesta? Os antigos só podiam achar que esse gênero se referia, não ao verdadeiro, mas aos juízos de valor aos quais as pessoas aderem com intensidade variável. Logo, sempre é importante confirmar essa adesão, recriar uma comunhão sobre o valor admitido. Essa comunhão, embora não determine uma escolha imediata, determina contudo escolhas virtuais. O combate travado pelo orador epidíctico é um combate contra objeções futuras; é um esforço para manter o lugar de certos juízos de valor na hierarquia ou, eventualmente, conferir-lhes um estatuto superior. A esse respeito, o panegírico é da mesma natureza que a exortação educativa dos mais modestos pais. Assim, o gênero epidíctico é central na retórica.

Não vendo claramente um objetivo para o discurso epidíctico, os antigos estavam, pois, inclinados a considerá-lo unicamente uma espécie de espetáculo, visando ao prazer dos espectadores e à glória do autor, mediante a valorização das sutilezas de sua técnica. Portanto, esta se torna um objetivo em si mesma. O próprio Aristóteles parece apreender apenas o aspecto de ornato, de aparato, do discurso epidíctico. Não percebe que as premissas nas quais se apóiam os discursos deliberativos e judiciários, cujo objeto lhe parece tão importante, são juízos de valor. Ora, essas premissas, é preciso que o discurso epidíctico as sustente, as confirme. Esse é também o papel tanto do panegírico quanto dos discursos mais familiares cujo objeto é a educação dos filhos. Seu objeto é idêntico em todos os graus.

Encontramos esse embaraço ante o epidíctico em Whately. E não é muito surpreendente. Ele censura Aristóteles por ter atribuído demasiada importância a esse gênero, cuja única meta é excitar a admiração pelo orador[20]. Nosso autor, evidentemente, nem cogita de aproximar o elogio da exortação sacra.

Não há dúvida que o discurso epidíctico possa ter o efeito de pôr em destaque quem o pronuncia. É uma conseqüência freqüente sua. Mas ao querer transformar isso na própria meta do discurso, corre-se o risco de expor-se ao ridículo. É o que diz incisivamente La Bruyère:

> Quem escuta se estabelece juiz de quem prega, para condenar ou para aplaudir, e não é mais convertido pelo discurso que favorece do que por aquele a que é contrário[21] – ficam tocados a ponto de resolver em seu coração, sobre o sermão de Teodoro, que este é ainda mais belo do que o último que pregou[22].

Sem dúvida, o orador é o ponto de mira e pode ser-lhe atribuída alguma glória. Porém, examinando com mais atenção, veremos que, para pronunciar o discurso epidíctico que pode conferir-lhe essa glória, o orador já deverá ter prestígio prévio, prestígio devido à sua pessoa ou à sua função. Não são todos que podem, sem ridículo ou vergonha, pronunciar um panegírico. Não se perguntará a alguém qual a sua justificação para tentar defender um inocente ou defender-se a si próprio, mas se perguntará a quem quiser pronunciar um elogio fúnebre, qual é sua qualidade – conquanto baste, evidentemente, que ela exista aos olhos dos ouvintes, por menor que possa nos parecer objetivamente. Da mesma forma, a criança que quisesse dar lição de moral aos irmãos mais velhos seria coberta de motejos.

Se, portanto, o discurso epidíctico pode ter, e em geral tem, como conseqüência a glória do orador, é apenas porque tem outra finalidade: assim como o heroísmo só pode ter como conseqüência a reputação porque existe outra finalidade para o heroísmo. Tocamos aqui no problema geral da distinção entre a finalidade e a conseqüência, essencial na área da argumentação retórica, e ao qual teremos de retornar.

Essa incompreensão do papel e da natureza do discurso epidíctico – que, não esqueçamos, existia realmente e portanto impunha-se à atenção – é que encorajou o desenvolvimento das considerações literárias em retórica e favoreceu, entre outras causas, a cisão desta em duas tendências: uma filosófica, cujo objetivo é integrar na lógica as discussões sobre as matérias controversas, porque incertas, e em que cada um dos adversários procura mostrar que sua opinião tem a seu favor a verdade ou a verossimilhança; a outra, literária, cujo objetivo é desenvolver o aspecto artístico do discurso e se preocupa sobretudo com problemas da expressão.

A primeira tendência passaria por Protágoras e por Aristóteles, que dizia que "o verdadeiro e o que se lhe assemelha se reportam à mesma faculdade"[23] para culminar no arcebispo Whately. A segunda passaria por Isócrates e por nossos mestres de estilo para culminar em Jean Paulhan[24] e em I. A. Richards[25].

Nessa cisão da retórica encontramos, de certa maneira, um aspecto das invasões da lógica e da sugestão na área de argumentação que nos interessa.

Assim, tendo assinalado o vínculo entre as nossas preocupações e a retórica tal como Aristóteles a havia, como pensamos, desejado – ainda que se tenha inclinado para uma lógica do verossímil – utilizaremos daqui para a frente o termo "retórica" para designar o que se poderia ter chamado também a lógica do preferível. Especificaremos, como dissemos anteriormente, que não julgamos útil, atualmente, interessar-nos por *todos* os fatores que influenciam o assentimento e que nossa meta será, em certos aspectos, mais limitada que a da *Retórica* de Aristóteles. Não esqueçamos que certos capítulos de sua *Retórica* perteceriam claramente, hoje, à área da psicologia. Gostaríamos, vamos repetir, de estudar as *argumentações* pelas quais somos convidados a aderir a uma opinião e não a outra. Basta ler os trabalhos contemporâneos para ver que todos os que se ocupam com argumentação no campo ético ou estético não podem limitar esta às provas aceitas nas ciências dedutivas ou experimentais. São obrigados a alargar a palavra "provas" para englobar o que chamaríamos de provas retóricas. Citaremos apenas duas obras características a esse respeito, que escolhemos por estarem muito relacionadas com o nosso problema. A da Sra. Ossowska, que analisa sagazmente a questão das provas em matéria de normas morais, mas que, não podendo resolver-se definitivamente a não fundamentar essas normas no absoluto, é atropelada pelo que ela considera "falsas provas", "pseudoprovas"[26], e a de Stevenson, que vê a necessidade de admitir "substitutos de prova"[27] e cujos esquemas de discussão em matéria ética apresentam um interesse direto para as nossas pesquisas.

Forçados, portanto, a alargar o sentido da palavra "prova", assim que nos ocupamos com ciências humanas, somos levados a englobar nela tudo quanto não é sugestão pura e simples, pertença a argumentação utilizada quer à lógica, quer à retórica.

Entretanto, opondo-os à lógica é que se conseguirá caracterizar melhor os meios de prova particulares a que chamaremos retóricos. Tratemos, pois, de indicar algumas dessas oposições.

A retórica, em nosso sentido da palavra, difere da lógica pelo fato de se ocupar não com a verdade abstrata, categórica ou hipotética, mas com a adesão. Sua meta é produzir ou aumentar a adesão de um determinado auditório a certas teses e seu ponto inicial será a adesão desse auditório a outras teses. (Cumpre observar, de uma vez por todas, que, se nossa terminologia utiliza os termos "orador" e "auditório", é por mera comodidade de exposição, e que se devem englobar sob esses vocábulos todos os modos de expressão verbal, tanto fala quanto escrita.)

Para que a argumentação retórica possa desenvolver-se, é preciso que o orador dê valor à adesão alheia e que aquele que fala tenha a atenção daqueles a quem se dirige: é preciso que aquele que desenvolve sua tese e aquele a quem quer conquistar já formem uma comunidade, e isso pelo próprio fato do compromisso das mentes em interessar-se pelo mesmo problema. A propaganda, por exemplo, implica que se dê valor a convencer, mas esse interesse pode ser unilateral; quem é alvo da propaganda não tem necessariamente o desejo de escutar. Por isso, na primeira fase, antes que a argumentação se inicie verdadeiramente, lançar-se-á mão dos meios necessários para forçar a atenção: estaremos no limiar da retórica.

O próprio fato de interessar o outro por certa questão já pode requerer grandes esforços de argumentação: pensemos, por exemplo, no célebre fragmento dos *Pensamentos* em que Pascal procura convencer o leitor da importância do problema da imortalidade da alma[28].

Valerá ou não a pena sermos ouvidos? Discussão que poderia, por si só, requerer uma argumentação para justificar seu início; e, assim, de condição prévia em condição prévia, o debate pareceria ter de remontar indefinidamente. É por essa razão que toda sociedade bem organizada possui uma série de procedimentos cujo objetivo é permitir o começo da discussão: as instituições políticas, judiciárias, de ensino providenciam essas condições objetivas prévias. Aliás, elas têm a vantagem de envolver ao mínimo os participantes: as instituições diplomáticas, por exemplo, permitem trocas de opiniões que comprometeriam com muito mais peso pessoas que não fossem obrigadas a isso pela sua função.

Uma vez que visa à adesão, a argumentação retórica depende essencialmente do auditório a que se dirige, pois o que será aceito por um auditório não o será por outro; e isso concerne não só às premissas do raciocínio mas também a cada elo deste e, enfim, ao próprio juízo que será baseado no todo da argumentação. Tocamos aqui em certas questões essenciais. Muitas vezes, o que certos autores qualificam de "pseudo-argumento"[29] são argumentos que produzem efeito e não deveriam produzir segundo a convicção de quem os estuda, porque este não faz parte do auditório a que são destinados.

Pode acontecer que o próprio orador não faça parte desse auditório. É possível, de fato, que o orador procure obter a adesão com base em premissas cuja validade ele próprio não admite. Isto não implica hipocrisia, pois o orador pode ter sido convencido por argumentos diferentes daqueles que poderão convencer as pessoas a quem se dirige. Quintiliano, jurista de profissão, não o podia ignorar, mas, pedagogo cioso de tornar sua instituição oratória escola de virtude, julga dever forcejar para conciliar essas três exigências que teme ser, apesar de tudo, contraditórias: virtude do orador, sinceridade, adaptação às características dos diversos auditórios[30].

Na realidade, um livre-pensador poderá perfeitamente bem exaltar a dignidade da pessoa humana perante ouvintes católicos amparado em argumentos que se apoiarão na tradição espiritual da Igreja, quando não foram estes que o impressionaram pessoalmente. Pode também uma pessoa, aliás, ser convencida pela evidência. Ora, se a retórica não tem de ser exercida quando o fato parece impor-se a todos, deve intervir quando apenas um dos interlocutores admite tal evidência e nela fundamenta sua convicção. Aqui, tampouco, não há hipocrisia.

Um importante capítulo da retórica, baseado inteiramente na noção de acordo, combinada com a de auditórios particulares, será o das provas aceitas explicitamente pelo adversário antes que se encete a discussão. Pelo próprio fato de as exigir, o interlocutor assinala seu acordo quanto ao caráter probatório delas e confere-lhes um valor eminente. O orador pode prevalecer-se disso. É o que faz o industrial americano experiente, que, antes de entabular uma discussão importante, faz os adversários porem suas objeções na lousa[31]. Reclamar determinados argumentos equivale a dar as condições de sua adesão. Estamos aqui numa área característica da argumentação retórica.

Dois auditórios merecem uma atenção especial em razão de seu interesse filosófico.

São aquele constituído por uma única pessoa e aquele constituído por toda a humanidade.

Quando se trata de obter o assentimento de uma única pessoa, não se pode, pela própria força das coisas, utilizar a mesma técnica de argumentação que perante um grande auditório. Cumpre assegurar-se a cada passo do acordo do interlocutor fazendo-lhe perguntas, respondendo-lhe as objeções; o discurso se transforma em diálogo. É a técnica socrática oposta à de Protágoras, é também a que utilizamos quando deliberamos sozinhos e consideramos o pró e o contra de soluções possíveis numa situação delicada.

A ilusão que esse método produz consiste em que, pelo fato de o interlocutor admitir cada elo da argumentação, acredita-se já não estar no domínio da opinião mas no da verdade, e fica-se convencido de que as proposições enunciadas estão muito mais solidamente fundamentadas do que na argumentação retórica na qual não se pode fazer a prova de cada argumento. A arte de Platão favoreceu a propagação dessa ilusão e a identificação, nos séculos posteriores, da dialética com a lógica, ou seja, de uma técnica que se ocupa com o verdadeiro e não com o aparente, como o faz a retórica[32].

O auditório universal tem a característica de nunca ser real, atualmente existente, de não estar, portanto, submetido às condições sociais ou psicológicas do meio próximo, de ser, antes, ideal, um produto da imaginação do autor e, para obter a adesão de semelhante auditório, só se pode valer-se de premissas aceitas por todos ou, pelo menos, por essa assembléia hipercrítica, independente das contingências de tempo e de lugar, à qual se supõe dirigir-se o orador. O próprio autor deve, aliás, ser incluído nesse auditório que só será convencido por uma argumentação que se pretende objetiva, que se baseia em "fatos", no que é considerado verdadeiro, em valores universalmente aceitos. Argumentação que conferirá à sua exposição um cunho científico ou filosófico que as argumentações dirigidas a auditórios mais particulares não possuem.

Mas, assim como é freqüente acontecer que tenhamos, simultaneamente vários interlocutores, que ao discutirmos com um adversário procuremos também convencer as pessoas que assistem à discussão, assim também acontece necessariamente que o auditório universal, ao qual supomos nos dirigirmos, coincida, na verdade, com um auditório particular que conhecemos e que transcende as poucas oposições de que temos consciência atualmente. De fato, fabricamos um modelo do homem – encarnação da razão, da ciência particular que nos preocupa ou da filosofia – que procuramos convencer, e que varia com o nosso conhecimento dos outros homens, das outras civilizações, dos outros sistemas de pensamento, com o que admitimos ser fatos indiscutíveis ou verdades objetivas. É por essa razão, aliás, que cada época, cada cultura, cada ciência, e mesmo cada indivíduo, tem seu auditório universal.

Quando supomos nos dirigir a semelhante auditório, sempre podemos excluir dele certos seres, que não admitiriam a nossa argumentação, qualificando-os de anormais ou de monstros que devemos renunciar a convencer. Julgamos os homens segundo os juízos de valor que emitem; reservamo-nos também o direito de julgá-los de acordo com o valor que atribuem à nossa argumentação. Levando mais longe as nossas exigências, passaremos, na realidade, do auditório universal para o auditório de elite. Assim é que Pascal admite que apenas os bons podem compreender como convém as profecias: "... os maus, tomando os bens prometidos por materiais, se enganam, apesar do tempo predito claramente, e os bons não se enganam. Pois a compreensão dos bens prometidos depende do coração, que chama de 'bem' aquilo a que ama; mas a compreensão do tempo prometido não depende do coração"[33].

Embora o caráter do auditório seja primordial na argumentação retórica, a opinião que esse auditório tem do orador desempenha um papel de igual importância, enquanto em lógica ela não intervém. É impossível à argumentação retórica escapar à interação entre a opinião que o auditório tem da pessoa do orador e aquela que tem dos juízos e argumentos deste. Seja ela chamada competência, autoridade, prestígio, esta qualidade do orador jamais intervirá como uma grandeza constante; sempre, e a cada instante do tempo, será influenciada pelas próprias asserções que deve estribar. Em lógica, como em ciência, podemos crer que nossas idéias são a reprodução do real, ou exprimem o verdadeiro, e que a nossa pessoa não intervém em nossas asserções; a proposição não é concebida como um ato da pessoa. Mas o que distingue precisamente a retórica é que a pessoa contribuiu para o valor da proposição com sua própria adesão. Uma proposição vergonhosa lança o opróbrio naquele que a enuncia e a honorabilidade de quem a enuncia confere peso a uma proposição. Acusar, por nossa vez, quem quer que nos acuse, diz Aristóteles, "pois seria um absurdo que o acusador fosse julgado indigno de confiança e que suas palavras merecessem confiança"[34]. Tal interação não é limitada aos juízos morais ou estéticos. Estende-se ao conjunto da argumentação: assim como a personalidade do orador garante a seriedade da argumentação, inversamente, uma argumentação fraca ou desastrada diminui a autoridade do orador. O prestígio do orador só age na medida em que este consente em envolvê-lo. Um aumento de prestígio pode resultar do discurso, mas, a cada enunciado, uma parte desse prestígio está exposta ao risco.

Existem, todavia, casos extremos em que essa interação entre a afirmação e a pessoa que a emite não ocorre; de um lado, é quando o enunciado diz respeito a um caso objetivo; do outro, quando a pessoa que afirma é considerada perfeita. "Um erro de fato lança um homem sábio no ridículo", diz-nos La Bruyère[35]; "um fato é mais respeitável que um governador", diz-nos o provérbio. O fato – desde que seja reconhecido unanimemente como tal, saliente-se – impõe-se, pois, sem sofrer contragolpe. Constitui um dos limites onde deixa de ocorrer a interação entre pessoa e juízo. É também o ponto em que saímos da retórica, pois a argumentação cede lugar à experiência. Mas existe também o outro limite à interação: tudo quanto Deus diz ou faz só pode ser o melhor possível; o ato ou o juízo deixam, pois, de reagir sobre a pessoa. Nesse limite, igualmente, estamos fora do campo da retórica.

Mas o que advém quando o que é qualificado de fato se opõe ao que é qualificado de divino? Leibniz nos propõe esta hipótese. Querendo provar que a memória não deve sobreviver necessariamente ao homem, ele imagina que "poderíamos formar uma ficção, pouco conveniente à verdade, mas pelo menos possível, que seria a de que um homem no dia do juízo pensasse ter sido mau, e que isto parecesse verdade a todos os outros espíritos criados, que estivem ao alcance para julgar, sem que fosse esta a verdade; ousar-se-ia dizer que o supremo e justo juiz, o único que saberia o contrário, poderia condenar essa pessoa ao inferno e julgar contra o que sabe? Entretanto, parece que isso resultaria da noção que dais da personalidade moral. Dir-se-á, talvez, que, se Deus julgar contra as aparências, não será assaz glorificado e causará danos aos outros, mas se poderá responder que ele próprio é sua única e suprema lei e que os outros devem julgar, nesse caso, que se enganaram"[36].

Portanto, vê-se que, para Leibniz, se Deus se opõe ao que é considerado fato, este será qualificado de "aparências", ou seja, que estamos aqui em plena argumentação retórica. Em vez de adotar a solução de Leibniz, poderíamos argumentar de maneira inversa e sustentar que esse Deus não é Deus e que se trata de uma atribuição enganadora da qualidade de Ser perfeito.

Assinale-se aqui o interesse que apresentam para o nosso estudo todos os raciocínios que tratam do Ser perfeito. São sempre raciocínios no limite, que possibilitam discernir a direção de raciocínios mais usuais.

A interação entre o orador e seus juízos explica suficientemente o esforço feito por ele para granjear, em favor de sua pessoa, as simpatias do auditório. Compreende-se, assim, a importância do exórdio em retórica, em especial quando se trata de argumentação perante um auditório não universal, ao passo que – em lógica – o exórdio é inútil.

Essa interação entre aquele que fala e aquilo que ele diz é apenas um caso particular da interação geral entre o ato e a pessoa, que não só afeta todos os participantes do debate mas constitui o fundamento da maioria dos argumentos utilizados; estes são, por sua vez, apenas um caso particular de uma argumentação mais geral, ainda referente à interação entre o ato e a essência. Encontramos aqui toda a filosofia tradicional concernente a essas relações fundamentais.

As técnicas utilizadas para dissociar o ato e a pessoa – dissociação sempre limitada e sempre precária –, que visam, pois, refrear a interação, serão interessantes objetos de estudo. Vimos que existem dois limites em que a interação deixa de ocorrer, o fato e a pessoa divina. Mas entre esses dois extremos se situam casos em que a intensidade da interação é diminuída graças a uma série de técnicas sociais. Poderíamos dispor, entre estas últimas, o preconceito. Em larga medida, os atos serão interpretados consoante um preconceito favorável ou desfavorável, e assim não reagirão, como deveriam fazê-lo, sobre a estima que se concede à pessoa que os realiza. Decorre daí a necessidade de recorrer a uma contratécnica: quem quiser, por exemplo, censurar um ato deverá mostrar que seu juízo não é determinado por um preconceito desfavorável. Nada mais eficaz para isto do que prodigalizar a quem se quer criticar certo número de elogios. Vemos imediatamente que estes não são, em retórica, pura condescendência ou amabilidade, como o seriam se estivessem inseridos no contexto de uma argumentação puramente formal.

O que distingue, além disso, a lógica da retórica é que, enquanto na primeira sempre se raciocina no interior de um dado sistema, que se supõe aceito, numa argumentação retórica tudo sempre pode ser questionado; sempre se pode retirar a adesão: o que se concede é um fato, não um direito.

Ao passo que, em lógica, a argumentação é coerciva, não há coerção em retórica. Ninguém pode ser obrigado a aderir a uma proposição ou a renunciar a ela por causa de uma contradição à qual teria sido coagido. A argumentação retórica não é coerciva porque não se desenvolve no interior de um sistema cujas premissas e regras de dedução são unívocas e fixadas de maneira invariável.

Por causa dessas características do debate retórico, nele a noção de contradição deve ser substituída pela de incompatibilidade. Essa distinção entre contradição e incompatibilidade lembra, de certa maneira, a distinção leibniziana entre a necessidade lógica, cujo oposto implica contradição, e a necessidade moral. As verdades necessárias de Leibniz são as que ninguém, nem sequer Deus, pode modificar; é um sistema dado de uma vez por todas. Não se dá o mesmo com a necessidade moral na qual só se encontram incompatibilidades e um elemento sempre pode ser modificado.

> Essa necessidade não é oposta à contingência; não é aquela a que se chama lógica, geométrica ou metafísica, cujo oposto

implica contradição. O Sr. Nicole valeu-se em certa passagem de uma comparação que não é má. Julga-se impossível que um magistrado sábio e sério, que não perdeu o senso, faça publicamente uma grande extravagância, como, por exemplo, a de correr pelas ruas inteiramente nu, para fazer rir[37].

É evidente que a impossibilidade de que fala o Sr. Nicole é uma impossibilidade puramente moral, uma incompatibilidade.

Tais incompatibilidades, características da argumentação retórica, são manifestamente dependentes do que se considera uma vontade. São formuladas e descartadas. Quando um primeiro-ministro afirma que se tal projeto de lei não for aceito o gabinete apresentará sua renúncia, estabelece uma incompatibilidade entre a rejeição do projeto e sua manutenção no poder. Esta incompatibilidade é o resultado de sua decisão e não é inconcebível que se possa removê-la, ao passo que, diante de uma contradição, seria preciso inclinar-se. Essa distinção não existiria, evidentemente, para uma filosofia em que só houvesse juízos de valor, como foi, talvez, a de Protágoras, de tal modo que o que caracterizava os sofistas seria, não ter dado importância à retórica, mas ter querido reduzir a lógica à retórica.

Assim como vimos que existe uma série de técnicas para remover o vínculo entre o ato e a pessoa, descobriríamos uma série de técnicas para remover as incompatibilidades e para recusar aquelas que tentam impor-nos ou apresentar-nos como necessárias. Tais técnicas são as que, no indivíduo, devem ajudar na solução dos conflitos psicológicos[38]. O dilema clássico do general obrigado a perder suas bagagens ou a capitular, comentado longamente pelos antigos[39], reduz-se a uma incompatibilidade posta e apresentada como necessária. Para apresentar a incompatibilidade como necessária, geralmente afirma-se que é posta por outra pessoa, ou seja, que se lhe atribui o estatuto de um fato ao qual a vontade não pode opor-se.

Se, portanto, a incompatibilidade sempre pode ser removida, se sempre se pode esperar modificar as condições do problema, em retórica nunca se é coagido ao absurdo. Há, todavia, uma noção que, em retórica, desempenha papel igual ao do absurdo em lógica: é o ridículo. No exemplo de Nicole, citado por Leibniz, não é absurdo que o magistrado sábio e sério percorra as ruas da cidade inteiramente nu para fazer rir, mas essa hipótese é ridícula. Portanto, se o adversário consegue, com sua argumentação, convencer-nos do ridículo, terá quase ganhado a partida. Quem afirma que, por nada no mundo, mataria um ser vivo, e a quem se mostra que sua regra o impedirá de absorver um anti-séptico por medo de matar micróbios, deverá, para não se deixar encurralar no ridículo, limitar o alcance de sua afirmação. E o fará de uma maneira que podemos especificar de antemão. Assim é que, numa discussão, dois adversários que buscam convencer um ao outro podem ver as opiniões de ambos modificadas em conseqüência da argumentação de seu parceiro. Chegam a um compromisso que será tão diferente da tese de um como da do outro, o que não pode acontecer se raciocinamos no interior de um sistema dedutivo univocamente fixado.

Essa delicada noção de compromisso, que não é um contrato mas uma modificação recíproca dos juízos de valor admitidos pelos interlocutores, não poderia ser expressa melhor do que o fez o poeta Robert Browning no final de "Bishop Blougram's Apology". Num longo monólogo, que na realidade é um diálogo, obra-prima de argumentação, o bispo sem fé tentou justificar-se perante seu interlocutor que o despreza. Ambos saem modificados do confronto, se bem que ambos pareçam triunfar.

O bispo conclui, segundo o poeta:

> On the whole, he thought, I justify myself
> On every point where cavillers like this
> Oppugn my life: he tries one kind of fence –
> I close – he's worsted, that's enough for him:
> He's on the ground! if the ground should break away
> I take my stand on, there's firmer yet
> Beneath it, both of us may sink and reach[40].

Já que, em lógica, a argumentação é coerciva, uma vez provada uma proposição, todas as outras provas são supérfluas. Em contrapartida, em retórica, como a argumentação não é coerciva, coloca-se um grave problema a cada interlocutor: o da amplitude da argumentação. Em princípio, não há limite para a acumulação útil dos argumentos e não se pode dizer de antemão quais provas serão suficientes para determinar a adesão. Teremos assim justificação para fazer uso de argumentos que seriam não só inúteis se um deles fosse aceito, mas se excluem de certo modo. É o que faz, por exemplo, Churchill, ao julgar a política do governo de Baldwin, quando nos diz:

> Os partidos ou os políticos devem antes aceitar ser derrubados do que pôr a vida da nação em perigo. Além do mais, não existe exemplo, em nossa história, de que um governo tenha recusadas pelo Parlamento e pela opinião pública medidas de defesa necessárias[41].

Existe, todavia, em retórica, um perigo maior do que em lógica na utilização de maus argumentos. Isso porque, em lógica, a falsidade de uma premissa não modifica em nada a verdade de uma conseqüência, se esta é provada por outras vias. A verdade desta última proposição permanece independente dessas falsas premissas.

Em retórica, pelo contrário, a utilização de um mau argumento pode ter um resultado nefasto. Dizer, por ignorância ou imperícia, a um auditório que é partidário de uma revolução, que tal medida, à qual o auditório estaria inclinado a aderir, diminui a probabilidade de uma revolução, pode ter um efeito exatamente contrário ao que se havia esperado. Por outro lado, enunciar um argumento que o auditório acha duvidoso pode prejudicar, como vimos, a pessoa do orador e, por isso mesmo, comprometer-lhe toda a argumentação.

Se a argumentação retórica não é coerciva é porque suas condições são muito menos precisas do que as da argumentação lógica. Na própria medida em que não é formal, toda a argumentação retórica implica a ambigüidade e a confusão dos termos em que se baseia. Essa ambigüidade pode ser reduzida à medida que nos aproximamos do raciocínio formal. Mas, por não redundar numa linguagem artificial, tal como pode resultar do acordo de um grupo de cientistas especializados numa determinada ciência, a ambigüidade sempre subsistirá. A própria condição da argumentação coerciva é a univocidade, enquanto a argumentação social, jurídica, política, filosófica, não pode eliminar toda a ambigüidade.

Por muito tempo acreditou-se que a confusão das noções e a polissemia dos termos eram defeitos graves. Um sociólogo tão preocupado com o confuso como Pareto[42], embora evite em cada página qualquer apreciação pejorativa, não pode resolver-se a estudar as noções confusas sem ridicularizar-lhes o uso. Daí o fraco poder construtivo de suas análises, oposto ao inegável valor crítico delas.

Atualmente, em diferentes domínios, considera-se que a indeterminação dos conceitos é indispensável à sua utilização. O problema da interpretação, em direito, é hoje estudado em conexão estreita com os problemas da linguagem[43].

Em razão de seu alcance filosófico, a análise que M. E. Dupréel[44] fez da noção confusa será particularmente fecunda para o nosso objeto. Ela será, com a análise do juízo de valor, um dos indispensáveis instrumentos de estudo da retórica. Mas pensamos que, reciprocamente, a análise da argumentação poderia trazer certa clareza à gênese e à dissociação de certas noções confusas. Com efeito, não gostaríamos que a afirmação de que o confuso é indispensável, ou irredutível, possa ser considerada um incentivo para subtraí-lo a toda investigação. Ao contrário, nosso empenho visa a compreender como a noção confusa é manejada, qual é seu papel e seu alcance. Este empenho terá como resultado, pensamos nós, sobretudo mostrar que noções consideradas em geral absolutamente claras o são apenas mediante a eliminação de certos equívocos determinados. Portanto, longe de comprazer-se na confusão, trata-se de levar a análise das noções o mais longe possível, mas com a convicção de que tal empenho não pode redundar numa redução de todo o pensamento a elementos perfeitamente claros.

Não só determinar o sentido das noções, mas também a intenção de quem fala, a significação e o alcance do que diz – tudo isso são problemas fundamentais da retórica com que a lógica formal, baseada na univocidade, não tem de se preocupar.

Tomemos um exemplo bem simples e suficientemente claro. Trata-se de uma passagem de La Bruyère:

> Se certos mortos voltassem ao mundo e vissem seus grandes nomes usados e suas terras mais bem situadas, com seus castelos e suas casas antigas, possuídas por gente cujos pais talvez fossem seus meeiros, que opinião poderiam ter de nosso século?[45]

Benda, em seu prefácio à edição La Pléiade, interpreta esta passagem como uma declaração clara em favor da imobilidade das classes. Talvez. Mas, como em toda afirmação desse gênero, ou seja, baseada numa apreciação feita por outrem, nela podemos ver, quer um juízo desfavorável sobre o século em que triunfam os novos-ricos, quer um juízo desfavorável sobre os mortos que julgassem desfavoravelmente esse século. Para o leitor de Benda, introduz-se mais uma instância: pode julgar Benda pelo juízo categórico que este faz de La Bruyère que julga os homens que julgam seu século, e assim por diante, em razão da interação entre a pessoa e seus juízos.

As considerações que precedem parecem-nos suficientes para poder afirmar que a área da argumentação retórica não pode ser reduzida por um esforço, por mais alentado que seja, para reduzir esta, seja ao argumento lógico, seja à sugestão pura e simples.

A primeira tentativa consistiria evidentemente em fazer da argumentação retórica uma lógica do provável. Mas sejam quais forem os progressos que o cálculo das probabilidades ainda pode fazer, a sua aplicação é limitada a uma área cujas condições foram determinadas com uma precisão suficiente. Ora, como vimos, em retórica, é preciso excluir essa determinação.

A segunda tentativa consistiria em estudar os efeitos sugestivos produzidos por certos meios verbais de expressão e em reduzir a esses efeitos toda a eficácia dos procedimentos não-lógicos de argumentação. Tentativa que pode ser fecunda, mas que deixaria escapar o aspecto de argumentação que queremos, precisamente, pôr em evidência.

O que é exato é que, entre os procedimentos de argumentação que encontramos, certo número está próximo dos procedimentos de uma lógica da probabilidade; são, notadamente, a prova pelo exemplo, os argumentos baseados no normal, na competência.

Na outra ponta, encontramos uma série de procedimentos destinados sobretudo a aumentar a intensidade da adesão mediante o que chamaríamos impressão de presença ou de realidade. É nesse grupo que colocaríamos a analogia sob suas diferentes formas, notadamente a metáfora. O papel delas em retórica é primordial. Aí encontramos também a maioria dos procedimentos que, com o nome de "figuras", são classificados e reclassificados há séculos. Sua eficácia literária nunca foi ignorada. Mas seu significado como elemento de argumentação está longe de ter sido suficientemente analisado.

Esse grupo de argumentos, a que chamaremos "argumentos de presença", é aquele que é mais descurado por todos os que minimizam o papel do irracional. O papel da presença não pode ser reduzido a raciocínios sobre o provável. A diferença entre essas duas áreas poderia ser comparada à diferença feita por Bentham entre *propinquity* e *certainty*. Lewis a considera estranha e receia que Bentham queira dizer que deveríamos ser racionalmente menos preocupados com o futuro por causa de seu grau de afastamento, independentemente da dúvida maior que em geral se prende ao que está mais afastado. Descurando do fator presença, Lewis se espanta, e qualifica isso de *anomalous conception*[46].

É entre esses grupos extremos que se situariam os procedimentos que consideramos essencialmente retóricos e caracterizam a retórica enquanto lógica dos juízos de valor. Existe, de fato, uma série de procedimentos de qualificação e de desqualificação que constituem verdadeiramente o arsenal da retórica.

Encontraremos nesse grupo toda a argumentação filosófica baseada no real e no aparente, nos fins e nos meios, no ato e na essência, na quantidade e na qualidade, e outros pares de oposição considerados fundamentais. Tais procedimentos não puderam, até agora, ser objeto de análise enquanto meios de argumentação, porque as concepções prevalecentes da retórica não podiam dar-lhes espaço. O estudo desses procedimentos é que constituirá, provavelmente, a mais nova contribuição de uma retórica tal como a concebemos.

Não só existem procedimentos que podem ser utilizados com vista a obter um efeito desejado, mas também funcionam às vezes independentemente da intenção do autor.

Assim é que se desqualifica ou se qualifica ao afirmar que onde se via uma diferença de natureza só há diferença de grau ou vice-versa. Quando o general Marshall lutava recentemente contra a redução de 25% dos créditos para a Europa que o Congresso americano queria impor, afirmava que então já não se trataria de "reconstrução", mas de "assistência", ou seja, que o gesto da América mudaria não de grau, mas de natureza. Nesse caso, a desqualificação era desejada pelo general Marshall. Inversamente, uma análise da tolerância que tende a mostrar que esta é uma questão de grau, e que em qualquer sociedade existem normas a cujo respeito é exigido o conformismo e outras deixadas à apreciação de cada qual, tende a diminuir a diferenciação entre dois regimes considerados, um tolerante, o outro intolerante. Essa atenuação da diferença pode ocorrer mesmo no caso em que o autor da análise julga pessoalmente que tal diferença é considerável. Pois o mecanismo pode ser posto em ação, quer voluntariamente, quer independentemente da vontade de quem analisa a noção.

Um procedimento usual de desqualificação consiste em tornar relativo um valor dizendo que o que até então era considerado valor em si não passa de um meio. Aqui também o mecanismo pode funcionar independentemente da vontade do autor. Foi assim o desagradável incidente ocorrido com Lévy-Bruhl, que, apesar de suas mais sinceras negativas, foi acusado de desvalorizar a moral quando, em *La morale et la science des moeurs*, mostrou que a moral não passava de um meio cuja finalidade era o bem-estar social.

A depreciação resultante do fato de algo ser considerado expediente é uma das principais formas de desqualificação. Foi ela que mais atingiu a própria retórica.

Em matéria social, a consciência do fato de algo ser um expediente em geral basta para tirar deste qualquer eficácia. O homem virtuoso é respeitado; mas se nos apercebemos de que seu comportamento é determinado unicamente pelo desejo de ser respeitável, qualificaremos este não de virtuoso, mas de ostentatório. Proust nos diz a um só tempo o que se deve fazer e a inutilidade de fazê-lo se a coisa é percebida como expediente: "Assim também, se um homem lamentasse não ser bastante requestado pela sociedade, não o aconselharia a fazer mais visitas, a ter ainda uma carruagem mais bonita, dir-lhe-ia para não aceitar nenhum convite, para viver encerrado em seu quarto, para nele não deixar entrar ninguém, e que então fariam fila na frente de sua porta. Ou melhor, não lho diria. Pois este é um modo garantido de ser requestado que só é bem-sucedido como o de ser amado, ou seja, se não o adotamos de forma alguma para isso, se, por exemplo, ficamos sempre no quarto porque estamos gravemente doente, ou julgamos estar, ou se nele mantemos uma amante encerrada e a preferimos à sociedade"[47].

Toda a arte está sob a ameaça dessa desqualificação. Necessidade do expediente, justificação e rejeição do clichê, terrorismo e crítica do terrorismo, ninguém melhor do que Paulhan sentiu o seu vaivém sutil[48]. Parece que as renúncias na arte sejam necessitadas, em grande parte, por essa ineficácia que atinge o expediente assim que é percebido como tal – ainda que outras razões profundas igualmente concorram para isso[49].

Todavia, se a percepção do expediente diminui-lhe a eficácia, essa não é regra absoluta: a fórmula ritual, que poderia ser considerada uma espécie de clichê, tira seu prestígio e sua dignidade de sua própria repetição, e de ser percebida como expediente.

Do mesmo modo, o paciente pode, num tratamento psiquiátrico, desejar a sugestão que lhe será feita. E o soldado que parte para o combate pode, voluntariamente, submeter-se ao discurso patriótico muito pouco original que lhe é dirigido, assim como o passeante cansado se deixará levar por uma marcha cantada.

Observariam, talvez, que o caso em que a argumentação retórica perde menos a sua eficácia, quando é percebida como expediente, é o do discurso epidíctico ou do que dele se aproxima, ou seja, o caso em que já existe certa adesão às conclusões ou em que esta deve ser somente reforçada. Seria oportuno, pensamos, pesquisar quando, e segundo quais condições, a argumentação retórica percebida como expediente pode conservar sua eficácia.

Observe-se, a esse respeito, que um ato é percebido como expediente quando não lhe encontram outra interpretação ou estas são menos plausíveis: logo, cumprirá servir-se da retórica para combater a idéia de que é retórica. Um primeiro expediente – bem conhecido e muito gasto, mas muito eficaz – é insinuar já no exórdio que não se é orador[50]. Ainda que, também aqui, se faça necessária certa prudência, e não é sem razão que Dale Carnegie critica seus jovens alunos que iniciam inabilmente anunciando que não sabem expressar-se[51]. Nossa classificação dos procedimentos de argumentação – escalonados da lógica à sugestão – talvez permitisse justificar essas divergências de opinião: quanto mais os expedientes se aproximassem da lógica, menos nefasta seria a sua percepção como expediente; quanto mais se aproximassem da sugestão, mais nociva ela seria.

A perda de eficácia dos procedimentos de argumentação fica particularmente sensível na atividade literária. A alternância dos procedimentos não é contradição ou paradoxo; entre estes incluímos evidentemente a suposta ausência de procedimento, a espontaneidade que sucede ao inesperado quando este perdeu sua força persuasiva. Pois a própria espontaneidade perde eficácia assim que é percebida como expediente, e deve ser substituída por outra coisa.

Toda retórica que se prende às formas particulares de pensamento ou de estilo, e que na medida do possível não tenta generalizar suas conclusões e abarcar o conjunto da argumentação sobre os valores, corre o risco de ficar rapidamente antiquada.

Diremos que o que a correção é para a gramática, e a validade para a lógica, a eficácia o é para a retórica.

Que não se julgue, todavia, que nossa meta seria indicar meios de enganar o adversário, distrair-lhe a atenção, privá-lo de seu controle mediante passes de mágica mais ou menos engenhosos.

Mas se apenas a eficácia entrar em linha de conta, teremos um critério que nos permita distinguir o êxito do charlatão e o do filósofo eminente?

Esse critério não poderia, é claro, fornecer norma absoluta, dado que a argumentação retórica, como já o dissemos, nunca é indiscutível.

Qual será então a garantia de nossos raciocínios? Será o discernimento dos ouvintes aos quais se dirige a argumentação. Por conseguinte, vê-se o interesse apresentado, para o valor dos argumentos, pelo cuidado de dirigi-los a um auditório universal. É a este auditório que se visa nos raciocínios mais elevados da filosofia. Vimos que este auditório universal não é, por sua vez, senão uma ficção do autor e toma suas características emprestadas às noções deste. Todavia, dirigir-se a esse auditório constitui, no modo de agir de um espírito honesto, o esforço máximo de argumentação que lhe possa ser reclamado. Os argumentos que analisaremos serão, portanto, aqueles que os espíritos mais retos e, diremos, em geral mais racionalistas não podem deixar de utilizar quando se trata de certas matérias, tais como a filosofia e as ciências humanas.

Contrariamente a Platão, e mesmo a Aristóteles e a Quintiliano, que se empenham em encontrar na retórica raciocínios como os da lógica, não cremos que a retórica seja apenas um expediente menos seguro, que se dirija aos ingênuos e aos ignorantes. Há áreas, a da argumentação religiosa, a da educação moral ou artística, a da filosofia, a do direito, em que a argumentação tem de ser retórica. Os raciocínios válidos em lógica formal não podem ser aplicados quando não se trata nem de juízos puramente formais nem de proposições que têm um conteúdo tal que a experiência baste para esteá-las[52].

A vida cotidiana, familiar ou política, nos fornecerá, em profusão, exemplos de argumentação retórica. O interesse desses exemplos do cotidiano estará nas comparações que possibilitam com os exemplos tirados da mais elevada argumentação dos filósofos e dos juristas.

Tendo assim tentado delimitar o campo da argumentação retórica, ver sua meta e as características que a diferenciam da argumentação lógica, compreenderemos melhor, ao que parece, as causas do declínio da retórica.

Uma vez que se crê que a razão, a experiência ou a revelação podem dirimir todos os problemas – pelo menos de direito, se não de fato –, a retórica só pode ser um conjunto de expedientes para enganar os ignorantes.

Se a retórica pôde ser, durante toda a Antiguidade clássica, a base da educação da juventude, foi porque os gregos viam nela algo diferente de uma exploração da aparência.

A retórica sofrera, da parte de Platão, um tremendo ataque, mas resistira. Não foi, como acreditava Cícero[53], por Sócrates e Platão serem adversários da elegância da linguagem, mas em nome da verdade, que a luta fora travada. O triunfo do dogmatismo, primeiro platônico, depois estóico e por fim, do dogmatismo religioso, deu um novo golpe na retórica, reduzindo-a cada vez mais a ser apenas um meio de exposição. Com efeito, na medida em que triunfa um monismo dos valores, a retórica não pode desenvolver-se. Esse monismo transforma os problemas de valores em problemas de verdade. Sem dúvida alguma, encontraremos tanta argumentação retórica nos escritos dos teólogos dogmáticos quanto nos de qualquer outra época, mas essa argumentação só pode ser examinada pelo ângulo da verdade.

O humanismo do Renascimento poderia ter preparado um ressurgimento da retórica no sentido lato da palavra. Mas o critério da evidência, fosse a evidência pessoal do protestantismo, a evidência racional do cartesianismo ou a evidência sensível dos empiristas, só podia desqualificar a retórica.

Leibniz crê que "a arte de conferir e disputar teria necessidade de ser totalmente reformulada"[54]. Entretanto, vê na retórica um mal menor para inteligências finitas[55]. Leva em conta o verossímil de Aristóteles, mas censura a este tê-lo restringido

LÓGICA OU RETÓRICA? 89

ao opinável, quando existe um provável que deriva da natureza das coisas[56]; o que Leibniz deseja é uma espécie de cálculo das probabilidades, análogo à apreciação das presunções em direito[57]. Não é uma lógica dos valores.

O racionalismo reduziu, portanto, a retórica ao estudo das figuras de estilo. O grande esforço de Whately nada pode por ela. Ele próprio, atado por seu dogmatismo, estava longe demais da tendência relativista para dar realmente espaço à retórica. Ele junta à retórica, concebida como expressão, um estudo dos argumentos que se resume a um estudo lógico. Portanto, apesar de Whately, a retórica se limita, cada vez mais, ao estudo dos procedimentos literários. E, como tal, o romantismo acaba de desqualificá-la.

Schopenhauer se interessa vivamente, em dado momento, pelos métodos de discussão. Ainda que neles veja sobretudo artifícios que considera de mau gosto, enceta um estudo que julga original. Mas renuncia a ele sem sequer o publicar[58], tratando essa matéria com desprezo. Na realidade, ela não se integra bem em suas concepções filosóficas.

Hoje que perdemos as ilusões do racionalismo e do positivismo, e que nos damos conta da existência das noções confusas e da importância dos juízos de valor, a retórica deve voltar a ser um estudo vivo, uma técnica da argumentação nas relações humanas e uma lógica dos juízos de valor.

Esta lógica deve possibilitar-nos, notadamente, precisar a própria noção de juízo de valor. Cremos, de fato, cada vez mais, que só se concebe o problema dos valores em função da argumentação em relação aos outros.

A retórica é imortal, disseram, porque permite sustentar o pró e o contra – e quanto essa crítica embaraça Quintiliano[59].

Mas não é porque há argumentos pró e contra que esses têm o mesmo valor. Um autor tão clássico como J. Stuart Mill insiste na necessidade de pesar os argumentos.

> As opiniões mais opostas podem dar mostra de uma evidência plausível quando cada uma delas se expõe e se explica

por si só; é apenas ouvindo e comparando o que cada uma pode dizer contra a outra e o que esta pode dizer em sua defesa que é possível decidir qual delas tem razão[60].

O juiz esclarecido é aquele que decide depois de ter ouvido o pró e o contra. Poderíamos dizer que a retórica, mais do que formar o pleiteante, deve formar o juiz. O que há de desagradável na idéia de pleitear é que é uma ação unilateral, fechada aos argumentos do adversário, a não ser para refutá-los. Para o pleiteante, as conclusões são conhecidas e a única questão é encontrar os argumentos que as apóiam. Mas esse pleito não pode ser separado de seu contexto, do pleito da parte adversa. Num ambiente relativista, deixa de haver pró e contra independentes: há uma incessante formação de novos sistemas que integram esse pró e esse contra. É este o sentido da responsabilidade e da liberdade nas relações humanas. Quando não há nem possibilidade de escolha nem alternativa, não exercemos a nossa liberdade. A deliberação é que distingue o homem do autômato. Esta deliberação incide sobre o que é essencialmente a obra do homem, sobre os valores e as normas por ele criados, e que a discussão permite promover. O estudo dos procedimentos dessa discussão pode desenvolver no homem a consciência das técnicas intelectuais empregadas por todos os que lhe elaboram a cultura.

É por ser uma obra verdadeiramente humana que a retórica, acreditamos, conheceu seu esplendor máximo nas épocas de humanismo, tanto na Grécia antiga como nos séculos do Renascimento.

Se nosso século deseja apartar-se definitivamente do positivismo, necessita de instrumentos que lhe permitam compreender o que constitui o real humano. Por mais distante que pareça estar delas, nossa preocupação coincide, talvez, por seu móbil, com as últimas tentativas de Bachelard ou com as pesquisas dos existencialistas contemporâneos. Nelas se encontraria uma solicitude igual pelo homem e pelo que escapa à jurisdição de uma lógica puramente formal e da experiência. Cremos que uma teoria do conhecimento, que corresponda a esse clima da filosofia contemporânea, necessita integrar em sua estrutura os procedimentos de argumentação utilizados em todas as áreas da cultura humana e que, por essa razão, um ressurgimento da retórica seria conforme ao aspecto humanista das aspirações da nossa época.

Capítulo II
Lógica, linguagem e comunicação *

O objeto da lógica é o estudo dos meios de prova. A lógica formal se propõe o estudo da prova formal, ou seja, daquela cuja validade deveria depende apenas da *forma* das premissas e da conclusão. Cumpre lembrar, logo de início, que toda lógica pressupõe uma concepção da prova; essa concepção depende de uma teoria que estabelece relações entre os elementos desta lógica e nossas faculdades de conhecimento. A teoria concernente à prova formal deveria, ademais, precisar a oposição "forma-matéria", mostrar-lhe o alcance e fixar-lhe os limites. Observe-se, de todo modo, que, para que se possa interpretar um formalismo não como um cálculo qualquer, mas como uma lógica, deve-se excluir *a priori* a possibilidade de deduzir o falso a partir do verdadeiro; isto impõe o respeito dos princípios de identidade e de não-contradição.

A idéia do que deve ser uma prova formal rigorosa é que leva a apresentar uma lógica formal como uma linguagem formalizada. O desejo de eliminar as ambigüidades inevitáveis nos contextos de uma língua natural, de adaptar os elementos do sistema às exigências de uma comunicação irrepreensível e de uma aplicação unívoca das regras de inferência formalizada, explica o suficiente por que a edificação de um sistema de lógica se identifica, hoje, com a construção de uma linguagem artificial.

* Extraído do volume *Relazioni introduttive del XII Congresso internazionale di filosofia* (Veneza, 12-18 de setembro de 1958). Sansoni, Florença, 1958.

A parte puramente formal dessa linguagem artificial, a que se pode descrever antes de qualquer interpretação desta última, é chamada de sistema logístico. Seu estabelecimento será conforme às seguintes prescrições[1]:

1º enumerar todos os *signos* primitivos (os átomos lingüísticos) que entram na constituição das fórmulas da linguagem;

2º indicar regras unívocas de *formação* que possibilitam, a partir dos signos primitivos, construir fórmulas bem formadas, únicas *expressões* consideradas significativas na linguagem;

3º escolher, entre as expressões, as que serão tratadas como *axiomas*, isto é, como expressões válidas independentemente de qualquer inferência;

4º fixar as *regras de inferência* que possibilitam passar de uma ou de várias expressões para uma expressão que delas se deduz imediatamente, e que será concluída a partir dessas expressões, chamadas premissas. Uma conclusão será considerada *provada* e constituirá um teorema se for a última de uma série consumada de expressões que são, todas, quer axiomas, quer expressões imediatamente deduzidas daquelas que as precedem, em conformidade com as regras de inferência.

Segundo essas prescrições, uma mudança na lista dos signos, das regras de formação, dos axiomas ou das regras de inferência, determinará uma linguagem artificial diferente. Essas prescrições estritas, às quais nenhuma língua natural se amolda, são inspiradas pelo ideal do lógico formalista, que gostaria que de qualquer seqüência de signos se pudesse dizer, sem contestação possível, se constitui ou não uma expressão significativa (ou seja, bem formada) e, de qualquer seqüência de expressões, se constitui uma prova. Com esse fim, é indispensável que todo ouvinte ou leitor possa dispor de meios efetivos e indiscutíveis para controlar a correção de uma expressão e a regularidade da prova formal de um teorema, de modo que, se admitir todos os elementos do sistema nos quais se fundamenta essa prova, ela provocará sua convicção[2]. A prova formal, em todo o seu rigor, não poderá referir-se a nenhuma interpretação do sistema lógico; é apenas então, e na medida em que é independente de qualquer recurso à intuição, que seu caráter puramente formal poderá ser reconhecido.

O ideal de rigor provocou a redução progressiva da lógica à lógica formal. O desejo de realizar as condições de uma comunicação unívoca faz conceber um sistema de lógica formalizada como uma linguagem artificial. Seria útil submeter à discussão os pressupostos filosóficos que devem completar a elaboração de uma lógica formalizada para garantir aos lógicos que toda ambigüidade foi eliminada do próprio formalismo, assim como de suas eventuais interpretações. Essa discussão permitiria também especificar em que a lógica humana que raciocina nos âmbitos de um formalismo ultrapassa este último.

Constatemos, para começar, que os signos primitivos, mesmo num sistema logístico inteiramente formalizado, não podem ser identificados, nem com os sons, nem com as marcas de tinta, indispensáveis para cada ato de comunicação, pois, nesse caso, a determinação exaustiva de todos os elementos do sistema seria irrealizável. Para escapar a esta primeira dificuldade, os lógicos apresentaram diferentes soluções. Church adota francamente uma atitude platonizante (que Russell, noutra obra[3], justifica longamente), distinguindo o signo dos casos em que se apresenta e eliminando, por hipótese, as dificuldades que pode levantar, por exemplo, a existência de marcas ilegíveis[4]. Tarski, na esteira, creio eu, de Lesniewski, entende por signo e por expressão não inscrições individualistas, e sim classes de inscrições de mesma forma[5]. Não acha útil dizer quando inscrições são ou não são da mesma forma. Quine, por ser o mais afastado do platonismo, se preocupa com o problema e estaria tentado a resolver as dificuldades que se apresentam adotando a máxima da *identificação dos indiscerníveis*, relativa sempre ao discurso que a invoca e numa medida que depende da estrutura desse discurso[6]. Esforçando-se em evitar o platonismo, é obrigado a colocar-se questões que outros lógicos deixam de lado e já não pode contentar-se em elaborar uma linguagem formalizada, sem lhe examinar os pressupostos filosóficos.

Seja como for, a existência de um sistema lógico unívoco supõe que a identificação de seus signos primitivos não suscita problemas. Só pode ser fornecida uma segurança a esse respeito por mcio de um recurso à evidência, aplicável, desta vez, não às idéias, mas aos signos e expressões do formalismo[7]. No entanto, bastará o critério da evidência para explicar inteiramente a atitude da mente ante um sistema formal? Ele permitiria, a rigor, satisfazer às exigências impostas a uma máquina de calcular, mas esta é incapaz de corrigir falhas e erros de cálculo, pelo menos quando não foram previstos pelo construtor. Ora, a mente humana posta diante de um cálculo qualquer, regido por regras, é perfeitamente capaz disso.

Para nos fazer compreender, examinemos os seguintes exemplos aritméticos:

$a.\ Z + 5\ =\ 7$
$b.\ 3 +\quad =\ 9$
$c.\ 3\ + 8\ = 11$
$d.\ 5 + 3\ =\ 7$
$e.\ 1 + 1\ =\ 2$
$\quad\ 2 + 1\ =\ 3$
$\quad\ 2 + 1\ =\ 3$
$\quad\ 4 + 1\ =\ 5$

Em cada caso, uma criança de dez anos, tendo aprendido alguns elementos de aritmética, corrigiria espontaneamente as falhas de impressão, às vezes até sem as ter notado. No exemplo *a*, colocará "2" no lugar de "Z", no exemplo *b*, colocará "6" depois do sinal de adição, no exemplo *c*, não levará em conta o espaço anormal que separa o sinal "+" do "8", no exemplo *d*, substituirá "7" por "8" e verá que, no exemplo *e*, a repetição da fórmula "2 + 1 = 3" foi um erro, e que deve retificar escrevendo "3 + 1 = 4".

Em contrapartida, aquele que, diante desses exemplos, se contentasse em seguir rigorosamente prescrições de cálculo, análogas às formuladas para a construção de um sistema logístico, descartaria o exemplo *a* por ele conter um signo alheio ao cálculo, os exemplos *b* e *c* por não serem conformes às regras de formação de expressões corretas, o exemplo *a* por ele não ser um teorema e a última linha do exemplo *e* por ele utilizar o signo "4", não definido no sistema. Uma máquina de calcular e quem modela seu comportamento pelo de uma máquina devem, a cada vez que há afastamento das regras do sistema, deter-se e esperar que sejam tirados do aperto. Em contrapartida, o homem que compreendeu o sistema e vê nos exemplos citados casos de aplicação das regras ensinadas sabe, quando preciso, corrigir um erro de impressão ou de cálculo. Pois, concedendo a primazia à intenção demonstrada de ajustar-se às regras do sistema, ele é capaz de corrigir a execução dessa intenção, distinguindo o espírito da letra, a realidade da aparência. Em vez de imobilizar-se, como uma máquina que constata uma falha, a mente estabelece uma hierarquia entre os elementos do sistema, corrige o erro substituindo o signo *aparente* pelo signo *real*. É inegável que esse modo de proceder revela não só certa inteligência, mas também é conforme à lógica, concebida como fidelidade a regras. Note-se, aliás, que essas correções, por se inserirem no âmbito de um formalismo, serão feitas de uma forma tão segura quanto as operações conformes às prescrições do sistema, conquanto estas não permitissem executá-las. O formalismo constrói o complexo a partir de seus elementos e procede passo a passo. A mente lógica é, ademais, capaz de modificar os próprios elementos para deixá-los conformes às regras cuja importância primordial ela percebe. Uma teoria da lógica e uma teoria do conhecimento ficarão incompletas e insuficientes se não conseguirem dar conta dessa superioridade da mente sobre a máquina de calcular, mesmo com relação a um formalismo.

Há mais, porém. O sistema logístico que apresentamos contém outra imperfeição: não menciona o papel especial do princípio de não-contradição. Não basta, com efeito, que um teorema seja provado para ocasionar necessariamente a convicção de quem lhe admite os pressupostos. Pois, se ficasse comprovado que o sistema permite provar dois teoremas contraditórios, a confiança em cada um deles ficaria abalada e, por uma repercussão dialética, a confiança no próprio sistema seria questionada. A convicção não caminha unicamente, como supõe o formalista, dos axiomas e das regras do sistema para os teoremas; a convicção de que um teorema provado não é válido pode convencer-nos do caráter não-válido de todo o sistema. Só se pode resolver a dificuldade admitindo uma hierarquia entre regras e subordinando, em todo caso, as de um sistema logístico ao princípio de não-contradição. O sistema contraditório deverá ser abandonado e substituído por outro, concebido de modo que se evite a contradição. Se bem que construído em função desta última preocupação, o novo sistema será apresentado, pelo teórico que se atém ao estudo do formalismo, quer como tão arbitrário quanto o precedente (ponto de vista nominalista), quer como também conforme às verdades eternas (ponto de vista realista). Em ambos os casos, o fator histórico e humano é inteiramente esquecido, ou tido como desprezível e sem influência sobre os problemas do lógico.

A insuficiência do ponto de vista estritamente formalista em lógica ficará manifesta assim que se tratar de *interpretar* o sistema logístico. Ora, há que salientar, só há linguagem e só há lógica quando os signos e as expressões foram interpretados, quando lhes foi atribuído um sentido graças ao qual os axiomas do sistema se tornam asserções.

Para possibilitar a aplicação, no formalismo, do princípio de identidade, cada substantivo e cada expressão devem ter um único sentido, perfeitamente definido, que não varia nem conforme o contexto, nem segundo os usuários da linguagem formalizada. Abandonando essa exigência de univocidade, abandonar-se-iam as próprias razões que justificam o uso de sistemas logísticos.

Logo, é preciso fornecer razões alheias ao formalismo, que farão deste um instrumento de comunicação desprovido de ambigüidade.

Alguns autores encontram a garantia que lhes é necessária numa tomada de posição platonizante. Assim é que, para Frege, bem como para Church que nele se inspira, um nome de objeto tem um sentido e uma designação. Sinônimos são substantivos que têm um sentido igual, sentido que, para Church, é um *conceito*. Os conceitos seriam independentes de qualquer linguagem particular: seu estatuto não seria lingüístico e poderíamos dizer, quando muito, que constituem o sentido de um substantivo em qualquer linguagem concebível[8]. Frege chamava de idéias essas entidades objetivas, independentes de todo pensamento humano[9].

O mundo das proposições objetivas surge, de um modo análogo, nos escritos de lógicos considerados positivistas. A partir de enunciados de uma determinada linguagem S, Carnap introduz, por definição, proposições que esses enunciados designam e cuja verdade seria independente de qualquer linguagem[10]. Será inspirado nessa definição que Ducasse identifica uma proposição verdadeira com um fato[11]? Russell, mais prudente, define a proposição como a classe de todos os enunciados que têm o mesmo significado que um enunciado dado[12], e se empenha em tornar a proposição independente de uma determinada linguagem, concebendo-a em função de todas as linguagens possíveis nas quais poderíamos expressá-la.

Por que razão todos esses lógicos, que identificam a lógica com uma linguagem formalizada, acabam por conceber essas entidades extralingüísticas? É porque, graças a elas, as relações lógicas, tornando-se independentes de qualquer linguagem particular, adquirem a objetividade desejada e constituem estruturas que qualquer pensamento e qualquer linguagem rigorosa devem, ao contrário, refletir. O estatuto ontológico dessas entidades é muito variável para os lógicos que se dão ao trabalho de explicitá-lo. Tratar-se-á de um mundo eterno de idéias platônicas? Todos os conceitos e todas as proposições possíveis serão pensados desde tempos imemoriais pelo entendimento divino? Tratar-se-á de estruturação objetiva do universo, preexistente à linguagem que a reflete[13]? Apenas os lógicos platonizantes não hesitam em assumir as suas responsabilidades filosóficas. Os outros tergiversam[14]. Não querem assumir os pressupostos ontológicos de sua metodologia.

Tomemos, para esclarecer o nosso propósito, a noção de verdade. Todos os formalistas adotaram a concepção semântica da verdade, desenvolvida por Tarski[15]. Essa concepção, que se propõe elaborar a idéia aristotélica da verdade-correspondência (*Met.* 1011b: Dizer do que é que não é, ou do que não é que é, é falso, enquanto dizer do que é que é, e do que não é que não é, é verdade"), esboçada por Platão (*Crátilo*, 385b), é expressamente relativa ao dizer, ou seja, à linguagem. Segundo Tarski, essa concepção só pode mesmo ser rigorosamente formulada nas linguagens cuja estrutura foi exatamente especificada[16]. Ora, constatamos que alguns lógicos que se dizem positivistas ou próximos do positivismo, tais como Carnap, Ducasse ou Russell[17], falam de verdades independentes de qualquer linguagem. Como explicar esse curioso fenômeno?

É que a idéia de verdade, quando concebida como correspondência entre o que se diz e o que é, conduz infalivelmente à visão racionalista do mundo em que a experiência se estrutura, por assim dizer espontaneamente, em idéias claras e distintas. Quer se seja um platonizante, como Frege, quer se tenha tendências empiristas, como Russell, supor-se-á que intuições, racionais ou sensíveis, fornecem um saber que se estruturará espontaneamente em enunciados (idéias claras e distintas, proposições básicas) dos quais está ausente qualquer erro[18]. Uma evidência imediata resolve o problema da passagem da verdade para a crença ou da crença para a verdade. A linguagem com que deve preocupar-se o lógico é a que supre perfeitamente às suas necessidades, porque é suficientemente transparente para não atrapalhar o estabelecimento de convicções inabaláveis e perfeitamente comunicáveis. Os problemas levantados pelas linguagens naturais enquanto instrumentos de comunicação social não têm, nessa perspectiva, senão um interesse secundário, pois não impedem a elaboração de uma lógica concebida como linguagem formalizada sem ambigüidades.

Poderá esse ideal de univocidade, que se impõe em lógica formal, ser inteiramente satisfeito nos limites desta? Para responder a essa pergunta, devemos colocar-nos na parte mais elementar da lógica moderna, o cálculo proposicional, que contém variáveis proposicionais dotadas classicamente de dois valores, o verdadeiro e o falso. Frege é um dos raros lógicos para quem o verdadeiro e o falso são objetos bem individualizados, cujos nomes são as proposições verdadeiras ou falsas[19]. As variáveis proposicionais teriam, segundo ele, apenas esses dois objetos como valores. Mas, para a grande maioria dos lógicos, os valores das variáveis proposicionais seriam enunciados declarativos, verdadeiros ou falsos, que expressam asserções[20]. Ora, a lógica formal é incapaz de dizer quando nos encontramos diante de uma asserção. As variáveis proposicionais deixam de ser, por essa razão, noções unívocas, pois como afirmar a univocidade de um formalismo cujas variáveis podem percorrer um campo de variação imperfeitamente determinado?

Para ilustrar a dificuldade que se apresenta assim aos lógicos, tomemos o quinto mandamento do decálogo: "Não matarás". Tratar-se-á de um enunciado declarativo? Apenas a forma não permite responder; é graças ao contexto que se reconhece tratar-se não de um futuro do indicativo, e sim de um imperativo. Tentemos amoldar esse mandamento à forma de um enunciado declarativo verdadeiro ou falso. Eis algumas frases que poderiam, à primeira vista, satisfazer essa condição: "Jeová prescreveu não matar", "Matar é um pecado", "É imoral matar", "Matando, transgride-se o quinto mandamento". Quais dessas quatro frases constituem enunciados verdadeiros ou falsos, valores possíveis das variáveis proposicionais? Não há meios de responder sem elaborar uma teoria do conhecimento que ultrapasse largamente o âmbito da lógica formal.

Compreende-se que, para conservar a independência da lógica formal, Quine preferiria não falar de modo algum sobre variáveis proposicionais. Mas, se acaso fossem admitidas, prefere a solução de Frege, tratando-a não como conforme com entidades objetivas, o verdadeiro e o falso, mas mediante aplicação de sua máxima da identificação dos indiscerníveis[21]. No âmbito do cálculo das proposições, não se tem de distinguir entre conceitos proposicionais com igual valor de verdade[22]. Mas essa solução não basta quando se procura *aplicar* o cálculo proposicional. Isso porque, para determinar o valor de verdade de um enunciado, seria preciso que seu sentido não se prestasse à discussão. Mas isto não pode de modo algum ser garantido, se esse sentido estiver descrito numa língua natural. Quando Jeová ordena não matar, qual sentido se deve dar a essa ordem? Sua interpretação não é evidente, pois, no mesmo

Deuteronômio, é ordenado condenar à morte aqueles que transgridem certos mandamentos de Jeová e são prescritos sacrifícios rituais. Logo, cumpre que condenar à morte e sacrificar sejam atividades diferentes da de matar, se supomos que as intenções de Jeová não são contraditórias. Para deixar um sistema coerente, muitas vezes é preciso interpretar-lhe os termos, não observando estritamente a regra da univocidade de expressões de forma igual. Distinguiremos os sentidos múltiplos de uma mesma expressão: à máxima da identificação dos indiscerníveis da lógica formal corresponde a da diferenciação de expressões formalmente semelhantes, quando sua identificação conduz à incoerência. É óbvio que se abandona, nesse caso, o campo da lógica formal, mas se poderá dizer que a atividade de quem interpreta um sistema é alheia à lógica? Quando se trata de provar que uma lei não foi violada, a administração da prova dependerá, com muita freqüência, da determinação do sentido preciso da lei. A lógica jurídica, que estuda os raciocínios probatórios em direito, vai além dos problemas formais, quando tem como objetivo examinar a validade de uma interpretação da lei. Ela não se reduz, nesses casos, como se poderia crer, à lógica formal aplicada, pois no direito se recorre amiúde a meios de prova não *demonstrativos*, mas *argumentativos*. A argumentação, e isso é hoje esquecido muitas vezes, se relaciona igualmente com a lógica, e Aristóteles, o pai da lógica formal, estudava, ao lado das provas *analíticas*, as provas por ele qualificadas de *dialéticas* e examinadas nos *Tópicos*, na *Retórica* e nas *Refutações sofísticas*.

As considerações, que aqui submetemos de modo sumário à discussão, instigam-nos a crer que não se pode tratar problemas de lógica, de linguagem e de comunicação numa perspectiva que se limite aos ensinamentos muito preciosíssimos, mas parciais, que se podem tirar do estudo exclusivo da lógica formal. Raciocinar e provar não é somente calcular, e a lógica não pode contentar-se com o estudo da prova formal. Esta só assume, por sua vez, seu verdadeiro significado nos âmbitos mais gerais de uma teoria da argumentação.

Buscando construir uma ontologia e uma teoria do conhecimento que só levem em conta exigências da lógica formal, chega-se a um realismo ou a um nominalismo que são, ambos, alheios à maneira pela qual se elabora efetivamente a nossa linguagem e se colocam os problemas de comunicação humana. A lógica, que fornece as normas de nossos comportamentos intelectuais que visam a provar, não constitui nem uma linguagem divina, nem uma linguagem arbitrária. Está, como todas as outras disciplinas humanas, inserida no processo geral do conhecimento, integrada nas nossas tradições filosóficas e científicas, e evolui consoante os problemas que surgem. Embora a lógica formal tenha se desenvolvido e progredido graças à análise minuciosa dos meios de prova utilizados nas matemáticas, estas não constituem a única disciplina em que haja necessidade de provar. É legítimo empreender, nas disciplinas não formais, o mesmo trabalho de análise que permitiu os extraordinários progressos da lógica formal desde meados do século passado. É permitido esperar que esse esforço, ao alargar as perspectivas do lógico, lhe possibilitará compreender melhor as técnicas da prova utilizadas nas ciências naturais e nas ciências humanas, em direito e em filosofia[23].

Capítulo III
*As noções e a argumentação**

Foram os próprios progressos da lógica formalizada que puseram a nossa época perante um problema que, dantes, não podia apresentar-se com a mesma acuidade nem nos mesmos termos: é o do papel que o raciocínio não formalizado desempenha em nosso pensamento[1]. As observações relativas às noções, que expomos aqui, fazem parte do estudo de conjunto que tentamos esboçar a propósito da argumentação, sendo nesse contexto que rogamos ao leitor situá-las.

Uma das características essenciais da lógica formal é que nos raciocínios a ela vinculados foi eliminada toda controvérsia.

As controvérsias iniciais já não são correntes, uma vez que o lógico tem liberdade de propor um conjunto de signos, de axiomas e de regras de dedução sem ter de fornecer justificação quanto à sua escolha, nem explicações quanto à origem dos dados que propõe. A simplicidade de um sistema de lógica, sua fecundidade, como outras vantagens que serão valorizadas em seu favor, podem ser objeto de contestações: mas o lógico tem liberdade de não se prevalecer de semelhantes vantagens que não são necessárias para o raciocínio atender às exigências da lógica formalizada.

As controvérsias a respeito das conclusões também já não são correntes: isso porque as deduções do sistema são coercivas e é imperativo inclinar-se diante do resultado desses racio-

---
* Escrito em colaboração com L. OLBRECHTS-TYTECA, publicado *in Archivio di Filosofia*, vol. *Semantica*, Roma, 1955, pp. 249-269.

cínios. Estes se desenvolvem de uma maneira intemporal, independente das contingências e, notadamente, das pessoas às quais são submetidos.

Que o pensamento vivo não caminha dessa maneira coerciva, que nem todos se inclinam ante as conclusões que seriam inevitáveis, os pensadores clássicos haviam bem percebido; assim, acreditavam dever explicar com a intervenção das paixões os desacordos que constatavam em tudo quanto toca à ação: "Se a Geometria", dizia Leibniz, "se opusesse tanto às nossas paixões e aos nossos interesses presentes quanto a moral, não a contestaríamos e não a violaríamos muito menos, apesar de todas as demonstrações de Euclides e de Arquimedes..."[2]. Perturbado por suas paixões, o homem deveria, segundo os pensadores clássicos, procurar livrar-se delas. Conseguiria assim reconhecer idéias claras e distintas conformes com as do próprio Deus, e atingiria uma visão do mundo ordenada e necessária.

Esse ideal parecia ainda mais acessível porque se dispunha de um modelo, as verdades geométricas. E via-se com admiração que as verdades abstratas de ordem matemática se aplicavam à física e pareciam determinar, a um só tempo, a estrutura da razão e a do universo.

Mas a certeza que se acreditava poder atingir assim logo se mostrou, mesmo no campo privilegiado da física, sujeita a caução. Depois da descoberta das geometrias não euclidianas e das reviravoltas sofridas pela física no século XX, foi-se obrigado a discernir, em todo sistema dedutivo, o aspecto puramente formal e as diversas "interpretações", em sua maioria baseadas num recurso à experiência. E eis que, para se resguardar de qualquer intrusão dos dados sensíveis, o lógico formalista acabou por construir sistemas com o auxílio de signos dos quais apenas a forma importa.

Essa depuração final correspondia à condição fundamental da lógica: a univocidade. Com efeito, é preciso que os signos introduzidos num sistema lógico tenham alcance igual do princípio ao fim dos raciocínios. Somente desse modo é que as deduções podem ser coercivas. Somente desse modo é que adquirem um sentido os princípios utilizados em lógica, tais como os princípios de identidade, de não-contradição.

Portanto, se estivermos em presença de uma linguagem não-unívoca, não estaremos lidando com uma demonstração e, reciprocamente, se não estamos lidando com uma demonstração, conquanto sejam aplicados esquemas de dedução, não estamos em presença de uma linguagem unívoca.

Isto constitui, acreditamos, um fio condutor precioso para qualquer estudo do raciocínio, mas também para qualquer estudo da linguagem.

Pois vemos de imediato que a linguagem só pode ser unívoca com a condição de que as noções em questão estejam *definitivamente* elaboradas. Ora, essa exigência geralmente não pode ser satisfeita. E o fato de não o ser não parece resultar do pouco alcance de nossos meios conceituais, mas da própria natureza das coisas.

Com efeito, a formalização de uma noção implica que se precisem os critérios de sua aplicabilidade. Isto é relativamente fácil quando se trata de noções convencionais. Isto ainda é possível, em certa medida, quando se trata de noções científicas, cuja característica é precisamente aplicar-se à experiência de tal maneira que apenas são conservados desta, pelo menos provisoriamente, certo número de traços facilmente isoláveis e convencionalmente selecionados. Em contrapartida, as noções empíricas, por sua vez, jamais estão ao abrigo das surpresas da experiência futura[3].

Por outro lado, a linguagem não pode ser unívoca em todos os domínios em que uma conclusão deve ser, custe o que custar, obtida: o juiz deve decidir, sob pena de se tornar culpado de negativa de prestação jurisdicional, se tal regra é aplicável, ou não, a tal caso particular. Ora, num sistema lógico, qualquer fórmula que tem um sentido no sistema não é necessariamente verificável quanto à sua verdade ou falsidade. Se for exigida uma conclusão, não nos poderemos ater a um sistema formalizado: cumprirá fazer intervir as interpretações do sistema que permitem obter uma conclusão, ou seja, dar às noções um significado que não podia ser completamente previsto[4].

Esses dois empecilhos para a univocidade, surpresa sempre possível da experiência nova, obrigação em certos casos de chegar custe o que custar a uma decisão, são apenas o aspecto duplo de um mesmo fenômeno: a intrusão do contingente, do não previsto, que se tem de enfrentar.

Uma fonte, aliás vizinha, de imprecisão nasce da existência de noções que sintetizam não só os nossos conhecimentos, mas também as nossas ignorâncias mediante o recurso implícito a uma totalidade referente a um conjunto indeterminado de objetos. Essas noções são, o mais das vezes, formadas ao opor-se, a classes definidas, o complementar destas no seio desse conjunto indeterminado. A imprecisão é dissimulada pelo uso desses complementares. Mas não se deve perder de vista que a totalidade, que serve para determinar estes últimos, não é conhecida. É freqüente o emprego da negação para designar essas noções complementares: *o que não é vivo* é uma noção complementar, necessariamente imprecisa; mas noções de aspecto positivo podem desempenhar o mesmo papel: opondo-se as *coisas* aos *seres*, introduzimos uma noção complementar, também ela necessariamente imprecisa.

Aqui, pois, ainda intrusão do desconhecido, do indeterminado.

Há mais, porém. Existem certas noções cujo uso só se justifica porque exprimem, conjuntamente, certas proposições incompatíveis: pensamos aqui nas noções que E. Dupréel qualificou de confusas e das quais faz uma análise magistral[5]. A noção de *mérito* é um excelente protótipo delas. O que semelhantes noções apresentam de característico é que só se concebe seu uso, assim que as examinamos com mais atenção, em função dessa própria confusão. A noção de mérito deve dar lugar, conjuntamente, a exigências incompatíveis: avaliar com referência ao sujeito atuante e com referência ao resultado obtido.

Entre as noções cuja confusão é essencial, figuram os valores universais tais como o Verdadeiro, o Belo, o Bem. Esses valores funcionam como um contexto vazio que só adquire significado com a adjunção de valores diversos que, a cada vez, são inseridos nele. São, como diz E. Dupréel, instrumentos de persuasão, sempre disponíveis[6]. Decerto poderíamos tentar uma análise desses valores universais que mostraria qual é o aspecto formal deles[7]. Mas a situação não se apresenta, em absoluto, da mesma maneira, a não ser quando se trata da formalização de uma noção empírica: a noção H_2O pode parecer suficientemente próxima da noção empírica de *água* para desempenhar o mesmo papel em muitos contextos. Em contrapartida, uma fórmula qualquer não pode desempenhar o mesmo papel que a noção confusa de mérito, de justiça, ou que os valores universais, porque o que caracteriza essas noções é precisamente a estreita imbricação entre um contexto vazio e uma multiplicidade de valores que, somente eles, lhe dão um sentido, em dado contexto. Toda precisão da noção utilizável deverá, pois, ultrapassar esse contexto vazio e pôr em evidência um dos elementos da noção, incompatível com outros.

Concluindo, discerniremos numa língua viva:

1) as noções formalizadas, tal como a noção de *bispo* no jogo de xadrez;

2) as noções semiformalizadas, tais como as noções científicas, jurídicas;

3) as noções da experiência empírica comum, tal como a noção de *ouro*;

4) as noções confusas no sentido estrito do termo, tais como a noção de *mérito*, a noção de *Bem*;

5) e, por fim, as noções referentes às totalidades indeterminadas ou aos complementares em relação a totalidades parecidas, tais como as noções de *universo*, de *coisa* ou de *não-vivo*.

Mas, para dizer que uma noção pertence a um ou a outro grupo, cumpre, evidentemente, referir-se às condições de seu emprego, ou seja, ao sistema em que está inserida. Daí resulta que a maior ou menor clareza de uma noção sempre é relativa a um dado campo de aplicação: há certos termos que, num campo bem determinado, podem ser considerados bastante claros, mas deixam de sê-lo em outras utilizações; por exemplo, a noção de *escravidão* pode ser uma noção semiformalizada, bastante clara, em certos setores do domínio jurídico, e uma noção confusa no domínio moral, filosófico, até mesmo em outros setores do domínio jurídico. Assim também a noção de *número* pode ser perfeitamente clara e precisa em matemática, enquanto nos raciocínios filosóficos de um Frege essa noção compartilha a sorte das noções da linguagem vulgar, comum ou filosófica. Daí, não só a maioria das noções de uma língua viva não são noções formalizadas, mas, além disso, apenas o são em alguns de seus empregos.

Na prática argumentativa, valemo-nos, portanto, de uma série de noções que não são e não podem ser formalizadas, e isto por razões que vão além daquilo a que se poderia chamar uma inadequação da linguagem ao pensamento.

Ora, ao passo que as noções formalizadas são duras, unívocas, transpõem-se tais quais do princípio ao fim de um raciocínio, e de um raciocínio para o outro na medida em que se mantém o mesmo sistema convencional, as noções não formalizadas são plásticas, oferecem a quem as manipula possibilidades quase infinitas de diversas utilizações.

Tais utilizações não deixam de reagir sobre as próprias noções. E é para este ponto, em especial, que gostaríamos de chamar a atenção.

Com efeito, a oposição que estabelecemos entre a demonstração e a argumentação não consiste no fato de que a primeira operava com noções formalizadas e a segunda, da mesma maneira, com noções não formalizadas. Foi um pouco assim que durante tanto tempo – notadamente na Antiguidade – os pensadores se afiguraram o raciocínio relativo ao verossímil, à opinião. É um pouco assim, igualmente, que muitos juristas se afiguram seus raciocínios, silogismos referentes a noções diferentes, por certo, daquelas das matemáticas, mas mesmo assim silogismos, ou seja, limitados a transferências dedutivas. Ora, veremos que o uso das noções na argumentação as transforma tanto na saída, diríamos, como na chegada.

Uma visão mais próxima da realidade argumentativa parece resultar de considerações relativas às funções da linguagem: a persuasão é ação, as noções que se utilizam estão carregadas de um potencial afetivo que não pode ser desprezado; ao lado de seu significado descritivo, deve-se levar em conta um significado afetivo.

Causa-nos imensa satisfação o intenso movimento de pesquisas que foram orientadas nesse caminho. Parece-nos, todavia, que a consideração do sentido emotivo das noções é uma espécie de muleta, necessária somente quando se tenta corrigir, posteriormente, a idéia de que as noções têm um sentido fixo, descritivo, que lhes é inerente. Ora, não se deve perder de vista que, normalmente, o sentido das noções é complexo e que não é mediante técnicas particulares que os usuários conseguem dar a certas noções um sentido descritivo, notadamente utilizando essas noções apenas em certo contexto, científico por exemplo. O mais das vezes, de fato, uma noção é desvencilhada de alguns de seus aspectos não descritivos através de sua inserção num sistema, mas essa inserção não deixa de modificá-la profundamente. Essa integração pode, contudo, tornar-se comum a ponto de ser a noção assim determinada a primeira que nos surge à mente. Meillet salientou, por exemplo, que a palavra "cachorro", para um francês de hoje, designa um animal simpático, afetuoso, inteligente, ao passo que os nomes orientais dele sugerem um profundo desprezo[8], desprezo que, deve-se salientar, não está, aliás, excluído de certos usos franceses do termo, tais como *um tempo de cachorro*, *aquele cachorro do...* O que nos parece sobretudo digno de nota, mais do que a variabilidade de sentimentos que se prendem a esse termo, é o fato de estarmos habituados a considerá-lo, em muitos de seus usos, não com a sua significação complexa, diversa conforme a nossa cultura, mas com sua significação descritiva, tal como se encontra inserido num sistema científico classificatório.

Não é portanto, a nosso ver, atendo-se a fazer justiça ao papel emotivo da linguagem que se introduzirá no estudo das noções o aspecto dinâmico que preconizamos.

É óbvio que as noções evoluem; a ciência da linguagem é, em grande parte, uma ciência histórica e, ao lado de fenômenos de evolução fonética, de imitação, de empréstimos, de sistematização por analogia, ela não deixa de notar fenômenos de extensão e de redução do campo de aplicação de uma noção; assim, já a regra de Meringer ensina que uma palavra alargaria sua significação se passasse de um círculo estreito para um mais amplo; ela o estreitaria quando passasse de um círculo mais amplo para um mais estreito: o *convento*, o *sermão*, o *colóquio** ficarão mais precisos no linguajar do clero, em conformidade com suas práticas e com suas regras[9]. O estudo histórico dos lingüistas pode assim pôr em andamento análises sociológicas do mais alto interesse. Mas ele se baseia, embora histórico, em situações estáticas, no sentido de que registra o costume lingüístico em momentos sucessivos da cultura.

Parece-nos que, ao lado dessas ciências constituídas, a análise da argumentação deve pesquisar um aspecto mais essencialmente dinâmico. É mister perguntar-se se foi dada uma atenção suficiente à estreita relação que existe, em nossa opinião, entre a inserção delas nos raciocínios não coercivos e a evolução das noções.

A simples utilização das noções nesse raciocínio já é capaz de agir sobre elas.

Com efeito, toda argumentação tem início no que chamamos de *objetos de acordo*, fatos, verdades, presunções, valores, hierarquias de valores, lugares-comuns, no sentido antigo do termo. Mas esses objetos de acordo se expressam por noções que, por sua vez, constituem um dado que se deve utilizar da melhor forma possível.

Descreve-se qualquer fenômeno por sua inserção em classificações preexistentes. Estas podem, sem a menor dúvida, ser criticadas, modificadas; é o que se dá notadamente em ciências, nas quais a modificação é facilmente observada porque resulta em geral de uma controvérsia explícita a esse respeito, de uma decisão tomada por pessoas competentes e proposta a outras pessoas competentes. Mas, na prática corrente, assim como na prática filosófica, aliás, aquele a quem

---

* Em francês, nas antigas igrejas calvinistas, *colloque* (colóquio) designava assembéia intermediária entre os consistórios e os sínodos provinciais. (N. do T.)

chamaremos o *orador* – entendendo por esse termo qualquer um que apresenta uma argumentação, assim como chamaremos *auditório* àqueles a quem é destinada – se baseará em classificações aceitas e se esforçará para obter um efeito argumentativo a partir destas. Isto é tão verdadeiro que muitas vezes até se pretenderá que o que não corresponde a essas classificações aceitas peca por algum lado: o filósofo que não é idealista nem materialista será, pelo marxista, acusado de falta de coragem[10].

As classes assim constituídas não são somente caracterizadas por caracteres comuns a todos os seus membros, mas ainda, e às vezes sobretudo, pela atitude adotada a respeito deles, pela maneira de julgá-los e de tratá-los. Por isso o orador em geral se esforçará para obter um efeito argumentativo na apresentação dos dados escolhendo simplesmente classificações. Existe para ele, a esse respeito, uma enorme margem de liberdade.

Em vez de separar os indivíduos em pobres e ricos, enfatizará, por exemplo, a oposição entre negros e brancos: isto bastará para que o pobre branco se sinta valorizado. Da mesma forma, diz-nos S. de Beauvoir, o mais medíocre dos homens se crê um semideus em face das mulheres[11]. Uma classificação dominante, à qual se dirige a atenção, deixa na sombra as outras classificações e as conseqüências por elas comportadas. S. Tomás se valerá de um procedimento análogo para sugerir a superioridade do conhecimento relativo à salvação sobre o conhecimento dos fenômenos sensíveis: convida o homem, diz-nos Gilson, a voltar os olhos de preferência a outro domínio que já não é simplesmente o do homem, mas o dos filhos de Deus[12].

As qualificações às vezes apresentam um caráter tão inesperado que nelas se veria, mais do que uma escolha, uma figura. O importante é ver qual é o meio que a torna uma figura argumentativa e que é a força da forma classificatória que produz esse efeito surpreendente. Eis um exemplo tirado de Bossuet: "Nestes estados deploráveis (de miséria pública), a pessoa pode pensar em ornar o corpo, e não tremer por trazer em si a subsistência, a vida, o patrimônio dos pobres?..."[13]. Os ornamentos são classificados, sem tirar nem pôr, de "subsistência dos pobres"; a forma classificatória considera como reconhecido um dos pontos aos quais tende, justamente, o sermão de Bossuet.

Em geral, constata-se que o orador, quando quer defender uma noção vinculada às teses por ele sustentadas, apresenta-a como sendo não confusa, mas maleável, rica, ou seja, como encerrando de antemão grandes possibilidades de ser valorizada, e sobretudo como podendo resistir às investidas da experiência nova. Em suma, escolhe considerá-la, desde o início, tal como deseja que ela seja após a discussão com os adversários e a evolução da experiência. Em contrapartida, as noções vinculadas às teses do adversário serão cristalizadas, apresentadas como imutáveis.

O orador faz, assim, a inércia intervir em seu proveito: a maleabilidade da noção que é postulada e reivindicada como lhe sendo inerente permite minimizar, salientando-as ao mesmo tempo, as mudanças que a experiência nova imporia, que as objeções reclamariam. Por conseguinte, não terá de justificar a eventual mudança: a adaptabilidade de princípio a circunstâncias novas possibilita sustentar que se mantém vivo o mesmo valor.

Tomemos alguns exemplos. H. Lefèbvre defende um materialismo maleável e rico, enquanto cristaliza o conceito de idealismo. "Para o materialismo moderno, o idealismo é definido e criticado por sua *unilateralidade*. Mas os materialistas não devem deixar que simplifiquem as verdades primordiais do materialismo, deixar que descambem ao nível do materialismo vulgar, por esquecimento dos preciosos resultados obtidos pelos idealistas na história do conhecimento e, em especial, em lógica"[14]. Isto quer dizer que o materialismo pode e deve englobar tudo quanto é válido, beneficia-se de uma plasticidade que é negada explicitamente à noção de idealismo a qual se define, como diz o autor, por sua "unilateralidade". A mesma rigidez é imposta à noção de *metafísica*: "... a metafísica pedia ao conhecimento seus documentos de identidade e fazia a pergunta: Como será possível o conhecimento?.. Nesse momento, em nome do conhecimento considerado fato prático, histórico e social, perguntamos, ao contrário: Como foi possível a metafísica?"[15] Isto quer dizer que a metafísica é considerada algo delimitado de uma vez por todas, incapaz de adaptação e de renovação, com fronteiras definitivamente aceitas. Poder-se-ia opor a esse ponto de vista as reflexões sobre a metafísica desenvolvidas por um de nós e que mostram uma ampliação progressiva da noção: metafísica como ontologia, metafísica como epistemologia, metafísica como elucidação das razões da opção axiológica, metafísica futura, enfim, com fronteiras imprevisíveis[16]. Assim também a concepção do racionalismo que defendemos é certamente – seria vão no-lo dissimular – uma concepção maleável, capaz de proteger o racionalismo contra as mais graves objeções que nós mesmos julgamos poder fazer ao racionalismo clássico[17]. Os nossos próprios enunciados, se os encaramos do ponto de vista da técnica da argumentação, e seja qual for o valor que lhes atribuamos de outro ponto de vista, são um exemplo do procedimento muito genérico de maleabilização empregado em favor de uma noção que se deseja valorizar.

Parece que a técnica se desenvolve num plano duplo. De um lado, maleabilizamos de fato as noções que queremos defender; do outro, insistimos explicitamente nessa maleabilização, ou seja, qualificamos de maleáveis as noções em questão.

Se, quando elaboramos conceitos, pretendemos que os nossos sejam maleáveis, abertos para o futuro, enquanto os do adversário sejam cristalizados, é porque essa técnica permite, sem dúvida, destruir as concepções do adversário com mais facilidade e sustentar melhor as nossas, mas ela talvez esteja vinculada também ao desejo de fazer que passe, para as noções que favorecemos, algo da pessoa: sente-se a adaptação como vinculada ao "pensamento vivo".

Poder-se-ia aproximar essa técnica da que consiste em qualificar de atual o que defendemos, ao passo que qualificamos o que o adversário defende de superado, antiquado. Rogge, em seu belo estudo sobre a posição da filosofia em relação à história da filosofia, mostrou muito bem essa dificuldade de detectar o que constitui a filosofia do presente. "Was ist gegenwärtig? Jeder heute lebende Mensch neigt dazu, sich und seine Freunde 'gegenwärtig', seine Gegner als 'veraltet' und 'überwunden' zu bezeichnen."[18]

Vê-se facilmente a correspondência entre o que é cristalizado e o que é rejeitado ao passado, entre o que é maleável e o que é presente, atual, e percebe-se que se trata da mesma técnica. Ela nos faz pensar também na insatisfação que sentimos ao ouvir falar de nós: é porque falam de nós como de algo cristalizado, e pertencente ao passado[19].

Quando a própria pessoa se serve dela, é em geral inconscientemente que utiliza a técnica que consiste em cristalizar o conceito do adversário; quando é o adversário que a utiliza, é imediatamente percebida. Com muita freqüência censuramos este por haver considerado rígido o conceito que defendemos, quando não o é. A vantagem dessa tática é apresentar o adversário, quer como sendo de má-fé, quer como sendo de inteligência tacanha e incapaz de compreender nossos conceitos com os matizes que se impõem. Numa comunicação ao congresso de filosofia de Amsterdam, Paul Bernays, para defender o racionalismo, insurge-se contra concepções parciais, insatisfatórias, dos adversários do racionalismo e propõe um racionalismo "nitidamente ampliado"[20], o que significa que recusa a fixidez que quereriam impor ao ponto de vista por ele defendido.

Essa técnica, que consiste em cristalizar o conceito do adversário e ao mesmo tempo dar mais maleabilidade ao que se defende, é geralmente adotada quando a apreciação sobre o conceito deve resultar, pelo menos em parte, da argumentação.

Em contrapartida, caso o valor da noção esteja claramente estabelecido e seja prévio à argumentação, é geralmente empregada outra técnica que se baseia mais na extensão da noção.

Ela consiste, pura e simplesmente, em ampliar ou restringir o campo das noções de modo que nelas sejam englobadas, ou não sejam englobadas, certas pessoas, certas idéias. Por exemplo, será ampliado o sentido do termo "fascista", ao qual se prende um matiz pejorativo, para nele englobar todos os adversários; será restringido o sentido do termo "democracia", ao qual se prende um matiz valorizador, para dele excluir os adversários.

Inversamente, será limitado o sentido da palavra "fascista" para excluir dela os amigos que apoiamos e será ampliado o sentido da palavra "democracia" para incluí-los nela. Essa técnica é tão conhecida que mal precisa ser assinalada. Mas pode ser substituída por uma técnica mais sutil: esta consiste em restringir o sentido da palavra "democracia" a um matiz tão particular de democracia que os amigos que defendemos não possam, por razões que parecem independentes de sua vontade, submeter-se às exigências desse matiz particular, de tal modo que já não sofrem as conseqüências da desvalorização que sua exclusão acarretaria.

As técnicas baseadas na extensão das noções são, evidentemente, vinculadas às técnicas de maleabilização e de endurecimento. Tanto umas como as outras modificam a um só tempo a compreensão e a extensão de noções. Mas o problema é abordado de maneira diferente do ponto de vista argumentativo. Gostaríamos de assinalar, nesta ocasião, que essas técnicas baseadas na extensão ou na compreensão podem ser combinadas com técnicas de transposição.

É certo que a maioria das noções só pode ser definida e compreendida mediante sua contraposição a outras noções. Mas há casos, extremamente interessantes, em que essa relatividade torna as noções quase indefinidamente transponíveis numa determinada direção. Conhece-se o célebre modo de caracterizar as doutrinas políticas pelo fato de estarem "cada vez mais à esquerda". Mas esse deslocamento sempre numa mesma direção não é observado somente na área política. É constatado também nas controvérsias científicas. Citemos uma interessante passagem de Claparède a esse respeito: "Vê-se... quanto a teoria de Selz, em sua preocupação de conceber como um todo o dado do problema e sua solução, lembra a *Gestalttheorie*. No entanto, os representantes dessa escola, em vez de lhe abrirem os braços, repelem-na como sendo apenas uma *Maschinentheorie* que não difere essencialmente da teoria associacionista. Selz, aqui também, defendeu-se dessa acusação. (Külpe também censurara Liepmann, que dirigira todo o seu empenho contra o associacionismo, por ter permanecido ainda influenciado em demasia por essa doutrina, e Koffka critica por sua vez Külpe por não ter rompido suficientemente com ela). Sempre se é o associacionista de alguém"[21]. Uma vez que o associacionismo mostrou suas insuficiências, designa-se um autor, para combatê-lo, como partidário dessa teoria desvalorizada; e, nesse caso, sempre se tem boas razões para fazê-lo; basta deslocar o nível das unidades a serem associadas. Insere-se à força o adversário numa classe de teóricos que ele rejeitaria e cujos erros foram, por outras vias, mostrados. O que preexiste à argumentação é, portanto, uma noção desvalorizada – pelo menos em nossa época –, a do associacionismo, que se presta a uma transposição contínua numa determinada direção.

Poderíamos perguntar-nos se a argumentação não nos estimula a operar transposições iguais para todas as noções: os casos de "mais à esquerda", "associacionista de alguém" seriam apenas casos privilegiados; neles a ampliação da noção se apóia facilmente numa oposição reconhecível, e esta pode, por sua vez, ser encontrada de novo noutro nível graças à ampliação da noção.

Mostramos sobretudo, até agora, as possibilidades que o material de noções de que se dispõe oferece ao orador e as reações que o uso argumentativo que este faz desse naterial produz nelas. Mas, mesmo que nos atenhamos à apresentação dos dados, veremos que a maneira pela qual esta é efetuada pode ser criadora numa medida ainda muito mais larga.

Com efeito, a qualificação, a inserção dos fenômenos numa classe, pode expressar-se, não pelo emprego de uma noção já elaborada, mas pelo de uma conjunção de coordenação, tal como "e", "ou", "nem". Tomamos dois exemplos de um mesmo volume de Gide. Este se ergue contra um procedimento que ele mesmo utiliza algumas páginas mais adiante: "E nem sequer lhe falaria dele (do livro de Stirner), cara Angèle, se, com um procedimento digno das *leis celeradas*, alguns autores não quisessem agora unir a sorte de Nietzsche à de Stirner... indigne-se pura e simplesmente ao ouvir dizer: Stirner e Nietzsche, como Nietzsche se indignava ao ouvir dizer: 'Goethe e Schiller'"[22]. No exemplo seguinte, Gide aplica a odiada técnica: "Pode-se amar ou não compreender a Bíblia, amar ou não compreender as *Mil e uma noites*, mas, se você permitir, dividirei a multidão dos pensantes em duas classes...: aqueles que diante destes dois livros se emocionam; aqueles para quem estes livros permanecem e permanecerão fechados"[23]. Aqui não há conjunção "e" expressa, mas é como se houvesse; os dois livros são inseridos numa mesma classe diante da qual a reação será idêntica. E aqui também há homogeneização e, com isso, igualação dos valores. Nem num caso, nem no outro, enuncia-se argumentação em favor dessa igualação. Mas há apresentação dos dois termos como se sua inserção numa mesma classe fosse óbvia e formação de uma classe *ad hoc* por essa própria reunião dos dois termos num plano de igualdade.

Note-se que semelhante tratamento não redunda necessariamente na formação de classes tecnicamente elaboradas. O mais das vezes nenhuma noção permitirá designá-las; mas os indivíduos assim justapostos reagem uns sobre os outros na mente do ouvinte, sendo por isso que essa técnica tem imediatamente valor argumentativo. Ela pode também redundar na formação de noções, ou seja, de classes mais ou menos elaboradas e que daí em diante estarão à disposição dos oradores.

Quão simples é essa ação, sobre a formação eventual de classes, da apresentação mediante coordenação, comparada com outras mais complexas e mais sutis, é o que se perceberá imediatamente se se pensar que a qualificação dos dados – com toda a importância argumentativa que comporta – não é somente realizada, em nossas línguas, pelo emprego de substantivos, de substantivos modificados por um adjetivo, mas também de substantivos modificados por determinações, ou por qualquer outra forma de epíteto. Falar-se-á de "crime", de "crime premeditado", de "crime de um sádico". Nos três casos temos inserção numa classe. Mas o que merece a nossa atenção é que se pode dar continuidade a uma intenção argumentativa muito clara substituindo, por um adjetivo, a determinação. Tomemos um exemplo. Sartre escreve: "Basta folhear um escrito comunista para dele colher ao acaso cem procedimentos conservadores"[24]. Poder-se-ia dizer "procedimentos de conservadores". A substituição do determinativo "de conservadores" pelo adjetivo "conservador" não é somente eufônica. Reforça a argumentação, elimina o caráter fortuito que o uso de tais procedimentos poderia ter; em suma, sugere que os comunistas são, na realidade, conservadores. Mas, por isso mesmo, essa substituição tenderá a modificar a idéia que se faz de um procedimento "conservador". Toda intenção argumentativa na apresentação é, como se vê, suscetível de reagir sobre as próprias noções.

Mostramos sobretudo, até agora, que o emprego das noções na argumentação não poderia deixá-las intactas – supondo-se que essa expressão tenha um sentido quando se trata de noções não formalizadas. Mas as argumentações em que estão inseridas atuam sobre elas de maneira muito diversa. E é precisamente isso que, em nossa opinião, mereceria um estudo aprofundado. Somente vamos dizer, aqui, que duas áreas retiveram particularmente a nossa atenção e são atualmente objeto de nossas pesquisas: a das ligações argumentativas, dentre as quais a analogia, que desempenha um papel de primeiro plano na evolução das noções, e a das dissociações argumentativas que, inventadas geralmente para resolver uma dificuldade, resultam em noções praticamente novas. Esperamos poder mostrá-lo de modo mais detalhado num tratado da argumentação [publicado em 1958].

Entretanto, um ponto pode ser considerado inconteste desde agora: é que, embora evoluam por influência das argumentações, as noções conservam em si, por mais ou menos tempo, a marca destas, e duas noções às quais se chega por meio de argumentações diferentes podem, apesar das aparências do vocabulário e apesar de seu possível parentesco, diferir profundamente.

Um defensor de Descartes constatava ironicamente que, se Descartes era acusado de ateísmo, decerto era porque havia dado novas provas da existência de Deus. Mas, assim como observa Kenneth Burke, "essas novas provas eram na realidade novas determinações de Deus e mudavam sutilmente a natureza de Deus como termo de motivação..."[25].

As noções inseridas em conclusões desse tipo participam, portanto, de tudo quanto precede essa conclusão. Podem, não obstante, ser separadas dela. Assim é que um crente não filósofo, ao ler S. Tomás ou Descartes a respeito da existência de Deus, poderá dizer: "é o que eu sempre pensei"; expressão que simboliza a atitude de quem examina os juízos, as noções, fora do contexto deles, atitude que pode ser eminentemente útil quando se trata de obter um acordo acerca de uma noção confusa. Este implica, o mais das vezes, que as noções sejam separadas da argumentação em que foram elaboradas ou transformadas.

Essa evolução das noções se fará em direção da clareza, da precisão, ou em direção da obscuridade, do vago, da confusão? Pensamos que foi exagerado o empenho em enfatizar, até agora, o aumento de clareza que resulta de certas controvérsias.

É que se tinha como modelo prestigioso a inserção de noções da linguagem comum nos sistemas científicos, isto é, semiformalizados. O movimento direcionado à obscuridade e à confusão das noções é, pensamos, tão manifesto quanto o movimento direcionado à clareza. E. Dupréel, em seus estudos sobre a noção confusa, não perdeu de vista esse movimento duplo; mas ficamos impressionados de ver a que ponto a simples passagem do confuso para o claro enseja a E. Dupréel fecundas e alentadas análises[26]. É que tal passagem constitui uma das mais preciosas contribuições da ciência e possibilita uma ampla concordância das mentes sobre um ponto determinado.

Nas ciências, o aclaramento das noções geralmente se realiza porque, sendo certas experiências incompatíveis com um dado sistema, é-se obrigado a modificar certas noções. Assim, as noções de *ar* e de *gás* se dissociaram tardiamente, no momento em que ficou impossível manter a confusão da noção de *ar*.

Confusões desse tipo são consideradas, em dado momento, como devidas à ignorância, porque se admite que, já antes do novo aclaramento, esta deveria ser de certo modo potencial na noção.

No campo jurídico, em contrapartida, a confusão, depois que é eliminada, não será atribuída a uma ignorância anterior. Vê-se com muito mais nitidez que se trata simplesmente de uma noção comum que, por ocasião de um conflito, se torna uma noção técnica, mais clara.

Extraímos de um estudo inédito do jurista belga Maurice Vauthier as informações relativas a um episódio da vida jurídica belga. O direito belga vedava a coalizão dos produtores para obter a alta dos preços. Levantou-se a questão de saber se uma coalizão voltada a manter os preços de venda deveria ser considerada lícita.

Vê-se imediatamente que, assim que há conflito de opiniões, a noção de *alta*, tirada do senso comum, deve ser aclarada tecnicamente. Dever-se-á considerar que o termo se aplica a uma alta absoluta em comparação com um preço antigo, ou então que se aplica também a uma alta relativa, depois de uma baixa dos preços das matérias-primas? Uma decisão judiciária pode deixar mais clara a noção. Evidentemente, será apenas um aclaramento relativo ao sistema jurídico em questão, e frágil, pois poderão surgir novos conflitos que exigirão um novo aclaramento.

Este exemplo ilustra bastante bem o nosso problema. Poderemos dizer que a noção comum de *alta* passou de uma confusão original para uma clareza maior, depois desse conflito judiciário? Não, sem dúvida. Isso porque, enquanto não havia surgido o desacordo, a noção de alta, no uso diário, parecia suficientemente clara: é no momento em que se entrevêem novas interpretações possíveis que surge a confusão e a noção perde clareza. A confusão nasce no momento em que podem resultar conseqüências diferentes do fato de se considerar a noção neste ou naquele sentido. A decisão judiciária pode deixar a noção novamente clara, mas é um processo secundário, que não intervém necessariamente, porque nem todo conflito é suscetível de ser terminado por uma decisão que deixe o termo unívoco.

Aliás, uma decisão intervém apenas perante os tribunais; na vida moral não se dá o mesmo e a noção pode conservar a confusão que não apresentava antes da discussão.

Ademais, quando a decisão intervém, não é definitiva. Podemos estar certos, por exemplo, de que a noção de *alta* não podia ser uma noção aclarada de uma vez por todas, uma vez que o sistema de valores nos quais se baseiam as decisões não está definitivamente fixado.

Na ciência, em contrapartida, a decisão poderia ser tomada em definitivo, no sentido de que a mesma confusão não reapareceria. A noção de *ar*, por exemplo, de que falamos, era uma noção clara, tornada provisoriamente confusa em dado momento, quando se perceberam incompatibilidades por ela acarretadas; voltou a ser uma noção clara: essa confusão momentânea está definitivamente eliminada. Decerto poderia aparecer uma nova confusão, mas de estrutura diferente[27].

Na vida diária, opera-se um vaivém constante entre a clareza e a confusão, sendo esta às vezes proveniente da própria clareza que foi introduzida. Encontraríamos um belo exemplo disso na noção de *literatura*. Os literatos, os críticos, tentam à porfia discernir o que é a literatura. Com relação à idéia confusa de literatura, a tentativa deles pode ser considerada muitas vezes um esforço voltado à clareza. Mas os resultados desses esforços são incompatíveis entre si. Daí, para o público, a noção se torna mais confusa do que o era antes. As diversas precisões de uma mesma noção podem, pois, concorrer para deixá-la confusa.

Não se trata somente de uma tomada de consciência da confusão antiga, pois os esforços de precisão em geral introduziram na noção ressonâncias que nela não havia, em geral alargaram seu campo em novas direções. Sartre observou com muita exatidão que, sejam quais forem os esforços dos escritores contemporâneos para se distinguir um dos outros, "suas obras, na mente dos leitores onde coexistiam, se contaminaram reciprocamente"[28]; daí a nova confusão da noção de *literatura*.

Na vida filosófica esse processo de vaivém é particularmente impressionante. A maioria das noções filosóficas são tiradas do uso comum; elas foram objeto de análises e de precisões numa determinada filosofia, nela adquiriram uma clareza relativa a esse sistema.

Há certas noções filosóficas que são manifestamente mais confusas do que as noções que serviram para formá-las: adquirem realmente uma clareza relativa, enquanto estão inseridas no sistema que as adotou, mas unicamente na qualidade de conceito inerente a esse sistema determinado e vinculado aos outros conceitos do sistema.

O conceito do *Uno* em Plotino parece ser um bom exemplo disso.

No curso de sua exposição, Plotino se serve de diferentes sentidos da palavra "uno".

É *uno*:

1) o que reúne o múltiplo (exército, casas, corpo)[29].

2) o indivisível mínimo[30].

3) o que se opõe ao múltiplo, o que é princípio e não parte[31].

Portanto, para promover o *Uno*, Plotino raciocina baseando-se em diversas noções da unidade que, cada uma delas, são mais claras do que a elaborada por ele próprio. O *Uno* de Plotino tornou-se uma noção muito poderosa, carregada de um valor muito forte, peça capital de sua filosofia, mais confusa do que as noções de *uno* nas quais Plotino se apóia.

Mas essa confusão é apenas momentânea: para quem se coloca no interior do sistema plotiniano a noção adquire uma clareza relativa a esse sistema, definida por ele. "O Uno verdadeiro... não é como os outros unos que, sendo múltiplos, são unos apenas ao participar do Uno"[32]. Isto significa que a noção se torna qualitativa, opõe-se ao uno quantitativo que, no entanto, entrou em sua constituição.

Certas noções vinculadas a essa noção do Uno, tal como a noção de *recolhimento*, adquirem igualmente, no sistema de Plotino, uma clareza devida à inserção no sistema. Mas depois, retomadas em sistemas posteriores, neles ficam carregadas de uma confusão ainda maior porque o sentido, outrora precisado, continua a fazer parte da noção, enquanto esta está separada do sistema onde fora elaborado esse sentido particular. Assim é que a noção de *recolhimento*[33], em G. Marcel, tornou-se independente da teoria plotiniana do Uno: é utilizada como se fosse dada pela língua comum, ao passo que a noção já fora elaborada por uma posição filosófica, aliás análoga em certos aspectos à sua, mas à qual ele não se vincula explicitamente. A noção se tornou realmente mais confusa por seu esclarecimento momentâneo e mais carregada de valor do que uma noção da linguagem comum. Com efeito, as noções, elaboradas por sistemas filosóficos difundidos numa civilização, ficam carregadas de um valor que lhes vem em grande parte de seu papel nesse sistema: para admitir o valor do recolhimento, cumpre admitir a superioridade do uno sobre o múltiplo; mas, uma vez admitido esse valor, a noção separada do sistema continua a conservar seu valor mesmo tendo perdido sua relativa clareza.

Como nossa cultura é formada por várias filosofias, no sentido lato da palavra, existe assim uma série de termos cujos sentidos se devem a influências filosóficas diversas e cuja relativa clareza momentânea é substituída de novo pela confusão: seria esse o caso do termo *mistério* especificado em certas filosofias religiosas e retomado em seguida em outros domínios; do termo *harmonia* tirado da teoria pitagórica; do termo *vital* utilizado em certas filosofias biológicas. O orador que os utiliza toma, pretensamente, essas palavras emprestadas à linguagem comum, mas ao mesmo tempo as toma emprestado a uma teoria filosófica, que escolhe, evidentemente, tão próxima quanto o possível da sua: a palavra utilizada é a um só tempo a palavra confusa da linguagem comum, a palavra relativamente mais clara da linguagem filosófica, que adquiriu, com esse uso novo, uma nova confusão, a qual é, portanto, uma conseqüência de sua utilização na argumentação.

Vemos que o vaivém entre a clareza relativa e a confusão é um fenômeno deveras geral. A confusão pode resultar da própria discussão e sobretudo do esforço para que admitam o nosso pensamento.

Mas note-se também que ela pode, em certos casos, ser criada ou aumentada de modo deliberado.

Mallarmé valeu-se do sentido antigo de muitas palavras; daí Charles Chassé ter-se achado autorizado a escrever: "A chave de Mallarmé está no Littré"[34]. Porém, como bem salientou G. Jamati, não se pode, para compreender o poema, contentar-se com esse sentido antigo[35]. A confusão nasce do fato de o leitor ser convidado a conservar os dois sentidos da palavra, o antigo e o atual. E por que o leitor será levado a buscar uma solução no Littré? Porque a interpretação, no contexto, seria difícil, se o leitor se contentasse com o sentido atual da palavra. É a dificuldade que obriga a pensar no sentido antigo, é ela que é criadora da confusão da noção. Pois, sem ela, o sentido atual e o sentido antigo não se teriam unido, para criar uma noção nova e mais rica de ressonâncias. Uma vez mais, vemos que a confusão e a clareza das noções não são características em si destas, mas estão ligadas aos problemas que se colocam ao ouvinte.

Ainda uma última palavra sobre esse assunto. Tudo quanto acabamos de dizer supõe que se tratem as noções como algo que nasce, subsiste, se modifica, que se considere que é uma só coisa que, sob diferentes metamorfoses, continua a si mesma. O próprio problema que nos colocamos – quanto ao sentido de tal evolução – implica de certo modo essa continuidade. Mas esta não será bem mais uma técnica argumentativa do que um dado de observação? Isto, em nossa opinião, não causa a menor dúvida. Todo estudo das noções no contexto argumentativo delas deverá preocupar-se com o papel desempenhado por essa hipótese de constância. Muito amiúde, quem argumenta se felicita, depois da discussão, por ter-se aproximado de uma concepção mais satisfatória da mesma noção. Considerar as modificações trazidas a uma noção como uma volta a uma verdade esquecida, ou como uma explicação, é uma técnica deveras corrente, a cujo uso ninguém poderia renunciar inteiramente, mesmo que, em certos pontos, seja capaz de denunciá-la. Ela atende à necessidade de apoiar-se num dado prévio a qualquer discussão e de encontrá-lo quando ela parece estar em perigo. Não se poderia formular o problema das noções em outros termos a não ser os utilizados correntemente na argumentação para obter a concordância do interlocutor. Qualquer discussão teórica a seu respeito sempre se desenrolará de acordo com técnicas gerais de argumentação que cumprirá reconhecer cuidadosamente, aquelas mesmas que exercem sobre elas a ação considerável de que tratamos aqui. O estudo da argumentação será ainda, pois, por esse motivo, um dos fundamentos indispensáveis, pensamos, de um estudo das noções.

TERCEIRA PARTE
Filosofia e argumentação, filosofia da argumentação

Capítulo I
*Filosofias primeiras e filosofia regressiva**

> Como um cristal se reconstitui a partir de uma de suas parcelas, toda a filosofia se engendra a partir da idéia de dialética aberta e traz, em si, o mesmo caráter dialético.
>
> F. GONSETH

Certos metafísicos, tais como Bergson e Heidegger, consideram que a metafísica é o único conhecimento que conta. É porque chamam assim à sua própria filosofia. Mas grande número de metafísicos eminentes, entre outros Descartes, Spinoza, Kant, Fichte e Hegel, só sentiam desprezo pela metafísica: desqualificavam, por meio dessa palavra, a filosofia dos adversários. Já d'Alembert constatava que aqueles a quem chamamos metafísicos faziam pouco caso uns dos outros. "Não duvido", acrescentava ele, "que este título logo seja uma injúria para nossas pessoas sensatas, como o nome *sofista*, que entretanto significava sábio, aviltado na Grécia pelos que o traziam, foi rejeitado pelos verdadeiros filósofos."[1]

As observações precedentes bastam, penso eu, para convencer as poucas pessoas que ainda duvidavam de que não basta declarar-se adversário da metafísica para não a praticar. Ao contrário, o próprio fato de opor-se a uma certa concepção da metafísica faz supor que se preconiza outra concepção da metafísica, e que cumpriria explicitá-la, se é apenas implícita. Everett W. Hall acabou de analisar, num interessantíssimo estudo[2], as assunções metafísicas de quatro espécies de positivismo (Mach, Comte, Watson, Carnap); sem conhecer essa análise, poderíamos prever-lhe o resultado: quem se opõe a certo modo de tratar um problema também continua no interior de uma problemática igual. Aliás, foi graças a oposições desse gênero que o sentido da palavra "metafísica" se alargou ou se

---

* Publicado *in Dialectica*, 11 (Neuchâtel), 1949.

dialetizou constantemente, não por meio de uma dialética automática e necessária, mas por meio de uma dialética orientada pelas preocupações dos filósofos.

As primeiras metafísicas se identificavam com uma filosofia particular do ser, e alguns filósofos se opunham à "metafísica", preconizando outra filosofia do ser. Em seu primeiro movimento dialético, a metafísica, ao ampliar seu significado, se tornava, em Aristóteles, o estudo do ser enquanto ser e identificava-se com a ontologia. O criticismo kantiano se opõe à metafísica dogmática, que ele trata com desprezo, mostrando que toda teoria do ser deveria ser precedida por uma teoria do conhecimento: os primeiros princípios da filosofia seriam os da epistemologia e não os da ontologia. E, a partir de Kant, durante mais de um século, os debates metafísicos tratarão da primazia da ontologia ou da epistemologia e oporão as variantes de realismo e de idealismo umas às outras. Mas, no final do século XIX, o debate se ampliará. Sob a influência do pragmatismo, da filosofia dos valores e do bergsonismo, desenvolveu-se uma forte corrente de pensamento que, inserindo a teoria do conhecimento numa teoria geral da ação, proclama a primazia de uma filosofia da ação, de uma filosofia da vida, de uma filosofia dos valores. É no seio de uma metafísica, cuja problemática foi ampliada por esses diversos desenvolvimentos, que lutarão essas diferentes concepções, cada qual afirmando a primazia de seus princípios. Mas, apesar de suas divergências, todas essas filosofias podem ser consideradas *filosofias primeiras*.

O próprio Aristóteles nos diz que a filosofia primeira constitui o objeto da obra que foi, antes de todas as outras, qualificada de metafísica, alguns séculos após a morte de seu autor. Poderíamos chamar de filosofia primeira qualquer metafísica que determina os primeiros princípios, os fundamentos do ser (ontologia), do conhecimento (epistemologia) ou da ação (axiologia) e se empenha em provar que eles constituem uma condição de qualquer problemática filosófica, que são princípios absolutamente primeiros. Os diversos sentidos da palavra "primeiro" nos indicam qual era a argumentação utilizada para isso. Um princípio é primeiro quando vem antes de todos os outros numa ordem temporal, lógica, epistemológica ou ontológica, mas insiste-se nesse caráter apenas para determinar-lhe a primazia ou o primado axiológico. O que é primeiro, fundamental, o que precede ou supõe todo o resto, é considerado principal, primeiro na ordem de importância.

As filosofias primeiras, enquanto metafísicas sistemáticas, estabelecem uma solidariedade entre a ontologia, a epistemologia e a axiologia, mas a orientação do conjunto será determinada pelo ponto inicial que será constituído por uma realidade necessária, por um conhecimento evidente ou por um valor absoluto diante do qual temos de nos inclinar. Daí a importância, em toda metafísica desse gênero, do critério capital ou da instância legítima, cuja determinação fornecerá a rocha sobre a qual se poderá construir uma filosofia progressiva. A história do pensamento nos mostra as filosofias primeiras em luta constante umas contra as outras, cada qual alegando seus próprios princípios, seus próprios critérios, por ela considerados necessários ou evidentes, sem se preocupar com o fato de que outra filosofia primeira apresenta princípios concorrentes para ocupar a frente do palco. Toda metafísica original constitui uma ameaça para as outras. Daí resulta uma luta implacável de todas essas doutrinas, que são incapazes de encontrar uma linguagem comum, um critério comum e em que cada qual, por sua própria existência, constitui um desafio a todas aquelas às quais se opõe e que não conseguem desvencilhar-se desse pensamento que as incomoda senão por uma grande desqualificação. A luta dos sistemas metafísicos do passado mostra-nos que os mais violentos ataques contra "a metafísica" quase sempre foram praticados por outros metafísicos que não podiam admitir "o critério capital" ou "a intuição evidente" dos adversários sem aceitar, ao mesmo tempo, as proposições fundamentais do sistema deles.

Quando "uma filosofia aberta" se opõe à metafísica, não é da mesma maneira que uma filosofia primeira em luta contra outra filosofia primeira, mas como uma metafísica que toma o sentido inverso de *toda* filosofia primeira. Darei a esta filosofia o nome de *filosofia regressiva*. A análise das características próprias de toda filosofia primeira e a descrição da filosofia regressiva nos farão compreender melhor esta última, e nos darão a oportunidade de especificar o sentido ampliado que esse novo desenvolvimento permitirá conferir à palavra "metafísica", de forma que ela possa englobar, a um só tempo, as filosofias primeiras e a filosofia regressiva.

É raro que uma filosofia primeira comece diretamente, como na *Ética* de Spinoza, com a afirmação de seus primeiros princípios, do que considera necessário, evidente ou imediato, para expor sem rodeios seu ponto de partida. Habitualmente ela inicia com uma espécie de dúvida metódica, com um exame crítico de diferentes pontos de partida possíveis, por ela descartados como insuficientes. Assim é que Descartes escava primeiro a areia das opiniões enganadoras antes de chegar à rocha da verdade primeira: vale-se do que poderíamos chamar de método regressivo para retomar em seguida, sobre a base de um fundamento inabalável, o desenvolvimento progressivo de sua metafísica. Mas é importante não confundir *método regressivo* com *filosofia regressiva*, pois as divergências entre esta última e qualquer filosofia primeira derivam do estatuto diferente conferido às proposições às quais conduziu, de ambos os lados, o uso do método regressivo. Pois a filosofia regressiva, como a filosofia primeira, admite também paradas, axiomas, pontos de partida, resultados de uma análise regressiva. Mas as duas formas de filosofar diferem na apreciação do estatuto ontológico, epistemológico ou axiológico de seus pontos de partida. As filosofias primeiras os consideram fundamentalmente primeiros, e seu esforço tende a encontrar um critério de necessidade, de evidência ou de imediação que justifique, no absoluto, a verdade primeira posta na base do sistema. A filosofia regressiva considera seus axiomas, seus critérios e suas regras, resultantes de uma situação de fato, e confere-lhes uma validade mensurada pelos fatos que permitiram pô-los à prova.

Voltaremos com mais vagar a esta distinção, mas desde já podemos reter que o objeto comum das filosofias primeiras e da filosofia regressiva é o estudo do estatuto das proposições fundamentais concernentes ao ser, ao conhecimento e à ação. A metafísica, neste sentido ainda ampliado, não é, portanto, somente o estudo das verdades primeiras, mas também o exame do estatuto dos princípios, sejam eles considerados ou não verdades primeiras.

Suponhamos que uma filosofia primeira fale dos mesmos fatos, dos mesmos problemas que uma filosofia regressiva, que redunde em reconhecer o caráter fundamental de um mesmo conjunto de proposições: as divergências se manifestarão quando for preciso dizer o que se entende por *fundamental*.

O fundamental, para uma filosofia primeira, constitui o absolutamente primeiro, o que é suposto por tudo o que não é fundamental, não só de fato, mas também de direito. Mas, nesse caso, de qual direito se tratará? De um direito anterior a todo direito positivo. Quando, em filosofia primeira, fala-se das exigências da razão, é em nome de uma concepção não empírica, mas absolutista, da razão. Quando nela se afirmam necessidades lógicas, é de modo prévio a qualquer idéia positiva da lógica.

Enquanto o fundamental, numa filosofia regressiva, é relativo aos fatos que o filósofo sistematizou e é considerado apenas um fato, talvez mais importante do que os outros, mas sempre contingente, nas filosofias primeiras o pensador se baseia numa intuição ou numa evidência, portanto num fato psicológico, para afirmar a validade universal, incondicional e mesmo absoluta, concedida ao conteúdo dessa intuição ou dessa evidência. É, justamente, essa superação das condições concretas de verificação que, na linguagem habitual, é considerada metafísica, no sentido pejorativo da palavra. Ela resulta de um raciocínio por analogia que tende a fundamentar as proposições fundamentais da mesma maneira que se provam as proposições derivadas, ou seja, vinculando-as a algo que lhes é anterior, que já não é outra proposição, mas uma intuição ou uma evidência, à qual se confere, dadas as necessidades da causa, o valor de um critério absoluto. A filosofia regressiva, em contrapartida, considerará essas proposições fundamentais como solidárias, no interior do sistema, com as conseqüências delas decorrentes.

Essa pretensão ao absoluto, que não se pode justificar nem se baseando nas conseqüências dos princípios, que são fatos contingentes, nem conferindo à evidência o frágil estatuto de fato psicológico, obriga todo construtor de filosofia primeira a conceber uma teoria do ser e do conhecimento em harmonia com semelhante atitude. Uma filosofia primeira está sempre, e por definição, em busca desses elementos definitivos e perfeitos que fornecerão ao sistema metafísico uma base invariável e eterna. Se esta consistir numa teoria do ser primeiro, este ser será necessário, portanto eterno; incondicional, portanto substancial e absoluto; atômico, portanto simples; tratar-se-á de uma teoria do ser perfeito, fundamento capital de qualquer realidade. Se esta base for fornecida por uma teoria do conhecimento, o filósofo empreenderá a busca de uma verdade primeira, evidente e imediata, intuitiva ou racional, de uma clareza que force a adesão. Ou então, enfim, empreenderá a busca de um valor absoluto e intrínseco, norma eterna de toda conduta humana. Observe-se, logo de início, que a primazia concedida ao que constitui o ponto de partida de um sistema, e que o tornará um realismo, um idealismo ou um pragmatismo (no sentido mais lato desta palavra), influenciará todo o desenvolvimento da filosofia primeira, pois toda teoria do ser será completada por uma epistemologia e uma axiologia correlativas, e reciprocamente. Para completar a ontologia, dever-se-á conceber um conhecimento privilegiado que seja capaz de conhecer o ser primeiro, cuja perfeição será a norma capital de tudo quanto vale; a epistemologia determinará a natureza da realidade privilegiada e do valor absoluto, que possam ser conhecidos com a ajuda de nossas verdades primeiras; a axiologia permitirá a determinação das características que distinguirão a realidade da aparência e o conhecimento verdadeiro daquele que não o é. Afinal de contas, que se comece pelo ser, pelo conhecimento ou pelo valor, toda filosofia primeira deverá fazer um périplo completo, a partir de um ponto de partida estável, definitivo, *perfeito*. A idéia de perfeição, de algo acabado, invariável, acabará por caracterizar toda filosofia primeira como tal.

O que é considerado perfeito, acabado, é, por definição, imperfectível, independente de qualquer experiência posterior, de qualquer nova descoberta, de qualquer novo método, de qualquer confronto com as opiniões alheias, de qualquer discussão com os outros homens. O que é perfeito já não é suscetível de correção, é independente de qualquer fato posterior. As verdades, uma vez estabelecidas, o são para sempre. Essas considerações nos permitem compreender como, deturpando esse fato inegável, constituído pelo aspecto social do conhecimento, as filosofias primeiras sempre foram, a um só tempo, individualistas e universalistas, partindo das evidências de uma única mente para declará-las universalmente válidas; da mesma forma, as filosofias primeiras negligenciaram o aspecto historicamente condicionado do saber, considerando que lhes competiam apenas as verdades eternas. A concepção de uma razão, ao mesmo tempo individual e universal, instrumento passageiro de um conhecimento eterno, é o padrão mesmo de uma visão da mente conforme com a problemática de uma filosofia primeira.

Uma vez de posse de certas verdades absolutas, sobre as quais as mentes não podem não estar de acordo, o grande problema das filosofias primeiras é explicar a maneira pela qual o desacordo pode apresentar-se no domínio do conhecimento ou da ação, como do absoluto é possível derivar o relativo, do perfeito o imperfeito, do real o aparente, da ordem a desordem. É um escândalo, para toda filosofia primeira, ver os homens se oporem às necessidades e às evidências, preferirem o erro à verdade, a aparência à realidade, o mal ao bem, a infelicidade à felicidade, o pecado à virtude. Na busca do fundamento capital de um acordo necessário, foi-se longe demais, e agora é difícil justificar o desacordo, o erro e o pecado. Dever-se-á introduzir um segundo elemento, uma espécie de obstáculo, de antivalor, de diabo, que possibilitará, por sua vez, explicar de uma forma satisfatória qualquer desvio da ordem eminente. Será o subjetivo oposto ao objetivo, a imaginação à razão, o prazer ao dever, a matéria ao espírito, etc. O monismo inicial, transformado em um dualismo, explicará, a um só tempo, o mundo do ser e aquele do dever-ser, temperando, pela influência do antivalor, a ascendência dos valores absolutos sobre a conduta humana. Pela intervenção desse elemento-obstáculo, reduzir-se-á a lei à norma, a necessidade à obrigação, e reservar-se-á à liberdade humana um lugar decisivo, mas perfeitamente inexplicável. De fato, se a lógica das filosofias primeiras se presta a um desenvolvimento progressivo a partir das verdades primeiras, se permite, a rigor, a introdução do universo maldito do antivalor, concebido como complementar de um mundo ideal, as relações entre esses dois universos, a contingência e a evolução deles, que constituem o mundo da história propriamente dito, continuam a ser perfeitamente incompreensíveis, a não ser que se construa, ao lado da filosofia primeira, na qual se haviam fundado todas as esperanças, uma filosofia regressiva que só se reportará àquela por um passe de mágica.

O descrédito da metafísica, concebida como filosofia primeira, é explicado por duas razões assaz diferentes, uma das quais causou admiração sobretudo aos leigos, todos os que conhecem a metafísica de fora, e a outra influenciou sobretudo os especialistas da filosofia. O que impressionou os homens de ciência foi a incapacidade demonstrada pelos metafísicos de chegarem a um acordo sobre o que deveria ser considerado evidente e necessário. As filosofias primeiras forneciam assim o espetáculo de uma pluralidade de dogmatismos opostos, que contrastava estranhamente com a concepção unitária de um conhecimento comum, que constitui o ideal científico. Qual crédito se deveria conceder a essas evidências discutidas, a essas necessidades rejeitadas pelos homens que pareciam sinceros e normais? Ao seguir os debates metafísicos, os homens formados por disciplinas científicas tinham a impressão de encontrar-se diante de pessoas que viviam em universos diferentes, o que aliás contribuía para reforçar a impressão de irrealidade causada pelas construções dos metafísicos. Os especialistas da filosofia, em contrapartida, se punham de preferência, para apreciar as filosofias primeiras, do ponto de vista da crítica interna, e lhes censuravam sobretudo a incapacidade de construir um sistema coerente que, uma vez estabelecidos os princípios, explique suficientemente todo o dado da experiência. Não basta, de fato, desqualificar, denominando aparência, erro, pecado ou contra-senso, tudo quanto não se ajusta aos princípios de uma filosofia primeira; cumpre ainda justificar a existência dessa aparência e desse erro, desse pecado ou desse contra-senso.

Foi assim que surgiram filósofos antimetafísicos, ou seja, opostos a qualquer filosofia primeira, aqueles que, comumente, na história da filosofia, são denominados relativistas e cépticos. O ponto de vista destes últimos é puramente negativo: situam-se opondo-se às filosofias primeiras, negam a existência de qualquer absoluto, de qualquer incondicional, de qualquer princípio primeiro. Mas a negação não constitui ainda uma filosofia: é preciso fornecer as razões dessa negação. Ora, estas se revelavam, ao exame, estar laivadas de defeitos iguais aos das filosofias primeiras, objeto da crítica céptica: muito amiúde, essas razões supunham igualmente a validade de princípios primeiros e incondicionais, que tinham o mal suplementar de não ser expressos. Daí resulta que todo antiabsolutismo, todo antidogmatismo, para ser levado a sério, deveria empenhar-se em pôr em evidência as afirmações metafísicas que estavam na base da crítica. Ora, semelhante oposição de princípio a qualquer filosofia primeira, se não quer sucumbir por efeito de sua própria crítica, só pode consistir numa filosofia regressiva.

A filosofia regressiva se opõe ao estatuto concedido pelas filosofias primeiras ao ser necessário, à verdade primeira e ao valor absoluto. Enquanto, para estas, a aquisição de um ponto de partida assim, irrefragável, constitui uma iluminação, que lhes possibilita fundamentar toda a seqüência das deduções subseqüentes, para a filosofia regressiva este será apenas um limite provisório para as suas investigações, limite que é um marco, mas não uma luz[3]. O valor desses princípios não é determinado por alguma evidência, por alguma intuição privilegiada, mas pelas conseqüências que dele se podem tirar e que nada mais são senão os fatos que servem de ponto de partida concreto para toda pesquisa filosófica. Em se tratando de um problema científico ou de um "cuidado" psicológico, a filosofia sempre começa por certos dados que podem, decerto, ser analisados, aprimorados, depurados, desqualificados ou justificados, mas que não podemos deixar de levar em conta. Os princípios fundamentais da filosofia regressiva, em vez de serem iluminados por alguma intuição que precede os fatos e é independente deles, são, ao contrário, esclarecidos pelos fatos que eles permitem coordenar e explicar e são, por isso, solidários de suas conseqüências. É facultado, a cada filósofo, partir de fatos diferentes e introduzir, no interior de um campo mais ou menos limitado de conhecimento, uma certa coerência, um certo espírito sistemático, que não deve, aliás, englobar a totalidade do saber. Mas, na medida em que os diferentes filósofos vivem num mesmo universo, encontram-se diante de fatos de mesma espécie, devem poder incorporá-los em seu sistema de pensamento, confrontar suas idéias com as de seus colegas, e poder explicar divergências que constatam.

Encontramos, na base da filosofia regressiva, com pouca diferença, os quatro princípios da dialética de Gonseth[4], numa perspectiva e numa coordenação diferentes.

O princípio de integralidade apresenta a dupla conseqüência de obrigar o partidário da filosofia regressiva a levar em conta a totalidade da experiência que se lhe apresenta e coordenar essa experiência, de modo que se crie uma solidariedade íntima entre os fatos dos quais ele parte e os princípios que os devem explicar. É por causa do princípio de integralidade que, à pluralidade das filosofias primeiras, só pode opor-se *uma* filosofia regressiva, que é muito menos um sistema acabado e perfeito do que uma concepção que implica o caráter incompleto e inacabado de toda construção filosófica, sempre suscetível de uma nova amplificação e de uma nova retificação. Os partidários de uma filosofia regressiva são capazes de entender-se, de discutir, de confrontar suas opiniões, de adaptá-las. A discussão constitui um elemento essencial para o desenvolvimento de seu pensamento que é, por princípio, um pensamento aberto. Seus desacordos estão destinados a ser solucionados e, nisso, assemelham-se aos desacordos entre cientistas; isso porque uma retificação, no sistema deles, não constitui uma renegação, uma traição aos seus princípios, mas, pelo contrário, a prova de uma fidelidade para com eles.

Com efeito, enquanto o princípio de integralidade afirma o caráter sistemático de qualquer filosofia, cujo ideal é o da unificação da totalidade do saber, o caráter sempre incompleto deste é implicado pelo *princípio de dualidade*. Este afirma que um sistema de pensamento, seja ele qual for, jamais constitui um sistema acabado, perfeito, que explicaria de uma maneira exaustiva qualquer experiência futura, tornada, por isso mesmo, supérflua e desprovida de significado. A rejeição desse princípio equivale a afirmar a possibilidade de constituir um sistema completo e perfeito de conhecimento no interior de uma única mente, o que a dispensaria tanto de pesquisas posteriores como de novas experiências. Isso porque estas teriam de encaixar-se nos esquemas conhecidos que seria possível elaborar com tamanha precisão que se acabaria por eliminar do universo toda imprevisibilidade, toda contingência, portanto toda liberdade, que dão significado ao tempo e à história. De fato, pergunta-se mesmo que sentido teria, em semelhante esquema, a distinção entre o ser e o pensamento. Vê-se de imediato que tal sistema seria tão estranho que, se quiséssemos manter-lhe a coerência, ele nos seria, para dizer a verdade, inconcebível.

A conjunção do princípio de integralidade com o de dualidade constitui a própria característica da filosofia regressiva: os outros princípios, por conseqüência, decorrem dela. A primeira dessas conseqüências, o *princípio de revisabilidade*, afirma que nenhuma proposição do sistema se encontra, a priori, ao abrigo de uma revisão. Com efeito, semelhante concepção subtrairia essa proposição à solidariedade dos juízos estabelecida pelo princípio de integralidade: como o princípio de dualidade pressupõe a imperfeição do sistema, e como ele sempre deve poder ser adaptado a novas experiências, a rejeição do princípio de revisabilidade consistiria no fato de declarar, *a priori*, que certas proposições ficariam, para sempre, ao abrigo tanto de uma modificação em seu enunciado como da possível repercussão, em seu sentido e em seu alcance, de qualquer mudança posterior de outros elementos do sistema. Tais proposições, definitivamente estabelecidas, notáveis pela simplicidade, clareza, evidência, numa palavra, pela perfeição, introduziriam, no interior da filosofia regressiva, todos os traços característicos de uma filosofia primeira. O fato de admitir semelhantes proposições só seria possível, de fato, se se houvesse admitido a existência de um critério da validade delas, critério mediante o qual se poderia empreender a busca de outros elementos da mesma espécie. Com isso se introduziria, no seio desse pensamento que se pretende, a um só tempo, coerente e adaptável ao imprevisto, um corpo duro que lhe provocaria a desagregação.

Cumpre observar imediatamente que a afirmação desse princípio de revisabilidade só estabelece uma possibilidade de revisar certas afirmações se se apresentarem razões imperiosas para fazê-lo. Apenas fatos novos, que não se enquadrem ao sistema aceito, podem acarretar a revisão de alguns de seus elementos. Ainda assim, quase sempre os elementos do sistema que deve ser modificado dependerão de uma escolha. A adaptação do pensamento à nova situação será obra de um homem que houver refletido nas diferentes possibilidades que se apresentam e houver escolhido com conhecimento de causa e com plena responsabilidade. Eis o sentido que se deve dar ao *princípio de responsabilidade*, que faz da decisão avisada do pesquisador o elemento determinante na elaboração de um sistema de pensamento. Citando Gonseth, "uma dialética" – e a filosofia regressiva é uma dialética – "não é nem automática nem arbitrária; é conquistada por uma mente consciente de seu esforço e de sua responsabilidade, por uma mente consciente de sua participação no real e de sua capital liberdade de julgamento"[5].

O princípio de responsabilidade introduz o elemento humano e moral na obra científica e filosófica. É o homem, em última instância, que é juiz de sua escolha, e outros homens, seus colaboradores e seus adversários, julgam ao mesmo tempo essa escolha e o homem que escolheu.

Essa escolha, para ter algum valor moral, ou mesmo simplesmente humano, não pode ser uma escolha necessária. Quando há necessidade, não há nem escolha, nem mérito; aliás, uma máquina poderia substituir com vantagem, em tais circunstâncias, a intervenção humana. De fato, quando as operações estão determinadas de uma vez por todas, quando os princípios de revisabilidade e de responsabilidade não podem ser invocados, porque se descartaram os efeitos do princípio de dualidade, puderam ser construídas máquinas que realizam sem dificuldade o trabalho que o homem não poderia ter realizado de um modo tão rápido e tão impecável. Mas, de outro lado, a escolha do pesquisador não é de forma alguma arbitrária. O homem não se encontra diante do nada quando deve escolher, e suas decisões não são absurdas. O que lhe influencia a decisão, bem como a dos outros, são argumentos cujo valor ele próprio deve avaliar. Quando for preciso adaptar seu sistema a fatos novos que suscitam um conflito em seu pensamento, o pesquisador deverá inventar modificações possíveis de suas concepções e escolher aquela que lhe parecer mais idônea. Aliás, terá de justificar essa escolha e mostrar as razões por que ela lhe pareceu preferível, se desejar obter a adesão de seus pares.

Nesse momento, veremos em ação uma forma de argumentação examinada já por Aristóteles, e que nada mais é senão a *retórica* dos antigos, essa lógica que trata, não do verdadeiro, mas do preferível, e que poderia ser considerada a lógica dos juízos de valor, se esta noção não fosse tão confusa.

Apenas a retórica, e não a lógica, permite compreender a aplicação do princípio de responsabilidade. Em lógica formal, uma demonstração é probatória ou não o é, e a liberdade do pensador está fora de questão. Em contrapartida, os argumentos de que nos servimos em retórica influenciam o pensamento, mas nunca necessitam de sua adesão. O pensador se compromete ao decidir. Sua competência, sua sinceridade, sua integridade, numa palavra, sua responsabilidade, estão em jogo. Quando se trata de problemas referentes aos fundamentos (e todos os problemas filosóficos se lhes reportam), o pesquisador é como um juiz que deve julgar com eqüidade. Aliás, poderíamos perguntar-nos se, após ter durante séculos procurado o modelo do pensamento filosófico nas matemáticas e nas ciências exatas, não estaríamos bem inspirados comparando esse pensamento com o dos juristas, que devem, ora elaborar um direito novo, ora aplicar o direito existente a situações concretas.

É esse aspecto prático, esse aspecto quase moral da atividade filosófica que permite rejeitar um céptico puramente negativo. O céptico repele todo critério absoluto, mas crê que lhe é impossível decidir na falta de semelhante critério, no que está na linha de pensamento das filosofias primeiras. Mas ele esquece que, no campo da ação, não escolher é ainda escolher, e que se corre um risco mais sério abstendo-se do que agindo.

O dogmatismo e o cepticismo se opõem, ambos, ao princípio de responsabilidade, pois buscam um critério que tornaria a escolha necessária e eliminaria a liberdade do pensador. Ora, é justamente o princípio de responsabilidade que, ao afirmar a participação pessoal do pensador na atividade filosófica, constitui a única refutação válida do cepticismo negativo.

O filósofo escolhe a sua atitude; sua escolha é livre, mas ponderada. O que ele é, seu temperamento, sua formação, seu meio, toda a sua bagagem de conhecimentos e seus juízos de valor influenciam a escolha do pensador e explicam sua filosofia, mas esta explicação nunca é totalmente exaustiva, pois sua escolha nunca é totalmente necessária.

Em resumo, a filosofia regressiva afirma que, no momento em que o filósofo começa sua reflexão, ele não parte do nada, mas de um conjunto de fatos que não considera nem necessários, nem absolutos, nem definitivos, mas suficientemente seguros para permitir-lhe assentar sua reflexão. Esses fatos, ele os considera fragmentários, e as noções mediante as quais os expressa, ele não as acha nem perfeitamente claras, nem definitivamente elaboradas. Esses fatos já estão ligados, de certo modo, em seu pensamento; um progresso na sistematização deles lhe permitirá elaborar os princípios de seu saber e compreender, descrever e classificar melhor os elementos de sua experiência. Como esta jamais está completa, fatos novos sempre poderão provocar o questionamento das noções e dos princípios da teoria primitiva, cuja revisão poderia acarretar um melhor conhecimento dos fatos antigos. Essa revisão, essa adaptação, não se fará automaticamente, mas será obra do pensador responsável por seus atos e que, com suas decisões, envolve sua própria pessoa. É por isso que, aliás, ele não questionará princípios já aceitos a não ser que julgue haver razões suficientes para fazer isso.

O partidário da filosofia regressiva rejeitará a própria idéia de doutrina prévia à sua filosofia, no sentido de uma doutrina que *deve* precedê-la ou *deve* ser desenvolvida antes. Que significa esse dever anterior ao conjunto de seu saber? Se isto significa a busca de um princípio absoluto, primeiro, que seria anterior a seus próprios princípios, aos quais nega esse caráter, ele se recusa a seguir esse caminho que só pode levá-lo a uma regressão ao infinito, sem nenhum sentido nem direção alguma. Se, ao contrário, pedem-lhe que proceda a uma revisão, opondo a seus princípios fatos que lhe parecem pertinentes, que introduzem um elemento que o sistema não levou em conta, e que seria mister assimilar, o partidário da filosofia regressiva ficará muito feliz com a possibilidade que lhe é fornecida de aprofundar seu pensamento. Se a regressão deve permitir uma certa elucidação, a eliminação de uma incoerência ou de um desacordo, nada será melhor do que restabelecer a coerência ou o acordo sobre novas bases que serão conservadas até nova ordem; é preciso, de fato, alguma razão, um problema para resolver, uma dificuldade para solucionar, para que o pensador se dê ao trabalho de modificar sua posição anterior.

Sua atitude será análoga quando lhe propuserem examinar "a filosofia implícita" de seu sistema. Estará sempre pronto para recuar seus princípios, se essa necessidade se fizer sentir, mesmo sabendo que esse recuo dos princípios enunciados em direção aos princípios implícitos não é nem necessário, nem automático, nem definitivo e que, uma vez enunciados os princípios implícitos, poderiam procurar formular os princípios implícitos destes últimos princípios, contanto que tal investigação apresente algum interesse. Isso porque ele não pode responder ao partidário da filosofia primeira "até aqui, e não mais longe", não pode recusar-se a seguir o adversário alegando uma evidência que estaria ao abrigo de qualquer discussão. Mas pode recusar admitir que os princípios implícitos, uma vez tornados claros, constituem o fundamento definitivo e capital de sua filosofia e, *a fortiori*, de qualquer filosofia.

Antes de terminar esta descrição da filosofia regressiva, cumpre observar que ela também tem seus problemas e suas dificuldades, que são correspondentes àquelas de qualquer filosofia primeira.

Acima de tudo, a aplicação do princípio de integralidade supõe que se admitam certas regras lógicas que conferem estrutura ao sistema, convertem-no num conjunto coerente e ligado. Esses princípios não serão, por sua vez, verdades primeiras, definitivas e absolutas, de tal modo que, em vez de estarem submetidas ao sistema, são elas que o regem? O princípio de contradição, por exemplo, não deve ser considerado como definitivamente ao abrigo de qualquer revisão ulterior? Esta objeção, que parece tremenda, poderia, aliás, ser dirigida contra os outros princípios do sistema, em especial contra o próprio princípio de integralidade.

Vamos tentar responder.

Toda tentativa de afirmar princípios de uma validade universal só pôde obter êxito, no passado, admitindo-lhes o caráter formal, portanto perfeitamente conciliável com variações quanto ao objeto ou ao campo de aplicação deles. Assim é que o princípio de contradição, ao afirmar a falsidade do produto lógico de uma proposição e de sua negação, depende, para sua interpretação e para sua aplicação, do sentido que damos às palavras "proposição", "verdade" e "falsidade". Só se estabelece o acordo sobre o princípio formal e universalmente válido com a condição de haver transferido todos os elementos de desacordo para as noções, as únicas que permitem que seja aplicado a casos concretos. Quais enunciados constituirão proposições, quando uma proposição poderá ser considerada verdadeira ou falsa? Sabe-se que esses problemas são muito discutidos no pensamento filosófico. Cumpre observar, aliás, de passagem, que, igualmente em ética, a afirmação de valores e de princípios universais só é possível dando-lhes uma estrutura puramente formal[6]. Assim também, a filosofia regressiva só pode afirmar o princípio de integralidade não determinando com precisão, e de uma vez por todas, o conjunto de regras que dão caráter sistemático e coerente ao pensamento.

O segundo problema que se apresenta à filosofia regressiva consiste em restabelecer, em seu seio, as distinções habituais do pensamento filosófico, dando-lhes um sentido novo e conforme aos seus princípios. Se as filosofias primeiras fracassam ante a oposição entre o necessário e o contingente, entre o absoluto e o relativo, entre o real e o aparente, entre o direito e o fato, etc., não logrando justificar, todas as vezes, a passagem do primeiro termo dessas oposições para o segundo, a filosofia regressiva se encontra diante do problema inverso. Isso porque sua área é a do contingente, do relativo, do aparente, do fato. Consegue justificar o homem e sua liberdade, o temporal e o histórico, mas, para levar em conta a totalidade da experiência, deveria dar, em sua concepção, espaço ao normativo, ao real, ao absoluto e ao necessário. A não ser que o consiga, terá fracassado, como todo monismo, que, assimilando a oposição entre a matéria e o espírito, não terá os meios de distinguir, no interior de seu sistema materialista ou espiritualista, os fenômenos ditos materiais dos fenômenos ditos espirituais. Não se deveria crer que a filosofia regressiva deva necessariamente derivar o direito do fato ou a realidade da aparência. Ao contrário: temos o hábito de só invocar o direito quando o fato se lhe opõe, de só falar de realidade ao desqualificar uma aparência. Conquanto o direito difira do fato, ainda assim constitui também um fato, embora de espécie diferente daquele ao qual se opõe; a afirmação de uma norma constitui um fato, embora de natureza totalmente diferente daquela do fato de sua transgressão, e de modo algum deriva dele. A elaboração das regras do real não é, tampouco, a simples repetição dos meios que nos permitem reconhecer o aparente. Será uma das tarefas da filosofia regressiva explicar essas oposições tradicionais, tornando-as relativas decerto, tornando-as compatíveis com seus princípios, vinculando-as ao conjunto de sua doutrina, mas, não obstante, sem as fazer desaparecer, como se fossem apenas fantasias de uma imaginação metafísica.

Resulta das observações precedentes que os quatro princípios, de integralidade, de dualidade, de revisabilidade e de responsabilidade, que caracterizam a filosofia regressiva, ainda não lhe resolveram todas as dificuldades. No seio desta última ainda se colocam problemas importantes, cuja solução, aliás, não parece ser nem única nem definitiva.

A comparação das filosofias primeiras com a filosofia regressiva revelará a superioridade incontestável desta última? Uma resposta afirmativa estaria em contradição tanto com os princípios desta filosofia como com os próprios fatos, pois ninguém duvida que, mesmo depois da leitura desta exposição, inúmeros filósofos continuarão a professar uma filosofia primeira. Na realidade, cada uma dessas duas espécies de filosofia apresenta vantagens e inconvenientes, cada uma delas extrapola à sua maneira, e a adesão a uma delas é o resultado de uma opção.

Os partidários de uma filosofia primeira fundamentam sua argumentação na existência de certos princípios aceitos tanto por eles próprios quanto por seus interlocutores (e, na falta de outra coisa, vão buscar esses princípios na própria teoria dos adversários): sua meta será transformar esse acordo de fato em acordo de direito, fazer dele um acordo necessário, de validade universal, do qual possam inferir uma criteriologia das verdades primeiras. Os partidários da filosofia regressiva baseiam sua argumentação no fato da existência de princípios em desuso que, após terem sido universalmente aceitos, tiveram de ser abandonados ou cujo alcance teve de ser restringido; também extrapolam quando afirmam que a experiência da evolução do pensamento científico nos veda cristalizar, em algum ponto, os princípios que formam a base atual de nosso saber. Os adeptos de uma filosofia primeira transformam princípios atuais em princípios eternos, os da filosofia regressiva situam o atual num devir histórico, do qual não crêem poder privilegiar nenhum momento, subtraindo-o, *a priori*, a toda evolução; recusam o princípio de Aristóteles que requer um termo absolutamente primeiro a qualquer série regressiva. As duas atitudes levam em conta a experiência do passado, mas dela tiram conclusões diferentes para o futuro. A filosofia primeira afirma que uma nova experiência já não pode trazer a modificação de certos princípios, que resistiram a todos os ataques anteriores; a filosofia regressiva crê que tantos princípios tiveram de ser abandonados que não se pode afirmar de nenhum que é tão firme que uma nova experiência (no sentido mais lato da palavra) nunca possa questioná-lo[7]. Aquela busca um conhecimento perfeito, necessário ou absoluto, seu ideal consiste em encontrar alguma verdade evidente diante da qual os homens teriam de inclinar-se, à qual teriam de aderir – seu ideal de liberdade se define como o consentimento ao ser ou à ordem absoluta –, esta só admite um conhecimento imperfeito e sempre perfectível, compraz-se, não num ideal de perfeição, mas num ideal de progresso, entendendo com isso não o fato de aproximar-se de alguma perfeição utópica, mas o fato de solucionar as dificuldades que se apresentam por meio de uma arbitragem constante, efetuada por uma sociedade de mentes livres, em interação umas com as outras, das vantagens e dos inconvenientes de qualquer tomada de posição ante o conjunto dos elementos da experiência. Em princípio, o adepto de uma filosofia primeira se encontra sem nenhum guia, numa completa arbitrariedade, numa dúvida absoluta, antes de encontrar o princípio que o amarra e lhe tira qualquer iniciativa; quando deu sua adesão a certos princípios, é preciso que as conseqüências deles se desenrolem de acordo com uma lógica estrita, conforme com o que chamará "as exigências da razão". Essa rigidez, que faz o pensamento desses filósofos oscilar entre o cepticismo e o dogmatismo, a arbitrariedade completa e a necessidade inelutável, não está presente na filosofia regressiva onde o homem que decide nunca fica nem completamente desorientado, nem completamente submisso a uma ordem necessária. Sempre tem razões para agir, mas essas razões nunca o constrangem inteiramente: ele conserva seu poder de arbitragem. Conquanto admita a existência de leis lógicas no interior de um dado sistema, sua escolha de um sistema assim é guiada pelas regras bem mais flexíveis da retórica, ou seja, da lógica não coerciva do preferível.

Essa oposição de atitude se reflete, aliás, nas teorias do conhecimento das filosofias primeiras e da filosofia regressiva, estando aquelas em busca de elementos simples, evidentes, racionais, absolutos, de categorias necessárias do espírito, apercebendo-se estas do caráter imperfeito e inacabado de qualquer conhecimento, da imprecisão, do equívoco e da confusão das noções, das quais jamais se pode dizer que estão definitivamente esclarecidas, cujo sentido não pode ser considerado invariável e fixado absolutamente, independentemente da problemática na qual elas se apresentam. Ao conhecimento perfeito, ela opõe o progressivo, ao conhecimento dogmático, o dialético. Enquanto, para qualquer filosofia primeira, uma crise dos fundamentos constitui uma derrota, a obrigação de admitir que se foi enganado por uma evidência aparente, por uma necessidade falaciosa, mas que, depois de ter feito as ablações e as modificações indispensáveis, será possível agarrar-se de novo a um núcleo fundamental, ainda mais sólido pois pôde resistir a esse último ataque, toda crise dos fundamentos constitui, para a filosofia regressiva, uma confirmação, um aprofundamento do pensamento com o que só pode alegrar-se. Se as filosofias primeiras prosperam em épocas de estabilidade e em que tudo corre bem, em que as pessoas se contentam em tirar as conseqüências dos princípios aceitos, seja na área científica ou política, econômica ou jurídica, a filosofia regressiva caracteriza épocas de reviravolta, de crise, de instabilidade em todos os campos.

As necessidades de estabilidade são as que, normalmente, prevalecem no pensamento humano. As pessoas gostam de acreditar que os princípios de seu pensamento e de sua ação são inabaláveis, que sempre poderão apoiar-se nesses princípios, que não devem inquietar-se constantemente com a solidez deles. Toda organização social é fundamentada nesse princípio de conservação, forma humana do princípio de inércia, que explica os hábitos dos indivíduos e dos grupos, e as necessidades morais e religiosas dos homens reforçam mais a sua sede de certeza e de dogmatismo. É por essa razão que a maioria dos pensadores contemporâneos procurou conciliar algumas concepções devidas à filosofia regressiva com as de sua filosofia primeira. Para uns, o conhecimento natural só pode ser imperfeito e regressivo, mas a esse conhecimento de espécie inferior cumpre opor uma revelação sobrenatural que permitiria adquirir verdades definitivas. Para outros, um certo campo da consciência, o do material e o do espacial, se reportaria à filosofia regressiva, enquanto no do espiritual se poderia contar com verdades absolutas. Para outros ainda, apenas certos fatos privilegiados (os fatos atômicos de Wittgenstein ou os enunciados protocolares de certos neopositivistas) seriam definitivos, sendo todo o resto revisável. Enfim, para os partidários de uma dialética hegeliana, uma certa lei de desenvolvimento dos fenômenos seria a única verdade definitivamente adquirida. Todas essas variantes, e muitas outras ainda, consistem na limitação dos princípios de integralidade e de dualidade, e conseqüentemente de toda a filosofia regressiva, a uma parte de nossa experiência. Mas, embora os quatro princípios dialéticos permitam caracterizar a filosofia regressiva, não se irá paralisá-los ao querer limitar-lhes a aplicação a uma parte do campo do pensamento, não se irá subordiná-los a outros princípios que determinarão o caráter do compromisso proposto? Esses princípios deverão fixar as relações entre a área do conhecimento submetido à filosofia regressiva e aquela que escapa à sua jurisdição; cumprirá erguer uma barreira entre essas duas áreas que, pela força das coisas, será subtraída à filosofia regressiva. A história da filosofia pós-kantiana nos estimula a crer que semelhante tentativa de separar, de uma vez por todas, duas áreas do pensamento, está condenada ao fracasso. Mas um partidário da filosofia regressiva é obrigado a certa modéstia em suas afirmações: o futuro não lhe pertence, seu pensamento permanece aberto à experiência imprevisível.

Capítulo II
*Evidência e prova**

Um raciocínio, tradicional na história da filosofia, faz qualquer conhecimento depender, em última instância, de uma evidência, intuitiva ou sensível: ou a proposição é objeto de uma evidência imediata ou resulta, por meio de certo número de elos intermediários, de outras proposições cuja evidência é imediata. Apenas a evidência forneceria a garantia suficiente às afirmações de uma *ciência* que se opusesse, de maneira igualmente tradicional, às *opiniões*, variadas e instáveis, que se entrechocam em controvérsias intermináveis e estéreis, que nenhuma prova reconhecida permite dirimir. Ao passo que é preciso, quando se trata de ciência, inclinar-se diante da evidência, quando se trata de opinião só se poderia endossar as palavras do fabulista e constatar que "a razão do mais forte é sempre a melhor".

A corrente de pensamento agostiniana, tal como se manifestou nos escritos de Duns Scot, segundo a qual o que é evidente deve estar presente e ser distintamente percebido, não permitia um conhecimento evidente do passado nem dos dogmas religiosos: a confiança em testemunhos, ou em autoridades, era indispensável para suprir a falta de evidência imediata, sendo esta, não obstante, exigida entre os intermediários para garantir a nossa própria convicção[1]. Enquanto conflitos religiosos não dividiram o mundo ocidental, a fé fundamentada numa revelação sobrenatural proporcionava, é o que se acreditava, um saber paralelo, mas de uma certeza comparável com a da ciência. No

---
* Publicado *in Dialectica*, vol. II, n.º 1/2, 15.3 - 15.6, 1957.

entanto, as dissensões teológicas do século XVI, seguidas pelas guerras de religião e pela fórmula resignada *cujus regio, ejus religio*, estimularam os pensadores dos séculos XVII e XVIII a delimitar, relativamente à opinião em matéria de fé, o núcleo sólido de um saber fundamentado na evidência.

Uma proposição é evidente quando toda mente que lhe apreende os termos tem certeza de sua verdade. A adesão do intelecto, ao contrário daquela da vontade, é determinada por seu objeto: não está em poder do intelecto regular a intensidade dessa adesão que é estritamente proporcional à evidência e à inteligibilidade do objeto[2]. Esta mesma distinção entre o intelecto e a vontade, nós a encontraremos no século XVII, tanto num Descartes como num Locke, pois a intuição das relações entre naturezas ou idéias simples não podiam deixar de produzir uma certeza infalível. Cumpre evitar confundir esta com uma convicção puramente objetiva, que não garante de modo algum a ausência de ilusão ou de erro. Porque a certeza não é ausência de dúvida, mas algo positivo, a ausência de qualquer falsidade[3].

Em sua obra recente dedicada ao problema do conhecimento, A.-J. Ayer concluiu o primeiro capítulo de sua interessante análise com a formulação das condições necessárias e suficientes para que haja saber. É mister que o que se diz saber seja verdadeiro, que se tenha certeza disso e se tenha o direito de ter certeza[4]. Mas enquanto para Ayer esse direito pode ser justificado de diversas maneiras, que seria errôneo incluir numa definição do saber, para os teóricos clássicos do conhecimento esse direito não era justificável, afinal de contas, senão pela evidência das proposições que constituíam o fundamento capital de todo saber.

A evidência é uma propriedade de uma proposição necessária quando a verdade desta resulta, segundo os racionalistas, da distinta apreensão de seus termos (*ex terminis*) ou, segundo os empiristas, do nexo ou da incompatibilidade necessária entre idéias. A evidência de uma proposição contingente, em contrapartida, se manifesta graças à intuição resultante do contato direto com um objeto presente, contato que é mais bem ilustrado pelo conhecimento introspectivo: que vivamos, que sejamos conscientes, estas são certezas que não só não necessitam de prova, mas sem as quais nenhuma demonstração seria possível[5].

Entre os teóricos clássicos do conhecimento, a evidência não é simplesmente um estado de espírito especial que não poderia, como o fato desta, garantir a verdade de seu objeto. Uma proposição é evidente antes mesmo de ser percebida e guarda essa qualidade mesmo que uma mente não seja atingida por ela, por não compreender os termos da proposição e não apreender suas relações mútuas. É possível, de fato, que seja preciso, para perceber a evidência de uma proposição, conhecer previamente a definição de um ou de outro de seus termos, pois esta serve de elo na demonstração; nesse caso, a proposição já não será evidente por si só (*per se nota*), mas, dependendo da demonstração, essa evidência será mediata (*nota per aliud*).

Assim é que, a propósito da evidência como critério de verdade e fundamento do conhecimento, surgiu o problema da definição e, de um modo mais geral, o da linguagem. Se queremos evitar as dificuldades disso resultantes e, de modo mais particular, a obrigação de definir um após o outro todos os termos introduzidos, cumpre que o fundamento de toda evidência se encontre numa intuição de naturezas, de idéias ou de termos simples, indefiníveis, em que signo e significado se correspondam sem erro e sem ambigüidade.

Tanto Descartes quanto Locke não acreditavam na utilidade ou sequer na possibilidade de provar proposições evidentes, no que eram contraditos por Leibniz que, não se contentando com um conhecimento intuitivo dos axiomas[6], queria que fossem reduzidos aos axiomas primitivos por ele chamados de *idênticos*[7]. Tendo menos confiança na intuição dos termos simples do que na natureza da relação que une o predicado ao sujeito, ele queria que toda proposição primitiva consistisse numa identidade que afirmasse o caráter analítico dessa relação.

Essas duas exigências, a referente à simplicidade dos termos e a referente ao caráter analítico das proposições evidentes, foram regularmente expostas, de uma forma alternativa ou acumulativa, pelos autores que escrutam as condições lógicas da evidência. Que se deve pensar disso?

A primeira exigência pressupõe uma concepção atômica do real, a existência de uma linguagem conforme à estrutura desse real perfeitamente conhecido, o conhecimento imediato, por todos os seres de razão, dessa linguagem prévia a qualquer uso humano: a mera enumeração dessas condições hoje faria hesitar os mais acirrados defensores do critério da evidência.

A segunda exigência, referente ao caráter analítico das proposições evidentes, parece mais racional. Dentre os exemplos de proposições analíticas e evidentes citados com mais freqüência, encontramos a afirmação de que "o todo é maior do que cada uma de suas partes" e diversas aplicações do princípio de identidade "A é A".

Desde que a teoria dos conjuntos permitiu estabelecer que o conjunto dos números inteiros tem o mesmo potencial que alguns de seus subconjuntos (que o conjunto dos números pares, por exemplo, já que há tantos números pares quanto números inteiros), sabe-se que o princípio de que "o todo é maior que cada uma de suas partes" não vale no domínio do infinito, e eis pega em falta uma evidência que parecia o modelo consumado de uma proposição indubitável.

Em contrapartida, parece que o princípio de identidade jamais pode ser posto em discussão. Será? Os únicos casos de enunciados que, na linguagem natural, poderiam, à primeira vista, ser considerados aplicações desse princípio, exprimem verdades contingentes, e amiúde contestáveis: trata-se de expressões tais como "um tostão é um tostão", "negócios são negócios" ou "guerra é guerra". Recordo-me de uma mulher que, vendo o marido chorar, por ocasião da volta do filho depois de uma longa ausência, exclamou: "Agora estou vendo que não só mãe é mãe, mas também que pai é pai".

É óbvio que, para os lógicos, toda aplicação do princípio de identidade pressupõe que os mesmos signos conservem sempre a mesma significação. Mas quando é que se tem certeza dessa identidade completa de significação? Quando se cria uma linguagem artificial que a postula e, melhor ainda, quando, para evitar difíceis discussões referentes às significações, a pessoa se contenta em manipular signos, sem se inquietar com a significação deles e, *a fortiori*, com a verdade das proposições obtidas pela combinação destes. Em que se transformou, nessas condições, o critério da evidência? Reduz-se à confiança no resultado da manipulação dos signos, controlável por meios mecânicos, a partir de pontos de partida julgados indispensáveis, porque pretensamente arbitrários: o princípio da tolerância relativamente à lingüística se substitui, desse modo, ao critério da evidência, cujas conseqüências filósofos contemporâneos acham bem difícil admitir.

Os lógicos modernos, herdeiros da tradição clássica, já quase não afirmam a evidência de seus primeiros princípios, mas se contentam em insistir na necessidade do nexo entre as premissas e as conseqüências que delas se tiram por meio das regras operatórias do sistema. Tal necessidade seria correlativa do caráter analítico, ou seja, segundo eles, puramente lingüístico dessas conclusões. Ora, o lógico polonês Jaskowski conseguiu provar a equivalência entre certo número de sistemas axiomáticos de lógica e os sistemas obtidos por aplicação de regras de uma lógica natural sem axiomas[8]. Essas regras não são apresentadas como evidentes, pois, não sendo proposições, não são verdadeiras nem falsas. Serão puramente arbitrárias? Mas por que, então, as chamar regras de lógica? Se diferem das regras concernentes às manipulações das figuras de um jogo, como o jogo de xadrez, é porque podem ser interpretadas com a ajuda de modelos cujo conhecimento nos garante a verdade das proposições obtidas graças a essa interpretação dos signos. Mas qual será o critério que nos garante o conhecimento desses modelos? Será preciso, também desta vez, recorrer ao critério de uma evidência infalível baseada em elementos simples, percebida por qualquer mente racional, independente de qualquer cultura e de qualquer tecnicidade, e que seria a mesma na criança e no matemático especializado? Será verdade que, à míngua de semelhante recurso, vai-se direto ao cepticismo, à negação do todo saber seguro, à arbitrariedade de todas as opiniões, à negação de qualquer lógica e de qualquer racionalidade?

Não creio de forma alguma em tal alternativa. Na seqüência desta exposição, procurarei apresentar brevemente uma concepção da prova que, sem endossar a teoria clássica da evidência, não redunda contudo num cepticismo no tocante ao conhecimento.

Quais eram os pressupostos que obrigaram os teóricos clássicos do conhecimento a chegar à alternativa, que me parece ruinosa, entre o cepticismo e um conhecimento fundamentado em evidências infalíveis?

Tais pressupostos são em número de dois:

1º uma conclusão nunca é mais segura do que a menos exata das premissas;

2º um saber seguro só se pode fundamentar em intuições evidentes.

Examinaremos, começando pelo último, estes dois pressupostos. E nos perguntaremos, antes de mais nada, o que significa a idéia de uma intuição evidente e qual é a teoria do conhecimento, a metodologia das ciências, a concepção do real e da ação que lhe são correlativas. Recorreremos, para tal desenvolvimento, à filosofia de Descartes, que parece ter tirado, com um grande rigor e uma perseverança admirável no raciocínio, as conseqüências que lhe pareciam impor-se a partir do critério da evidência racional.

Para Descartes, na área do conhecimento, a menor dúvida era sinal de erro[9]. Para que o conhecimento fosse indubitável, e não simplesmente verossímil, cumpria que tivesse como objeto naturezas simples, conhecidas por si mesmas e cujo conhecimento, sendo claro e distinto, jamais contém nada de falso[10]. O conhecimento assim concebido não pode, portanto, ser progressivo: é perfeito ou não existe. É por essa razão, aliás, que aqueles que buscam o caminho reto da verdade não devem ocupar-se com nenhum objeto do qual não possam ter uma certeza igual à das demonstrações da aritmética e da geometria[11]. Aliás, para Descartes, o essencial não é desenvolver esta ou aquela ciência especial, mas fortalecer a nossa razão. Para ele, a sabedoria humana permanece sempre uma e a mesma, por mais diferentes que sejam os objetos aos quais ela se aplica, e não recebe mais mudança desses objetos do que a luz do Sol da variedade das coisas por ela iluminadas[12]. É por isso que, sendo a meta do método acrescer a luz natural da razão, ela pode ser atingida de forma independente de cada ciência em particular[13]. O método, por fundamentar todo conhecimento nas intuições evidentes, será o mesmo para todos os ramos do saber. Procederá por ordem, do simples ao complexo. Cada qual deve, nessa concepção, recomeçar a elaboração de todo o saber, desprezando os problemas que é incapaz de tratar consoante o método preconizado.

Duas conseqüências dessa teoria do conhecimento merecem ser salientadas. A primeira é o caráter insocial e anistórico do saber assim elaborado. A teoria cartesiana do conhecimento é uma teoria do conhecimento não-humano, mas divino, de um espírito único e perfeito, sem iniciação e sem formação, sem educação e sem tradição. A história positiva do conhecimento seria unicamente a de seus crescimentos, mas não aquela de suas modificações sucessivas. Se, para chegar ao conhecimento, é mister libertar-se dos preconceitos pessoais e dos erros, estes não deixam nenhum vestígio no saber enfim purificado. Contrariamente ao ponto de vista para o qual todo progresso do conhecimento é superação do erro, e se define em comparação ao erro por ele eliminado[14], o conhecimento cartesiano é dado de uma vez, após uma ruptura completa, não só com o erro, mas também com a opinião e a verossimilhança dos quais a ciência deve ser purgada previamente à sua constituição.

A segunda conseqüência do método cartesiano é a separação clara e absoluta entre a teoria e a prática. O próprio Descartes insiste, várias vezes, no caráter inaplicável de seu método em todas as coisas que dizem respeito à fé e às ações de nossa vida[15]. Quando se trata, não da contemplação da verdade, mas do uso da vida, na qual a urgência exige decisões rápidas, seu método não nos é de nenhuma serventia.

Nossa posição pessoal é diametralmente oposta à da tese cartesiana. Enquanto a intuição evidente, único fundamento de todo conhecimento, num Descartes ou num Locke, não tem a menor necessidade de prova e não é suscetível de demonstração alguma, qualificamos de conhecimento uma opinião posta à prova, que conseguiu resistir às críticas e às objeções e da qual se espera com confiança, mas sem uma certeza absoluta, que resistirá aos exames futuros[16]. Não cremos na existência de um critério absoluto, que seja o fiador de sua própria infalibilidade; cremos, em contrapartida, em intuições e em convicções, às quais concedemos nossa confiança, até prova em contrário.

Para que a administração de semelhante prova seja possível, é indispensável que o juízo, sustentado por uma intuição, não se confunda com esta, pois nesse caso não poderia ser verdadeiro, porque não é significante e, não o sendo, nenhuma prova sua seria possível. Um enunciado só pode ser provado graças às previsões que permite ou às atitudes que aprova, e que seriam submetidas ao controle da experiência ou da consciência.

As concepções da prova que apresentam a proposição provada como o resultado de um conjunto de operações, a partir dos axiomas do sistema, só são defensáveis se axiomas e regras operatórias são considerados evidentes. Se nos fechamos numa concepção formalista da prova dedutiva, se insistimos no caráter arbitrário do sistema axiomático elaborado, não vemos o que o conjunto das transformações proposto tem em comum com a verdade e a prova. É preciso, para que o aparelho dedutivo cumpra sua função, que se interpretem axiomas e regras operatórias, que se conceda a essas interpretações um valor suficiente para que a falta de concordância entre os resultados do cálculo e das medidas obrigue a efetuar certas retificações. O mais das vezes, retificar-se-á a teoria, o que acarretará alguma modificação na interpretação do sistema formal, mas não se pode excluir completamente a possibilidade de corrigir, num ou noutro ponto, o próprio formalismo.

A história dos progressos no rigor dedutivo, dos quais a evolução da lógica no século XX fornece um exemplo notável, não permite, sem presunção, acreditar que, nessa área, atingiu-se a perfeição. Mesmo quem, contrariamente à nossa opinião, acha que os progressos realizados constituem uma razão suficiente para acreditar na perfeição das técnicas formais atuais, hesitaria em conferir a um sistema interpretado – o único que poderia usufruir essa qualidade – uma evidência ao abrigo de qualquer prova posterior.

Essa rejeição de evidências absolutas só conduz ao cepticismo aqueles que pretendem que, na falta de verdades ao abrigo de qualquer prova, não é permitido reconhecer a existência de opiniões provadas. Mas a vida do espírito não oscila assim entre a certeza absoluta e a dúvida absoluta; pensamos, ao contrário, que tal alternativa excluiria toda vida espiritual, que supõe razões de se comprometer e de crer, sem que essas razões sejam de uma evidência que se imporia por si só a todo sujeito atento.

Basta, para que um saber seguro seja possível, que as premissas nas quais se fundamenta sejam atualmente incontestáveis, o que não quer dizer que noutro momento, noutro contexto histórico ou metodológico, não serão contestadas. Mas, para tanto, uma dúvida universal não basta, pois, repetindo uma regra de Leibniz, não é permitido mudar nada sem razão[17]. Para duvidar, cumpre acreditar numa razão que justifica a dúvida. Ao contrário de Descartes, que, tanto na teoria do conhecimento como em ontologia, não se contentava nem com opiniões aceitas, nem com seres contingentes, mas exigia um fundamento absoluto nas verdades evidentes e no Ser necessário[18], na falta do qual ele via em toda parte apenas dúvida e incerteza, creio, após ter descartado o critério da evidência, que nem todas as opiniões estão imersas em igual incerteza. Algumas delas podem ser julgadas preferíveis a outras, e o fato de aderir a elas será justificado e racional, mas unicamente com a condição de admitir, para reger a nossa vida mental, um princípio de inércia e de estabilidade, que é a contrapartida da regra de Leibniz[19]. É por ser razoável ater-se a uma opinião, uma vez admitida, que não é razoável abandoná-la sem razão. Isto explica a importância, em toda sociedade, das tradições que a educação se encarrega de transmitir, das regras e das técnicas que uma iniciação se empenha em ensinar e que a experimentação permitirá aperfeiçoar, mediante a adaptação delas a situações novas. Porque, antes de sermos homens, todos fomos crianças, lentamente formados por nossos pais e por nossos mestres, tornamo-nos seres qualificados de racionais. Quanta ilusão, e que pretensão também, na resolução cartesiana de trilhar o caminho do conhecimento, como um homem que caminha sozinho e nas trevas[20]! Se é preciso conceber o método a exemplo de um caminho, prefiro a analogia leibniziana que vê bem que não se trata de um empreendimento solitário, mas que "o gênero humano considerado em comparação com as ciências que servem à nossa felicidade" é semelhante a um bando de pessoas, às quais ele recomenda "andar juntas e com ordem, compartilhar as estradas, fazer reconhecimento dos caminhos e consertá-los"[21]. A concepção cartesiana do método supõe uma razão completamente armada, inata em cada um de nós, que basta libertar dos subsídios da educação para torná-la apta a contemplar verdades evidentes, quando, ao contrário, ela é lentamente constituída através de um longo aprendizado, que guia nosso discernimento e forma nosso juízo, graças a regras que nos são ensinadas e que provamos e aperfeiçoamos com o uso.

Se a atividade filosófica é o coroamento da vida do espírito é porque submete à reflexão e à crítica os próprios instrumentos de nosso conhecimento, elaborados por ocasião dos problemas que o homem se formula e das técnicas que adota para resolvê-los. Conceber o progresso do conhecimento como vinculado à formulação e à solução dos problemas significa recusar vincular todo conhecimento a uma certeza prévia e separar claramente a teoria da prática. Quando se reconhece o papel primordial dos problemas na teoria do conhecimento, não se pode recusar-se a examinar aqueles para os quais um método perfeito não fornece solução adequada.

Se concebemos a elaboração do método como busca de procedimentos adaptados aos problemas que devem ser resolvidos, proibimo-nos de afirmar *a priori* a unicidade do método, prévio a seu sujeito e independente deste. Compreender-se-á, ao contrário, o caráter situado de todo saber, ligado a situações e a problemas particulares, a culturas, a áreas de pesquisa e a mentes, cuja especificidade importa, saber esse que se explica em parte por sua história, pois se constituiu corrigindo ou paliando os erros do passado. O resultado dessa evolução é um conhecimento humano, imperfeito, mas perfectível, em que o esforço de cada mente criadora vem inserir-se numa tradição, que ela aprende e aceita, antes de a retificar num ou noutro ponto em que se mostra fraca[22].

Por outro lado, será verdadeiro o primeiro pressuposto da teoria clássica da evidência, que pretende que a conclusão de um raciocínio nunca é mais segura do que a menos certa de suas premissas? Esta afirmação resulta de uma redução da prova à prova analítica, concebida, quer sob a forma de um silogismo, quer como técnica que permite chegar à conclusão a partir das premissas, mediante operações apenas relativas aos signos de uma linguagem. Mas por que limitar toda forma de prova a esse único modelo? A convergência de grande número de indícios suscetíveis de interpretações variadas e mais ou menos verossímeis pode levar a conclusões tão seguras que apenas um alienado ousaria pô-las em dúvida. Cumprirá recusar acreditar na possibilidade de conhecer o passado, de prever o futuro, porque tal crença só pode ser fundamentada em raciocínios dos quais um ou vários elos não têm solidez suficiente? Mas cumprirá conceber sempre os nossos raciocínios como uma corrente cuja solidez é a do mais frágil dos elos? Quando se trata da reconstituição do passado, o raciocínio se parece muito mais com um tecido cuja solidez é, de longe, superior à de cada fio que constitui a trama.

Hume bem reconheceu que todas as razões que podia acumular para duvidar dos fenômenos não arranhariam em nada sua confiança espontânea na causalidade e na legalidade deles. Não se deverá tirar partido dessa constatação para provocar um contragolpe e submeter a um juízo crítico o valor dessas razões de duvidar? Quando certa análise do conhecimento conduz a conclusões paradoxais, pode-se, quer aceitar essas conclusões, quer revisar nossas técnicas de análise. Kant encontrou a salvação contra o cepticismo na confiança que concedia aos juízos sintéticos *a priori*. Mas será a sua solução a única resposta à crítica de Hume? Creio, quanto a mim, ter encontrado uma resposta na elaboração de uma epistemologia fundamentada nos ensinamentos que nos são fornecidos por uma teoria da argumentação, cuja importância foi por demais menosprezada pelos lógicos e pelos filósofos dos tempos modernos[23]. Essa importância é revelada graças ao papel cada vez mais eminente concedido à linguagem no pensamento crítico contemporâneo.

Toda prova se refere a uma proposição ou, de um modo mais geral, a uma tese. Esta não pode ser fundamentada exclusivamente numa intuição, de qualquer natureza que seja: com efeito, para que haja tese, seu enunciado tem de utilizar uma linguagem. Contrariamente à opinião dos realistas e dos nominalistas, essa linguagem não é mero decalque de estruturas preestabelecidas nem criação arbitrária do homem. Embora obra humana, ela não resulta de uma decisão irracional do indivíduo. Com efeito, normalmente elaborada no seio de uma comunidade, a linguagem pode ser modificada pelos membros desta, quando julgam que há razões para tal mudança. Enquanto o realismo, assim como o nominalismo, apresenta uma teoria da linguagem que exclui qualquer recurso à argumentação para justificar seu emprego, seja porque a linguagem se impõe como uma realidade externa, seja porque sua escolha é indiscutível, pois completamente arbitrária, creio que as razões da escolha de uma linguagem, sobretudo as de sua elaboração, devem poder ser objeto de uma argumentação. Basta apenas esse motivo para compreender por que uma filosofia, que não concede a uma teoria da argumentação a importância que lhe cabe, tem de oscilar entre o dogmatismo e o cepticismo, entre uma concepção da razão que elimina o indivíduo, sujeito do conhecimento, e uma concepção do ato voluntário que não fornece ao sujeito atuante nenhuma razão de decisão.

A escolha de uma linguagem ligada a uma teoria, e elemento indispensável para a descrição do real, é uma obra humana, na qual as estruturas formais se combinam com motivações culturais, tanto emotivas quanto práticas. Como uma linguagem não é nem necessária, nem arbitrária, seu emprego é consecutivo a uma argumentação, às vezes explícita, o mais das vezes implícita, quando seu uso parece tradicional. Apenas pesquisas históricas poderiam, nesse caso, distinguir os argumentos que lhe justificaram a elaboração no passado. Essa justificação nos parecerá racional quando a argumentação que a constitui, sem ser coerciva, se apresentar ainda assim com uma intenção de universalidade, pretender valer para a comunidade dos homens racionais, e se partilharmos esse ponto de vista.

Em vez de separarmos, no domínio da prova, a evidência do sujeito que a prova e a razão das outras faculdades do indivíduo, propomos, quanto a nós, uma concepção da argumentação racional que, por comprometer tanto o homem que a elabora quanto aquele que a admite, pode, por esse motivo, ser submetida ao imperativo categórico de Kant; deveríamos admitir e propor à adesão alheia apenas enunciados e meios de prova que possam, perante o juiz que somos, ao mesmo tempo valer sempre no ponto de vista de uma universalidade dos espíritos[24]. Somos juízes do valor, da força e da pertinência dos argumentos e somos guiados em nosso juízo pelos argumentos que nos pareceram convincentes no passado e pela regra de justiça que exige de nós que tratemos da mesma forma situações que nos parecem essencialmente idênticas[25].

Essas regras que guiam assim a nossa argumentação não bastam, a maior parte do tempo, para eliminar qualquer discussão e qualquer desacordo. Mas, à míngua de um critério absoluto e impessoal, fornecido pela evidência e pela prova fundamentada na evidência, podemos justificar nossas decisões na área da ação e do pensamento mediante argumentações que não são mecânicas nem coercivas, e que são garantidas, em última instância, pela solidariedade que seu emprego e sua avaliação estabelecem com a pessoa de quem as constrói e de quem lhes concede a adesão: a responsabilidade do homem participante é, como sempre, o corolário de sua liberdade[26].

Capítulo III
*Juízos de valor, justificação e argumentação**

A pretensão tradicional da filosofia foi elaborar uma moral e uma política racionais; isso, na mente de um Descartes, suscita a esperança de constituir a moral em disciplina científica. Tal ambição ficou abalada pela nítida oposição estabelecida entre juízos de realidade e juízos de valor: os juízos de realidade, ao que se disse, expressam proposições verdadeiras ou falsas, e só têm sentido cognitivo se processos científicos permitirem verificá-los ou falseá-los, pelo menos confirmá-los ou infirmá-los; os juízos de valor, em contrapartida, que expressam atitudes próprias de um indivíduo ou de um grupo, podem ser mais ou menos fundamentados ou justificados, mas não são verdadeiros nem falsos e não podem, portanto, tornar-se elemento constitutivo de um conhecimento objetivo.

Considerando as normas e as avaliações como juízos de valor, os positivistas renunciaram ao sonho cartesiano de uma moral científica, mas, como conservaram ainda assim a pretensão de elaborar uma filosofia de cunho científico, tiveram, em conseqüência, de abandonar ao irracional a determinação de nossa conduta. Nisso, seguiram as conclusões de Hume, que escrevia, faz mais de dois séculos: "Ações podem ser louváveis ou censuráveis, mas não podem ser razoáveis ou desarrazoadas"[1].

A afirmação de Hume é perfeitamente conforme à sua idéia da razão. "A razão serve para descobrir a verdade ou o erro. A verdade e o erro consistem no acordo e no desacordo,

---

* Publicado *in Revue Internationale de Philosophie*, n.º 58, 1961, fasc. 4.

quer com as relações *reais* das idéias, quer com a existência *real* e com os fatos *reais*. Logo, tudo o que não é suscetível desse acordo e desse desacordo não pode ser nem verdadeiro nem falso e jamais pode ser um objeto de nossa razão."[2]

Essa limitação do papel de nossa razão, que descarta *a priori* qualquer possibilidade de razão prática, não era *evidente* a ponto de dispensar qualquer justificação. Aliás, Hume não se contenta em recorrer à evidência para apresentar uma concepção da razão tão revolucionária, pois se esforça para justificá-la racionalmente. Ora, insista-se neste ponto, toda justificação se reporta à prática, pois concerne essencialmente a uma ação ou a uma disposição para agir: justifica-se uma escolha, uma decisão, uma pretensão. Isto é verdade mesmo quando, aparentemente, a justificação se aplica a um agente ou a uma proposição.

Quando se refere a um agente, a justificação consiste, de fato, na justificação de sua conduta. Ela pode também, é verdade, visar a dissociar, inteira ou parcialmente, o agente do ato, provando que essa conduta não lhe é imputável ou que ele não é responsável por ela, em vista das circunstâncias particulares; mas então se trata antes de desculpa do que de justificação.

Assim também, ao justificar uma proposição ou uma regra, justifica-se o fato de aderir a ela ou de enunciá-la; é sempre um raciocínio referente ao comportamento de um agente; não se deve confundi-lo com uma demonstração ou com uma verificação. Feigl, em seu interessantíssimo estudo sobre a justificação[3], distinguiu mui oportunamente duas técnicas por eles chamadas de *validatio cognitionis* e *vindicatio actionis*. Isto poderia levar a mal-entendidos se imaginássemos que a *validatio cognitionis* é uma forma de demonstração, em vez da justificação de uma adesão. De fato, conquanto as técnicas da justificação possam efetivamente variar, trata-se, em ambos os casos, de justificar um comportamento, uma conduta ou uma pretensão. Se tal ponto é aceito, se a justificação concerne à prática, para que a própria idéia de justificação racional não seja um contra-senso, é indispensável alargar a nossa concepção da razão, de modo que se possa compreender como ela serve para outra coisa além de descobrir a verdade ou o erro. Nada tão eficaz, para chegar a um resultado satisfatório, como uma análise prévia do contexto em que ocorre a justificação de métodos utilizados para isso.

Toda justificação pressupõe a existência, ou a eventualidade, de uma apreciação desfavorável referente ao que a pessoa se empenha em justificar. Por isso, a justificação se relaciona intimamente com a idéia de valorização ou de desvalorização. Não se trata de justificar o que poderia ser objeto de uma condenação ou de uma crítica, o que poderia ser julgado, ou seja, uma ação ou um agente. A justificação pode concernir à legalidade, à moralidade, à regularidade (no sentido mais lato), à utilidade ou à oportunidade. Não há por que justificar o que não se deve adequar a normas ou a critérios, ou o que não deve realizar certa finalidade; tampouco há por que justificar o que, incontestavelmente, se ajusta às normas, aos critérios ou às finalidades considerados. A justificação só diz respeito ao que é a um só tempo discutível e discutido. Daí resulta que o que é absolutamente válido não deve ser submetido a um processo de justificação e, inversamente, o que se tende a justificar não pode ser considerado incondicional e absolutamente válido.

Em toda sociedade, para toda mente, há atos ou agentes que, em certo momento, são aprovados sem hesitação, não são discutidos e que não há, portanto, razão de justificar. Ao contrário, tais atos ou agentes nos fornecem precedentes e modelos que permitem a elaboração de regras, de normas e de critérios que servirão para julgar o que necessita de uma justificação. O absolutismo consiste na afirmação de que tais atos e agentes jamais serão contestados e servirão eternamente de modelo para as normas e para os critérios que deles tiverem derivado. Esse absolutismo leva com toda a naturalidade a um monismo, pois é necessário que os modelos e as normas considerados como absolutos formem um conjunto suficientemente sistematizado para que nunca surjam, a propósito deles, incompatibilidades que oporiam, uma à outra, duas condutas ou duas normas igualmente discutíveis. O relativismo, pelo contrário, não ignora a existência de modelos, de precedentes e de normas indiscutidos, mas nem por isso ousa passar para o absoluto, para a afirmação de que são indiscutíveis. Pois, vinculado a um pluralismo que não acredita numa sistematização perfeita de todos os nossos modelos e de todos os nossos critérios, de tal modo que toda incompatibilidade seja excluída *a priori*, ele se reserva a possibilidade de julgá-los se vierem a ficar comprometidos numa delas: cotejada com outra norma ou com um novo ideal incompatível com ela, a norma que era, até então, aceita sem discussão e sem crítica, pode tornar-se relativa. Ao eliminar a incompatibilidade, nascida por ocasião de certo concurso de circunstâncias, fazemos um progresso na sistematização, mas à custa de algum ajuste de nossos princípios anteriores.

Observe-se, a esse respeito, que as técnicas de justificação do relativismo são igualmente adotadas pelos absolutistas desde que não se trate do fundamento capital de sua visão do mundo: quando se trata da filosofia secundária, de princípios derivados ou de aplicação, quase todos admitem o caráter progressivo de nossas normas e de nossos critérios.

Com efeito, para uma mente apaixonada pela racionalidade, deve ser justificado o que não é nem evidente nem arbitrário. Se os lógicos puderam, durante séculos, ignorar o problema da justificação, foi porque consideraram os axiomas de seus sistemas dedutivos ora evidentes, ora arbitrários. Mas o problema da justificação, que pôde ser assim arredado das preocupações puramente teóricas e formais, reaparece tão logo se trata de utilizar os sistemas assim elaborados, de integrá-los num plano de ação.

Cumpre justificar o que é efetivamente discutido; mas cumprirá também tentar justificar o que *poderia* ser discutido? Metodologicamente, estabeleceu-se uma divisão do trabalho, e grande número de disciplinas pressupõem regras e princípios cujo exame crítico elas remetem a outros. Os matemáticos podem utilizar a seqüência dos números inteiros, os juristas podem elaborar um código penal e remeter ao filósofo as discussões referentes à existência dos seres matemáticos ou ao direito de punir. Mas se a filosofia constitui assim o repositório de todas as questões que *poderiam* ser discutidas, deverá o filósofo, para desincumbir-se de sua função, aprofundar sua investigação até culminar em princípios, critérios e regras, que é impossível discutir, por serem evidentes e absolutamente válidos? Tal exigência explica decerto a persistência do absolutismo em filosofia, mas este mostra sua insuficiência, no que tange ao problema da justificação, substituindo-o por dois outros, de dificuldade pelo menos igual, a saber: qual é o critério evidente do que é absolutamente indiscutível e, portanto, não deve ser justificado? Como relacionar o que exige discussão e justificação com esses primeiros princípios evidentes e indiscutíveis?

Parece-nos que o filósofo cumpre melhor seu papel se não considera determinados princípios como absolutos e para sempre fora de qualquer discussão, mas também sem procurar aprofundar suas tentativas de justificação até que atinja semelhantes princípios. Seu papel é justificar o que é discutível, mas somente por razões *efetivas*. Com efeito, aderimos a uma tese enquanto os argumentos que lhe são contrapostos não nos abalaram a confiança; mas, amanhã, talvez, renunciaremos a defendê-la tal qual, por razões que nos parecerão mais convincentes do que ela, sem que tenham, por isso, um valor absoluto e inabalável. Toda justificação não é, pois, outra coisa senão uma refutação das razões efetivas que podemos ter para criticar um comportamento.

Essa concepção da justificação nos conduz à conclusão de que ela ocorre sempre num contexto em que se reconhece a existência de razões que nos permitem orientar nossos atos, nossas decisões e nossas atitudes; a justificação não se exerce num vácuo espiritual, mas é inserção num âmbito prévio, pelo menos se rejeitarmos a idéia de uma justificação absoluta.

Esse âmbito é um dado de fato que não se pode ignorar, pois toda justificação é relativa a um contexto. Esse próprio contexto não é inabalável, e cada um dos seus elementos seria suscetível de contestação se razões efetivas pudessem ser invocadas para tanto.

Dizemos, pois, que justificar é refutar objeções a respeito de um ato ou de uma atitude. Quais são as técnicas de crítica e de justificação de uma conduta?

Em nossa tradição filosófica, modelada pelo racionalismo igualitário, esquecem com muita freqüência que o próprio fato de criticar implica uma qualidade no objeto principal do crítico e, *a fortiori*, no objeto principal de quem deve julgar.

Em direito, as questões de competência são prévias ao debate sobre o mérito. A tradição científica e filosófica ocidental as ignora, considerando que todo ser humano encarna a razão e é intercambiável com qualquer outro e que os fatos e as verdades falam por si sós a todo ser de razão. Pouco importam a qualidade e a competência do crítico, se essas objeções se impõem a todo espírito atento e se os critérios, em nome dos quais os julgam, são admitidos universalmente. Porém, se as regras e os critérios são relativos, a qualidade e a competência dos interlocutores e dos juízes assumem importância: isto aparece claramente em todas as questões que se reportam ao direito positivo e à gestão dos negócios públicos ou privados. Poder-se-ão dispensar essas considerações prévias em ciência e em filosofia? É um problema que merece ao menos algum exame, mas cujo estudo iria além dos limites deste artigo. Vamos supô-lo resolvido e passar diretamente aos problemas fundamentais.

Mostramos que só há por que justificar um comportamento se ele é regido por regras ou por critérios. A justificação pode versar sobre elementos de fato ou de direito: pode-se pretender que os fatos criticados não foram cometidos; ou que foram cometidos mas não são criticáveis, seja porque seriam efetivamente conformes às regras, seja porque as regras são, nesse caso, recusadas. Toda justificação é, portanto, uma refutação concernente a uma, pelo menos, dessas três possibilidades.

Serão possíveis divergências radicais sobre questões de fato? Este é um caso bastante raro nas ciências, nas quais os fatos geralmente podem ser repetidos e, logo, são controláveis. Mas, quanto aos acontecimentos datados, cumpre mesmo fiar-se em testemunhos ou em outros vestígios que restem deles. Seja ela livre ou regulamentada, a prova dos fatos, ou sua refutação, deve recorrer às técnicas argumentativas[4]. Simplifica-se e desnatura-se a situação real, ao fazer a prova dos fatos depender unicamente dos dados imediatos da experiência.

Vejamos em seguida o caso em que os fatos são reconhecidos, mas em que a discussão versa sobre a conformidade às regras. É o problema da escolha da regra aplicável e da interpretação desta. O primeiro problema pode surgir quando o campo de aplicação da regra não é perfeitamente delimitado; o segundo, que aliás é ligado ao primeiro, quando a regra não é perfeitamente clara. Mesmo os textos legais, que se pretenderam tão precisos quanto possível, suscitam problemas difíceis de qualificação dos fatos e de sua subsunção sob categorias jurídicas. Muitos são os exemplos em que a decisão judiciária, a propósito de um caso concreto, contribui para precisar o sentido da lei[5].

Os critérios aos quais nos referimos são geralmente precedentes ou modelos. Mas aos precedentes podem ser opostos outros precedentes, que se pretende serem mais semelhantes ao caso em discussão. Por outro lado, quando se pretende que o ato consumado se opõe àquele de um modelo aceito, é preciso, para que a objeção se sustente, que o comportamento do modelo seja descrito e interpretado de modo que forneça uma norma de conduta para a situação criticada. A função desses modelos é análoga à dos precedentes jurisprudenciais, mas, enquanto estes são fornecidos pelos repositórios de jurisprudência, aqueles dependem das tradições históricas e culturais do meio.

Resta, enfim, o caso em que as normas e os critérios são, eles próprios, postos em discussão, seja para desqualificá-los, adaptá-los ou limitar-lhes o campo de aplicação. A discussão das regras pode se dar por ocasião de um caso concreto ou *in abstrato* (o que os romanos qualificaram respectivamente de *causa* e de *quaestio*), mas mesmo sua discussão abstrata dificilmente pode ser separada de casos de aplicação reais ou eventuais.

As regras discutidas serão emendadas se sua aplicação conduzir a uma contradição, quando se trata de um sistema puramente formal, a uma incompatibilidade com os dados da experiência, quando se trata de enunciados que esta pode infirmar, ou com os preceitos da consciência, quando se trata de normas de conduta. Nestes dois últimos casos, aliás, só se modificam as regras aceitas se se está convencido de que a incompatibilidade é real, e não aparente, o que supõe que um exame mais aprofundado da experiência ou dos preceitos da consciência não nos levará a modificar a nossa primeira impressão. Com efeito, todas as vezes que ocorrem incompatibilidades e que desejamos, não evitar que elas ocorram[6], e sim resolvê-las, seremos levados a dissociar noções de modo que se modifiquem o sentido e o alcance das regras que lhes concernem. Distinguiremos a realidade da aparência e aplicaremos o qualificativo *real* à parte da noção que desejamos manter no campo de aplicação da regra e o qualificativo *aparente* (ou um de seus sinônimos, como *ilusório, factício, nominal pseudo*) à parte à qual a regra anterior não mais se aplicaria[7]. O mais das vezes o critério dessa dissociação será teleológico, no sentido de que a regra que se deseja modificar será tornada relativa com relação a um fim que ela sempre deveria ter realizado: constatar-se-á que, em certos casos, a conformidade à regra não constitui um meio eficaz para realizar o fim em questão e que, nessa ocorrência, a regra deveria ser desqualificada, que convém deixar de lhe atribuir o valor que se lhe concedia independentemente de suas conseqüências. Nessas circunstâncias aparecem, melhor do que nunca, a ligação íntima que existe entre uma decisão e nossos juízos de valor, e a maneira pela qual estruturamos o real de acordo com estes últimos.

É-nos impossível entrar aqui em mais detalhes. Basta-nos assinalar como o que se qualificava de lógica dos juízos de valor se destaca a partir da análise de diversas formas de justificação. Essa lógica não-formal nada mais é que a técnica da argumentação, com toda a sua riqueza, mas na qual se vê, melhor do que em qualquer outro caso de aplicação, a constante interação entre o pensamento e a ação. De fato, embora a justificação de uma conduta vise a livrá-la de toda reprovação e de toda censura, a não a deixar sujeita ao impacto de uma condenação fundamentada, não podemos esquecer que a justificação também pode concernir a uma atitude, a uma disposição a crer, a uma pretensão a saber. Em sua notável análise da noção de conhecimento, A.-J. Ayer[8] formula as condições suficientes e necessárias para que haja saber: o que se diz saber deve ser verdadeiro, deve-se estar certo disso e deve-se ter o direito de estar certo disso. Mas é normal que esse direito à certeza, devamos justificá-lo, se for contestado. E a justificação, que utilizará regras metodológicas e até conduzirá eventualmente a considerações de ordem epistemológica, inserirá estas no âmbito mais geral de uma teoria da argumentação. Assim é que toda filosofia que se quer racionalista e que não pretende limitar o racional ao evidente deverá, em sua teoria do conhecimento, para tornar possível uma tentativa qualquer de justificação racional, elaborar as normas e fornecer os critérios de uma argumentação convincente. Uma teoria geral da argumentação nos parece, pois, dever constituir uma condição prévia para qualquer axiologia da ação e do pensamento.

Cqpítulo IV
*Retórica e filosofia**

A retórica clássica, a arte de bem falar, ou seja, a arte de falar (ou de escrever) de modo persuasivo se propunha estudar os meios discursivos de ação sobre um auditório, com o intuito de conquistar ou aumentar sua adesão às teses que se apresentavam ao seu assentimento.

Uma das controvérsias fundamentais que opuseram os homens de cultura da Antiguidade greco-romana se referia aos respectivos papéis da retórica assim concebida e da filosofia na educação da juventude. Será ao retor ou ao filósofo, será a Protágoras e a Górgias ou a Sócrates, a Isócrates ou a Platão, que se deve confiar o cuidado de aprimorar a formação do homem e do cidadão, daquele que dirigirá a cidade e lhe presidirá o destino? Todos concordavam com o fato de que o domínio do logos é o que qualifica para as funções dirigentes, mas será ao bom orador ou ao dialético consumado que se deve confiar o cuidado dos negócios políticos?

Um conhecimento, mesmo superficial, da história greco-romana ensina-nos que esse conflito permaneceu vivaz até o final da Antiguidade, pois representava a oposição entre as duas formas de ideal de vida, a vida ativa e a contemplativa. O ideal da vida contemplativa se propunha essencialmente a busca, o conhecimento e a contemplação do verdadeiro, referente ao próprio sujeito, à ordem e à natureza das coisas ou da divindade: a partir de um conhecimento assim, o sábio deveria ser capaz de discernir as regras de ação, pública e privada, fun-

---

* Publicado *in Les Études Philosophiques*, Paris, pp. 19-27.

damentadas em seu saber filosófico; a sabedoria, a ação racional, decorria diretamente do conhecimento, no qual era fundamentada e ao qual era subordinada. O retor educava seus discípulos para a vida ativa na cidade: propunha-se formar políticos ponderados, capazes de intervir de modo eficaz tanto nas deliberações políticas como numa ação na justiça, aptos, se preciso fosse, para exaltar os ideais e as aspirações que deveriam inspirar e orientar a ação do povo. Tucídides, que foi aluno de Górgias, aplica fielmente os métodos do mestre e pinta em Péricles o modelo do homem de ação caro ao coração dos atenienses.

Nesse conflito que opõe aos homens de ação os "partidários das idéias", Aristóteles ocupa, como sempre, uma posição mediana. Mesmo concedendo a primazia à vida contemplativa, admite que um bom cidadão não pode contentar-se com ela. Para ele, o conhecimento das verdades intemporais não determina a ação moralmente boa nem politicamente eficaz, pois as decisões que devemos tomar só serão ponderadas e racionais se forem precedidas por uma deliberação. Ora, como esta só concerne ao que depende de nós e é essencialmente contingente, o discurso prático necessita recorrer às provas dialéticas, que possibilitam discernir a melhor opinião, ao mostrar o que, em cada tese, é criticável e defensável: portanto, na medida em que diz respeito aos primeiros princípios, necessários e imutáveis, do ser e do conhecimento, a filosofia primeira não pode dispensar-nos do estudo dos tópicos e da retórica, que nos ensinam o uso das provas dialéticas para testar as opiniões e persuadir um auditório. Aos métodos que permitem ter acesso ao conhecimento científico, à contemplação das verdades eternas, Aristóteles acrescenta, em seu *Organon*, as técnicas dialéticas e retóricas, indispensáveis quando se tem de lidar com o elogio e a crítica, com o justo e o injusto, com o oportuno e o inoportuno, ou seja, as técnicas que devemos utilizar para examinar e expor de uma forma racional os problemas referentes aos valores.

Seria uma história intelectualmente apaixonante a das metamorfoses e do declínio progressivo da retórica, desde o final da Antiguidade até os nossos dias[1]. Com efeito, com a exceção de uma revivescência nos séculos do Renascimento, vimos seu campo de ação e sua influência diminuírem progressivamente.

Para examinar o crescente descrédito da retórica, evocou-se a mudança de regime no final da Antiguidade, quando as assembléias deliberantes perderam todo poder político e até judiciário, em proveito do imperador e dos funcionários por ele nomeados. A cristianização subseqüente do mundo ocidental deu origem à idéia de que, sendo Deus a fonte do verdadeiro e a norma de todos os valores, basta confiar no magistério da Igreja para conhecer, em todas as matérias salutares, o sentido e o alcance de sua revelação. A retórica e a filosofia são, nessa perspectiva, subordinadas à teologia, e se, graças a um melhor conhecimento dos textos de Platão e de Aristóteles, o filósofo procurou emancipar-se da tutela dos teólogos, a retórica ficou sendo essencialmente, na Idade Média, a arte de apresentar verdades e valores já estabelecidos. A idéia de que, em qualquer matéria, Deus conhece a verdade e a única tarefa dos homens é descobri-la, serviu para condenar, como pertencentes à opinião, as teses controvertidas; cumpre descartar, porque fundamentadas em preconceitos, as paixões e a imaginação, indignas por conseguinte de serem consideradas científicas, as teses que não se impõem a todos por sua evidência. Se dois homens defendem, sobre uma mesma questão, duas teses opostas, pelo menos um deles é desarrazoado, pois necessariamente se engana: todo desacordo é sinal de erro e prova de falta de seriedade[2]. Tanto o racionalismo como o empirismo, que dominaram a filosofia moderna, não podem, nessa perspectiva, conceder nenhum espaço à retórica, a não ser como técnica de apresentação e de formalização das idéias. Finalmente o romantismo, em nome da sinceridade e da espontaneidade, exigidas de todo artista digno desse nome, que deve compor com a mesma naturalidade com que os pássaros cantam, rejeitou a retórica como técnica de composição e de ornamentação estilística, papel ao qual fora progressivamente reduzida já no final do século XVII.

Entretanto, faz uns vinte anos que assistimos a um lento renascimento da importância da retórica, e isso seguindo a direção das correntes filosóficas que, desde as filosofias da vida, da ação e dos valores, até o pragmatismo, marcaram a revivescência filosófica desde há quase um século.

Essas diversas correntes reagiram contra os absolutismos de toda espécie que sempre menosprezaram o aspecto retórico do pensamento, pois a linguagem utilizada só pode desempenhar um papel de obstáculo ao conhecimento. As filosofias contemporâneas, pelo contrário, não só reconheceram a função da linguagem como instrumento indispensável de comunicação filosófica mas também compreenderam que a escolha de uma forma lingüística não é pura arbitrariedade nem mero decalque do real. As razões que nos fazem preferir uma conceituação da experiência, uma analogia a alguma outra, dependem de nossa visão do mundo. A forma não é separável do fundo, a linguagem não é um véu que basta afastar ou tornar transparente para perceber o real tal como é: ela é associada a um ponto de vista, a uma tomada de posição. Quando o autor não se exprime, à maneira de um matemático, por meio de uma linguagem artificial, que ele pode ter criado do começo ao fim, mas utiliza a linguagem natural de uma comunidade de cultura, ele adota, em todos os pontos que não modificou explicitamente, as classificações e as avaliações que essa linguagem carreia consigo. E essa adesão tácita às teses implícitas na linguagem é ainda mais inevitável porque o discurso do filósofo, na medida em que leva em conta seu auditório, deve, para evitar qualquer mal-entendido e qualquer contra-senso, prevenir os leitores de todo uso que se afasta do hábito.

É de notar, a esse respeito, que as filosofias clássicas não se interessam muito por seu auditório e, *a fortiori*, não fazem muito esforço para adaptar-se a este. Ao contrário, pedem ao leitor que faça um esforço de purificação, de ascese, para que tenha melhores condições de ter acesso à verdade. Normalmente, elas pretendem apoiar-se numa relação entre o sujeito e o objeto, entre o eu e o mundo, entre o eu e Deus, devendo as verdades assim fundamentadas serem reconhecidas por todo ser de razão, a quem elas deveriam se impor pela sua evidência. Assim é que o recurso a idéias intemporais e universais, tais como a *verdade*, a *razão*, a *evidência*, permite dispensar a adesão *efetiva* do auditório. Com efeito, se as verdades evidentes, que deveriam impor-se a todo ser de razão, prevalecem mediante a adesão efetiva do auditório, é porque este sofre de imperfeições das quais convém liberá-lo previamente. Mesmo a filosofia escocesa, denominada do *senso comum*, para a qual o parecer do auditório jamais deveria ser desprezado como se poderia pensar, procurou conferir o estatuto de evidências incontestáveis a certas teses mui geralmente aceitas pelo círculo do filósofo, sem que este se pergunte se um auditório de outro meio cultural estaria disposto a lhes conceder o mesmo crédito. Em contrapartida, o que caracteriza o ponto de vista retórico em filosofia é a preocupação fundamental relativa às opiniões e aos valores do auditório a que se dirige o orador e, mais particularmente, referente à intensidade de adesão desse auditório a cada uma das teses invocadas pelo orador.

Quando o auditório é constituído por apenas um ouvinte – identificando-se esse ouvinte, na deliberação íntima, com o próprio orador –, é essencial saber quais são as opiniões e os valores aos quais ele adere com mais intensidade e nos quais o orador pode basear o seu discurso, de modo que este último tenha uma ascendência garantida sobre a personalidade de seu ouvinte. Assim é que uma mesma pessoa, que adere simultaneamente a vários grupos sociais e às teses que lhes exprimem o ponto de vista, será solidária, em graus variáveis, com diversos auditórios como, por exemplo, o dos patriotas, dos proprietários, dos socialistas, dos pais de família, dos funcionários, dos católicos, etc. Se, a propósito de uma determinada tese, esses diversos auditórios reagem da mesma forma, essa concordância fortalece a adesão à tese de que se trata, e o orador pode, sem receio de ser contestado, tomá-la como ponto de partida de sua argumentação. Mas se, sobre uma questão, esses diversos auditórios tiverem opiniões diferentes, será essencial saber com qual desses auditórios o ouvinte se sente mais solidário, e qual é a opinião que prevalecerá em caso de conflito. À míngua de ter uma idéia clara e precisa da intensidade de adesão de seu auditório às teses que poderiam servir de premissas para seu discurso, o orador corre o risco de ver desmoronar todo o desenvolvimento a que se propõe agarrar-se, do mesmo modo que um quadro pesado demais para o gancho insuficientemente fixado na parede.

É óbvio que o problema do orador ficará muito mais complicado ainda se ele não estiver perante um, mas perante vários ouvintes. Como se dirigir a todos de modo a ganhar a adesão de cada qual, ou pelo menos a adesão de todos os que o orador se empenha em persuadir? Vê-se imediatamente quão desmesurado seria o esforço exigido ao orador se ele não pudesse simplificar sua tarefa dirigindo seu discurso a um tipo de auditório escolhido previamente. Em grande número de questões, o orador se dirige, de fato, a um auditório especializado, a juízes que devem aplicar o direito de seu país, a cientistas que devem aderir ao estado atual de sua disciplina, a sindicalistas que devem defender seus interesses profissionais, a membros de um ou de outro partido político, a adeptos de uma ou de outra religião. Essa redução dos ouvintes a um determinado tipo de auditório é possível todas as vezes que, para agir eficazmente, o orador só deve recorrer a certas opiniões e a certos valores, considerados como os únicos relevantes nesse caso, podendo permitir-se desprezar todos os outros. Tal atitude fica ainda mais aceitável quando as teses em questão são mais especializadas, mais isoladas dos outros problemas, quando o conjunto dos argumentos pertinentes pode ser demarcado e circunscrito com mais facilidade.

Mas esse modo de só encarar seu auditório sob um aspecto particular e esquemático, eficaz quando se trata de teses especializadas, é muito raramente bem-sucedido quando as questões debatidas implicam, se não o conjunto, pelo menos diversos aspectos da personalidade dos ouvintes. Cada um deles pode então reagir de uma maneira que não é inteiramente previsível, conforme a sua maior ou menor solidariedade com os diversos auditórios de que faz parte simultaneamente. Ora, essa é a situação em que se encontram normalmente os oradores que tratam de questões filosóficas. Como sair do impasse apresentado, para o discurso filosófico, pela infinita variedade dos ouvintes aos quais esse discurso deve dirigir-se?

Tradicionalmente, o discurso filosófico é um discurso que se dirige à razão, sendo esta considerada uma faculdade iluminada pela razão divina ou, pelo menos, modelada por esta, faculdade intemporal e invariável, comum a todos os seres racionais, e que constitui a característica específica de todos os membros da espécie humana. Uma proposição evidente para a razão de um ser humano qualquer deveria ser evidente para todos e reconhecida por todos como indubitavelmente verdadeira. A busca de tais proposições evidentes – e a vinculação a estas, por meio de demonstrações, de todas as proposições duvidosas – parece assim a tarefa filosófica por excelência, a que permitiria aos homens comungar nas mesmas verdades. O desacordo entre homens, se não é necessariamente sinal de erro, indica não obstante que a proposição sobre a qual não há acordo não é imediatamente evidente e deve ser provada, deduzindo-a de proposições evidentes e indubitáveis, pelo menos por todos os que, graças à dúvida metódica, foram liberados dos preconceitos de toda sorte. Assim é que a evidência aprovada por uma única mente atenta basta como índice de verdade da proposição evidente; a idéia de uma razão comum permitia assim ao filósofo não se preocupar com seu auditório. Se este não estava efetivamente convencido, era porque elementos perturbadores o impediam de perceber subjetivamente a evidência objetiva desta ou daquela proposição, era porque a má educação ou o mau uso da vontade forneciam obstáculos psicológicos que cumpria vencer previamente, eventualmente por meio de uma argumentação persuasiva, purificadora, de caráter retórico[3].

Mas, embora uma filosofia que confira importância ao ponto de vista retórico admita igualmente o apelo à razão, não concebe esta como uma faculdade, separada das outras faculdades humanas, mas como um auditório privilegiado, a saber, o auditório universal[4], que englobaria todos os homens razoáveis e competentes nas questões debatidas. Todo discurso filosófico deve empenhar-se em convencer semelhante auditório. É verdade que cada filosofia pôde formar para si, no decorrer da história, uma idéia variável de tal auditório, de modo que, numa mesma época e num mesmo meio, o auditório universal de um pode não coincidir com o do outro. E a consciência desse fato distingue radicalmente uma filosofia de inspiração retórica de toda filosofia tradicional que busca constituir-se em sistema de idéias evidentes e necessárias. O recurso à evidência dava ao racionalismo clássico uma segurança que o racionalismo retórico já não possui, pois o que para aquele se apresentava como uma certeza só pode constituir-se para este uma hipótese submetida à prova; já não basta presumir o acordo do auditório universal, é preciso assegurar-se efetivamente dele. Apenas a discussão de teses opostas, num espírito de compreensão mútua, permitirá distinguir os elementos do discurso sobre os quais um acordo, por mais provisório que seja, eventualmente poderia estabelecer-se, assim como aqueles que, até nova ordem, parecem ser objeto de uma oposição irredutível. A existência de uma verdade única, em todos os domínios, já não pode, nessa concepção, constituir uma certeza prévia que garantiria, afinal de contas, o acordo de todas as mentes dotadas de razão sobre todos os problemas que os homens podem formular-se de uma forma sensata. É possível que algumas divergências permaneçam irredutíveis, por falta de acordo sobre critérios que determinassem, sem contestação possível, qual das teses é preferível àquelas que lhe são opostas. Isso permitiria compreender e justificar a existência de uma pluralidade de filosofias que pretendem, todas elas, fornecer uma visão verdadeira da realidade, sem que uma delas logre impor-se. À unicidade da verdade que não permite compreender o desacordo entre filósofos, a nossa concepção opõe o pluralismo dos valores, a multiplicidade de modos de ser razoável.

Uma filosofia retórica constata não só a existência de diversas concepções do auditório universal, mas também o fato de cada homem razoável ser não só membro do auditório universal, mas também de uma pluralidade de auditórios particulares a cujas teses adere com uma intensidade variável. Com qual desses auditórios os indivíduos concretos irão identificar-se em caso de conflito?

O empenho dos filósofos em favor de mais racionalidade, que os torna os educadores do gênero humano, visa a intensificar, na humanidade, a adesão às teses do auditório universal, tal como cada um deles o concebe. E, embora seja verdade que os filósofos variem quanto à maneira de conceber esse auditório privilegiado, o que os caracteriza, enquanto filósofos, é serem todos, em seus esforços paralelos, porta-vozes dos valores universais e não poderem renunciar a tentar realizar o acordo da universalidade das mentes sobre esses valores.

O que caracteriza o discurso filosófico, ao contrário do discurso teológico, que se dirige apenas aos crentes que admitem logo de início certos dogmas ou certos textos sacros, e do discurso político, que visa apenas a uma comunidade particular, com valores e aspirações que lhe são próprios, é que ele visa a todos os homens razoáveis, e que cada um destes tem, portanto, o direito de contestá-lo. Tradicionalmente, um discurso assim era apresentado como verdadeiro, supondo-se que a verdade deveria ser universalmente admitida. Mas, para poder pretender o reconhecimento universal, uma tese não deve ser necessariamente verdadeira: o uso prático da razão não exige a verdade das regras de ação, mas unicamente a conformidade delas ao imperativo categórico, tal como Kant o havia concebido, ou ao princípio de generalização ou de universalização[5].

Nessa perspectiva, um discurso filosófico, ainda que não pretenda, como o discurso científico, exprimir uma verdade impessoal, não pode ater-se a tirar conclusões das premissas próprias do filósofo, pois, normalmente, a controvérsia filosófica, quando ocorre, diz respeito à validade dessas próprias premissas. A crítica dessas premissas só poderá ser feita a partir de pressupostos que, estima-se, todos admitam. Para refutar as críticas e defender seu discurso, o filósofo deverá, por sua vez, questionar a validade, a universalidade ou a interpretação desses pressupostos.

Reconhecer a possibilidade de uma discussão filosófica, que não seja um diálogo de surdos, significa admitir a existência de *lugares-comuns*, tais como foram definidos pela retórica clássica: serão valores comuns, noções comuns, diretrizes comuns, extraídos de uma linguagem comum. Mas é evidente que surgirão divergências quando se tratar de precisar essas noções e esses valores, situando-os num conjunto de relações conceituais. Assim é que noções tais como *verdade, razão, pessoa, liberdade, persuadir* e *convencer* receberão sentidos diferentes, terão um alcance diferente nas diversas filosofias. As razões dadas por cada filosofia para aceitar sua visão das coisas, suas definições, classificações e avaliações, se dirigirão a um auditório que já aceita certas teses graças às quais os fatos alegados se tornam razões pró ou contra uma determinada tomada de posição.

Segundo Johnstone, o que há de específico na controvérsia filosófica é que ela é inteiramente fundamentada numa argumentação *ad hominem*, pois só pode fundamentar-se em teses explicitamente reconhecidas pelo próprio filósofo, e que ele não pode negar sem se contradizer[6]. Mas essa preocupação com a coerência é universal, e em nada constitui a peculiaridade do filósofo. Na controvérsia filosófica, tenho o dever de recorrer a teses que, em minha opinião, *ninguém* pode recusar, que se impõem portanto ao meu interlocutor, mesmo que este não as tenha reconhecido previamente de modo explícito. Essa é a conseqüência da concepção do discurso filosófico como discurso razoável, dirigido ao auditório universal. Toda controvérsia filosófica, mesmo a que se pretende apoiar-se em evidências, mais bem compreendida na perspectiva retórica de um orador que procura convencer um auditório, e na perspectiva dialética daquele que critica as teses do adversário e justifica as suas próprias.

Se a filosofia possibilita aclarar e precisar as noções básicas da retórica e da dialética, a perspectiva retórica permite compreender melhor o próprio empreendimento filosófico, definindo-o consoante uma racionalidade que ultrapassa a idéia de verdade, sendo o apelo à razão compreendido como um discurso dirigido a um auditório universal.

Capítulo V
*Classicismo e romantismo na argumentação**

Ao longo de um estudo geral, dedicado à teoria da argumentação, verificamos, de passagem, que certas estruturas argumentativas apresentam traços que, com toda a espontaneidade, qualificaríamos de clássicos, e outros que lembram, por antítese, o romantismo[1]. Pareceu-nos que um exame dessas estruturas poderia trazer alguma contribuição à precisão e ao aclaramento do que parece corresponder a duas tendências fundamentais do homem: o espírito clássico e o espírito romântico.

Toda argumentação tem como objetivo provocar ou aumentar a adesão das mentes às teses apresentadas ao seu assentimento. Não pode fundamentar-se unicamente na adesão a fatos, a verdades ou a presunções; deve poder basear-se igualmente em acordos referentes a valores, a hierarquias e a enunciados preferenciais muito gerais, suscetíveis de serem evocados para nos orientar as escolhas, aos quais chamaremos "lugares do preferível". O termo lugar, hoje caído em desuso e que quase só subsiste na expressão pejorativa *lugar-comum*, símbolo de banalidade e de mediocridade, é na verdade extraído de uma terminologia venerável, a dos antigos tratados de *Tópicos* e de *Retórica*. Neles colhemos numerosíssimos lugares, aos quais recorremos habitualmente durante uma discussão sobre valores. O que é mais duradouro, diz-nos Aristóteles, é preferível ao que o é menos; é mais desejável o que é útil em toda oca-

---
* Escrito em colaboração com L. OLBRECHTS-TYTECA, publicado *in Revue Internationale de Philosophie*, Bruxelas, 1958, 10º ano, pp. 47-57.

sião ou na maior parte do tempo². Asserções desse tipo, que qualificamos de *lugares do preferível* por servirem para justificar as escolhas sem terem de ser necessariamente justificadas por sua vez, são a expressão de acordos, sem dúvida contestáveis, mas que bastam a si próprios na argumentação, enquanto não são efetivamente postos em discussão. Neste último caso, em contrapartida, caberá justificá-los, reforçá-los. Eles entrarão numa rede de argumentações diversas, em que talvez figurem outros lugares do preferível; o lugar utilizado será desde então sustentado por outros acordos que parecerão ser-lhe subjacentes, mas sem que se pudesse saber de antemão quais seriam invocados. Quanto à contestação, ela também poderá utilizar múltiplos recursos. O mais simples, porém, será a oposição, ao lugar em causa, de um lugar adverso, antitético. A quem preconiza a superioridade do duradouro, opor-se-á o valor do precário, do que dura apenas um instante; a quem exalta o que pode servir a todos e em qualquer ocasião, opor-se-á a superioridade do que é preciso agarrar por ser particularmente adaptado à situação presente; aos lugares da *quantidade*, opor-se-ão os da *qualidade*.

Os lugares da *quantidade* são todos os que afirmam que uma coisa vale mais do que outra por razões quantitativas: os que afirmam a superioridade do que dura mais tempo, do que é mais constante, do que presta serviços a maior número de pessoas, do que é útil em maior número de circunstâncias, do que tem mais possibilidades de ocorrer, ou de ser bem-sucedido, do que é mais fácil ou mais acessível. Vê-se logo que, a esses lugares, correspondem valores tais como a duração, a estabilidade, a objetividade, a universalidade, a eficácia, a segurança. "O todo vale mais do que a parte" se aplica a relações espaciais, temporais ou conceituais. Aos lugares da quantidade será vinculado o conceito de razão – bem comum a todos –, a concepção da verdade como o que deve ser admitido por todos, a concepção do normal como o que se apresenta com maior freqüência. Por intermédio desta última noção, os lugares de quantidade servirão para valorizar a essência, o tipo, a "natureza". Serão vinculados às noções de equilíbrio, de simetria, de medida, de regularidade, de homogeneidade, de repetição, de inércia. Permitirão analisar e valorizar a justiça, avaliar o papel e a importância da lei e da convenção. Elogiaremos a "razão sadia" relacionando-a com o estável e com o normal, tornado normativo, e a "solidez dos princípios" graças à sua perenidade, à sua certeza.

Já os lugares da *qualidade* afirmam a superioridade do único, do raro, do excepcional e do precário, do difícil, do original, com as noções correlativas de indivíduo, de *fato*, sendo este o que só ocorre uma vez, o que não pode ser definido apenas pela lei; com as noções de heterogeneidade, de concreto, de história, de encontro. Graças aos lugares da qualidade, rejeita-se a verdade fundamentada no consentimento comum em nome de uma verdade pessoal, intuitiva, fruto de uma iluminação genial ou de uma revelação divina. O que merece a nossa dileção não é o que dura, mas o que vai desaparecer; não o que pode servir a todos e sempre, mas o que se deve agarrar porque a ocasião nos diz respeito e nunca mais se apresentará. O lugar do irreparável, quando é utilizado para incentivar à ação, confere aos argumentos um caráter particularmente comovente. "Estarão todos mortos amanhã", dizia S. Vicente de Paulo ao mostrar às damas piedosas os órfãos por ele protegidos, "se os abandonardes." Os fundamentos deste lugar do irreparável poderiam ser procurados em qualquer lugar da quantidade: duração dos efeitos que nossa decisão produzirá, certeza destes. Mas o que lhe confere sua importância trágica é muito mais o caráter único do ato: a urgência prima sobre qualquer outra consideração porque esta decisão, boa ou má, jamais se repetirá. O objeto insubstituível, o acontecimento único são magnificados em comparação com o que não passa de uma amostra, bem fungível e, por isso, de menor preço. O único é incomparável, mas, com maior freqüência ainda, o incomparável é que é qualificado de único, e adquire o valor do insubstituível.

É de notar que aos lugares da quantidade e da qualidade, que – pensamos que o leitor o terá reparado – caracterizam o espírito clássico e o espírito romântico, se reportam valores nitidamente diferenciados. Ao passo que os clássicos admiram os valores do verdadeiro, do belo, do bem, do justo, que são valores universais, porém abstratos, os românticos se apegam mais particularmente aos valores concretos, aos indivíduos insubstituíveis e às relações únicas de amor que nos ligam a eles. O povo, a pátria, até mesmo a raça, ou a classe, são personificados e concebidos como um Ser sem igual, que suscitará os mesmos amores apaixonados e os mesmos sacrifícios, o mesmo envolvimento e a mesma fidelidade que a Dama dos romances de cavalaria. E a fidelidade a si mesmo, ao que representa de único o indivíduo concreto, será a marca do herói byroniano, do super-homem nietzschiano, da personagem existencialista.

Enquanto, em filosofia, sempre foi concedido um lugar eminente aos valores clássicos, qualificados amiúde de absolutos, só recentemente se reconheceu a inegável importância dos valores concretos que, embora sendo de todos os tempos e de todos os lugares, estão no primeiro plano apenas desde o romantismo. Não eram ignorados, mas via-se neles apenas encarnações de valores abstratos. Dizer que Deus é o Ser supremo porque ele é a Verdade e a Justiça é uma concepção clássica. Dizer que ele constitui o Valor concreto, o Ser único ao qual se dirige o nosso amor, é uma visão romântica e mística. A superioridade do grupo sobre o indivíduo, da humanidade sobre cada povo, pode ser justificada de um modo clássico pela superioridade do todo sobre uma de suas partes. Mas ela também pode ser justificada de um modo romântico, por uma visão de valores concretos, qualitativamente diferentes, que nos fazem passar de uma ordem de realidade para uma ordem incomparavelmente superior[3]. Dá-se o mesmo com certos lugares do preferível, tais como os lugares da ordem ou do existente, dos quais se podem encontrar fundamentos clássicos ou românticos nos lugares da quantidade ou da qualidade. A superioridade do anterior, do que é causa ou princípio, pode se justificar de um modo clássico, pela sua maior duração ou por sua estabilidade, ao passo que, de um modo romântico, pode-se ver nele o que é original, mais autêntico, livre e criador. A superioridade do que existe, do que é real e atual, sobre o simples possível, o eventual, pode ser vinculada ao estável, ao duradouro, ao normal; mas também pode ser explicada pela unicidade e pela precariedade, que permitem invocar a ocasião propícia e a urgência.

Os lugares quantitativos, os valores abstratos, servem de base ao pensamento clássico, justificam-lhe o otimismo, o gosto da clareza e da ordem. Os lugares qualitativos, os valores concretos são o arsenal inquietante do pensamento romântico, baseado na beleza do transitório, que arrasta consigo a melancolia do precário e a obsessão da morte, a aspiração a uma comunhão por princípio inacessível, a nostalgia do passado, a noite da incerteza, o fastio pelo medíocre, mas também a iridescência do folclore e da cor, a riqueza incomparável da história, a fascinação do mistério, a exaltação das superações.

Isso quererá dizer que encontramos nos clássicos ou nos românticos apenas argumentos baseados em certo grupo de lugares, com exclusão dos outros? Tal suposição é contrária à própria idéia de argumentação. Com efeito, a escolha dos argumentos é determinada por dois elementos primordiais: as premissas de que se dispõe, pois só se pode argumentar eficazmente apoiando-se no que o ouvinte admite, e a situação argumentativa, pois geralmente só se pode modificar um estado de coisas utilizando argumentos opostos aos do adversário.

Por isso, nos pioneiros do romantismo, notadamente, encontraremos uma profusão de lugares clássicos: a pedagogia que J.-J. Rousseau preconiza deverá formar, diz ele, um homem abstrato, apto para o maior número de coisas[4]. Chateaubriand argumenta em favor do casamento indissolúvel lembrando que só podemos apegar-nos ao que não podemos perder[5]; fundamenta a superioridade do cristianismo numa recensão aditiva das obras produzidas e das conseqüências favoráveis dessa religião. Victor Hugo alega em favor da superioridade do drama sobre os gêneros precedentes que o todo, o completo, vale mais do que a parte[6]. Em geral, será antes entre os epígonos de um movimento, quando seus pontos de vista e seus valores já têm larga audiência, que se encontrarão os argumentos mais característicos deste.

Por outro lado, a situação argumentativa fará que, independentemente das idéias que professamos, sejamos levados a utilizar os lugares ignorados pelo adversário; a maneira mais natural, para quem quer inverter uma ordem de coisas estabelecida a partir da verdade, da objetividade, da razão, da certeza, será enfatizar seu aspecto de bem comum, fungível, repartido entre todos, e pretender que essas são apenas verdades e certezas ilusórias, que devem ser substituídas por uma verdade mais elevada, de uma ordem incomensurável, baseada, por exemplo, na intuição ou numa relação direta com o Uno, seja ela no plano do humano ou do divino. Logo, não é de espantar que a argumentação dos inovadores, dos heréticos, seja em geral baseada nos lugares da qualidade, o que lhes confere um caráter romântico. Discutiram-se muito as relações do protestantismo com o romantismo; os românticos foram qualificados de "protestantes da literatura"[7]. Os protestantes terão sido os românticos do século XVI? Cumpre, de todo modo, em semelhante matéria, distinguir o aspecto religioso de uma doutrina e seu aspecto combativo e heresiarca. Sob este último aspecto, o protestantismo é sem sombra de dúvida glorificação de uma elite e se apóia no valor e na heterogeneidade do indivíduo.

O uso dos lugares clássicos não é, entretanto, incompatível com o espírito revolucionário. Toda a história do século XVIII comprova isso. Também não se deve esquecer que o que 1789 traz de novo em comparação ao Século das Luzes, no qual reinam as idéias abstratas de regra, de razão, de saúde, é a exaltação do amor pela Pátria, sentimento enérgico e "sagrado", dizia Mirabeau. Para dizer a verdade, o emprego de valores abstratos, mormente dos valores universais tais como o Bem, o Verdadeiro, a Justiça, é favorável à evolução das idéias, porque eles são maleáveis, plásticos, com conteúdo variável. Por isso, são progressistas. Daí o aparente paradoxo de que os valores abstratos, que evocam o classicismo, ou seja, o repouso, o equilíbrio, a estabilidade, são também os que se prestam melhor à lenta e gradual transformação dos costumes e das idéias por intermédio de argumentação. Os valores concretos, em contrapartida, são os da tradição estratificada ou da revolução – houve um romantismo conservador e um romantismo revolucionário, profético.

Falta salientar a importância do nível em que é situada uma argumentação. Calvino deprecia a profusão dos argumentos de seus adversários opondo-lhes a qualidade dos seus[8]. Mas se nos colocássemos no seio de uma discussão sobre o que é a qualidade de um argumento, por certo reapareceriam elementos quantitativos. Assim também, toda referência à unidade poderá reduzir-se, noutro plano, a um agregado de indivíduos. Inversamente, a clássica mônada de Leibniz só será única porque, sendo infinito o número das qualidades, cada mônada diferirá das outras de uma quantidade infinitesimal: o único resulta, aqui, de argumentos quantitativos de outro nível. Assim, deve-se sempre distinguir cuidadosamente o nível em que se situa espontaneamente um argumento do nível para o qual é transposto por análise, pois, no discurso efetivo, essa transposição o mais das vezes era apenas potencial.

Os lugares da quantidade de um lado, os lugares de qualidade do outro, nos propõem escolhas. Não destroem totalmente o que rejeitam. Para alguém que admite um lugar, o lugar antitético não deixa, necessariamente, de ter atrativos; um dos valores em causa pode ser depreciado, mas continua a existir. Trata-se de justificar sua posição subordinada. Criar-se-á em geral, com esse intuito, um par de tipo particular, a que chamamos par filosófico[9]. Para sermos breve, diremos somente que o seu exemplo mais eminente é o par $\frac{aparência}{realidade}$. A aparência po- pode ser o que emana da realidade, o que a esconde ou o que a revela; apenas a realidade é o que tem verdadeiro valor e serve de critério ou de norma ao que a aparência pode conservar dela.

O classicismo e o romantismo têm, ao que parece, seus pares característicos que mereceriam um estudo. Vamos mencionar somente – o primeiro termo corresponde à aparência, o segundo à realidade – os seguintes pares românticos: $\frac{abstrato}{concreto}$,

$\dfrac{\text{razão}}{\text{imaginação}}$, $\dfrac{\text{fantasia}}{\text{imaginação}}$, $\dfrac{\text{razão}}{\text{sentimento}}$, $\dfrac{\text{racional}}{\text{vital}}$, $\dfrac{\text{forma}}{\text{matéria}}$, $\dfrac{\text{teoria}}{\text{fato}}$, $\dfrac{\text{essência}}{\text{devir}}$, $\dfrac{\text{imobilidade}}{\text{mudança}}$, $\dfrac{\text{espaço}}{\text{duração}}$, $\dfrac{\text{representação}}{\text{vontade}}$, $\dfrac{\text{social}}{\text{individual}}$, $\dfrac{\text{pensamento individual}}{\text{Volksgeist}}$, $\dfrac{\text{construído}}{\text{dado}}$, $\dfrac{\text{acrescentado}}{\text{primitivo}}$, $\dfrac{\text{artificial}}{\text{natural}}$, $\dfrac{\text{ciência}}{\text{vida}}$, $\dfrac{\text{ciência}}{\text{sabedoria}}$, $\dfrac{\text{regra}}{\text{espontaneidade}}$, $\dfrac{\text{análise}}{\text{intuição}}$, $\dfrac{\text{filosofia}}{\text{poesia}}$, $\dfrac{\text{justiça}}{\text{amor}}$, $\dfrac{\text{justiça}}{\text{caridade}}$, $\dfrac{\text{repetitivo}}{\text{original}}$, $\dfrac{\text{universal}}{\text{único}}$, $\dfrac{\text{ser de razão}}{\text{homem completo}}$, $\dfrac{\text{mecânico}}{\text{autêntico}}$, $\dfrac{\text{senso comum}}{\text{gênio}}$.

Não haveria, claro, nenhum pensador romântico que aceitasse indistintamente todos esses pares, alguns dos quais trazem, aliás, uma marca muito pessoal.

Seria demasiado simples inverter, tão-somente, os pares românticos para encontrar sempre um par clássico. A inversão é acompanhada o mais das vezes de uma modificação nos termos. Assim, o par clássico oponível a $\dfrac{\text{artificial}}{\text{natural}}$ não será $\dfrac{\text{natural}}{\text{artificial}}$, mas $\dfrac{\text{informe}}{\text{organizado}}$; o par clássico oponível a $\dfrac{\text{estratificado}}{\text{temporal}}$ não será $\dfrac{\text{temporal}}{\text{estratificado}}$, mas, antes, $\dfrac{\text{passageiro}}{\text{intemporal}}$; o par romântico oponível ao par clássico $\dfrac{\text{liberdade como escolha}}{\text{liberdade como ordem}}$ será $\dfrac{\text{adesão}}{\text{criação}}$.

Por outro lado, o par romântico consistirá amiúde numa reforma da base do par clássico: a $\dfrac{\text{passageiro}}{\text{duradouro}}$ da antiguidade clássica, o neoplatonismo sobreporá um par $\dfrac{\text{tempo}}{\text{eternidade}}$ em que a duração, mesmo infinita, é avaliada em comparação à unidade qualitativa da eternidade.

A própria idéia de que haja filosofias clássicas e filosofias românticas pôde parecer a alguns uma idéia essencialmente romântica. Só o é na medida em que classicismo e romantismo são considerados manifestações qualitativas, heterogêneas, irredutíveis uma à outra. Deixa de sê-lo se estabelecemos um par $\dfrac{\text{filosofia romântica}}{\text{filosofia clássica}}$ em que apenas o classicismo seria tido como verdadeira filosofia, tese à qual aderiria de bom grado Julien Benda, por exemplo. Aliás, ao inverso, poderíamos estabelecer um par $\dfrac{\text{filosofia clássica}}{\text{filosofia romântica}}$ ligado a um par $\dfrac{\text{abstrato}}{\text{concreto}}$.

Dentre os pares filosóficos, existe alguns que nos levam a examinar um ponto essencial: trata-se da posição clássica e romântica em face da argumentação e de seus recursos.

O par clássico $\dfrac{\text{opinião}}{\text{verdade}}$ indica que a argumentação deveria ser substituída pela demonstração. Sabe-se que Descartes sonhava com uma filosofia sem retórica[10]. Mas, sendo a razão o bem comum a todos, existe para o clássico um discurso válido que todo ser normal admitirá. O romântico, pelo contrário, conhece bem pares tais como $\dfrac{\text{teoria}}{\text{ação}}$, $\dfrac{\text{estabilidade}}{\text{devir}}$, $\dfrac{\text{ordem}}{\text{liberdade}}$, que indicam uma primazia da ação. Mas não se deve confundir essa ação, sobretudo interior, com a atividade. "For we can feed this mind of ours / In a wise passiveness", dirá Wordsworth[11]. A geração simbolista francesa se retira do mundo. No limite, os lugares do único devem conduzir o romântico ao silêncio.

O clássico está, logo de saída, no terreno discursivo da comunicação. Enfatizou-se muitas vezes que a arte francesa do século XVII era arte de um público restrito, que seu desabrochar fora tornado possível por uma estreita concordância entre o escritor e uma elite. Em compensação, o romântico pensa no povo, se interessa pelos humildes. Victor Hugo reclama a democratização da arte. Mas, de um lado, temos uma arte que acha bom, e possível, dirigir-se a todos os homens através dos poucos privilegiados que ouvem; do outro, uma arte que acredita que o escritor pode, na melhor hipótese, servir a alguns de guia, como um profeta, de intercessor, como um anjo, de despertar para uma nação, de apelo para um ser único e selecionado e, na pior hipótese, não passar de um brado no deserto. Os românticos em sua maioria foram, de fato, grandes tagarelas.

Trata-se mais de desabafos do que de persuasão discursiva. Ainda que, também nesse ponto, a atitude de certos românticos possa ser eminentemente clássica.

Aliás, é na medida em que permaneceram clássicos que os poetas românticos franceses – bem como Byron, a quem admiram – são amiúde declamatórios[12]. Talvez seja na medida em que eram românticos que alguns grandes escritores clássicos se calaram.

À atitude para com o auditório estão vinculadas atitudes quanto aos meios de persuasão.

Às vezes espantaram-se de que os escritores clássicos que pregavam a naturalidade – pense-se em Boileau – se tenham tantas vezes afastado dela. É que, quando não se convence pela lógica, é preciso descrever da melhor maneira para fazer ver bem, e também explicitar para fazer compreender. A imagem, o artifício são meios para agradar, mas também para se fazer entender convenientemente por alguém que se supõe, de direito, poder entender. Não esqueçamos que o classicismo é social. Não tem, em nenhum grau, o que chamamos de espírito sociológico, na medida em que este é ligado à história; mas tem confiança na perenidade do que compreende e no interesse que isso apresenta para os seus interlocutores. Dirige-se como adulto a adultos. A forma é deferência para com o ouvinte, meio de comunicação, é uma adaptação técnica. E quando o teórico clássico receia que essa técnica, percebida como tal, prejudique a persuasão, é que recomenda a naturalidade.

Como o romântico conceberá a ação sobre outrem? Por renunciar à ação discursiva, racional, é freqüente ele encarar com simpatia o recurso à força. Por outro lado, serão preferidos os discursos que parecem os mais próprios para a sugestão: em vez da prosa, a poesia; em vez da comparação ou da alegoria, a metáfora que une as áreas, o trocadilho que abala as fronteiras; em vez das relações causais, o símbolo que evoca uma participação; em vez da oração estratégica, subordinada, greco-latina, a oração coordenada da Bíblia. Em vez do realismo ingênuo que satisfazia a razão, o sobrenatural que provoca o mistério; em vez do corriqueiro que tranqüiliza, o estranho, o único que tem valor; em vez do construído, o improvisado; em vez do definido, o vago; em vez do estilizado, o desordenado; em vez da precisão do próximo, do presente, a nebulosidade dos tempos distantes, a fluidez das recordações.

Como tudo o que é novo, o escritor romântico do início do século XIX foi às vezes compreendido com dificuldade. Acusaram-no de não o querer ser[13]. Acusação que não deixa de parecer bem tola. Mas a escrita dos herdeiros do romantismo mostrou, porém, que essa tendência ao hermetismo correspondia a traços profundos que, em sua recente novidade, o romantismo ainda não revelava.

As pesquisas sobre a argumentação tendem também, ao que parece, a mostrar que as noções de classicismo e de romantismo se referem a premissas de argumentação, a posições de pensamento, a modos de expressão, cujas estreitas relações qualquer estudo do raciocínio mostrará.

Capítulo VI
*Filosofia e argumentação**

A propósito do livro de Henry W. Johnstone Jr., *Philosophy and Argument*, The Pennsylvania State University Press, 1959, 141 pp.

O livro bem estruturado e bem escrito de Henry Johnstone se desenvolveu a partir de uma idéia fundamental concernente à natureza da controvérsia filosófica. Esta consistiria no uso apropriado do *argumento ad hominem*, e a única réplica a esse ataque consistiria na prova de que ele lançou mão de princípios que a filosofia recusa, que constitui, portanto, uma petição de princípio. Nos artigos anteriores que o autor dedicara a essa questão, ele se ativera a caracterizar assim a argumentação crítica em filosofia; na obra atual, desenvolve sua idéia, insistindo no fato (p. 79) de que mesmo um argumento construtivo constitui apenas um argumento *ad hominem* através do qual o filósofo se atém a desenvolver uma tomada de posição adotada anteriormente (*argumentum ad seipsum*).

Tais teses implicam uma concepção da filosofia que a tornaria uma disciplina radicalmente diferente das ciências. Estas tratam de todas as questões relativas a fatos, enunciam proposições verdadeiras ou falsas (p. 22). Na controvérsia filosófica, pelo contrário, como se supõe que todos os fatos relevantes são conhecidos por ambas as partes, nenhuma experiência tem condições de desempatar os interlocutores, excluindo apenas com o seu peso uma das duas posições que se opõem. Estas

---

* Publicado *in Revue Internationale de Philosophie*, n.º 51, 1960, pp. 96-100.

não podem ser assimiladas à atitude dos matemáticos que apresentam dois sistemas formais que comportam axiomas diferentes, pois nada impede um mesmo geômetra de desenvolver sucessivamente um sistema de geometria euclidiana e um sistema não-euclidiano; tratar-se-ia de uma escolha numa classe de geometrias possíveis (p. 33). O filósofo, ao contrário, toma posição ante os problemas gerados pela afirmação simultânea de teses que parecem incompatíveis, e isto a fim de remover a incompatibilidade à sua maneira, que não é a de seu interlocutor. Sua solução o levará a desenvolver um sistema baseado num compromisso ontológico, que não se poderia atacar, sem petição de princípio, por meio de intuições que refletem compromissos ontológicos diferentes (pp. 117-118).

Nessa perspectiva, qualquer controvérsia filosófica pertinente tem de consistir numa argumentação *ad hominem* que, partindo de teses e de argumentos aos quais o próprio filósofo conferiu valor mediante suas tomadas de posição anteriores, resulta em conclusões incompatíveis com o sistema do filósofo e visa, pois, a destruí-lo salientando-lhe a incoerência. Essa concepção salienta o caráter sistemático de todo pensamento filosófico que deve desenvolver de um modo discursivo as conseqüências de uma tomada de posição, de um compromisso filosófico. Aliás, na medida em que cada sistema filosófico exclui não só os outros sistemas, mas também um comprometimento qualquer com eles (pp. 19-37), a controvérsia filosófica não passa de um esforço de colaboração para manter as condições graças às quais o desacordo continua possível (p. 37). Mas tudo isso supõe, pelo menos idealmente, a estruturação de todo sistema filosófico por meio de uma argumentação válida, ou seja, que possui o máximo de força e de relevância (p. 67), e que não se reduziria a uma correção puramente formal (pp. 60-63). O autor ilustra a existência de argumentações desse tipo através de exemplos extraídos de Aristóteles, Berkeley, Urban e sobretudo Hume, e conclui seu estudo com a tese de que, assim, toda filosofia é, afinal de contas, questão de caráter, apresenta-se como fidelidade aos compromissos (*commitments*) assumidos pelo filósofo (pp. 126-131).

Que pensar do conjunto dessas teses que constituem, sem dúvida alguma, uma resposta maduramente refletida às questões tão vexantes referentes à natureza da filosofia e à especificidade da controvérsia filosófica? Certamente merecem um exame pormenorizado.

A tese inicial pretende que existe uma diferença de natureza entre as ciências e a filosofia, pois esta não enuncia, como as ciências, proposições que seriam verdadeiras ou falsas independentemente do seu contexto, e sim teses ambíguas, incompreensíveis fora da situação filosófica que as suscitou e que um esforço de aclaramento, mediante a análise e a definição da terminologia, não pode deixar de reduzir a enunciados triviais, porque tautológicos ou contraditórios. Ora, fazer o próprio sentido dessas teses depender do contexto filosófico delas significa indicar, a um só tempo, os argumentos em seu favor e os em seu desfavor, pois é apenas em seu contexto argumentativo que as teses filosóficas adquirem significado.

Esta tese de Johnstone é correta no sentido de que, ainda que os enunciados científicos não sejam verdadeiros ou falsos independentemente de qualquer contexto – pois o seu próprio sentido depende dele –, tal contexto pode, não obstante, ser apresentado sem que se levante nenhuma discussão a seu respeito, conquanto nada garanta a persistência ilimitada desse acordo. Em compensação, quando se trata de questões filosóficas, seu alcance e seu significado serão determinados diferentemente pelos numerosos contextos nos quais podem ser situadas. Isto significará, porém, que questões relativas a fatos sejam totalmente alheias à filosofia? É isso que pretende Johnstone, pelo menos quando se encontra perante sistemas filosóficos idealmente elaborados. Mas semelhante sistema será concebível, se não tiver levado em conta o *conjunto dos fatos* que teria de assimilar a si próprio? Pois um sistema filosófico não é uma construção conceitual que não faz o menor caso da experiência: se um mesmo conjunto de fatos é compatível com várias filosofias, é porque cada uma deve interpretar esses fatos a seu modo para assimilá-los. Portanto, um sistema filosófico não se constitui fora dos fatos, mas integrando-os a si à sua maneira, graças a uma interpretação que lhe será própria, e o número dos fatos assim integrados fornecerá a dimensão da amplitude e da fecundidade do sistema. Ora, como pode surgir um número infinito de fatos novos na história, um sistema filosófico jamais pode apresentar-se como acabado. Pode-se, assim, submetê-lo constantemente à prova, suscitando-lhe novas dificuldades, ou seja, as ocasionadas pelo esforço de assimilar e de reinterpretar os elementos novos da experiência. É legítimo ver, na dificuldade que será causada pela integração desses novos elementos, objeções ao sistema, que não serão argumentos *ad hominem*, sem que tais objeções devam ser consideradas necessariamente como dirimentes. É verdade que o sistema filosófico ideal será aquele ao qual já não poderiam ser apresentadas semelhantes objeções, mas um sistema desses é tão irrealizável quanto uma ciência perfeita da natureza, e isto pelas mesmas razões. Ora, na medida em que um sistema filosófico permanece sempre perfectível, os elementos que o constituem – as noções bem como as relações entre noções e entre proposições – serão sempre suscetíveis de revisão, de aclaramento e de reinterpretação, e isto nos proíbe de conceber a estruturação de um sistema filosófico de uma maneira igual à de um sistema formal.

Segundo Johnstone, só se poderia atacar um sistema filosófico ideal por meio de uma argumentação *ad hominem*: se esta tese ou aquela argumentação é levada a sério, uma tese e uma argumentação muito semelhantes devem ser consideradas com a mesma seriedade (p. 125). Eis dois exemplos de argumentações desse tipo.

A Eudóxio, que afirmava que o prazer é o bem por excelência, porque qualquer coisa se tornaria mais desejável com a adição de prazer, Aristóteles podia replicar, inspirando-se em Platão, que a sabedoria, ao se acrescentar a uma boa coisa, tornaria igualmente o resultado mais desejável (pp. 64-67). A argumentação de Eudóxio seria combatida por um argumento *ad hominem*, pois ela permitiria concluir, por um argumento semelhante ao seu, que é a sabedoria, e não o prazer, que constitui o bem supremo. A objeção é forte, conquanto eu hesite em qualificá-la de válida, como o faz Johnstone. Aplicando-se a um raciocínio, a noção de validade é ambígua, pois se aplica, de um lado, a uma dedução correta, conforme às regras, e, do outro, a uma argumentação que é forte ou fraca. A objeção de Aristóteles é forte porque, calcada na argumentação de Eudóxio, recorre à regra de justiça[1] e requer de Eudóxio, mediante um argumento *ad hominem*, um tratamento igual para situações essencialmente semelhantes. Este último não poderia escapar à objeção senão mostrando em que a situação alegada por Aristóteles difere daquela relatada por ele próprio.

Assim também, o naturalista que afirmasse que nenhum saber pode ter pretensão à verdade, por resultar simplesmente da adaptação do organismo a seu meio, poderia ver lhe objetarem, mediante um argumento *ad hominem*, que tampouco sua tese, por ela constituir um saber da espécie criticada, pode ter pretensão à verdade. Aqui também o argumento *ad hominem* tira sua força da regra de justiça e obriga o partidário do naturalismo a mostrar, para refutar a objeção, em que sua tese difere daquelas que ficam sujeitas ao impacto de sua crítica.

Mas observe-se imediatamente que, embora as objeções se fundamentem no argumento *ad hominem*, os argumentos construtivos de Eudóxio e do naturalista não constituem em absoluto argumentos *ad hominem* que o filósofo dirigiria a si próprio. Eles se desenvolvem normalmente lançando mão do arsenal argumentativo do pensamento que procura convencer. É supondo que todo sistema filosófico limita-se a desenvolver uma intuição inicial ou um compromisso filosófico inicial, aliás de natureza perfeitamente subjetiva, pois unicamente vinculado ao caráter de seu autor, que Johnstone queria reduzir toda argumentação filosófica ao desenvolvimento dessa única intuição inicial, com exclusão de qualquer outra. Mas a reflexão filosófica real me parece muito diferente, e não conheço sistemas filosóficos saídos totalmente acabados de uma única intuição fundamental.

Como, para Johnstone, a controvérsia filosófica só deveria alegar argumentos válidos, ele recusa os que seriam apenas persuasivos, pois toda retórica que utiliza semelhantes argumentos manipula seu auditório como um objeto (p. 52) e é obrigada a esconder-lhe as técnicas de que se serve (p. 47). Ora, o método de discussão filosófica deve evitar o uso de técnicas unilaterais (p. 48). Só posso expressar meu acordo com essas objeções a uma concepção da filosofia que confundiria esta com uma retórica qualquer. Mas procurei pessoalmente distinguir as técnicas que visam a persuadir das que procuram convencer, e nas quais o auditório engloba o próprio orador, como ocorre numa deliberação íntima ou numa argumentação que se pretenderia válida para todos. É óbvio que o auditório universal ao qual visa esta última espécie de argumentação não é efetivamente dado, mas é apenas um auditório ideal. Como, porém, é formado de todos aqueles que não podemos desqualificar como desarrazoados, esse auditório não é simplesmente um auditório imaginário, inventado pelas exigências da causa, pois dele não podemos, sem motivos, afastar nenhum interlocutor concreto.

A essa concepção, Johnstone objeta que o desacordo entre filósofos impede que o auditório deles seja universal: a argumentação filosófica se dirigiria ao contrário, segundo ele, a auditórios particulares, ligados por obrigações que lhes seriam próprias. É verdade que poucas afirmações tipicamente filosóficas são objeto de um acordo universal; é por essa razão também que as premissas sobre as quais os filósofos podem esperar semelhante acordo não serão de natureza filosófica, mas pertencerão ao senso comum, à história ou à ciência. Por outro lado, uma argumentação racional pode partir de premissas admitidas por alguns para delas tirar conclusões que, nessa hipótese, seriam admitidas por todos: é o que Johnstone considera exemplos de argumentação válida. Mas, de fato, essa argumentação não será coerciva, pois não pode deixar de recorrer à regra de justiça que desempenha, na argumentação, o papel reservado às regras de inferência na dedução formal. Ora, essa regra depende de nosso modo de avaliar a similitude das premissas e dos esquemas argumentativos. Pois, como o próprio Johnstone reparou, a força e a relevância dos argumentos objetados depende de sua similitude com argumentos cuja força o interlocutor reconheceu pela sua própria adesão anteriormente manifestada.

FILOSOFIA E ARGUMENTAÇÃO

Estou inteiramente de acordo com Johnstone sobre o fato de que a argumentação – que ele chama válida e que qualifico de racional – não deve reduzir-se a uma demonstração formal, sendo incontestável que, historicamente, o uso de argumentos não-formais precedeu a qualquer tentativa de formalização. Foi isso, aliás, que afirmamos mui claramente no tratado da argumentação (pp. 259-269). O que não impede que, a nosso ver, num pensamento já habituado ao raciocínio formal, os argumentos a que chamamos *quase-lógicos* sejam mais bem compreendidos quando comparados com as demonstrações lógicas ou matemáticas.

Há que observar, para concluir, que, seja qual for a fração de irracional na visão da filosofia que nos é apresentada por Johnstone, este não pode, entretanto, impedir-se de procurar justificações racionais para ela. Pois ele insiste na importância da controvérsia para a filosofia: "Whoever is committed to a view not shared by everyone is obligated to criticize those commitments with which he disagrees" (pp. 130-131). Por que esse desejo, e até essa obrigação, de impor a cada qual suas visões próprias, se esse cada qual (ou seja, cada membro do auditório universal tão criticado pelo autor) não devia ser levado a aderir ao ponto de vista que é defendido e que se desejaria, por causa de sua racionalidade, fosse o de todos?

Capítulo VII
*Uma teoria filosófica da argumentação**

Uma teoria da argumentação tem como objeto *o estudo das técnicas discursivas que visam a provocar ou a aumentar a adesão das mentes às teses que se apresentam ao seu assentimento*. Ela examinará também as condições que permitem a uma argumentação começar e se desenvolver, assim como os efeitos produzidos por esta.

A teoria da argumentação, assim definida, faz-nos pensar imediatamente, dado o seu objeto, na antiga retórica, que no entanto eu abordo com preocupações de lógico, o que me obrigará, a um só tempo, a restringir e a ampliar minhas pesquisas.

Com efeito, interesso-me pelos diversos argumentos enquanto elementos de prova, destinados a convencer e a persuadir, sem dar importância ao fato de serem eles apresentados oralmente ou por escrito, o que me fará omitir totalmente tudo quanto é relativo à ação oratória.

Por outro lado, já não me interessando particularmente, como a retórica clássica, pelos discursos públicos dirigidos a um auditório reunido na ágora ou no fórum, estendo as pesquisas da teoria da argumentação a todos os auditórios imagináveis, mais especialmente ao estudo da discussão com uma só pessoa, e mesmo à deliberação íntima, em que se examina, no foro íntimo, o pró e o contra. Neste último caso, sobretudo, trata-se de pôr à prova o valor de uma tese, de confrontar as conclusões que dela se tiram umas com as outras, ou de confrontá-

---

* Publicado *in Archiv für Rechts- und Sozialphilosophie*, Wiesbaden, 1968, vol. LIV/2, pp. 141-151.

las com outras teses, para ver em que medida se reforçam ou se contradizem. Encontramos assim, como parte da teoria, a dialética socrática, formalizada nos *Tópicos* de Aristóteles, que é a arte de questionar e de responder, de criticar e de refutar.

Observe-se que essa arte de argumentar, cujos elementos foram desenvolvidos por Górgias, Protágoras e Zenão, sempre se refere à *adesão* a teses que se encontram confrontadas: reforçamos essa adesão ou a diminuímos por meio de argumentos de toda espécie, apresentamos razões pró e contra, para influir, afinal de contas, sobre todo o indivíduo, que deve, graças ao discurso, ser estimulado a agir ou tornar-se predisposto a uma eventual ação. Na argumentação, não se separa a razão da vontade, nem a teoria da prática.

O que se tem, desde Sócrates e Platão, oposto tradicionalmente a essa busca da adesão, ao discurso que visa à ação sobre outrem, a essa psicagogia, é o perigo apresentado pela perseguição a qualquer preço do sucesso, caro aos demagogos, com prejuízo da verdade que importa ao filósofo. De fato, o que conta para este último não é a opinião e a adesão da multidão ignara, é a verdade e a elaboração de um saber válido. Como se sabe, este é o tema central do diálogo platônico *Górgias*.

É evidente que, para Platão, não basta conhecer a verdade, cumpre ainda transmiti-la e fazer que os outros a admitam. Para tanto, é indispensável uma retórica, mas esta será, como diz Platão em *Fedro*, uma retórica digna dos próprios deuses[1]. Mas a tarefa essencial do filósofo é o estabelecimento da verdade. A comunicação dessa verdade é por certo socialmente importante, mas, como tal, alheia à filosofia.

No entanto, poderá a filosofia dispensar a argumentação? E o próprio objeto da filosofia não é tal que, a seu respeito, parece inevitável a controvérsia?

Num notável artigo intitulado "Rhétorique, Dialectique et Exigence première", publicado num volume dedicado à *teoria da argumentação*[2], o professor J. Moreau, da Faculdade de Letras de Bordeaux, mostra claramente que Platão apercebia-se muito bem do fato de não se discutirem questões que podem ser resolvidas objetivamente, mediante procedimentos incontestáveis:

Se diferíssemos de opinião, tu e eu, disse Sócrates a Eutífron, sobre o número (objetos dentro de um cesto), sobre o comprimento (de uma peça de tecido) ou sobre o peso (de um saco de trigo), não discutiríamos por isso; não entabularíamos uma discussão; bastar-nos-ia contar, medir ou pesar, e nossa contenda estaria resolvida. Essas contendas só se prolongam e só se agravam quando nos faltam tais processos de medição, tais critérios de objetividade; é o que ocorre, precisa Sócrates, quando se está em desacordo sobre o justo e o injusto, o belo e o feio, o bem e o mal, numa palavra, sobre os valores (Platão, Eutífron, 7d). Ora, se queremos evitar num caso assim que o desacordo degenere em conflito e seja resolvido pela violência, não há outro meio senão recorrer a uma discussão racional. A dialética, arte da discussão, mostra-se o método apropriado para a solução dos problemas práticos, os que dizem respeito aos fins da ação e nos quais estão envolvidos valores; é para o exame de tais questões que ela é empregada nos diálogos socráticos, sendo esta a razão da estima que Platão lhe demonstra[3].

Ora, como as questões propriamente filosóficas são justamente as que se referem aos valores e para as quais não encontramos um meio de subtraí-las à controvérsia, podemos buscar a verdade a seu respeito, mas esta não é estabelecida de um modo que escape a qualquer contestação. Aliás, é por isso que, no que lhes concerne, a Antiguidade clássica conheceu conflitos de competência entre os filósofos e os retores. Por mais que os primeiros apelassem para a verdade, eram obrigados, para fazer que a admitissem, a recorrer às técnicas desenvolvidas pelos segundos, a saber: a dialética e a retórica, ou seja, à argumentação.

Apenas numa perspectiva dogmática ou numa visão científica é que dialética e retórica, já não tendo valor probatório, se transformam em técnicas pedagógicas, psicológicas ou literárias, cujo intuito é reforçar a adesão a verdades estabelecidas por meio de outros procedimentos.

Concebe-se muito bem que, numa perspectiva religiosa, em que as verdades reveladas não são contestadas pelos fiéis, essas técnicas possam ter servido, não para estabelecer essas verdades, mas para gravá-las no espírito e no coração do crente, para torná-las presentes em sua consciência e para imprimir uma direção à sua conduta. Não obstante, até o final do século XVI sua importância jamais foi contestada.

Mas, quando a unidade do mundo cristão foi rompida pela Reforma, depois que as guerras religiosas haviam ensangüentado durante cerca de um século as cidades e os campos europeus, houve uma aspiração geral, nos meios cultos, ao estabelecimento de uma ordem nova, fundamentada na razão, e que fosse reconhecida por todos, independentemente das divergências religiosas. Essa aspiração comum explica o extraordinário prestígio da filosofia nos séculos XVII e XVIII.

Surgiu a idéia, que ganhou cada vez mais amplitude, tanto no continente europeu como na Grã-Bretanha, de que os filósofos fariam bem em inspirar-se em métodos que foram tão bem-sucedidos em geometria, em física e em astronomia, para estabelecer um sistema que pareça, a todos, igualmente incontestável. Essa é a ambição de Descartes, como, aliás, da maioria de seus contemporâneos e sucessores.

Já não era preciso que as opiniões se embatessem umas com as outras e que os interlocutores, à míngua de provas convincentes, fossem levados a reduzir seus adversários ao silêncio pela força das armas. Uma vez que em certas áreas, em especial em matemática, logrou-se estabelecer a unanimidade dos cientistas por meio das provas incontestáveis e uma vez que Deus conhece a solução correta de todos os verdadeiros problemas que atormentam os homens, por que não tentar estender à filosofia os métodos que deram tão certo nas ciências dedutivas? Basta encontrar as regras para a direção do espírito, a partir de uma análise dos métodos matemáticos, e aplicá-las com cuidado aos problemas filosóficos. Foi nesse estado de espírito que Descartes se propôs arredar as areias da opinião e reconstruir sobre a rocha das intuições infalíveis um novo sistema do mundo, coroado por uma moral e uma religião racionais.

Essa empreitada, cuja grandeza ninguém pode negar e que os sistemas racionalistas de direito natural deveriam completar, era totalmente fundamentada no recurso à *evidência*, que caracteriza a intuição racional entre os cartesianos e a intuição sensível entre os filósofos empiristas. A instauração do critério da evidência devia acarretar faltamente a eliminação da argumentação como técnica de raciocínio filosófico[4].

A evidência é concebida, nessa ocorrência, não como uma característica puramente psicológica, mas como uma força que se impõe a todo espírito dotado de razão e que manifesta a verdade do que se impõe desse modo. O que é evidente é, a um só tempo, necessariamente verdadeiro e imediatamente reconhecível como tal. A proposição evidente não necessita de prova, sendo a prova apenas uma dedução necessária do que não é evidente a partir de teses evidentes.

Num sistema assim, não há nenhum lugar para a argumentação. Isso porque esta concerne apenas ao verossímil, ao plausível, ao qual, por princípio e por método, não se deve conceder nenhuma crença quando se trata de ciência. Cumpre eliminar da ciência, diz-nos Descartes, tudo aquilo em que poderia haver a menor dúvida. Daí a tese que encontramos a propósito da segunda regra para a direção do espírito: "a cada vez que sobre o mesmo assunto dois dentre eles (cientistas) têm um parecer diferente, é certo que um dos dois está enganado; e até nenhum deles, parece, possui a ciência, pois, se as razões de um fossem certas e evidentes, ele poderia expô-las ao outro de tal maneira que acabaria por convencê-lo por sua vez"[5].

Essa afirmação, que vale para a matemática, poderia tornar-se a regra de um método universal se, por uma hipótese audaciosa, que o próprio Descarte não apresenta como evidente, o raciocínio matemático pudesse servir de modelo para a solução de todos os problemas. Eis em que termos ele introduz esta hipótese na segunda parte do *Discurso do método*:

> Essas longas cadeias de razões, tão simples e tão fáceis, de que os geômetras costumam servir-se para chegar às suas mais difíceis demonstrações, levaram-me a imaginar que todas as coisas que podem cair sob o conhecimento dos homens encadeiam-se da mesma maneira e que, com a única condição de nos abstermos de aceitar por verdadeira alguma razão que não o seja e de observarmos sempre a ordem necessária para deduzi-las

umas das outras, não pode haver nenhuma tão afastada que não acabemos por chegar a ela e nem tão escondida que não a descubramos[6].

Mas nessa empreitada, que ele sabia que tomaria tempo, Descartes não pode lançar-se sem se munir de uma moral provisória, que nos expõe na terceira parte de seu *Discurso*. Aqui já não se trata de pôr tudo em dúvida e de começar de zero, porque, diz-nos, ele não pode permitir-se ficar irresoluto em suas ações enquanto a razão o obrigasse a sê-lo em seus juízos[7]. É por isso que a primeira regra de sua moral provisória era "obedecer às leis e aos costumes de seu país, conservando com constância a religião na qual fora instruído desde a infância e seguir em todas as coisas as opiniões mais moderadas". A segunda máxima, diz-nos, exigia "ser o mais firme e resoluto que pudesse em minhas ações e não seguir com menos constância as opiniões mais duvidosas, uma vez que por elas me tivesse determinado, do que as seguiria se fossem muito seguras" e isto pela excelente razão de que, "como as ações da vida não suportam nenhum adiamento, é uma verdade muito certa que, quando não está em nosso poder discernir as opiniões mais verdadeiras, devemos seguir as mais prováveis; e, ainda que não notemos mais probabilidades numas que nas outras, mesmo assim devemos nos determinar por algumas e considerá-las depois, não mais como duvidosas, no que diz respeito à prática, mas como muito verdadeiras e muito certas, porque a razão que a isso nos determinou o é"[8].

Assim que se trata da prática, e não da ciência, Descartes se apercebe da urgência imposta pela ação e aceita, até nova ordem, não duvidar nem das regras tradicionais nem das opiniões prováveis, pois estas, que ele acredita poder eliminar da ciência, não as pode dispensar na vida. Por outro lado, deve recorrer à argumentação e à persuasão para converter o não-filósofo à sua própria filosofia. Por que o não-filósofo deveria considerar falso o que é apenas verossímil, como fazê-lo admitir como racional uma proposição tão pouco racional?[9] É para isso, como já sabemos, que serve a hipótese do gênio maligno, graças à qual Descartes pode purgar o espírito de tudo o que não se impõe pela evidência.

Mas qual será a visão do homem e do mundo que permite garantir à intuição evidente o valor de critério capital do conhecimento? Não basta ver nessa visão um dado puramente psicológico. Que, a cada momento de nossa reflexão, haja evidências que não cogitamos contestar, disso ninguém jamais duvidou. Mas que a intuição evidente constitui uma garantia infalível da verdade irrefragável de seu objeto, eis o que não é permitido afirmar se a evidência não passa de um dado puramente psíquico. Existem, de fato, evidências relativas e instáveis; podem também ser enganadoras.

Eis um caso bem conhecido disso. Durante séculos, o exemplo clássico de uma evidência indubitável era a afirmação de que o todo é maior que cada uma de suas partes. Ora, graças a uma demonstração extremamente simples, pode-se provar que essa proposição não é verdadeira para os conjuntos infinitos: com efeito, a seqüência dos números pares, que é apenas uma parte da seqüência dos números inteiros, não é menor do que esta última, já que a cada número inteiro pode-se fazer corresponder o seu dobro que será um número par; logo, há tantos números pares quanto números inteiros.

De onde vem o equívoco? Do fato de que a afirmação, válida para os conjuntos finitos, foi considerada válida para todos os conjuntos.

O erro de Descartes foi crer que há noções claras e distintas cujas relações ensejam proposições evidentes e que tais noções podem ser apreendidas graças a uma intuição infalível, que tem por objeto uma natureza simples, a cujo propósito é impossível o erro. Mas a afirmação da existência de naturezas simples, que poderíamos conhecer perfeitamente, independentemente de qualquer contexto e de qualquer relação com outra coisa, corresponde a uma visão atomizada do real, cuja insuficiência aprendemos a conhecer. As noções de *reta* ou de *espaço* não têm o mesmo sentido na geometria de Riemann e na de Euclides. *A fortiori*, as noções fundamentais do direito, da moral e da filosofia, que podem ser inseridas em contextos que variam de modo imprevisível, terão sentidos que não correspondem nem a naturezas simples nem a uma combinação única de tais naturezas.

As teorias modernas da linguagem, estudem elas linguagens naturais ou artificiais, fazem-nos compreender que as técnicas matemáticas, e todas as que utilizamos, em geral, nas linguagens formalizadas para eliminar delas qualquer dúvida e qualquer ambigüidade, em vez de nos fornecer um modelo de aplicação universal, tratam apenas de situações perfeitamente excepcionais, em que o sistema formal, isolado do contexto ou aplicável a um contexto bem delimitado, encontra-se ao abrigo de qualquer imprevisto em sua interpretação ou em sua aplicação.

Com efeito, quando, como ocorre com freqüência em direito, em moral ou em filosofia, a aplicação de uma noção não é delimitada artificialmente, sua clareza constitui uma qualidade hipotética, sujeita à prova de qualquer novo caso de aplicação. Concebe-se que, nessas circunstâncias, afirmar que uma noção ou um texto são claros não é, muitas vezes, descrever um estado de coisas objetivo, mas dar prova de uma falha de experiência ou de uma falta de imaginação. John Locke exprimiu essa mesma idéia em seu *Ensaio sobre o entendimento humano*, onde escreveu: "Mais de um homem, que, à primeira leitura, acreditara compreender uma passagem das Escrituras ou uma cláusula do Código, perdeu inteiramente a inteligência delas após ter consultado comentadores, cujas elucidações aumentaram-lhe as dúvidas ou deram origem a elas e mergulharam o texto na obscuridade"[10].

A visão cartesiana do universo era atomista e mecanicista. Fornece-nos a concepção de uma ciência que progride de um modo puramente quantitativo, aumentando o número de suas verdades evidentes, sem jamais levantar questão sobre nenhuma delas. Uma ciência assim não conhece tradição nem iniciação, podendo cada qual, em princípio, descobri-la a partir das idéias inatas de sua razão. A razão não tem de ser formada, a educação só pode obscurecê-la inculcando nas crianças preconceitos, dos quais só poderão desvencilhar-se com a mais extrema dificuldade. Daí resulta o caráter a-social e anistórico do conhecimento científico. Com efeito, todo elemento que traz a marca social ou histórica de sua origem só pode ser preconceito ou erro, do qual o cientista deve livrar-se pela dúvida. A única educação científica recomendada é justamente essa purgação da mente de tudo quanto lhe foi ensinado antes de seu contato com a filosofia da evidência.

Essa concepção, fundamentada na intuição, pressupõe metodologicamente uma separação entre a teoria e a prática, pois se a teoria tivesse necessidade da prática para a elaboração e para o controle de suas teses, jamais poderia ter sido completamente segura: a teoria teria se tornado hipótese, cujo valor seria subordinado à verificação e ao controle pelas conseqüências. Ao passo que, se as separamos uma da outra, a teoria, tornando-se independente, recobra seu sentido antigo e etimológico de θεωρία, ou seja, de intuição, de contemplação. E para poder, a partir dessas intuições, elaborar um saber infalível, cumpriria também que a linguagem em que ele se expressa corresponda perfeitamente às essências que a intuição houver apreendido.

Opondo-se a todo pluralismo metodológico, o método cartesiano exige a eliminação, de nosso conhecimento, de tudo quanto é contribuição individual, subjetiva, social ou histórica, numa palavra, contingente, para recobrar um uso universalmente válido dessa razão, comum a todos os homens, que é apenas um reflexo imperfeito da razão divina. O homem de ciência tem por tarefa recobrar o verdadeiro saber, sólido como uma rocha, depois de ter arredado as areias movediças das opiniões. A epistemologia só deve ocupar-se de arredar os obstáculos a um conhecimento perfeito, pré-constituído, que se revela tão logo os véus enganadores dos preconceitos possam ser retirados. O filósofo, se quer fazer obra sólida, deve acossar implacavelmente todas as causas de erro. Quando houver libertado sua mente das opiniões e dos preconceitos, o verdadeiro saber aparecerá à sua razão como o sol das nuvens escorraçadas pelo vento.

A ciência, assim concebida, não é uma criação humana, elaborada graças à imaginação fecunda dos maiores gênios da humanidade e que, transmitida de geração em geração como uma obra imperfeita, mas perfectível, se elabora lentamente e com dificuldade, graças ao concurso de toda a comunidade científica; parece dada, de uma só vez, inteiramente acabada, àqueles que a razão divina ilumina. Seus conceitos, suas categorias, toda a sua terminologia, em vez de serem considerados como instrumentos associados às teorias e às classificações nas quais se elaboram, tornam-se essências eternas, e basta uma intuição evidente para apreendê-los de uma maneira infalível. A metodologia cartesiana pressupõe uma ciência inteiramente acabada na razão divina, que um bom método permitirá recobrar, progredindo do simples ao complexo, de evidência em evidência e de certeza em certeza.

Ao identificar o racional ao evidente e ao incontestável, separa-se a razão das outras faculdades humanas, pois, nessa perspectiva, imaginação e vontade só podem ser causa dos erros, das prevenções e dos preconceitos. Retira-se da razão a capacidade de nos guiar em tudo o que concerne ao plausível; a idéia de uma escolha racional, e de uma argumentação que permite justificá-la, fica privada de qualquer significado. Desde Descartes até o neopositivismo contemporâneo, as mesmas exigências em matéria de saber levaram progressivamente do imperialismo racionalista, em que a razão humana aspira a recobrar a razão divina, até à renúncia ascética do positivismo, confessando-se incapaz de fornecer à nossa ação, muito mais que técnica, um sentido, e lançando porta afora o próprio ideal da razão prática.

Hoje, e estamos cada vez mais certos disso, não só a generalização cartesiana, que se propõe resolver todos os problemas humanos graças a uma metodologia extraída das matemáticas, nos parece abusiva, mas também a sua própria concepção da ciência parece errônea. Esta não está ao alcance de uma mente liberada de toda formação e de toda educação. Seu aprendizado exige uma longa e difícil iniciação aos métodos e às técnicas historicamente elaboradas, o ensino de uma terminologia, o conhecimento das teorias e das classificações às quais é associada, o uso de instrumentos que necessitaram de muita imaginação, de inúmeras experiências cujo aprimoramento se efetuou progressiva e pacientemente.

Aliás, não foi em todos os domínios que pôde ser elaborado um saber científico. Em quantos domínios ainda estamos privados das técnicas que permitiriam a um acordo bem fundamentado substituir as discussões e as controvérsias? Essa é, em todo caso, a situação em todas as disciplinas que implicam o emprego dos valores, tais como o direito, a moral e, acima de tudo, a filosofia.

Não é eliminando todas as opiniões, a contribuição da tradição e os ensinamentos da história que se explicará, a um só tempo, a constituição progressiva das ciências e a persistência dos desacordos em muitos domínios. Não é opondo-se nitidamente a verdade à opinião, a teoria à prática e a demonstração à argumentação, que se elabora uma metodologia do saber válido.

Cumpre, pelo contrário, perguntar-se como e por que, partindo das opiniões comuns e do senso comum, pôde ser realizado um amplo acordo em certos domínios privilegiados, enquanto outros domínios permanecem no campo de controvérsias intermináveis. É preciso partir da idéia de que as ciências e as técnicas, assim como o direito, a moral e a filosofia, são obras humanas, sendo pelos variados métodos implicados pela sua elaboração que poderá dar-se conta de suas divergências. É possível que, em certos domínios, só se pudesse obter o acordo renunciando a convicções e a ideais que nos são mais caros do que a unanimidade, adquirida à custa do sacrifício de nossa liberdade espiritual. Ora, esta só pode exercer-se de um modo racional graças às técnicas da argumentação.

Ao limitar o uso da razão às intuições evidentes e às técnicas de cálculo, baseadas nessas intuições, abandona-se ao irracional, ou seja, às paixões, aos interesses e à violência, todo o campo de nossa ação que escapa aos meios de prova incontestáveis. Apenas uma teoria da argumentação, filosoficamente elaborada, nos permitirá, assim espero, reconhecer, entre o evidente e o irracional, a existência de uma via intermediária, que é o caminho difícil e mal traçado do razoável.

Capítulo VIII
*Ato e pessoa na argumentação**

A fim de precisar o alcance das observações que se seguem, convém indicar brevemente em que âmbito se situam.

O homem que vive em sociedade discute com seus semelhantes, tenta levá-los a compartilhar algumas de opiniões, a realizar certas ações. É relativamente raro que recorra, para tanto, unicamente à coação. Em geral, procura persuadir ou convencer e, com esse intuito, raciocina – na acepção mais ampla deste termo –, administra provas. Nos casos em que os meios de prova consistem numa demonstração rigorosa, foram estudados por uma ciência bem definida, a lógica. Mas, à medida que esta se ia desenvolvendo como uma ciência puramente formal, que ia especificando as condições que permitem uma dedução correta, percebeu-se que uma enorme parcela das provas utilizadas em direito, em moral, em filosofia, nos debates políticos e na vida diária, não pode ser considerada relacionada com a lógica *stricto sensu*.

Todos esses argumentos, podia-se evidentemente relegá-los à categoria de sugestão mental, para denegar qualquer espécie de racionalidade; foi esse, de um modo mais ou menos explícito, e mais ou menos exagerado, o ponto de vista de grande número de lógicos e de filósofos. Mas as conseqüências desse ponto de vista podem ser extremamente graves: ele tende, de fato, a pôr em pé de igualdade toda espécie de procedimentos de argumentação não-formais, a do vigarista e a do filósofo;

---

* Escrito em colaboração com L. OLBRECHTS-TYTECA e publicado em inglês *in Ethics* (Chicago), julho de 1951.

ademais, esse ponto de vista coloca o edifício da lógica, e também o da ciência, fora de todo o resto da vida espiritual, quase sem contato com ela. Parece-nos, ao contrário, que valeria a pena estudar com mais atenção esses procedimentos de argumentação que tinham tamanha importância social e filosófica. Demos o nome de *retórica* à disciplina que propomos, assim, reviver, porque percebemos rapidamente que, pelo menos na Antiguidade grega, e particularmente em Aristóteles, a retórica tinha precisamente como objeto o estudo dessas técnicas de argumentação não coerciva, cuja meta era estear juízos e, com isso, ganhar ou reforçar o assentimento das mentes.

Logo ficou-nos patente que toda argumentação supunha o acordo, sobre certo número de fatos, daqueles a quem nos dirigimos; tal acordo podia servir de ponto de partida para outros acordos posteriores, mas também podia ser contestado; nesse caso, a discussão versaria sobre a justificação desse acordo, baseando-se em outros elementos supostamente admitidos. Esse ponto de vista acarreta outro: constantemente teremos necessidade de uma noção correlativa daquela de acordo, a de auditório. Com efeito, o que é admitido por certas pessoas não o é necessariamente por outras: o auditório poderá estender-se do próprio indivíduo – no caso da deliberação consigo mesmo que, por vários ângulos, pode ser considerada um caso particular da discussão com outrem – ao auditório universal, passando por todas as séries de auditórios particulares. Claro, o auditório universal nunca é atualmente existente; é um auditório ideal, construção mental de quem se refere a ele. Poderíamos mostrar facilmente que esse auditório pretensamente universal varia com as épocas e com as pessoas: cada qual constrói uma idéia do auditório universal. Esse fato explica o interesse da sociologia do conhecimento.

Todo auditório admite certo número de dados, aos quais chamará fatos, verdades, presunções ou valores. Um fato é importante na argumentação porque se considera que ele forma o objeto de um acordo universal: ele *deve* ser admitido por todos. Se alguém diz "abri este livro", nisso veremos provavelmente o enunciado de um fato; todavia, algumas contestações sempre podem tirar-lhe esse estatuto: "Não, esse livro foi aberto por outra pessoa" ou "esse livro abriu-se sozinho", ou então "não há livro aí, e sim páginas soltas", etc. O que se entende por "fato" nos fornece assim o primeiro exemplo de um acordo sempre revisável; mostra-nos igualmente que, enquanto esse acordo não é contestado, não acode à idéia exigir uma justificação dele: enquanto dura o acordo, o fato pode servir de ponto inicial para argumentações posteriores: "Abri este livro, portanto tenho a intenção de lê-lo". Vê-se imediatamente em que essa concepção do fato difere da concepção do cientista ou do filósofo, que procuraria distinguir "os fatos" que estão na base de uma teoria, os dados imediatos, lógica ou geneticamente anteriores, que servem de fundamento para o seu edifício conceitual. É verdade que a retórica, como disciplina, pressupõe igualmente fatos que lhe são próprios. É a existência dos auditórios, dos argumentos, das adesões. A concepção que se tem destes sempre pode, aliás, ser modificada. O que pedimos que nos concedam é que existem argumentações que visam, a partir de certas adesões conquistadas, a ganhar novas adesões ou a fortalecer outras já obtidas.

Todos os auditórios admitem também valores, valores abstratos, tal como a justiça, ou valores concretos, tal como uma pátria. Tais valores não são com muita freqüência aceitos senão por um auditório particular. Alguns deles são considerados universais, mas decerto seria possível mostrar que o são apenas com a condição de não se lhes especificar o conteúdo. Aliás, serão menos os valores aos quais ele adere do que o modo como os hierarquiza que permitirão descrever um auditório particular. Os auditórios admitem, com efeito, não só fatos e valores, mas também hierarquias, estruturas do real, relações entre fatos e valores, enfim, todo um conjunto de crenças comuns a que chamaremos lugares – pensando na acepção antiga do termo lugar-comum – e que possibilitam argumentar com uma eficácia maior ou menor. Uma argumentação sempre introduzirá elementos desse gênero para, por exemplo, sustentar o fato de que abri o livro, fato que é contestado por um interlocutor; outras poderão fazer intervir presunções, a de que um livro aberto foi aberto por alguém, valores, o da veracidade, que pretendem que eu respeite e amolde minha conduta a ela. Talvez assim se chegue, considerando a hipótese mais favorável, a admitir que se trata mesmo de um fato, mas com a condição de separá-lo de novo dos argumentos através dos quais foi obtido o consentimento.

Dentre os elementos de acordo figuram, como dissemos, certas estruturas do real que são consideradas admitidas. Podemos dividi-las em duas grandes categorias: as ligações de sucessão, tal como a relação de causa e efeito; as ligações de coexistência, tais como as propriedades estruturais de um mesmo corpo. A argumentação filosófica pode procurar reduzir algumas dessas ligações a outras, julgadas mais fundamentais. Mas, em nosso ponto de vista, antes de qualquer esforço de sistematização, no mínimo prematuro, convém reconhecer os grandes tipos de ligação que utilizamos explicitamente na discussão e que encontramos, implícitos, em outros momentos.

Uma das ligações de coexistência que se pode considerar mui geralmente aceita por toda espécie de auditórios e que nos parece ter uma importância capital é a relação da pessoa com o ato que se lhe atribui, relação que é o protótipo de grande número de ligações de coexistência.

A construção da pessoa humana e sua contraposição a seus atos é ligada a uma distinção entre o que se considera importante, natural, próprio do ser de que se fala, e o que se considera transitório, manifestação exterior do sujeito. A construção da pessoa sempre fornece uma regra graças à qual se distinguirá a essência de suas manifestações.

Como essa ligação entre a pessoa e seus atos não constitui um vínculo necessário, como não possui os mesmos caracteres de estabilidade que a relação existente entre um objeto e suas qualidades, uma simples repetição de um ato pode acarretar, quer uma reconstrução da pessoa, quer uma adesão fortalecida à construção anterior. A precariedade da relação determina uma interação constante entre o ato e a pessoa.

Nem é preciso dizer que a concepção da pessoa pode variar muito conforme as épocas e conforme a metafísica a que é vinculada. É bem provável que a argumentação dos primitivos se servisse de uma idéia da pessoa muito mais ampla do que a nossa. Dela por certo fariam parte todas as pertinências: a sombra, o totem, os fragmentos separados do corpo. Enquanto temos necessidade de estabelecer ligações especiais para juntar esses elementos à pessoa, o primitivo deveria servir-se de dissociações para isolar a personalidade, no sentido restrito, dessa personalidade mais extensa.

A pessoa, tal como a encaramos, será aquela que intervém nas diversas épocas e em diversos autores, sem que tenhamos de nos perguntar, neste estudo geral, como essa pessoa é definida, quais são os elementos que, na prática, entraram em sua construção, ou que, na teoria, deveriam entrar, segundo o parecer do psicólogo.

Pode ser útil mostrar, por um exemplo, que tal fenômeno pode, ou não, ser considerado como fazendo parte da pessoa ou como sendo apenas uma manifestação puramente exterior, apenas um ato. A beleza de uma mulher será considerada ora como uma qualidade constitutiva da pessoa, ora como uma manifestação transitória e contingente dela. Deve-se notar, a esse respeito, que o fato de reportar tal fenômeno à estrutura da pessoa em vez de tratá-lo como uma manifestação acidental dela, como um ato, pode ser considerado uma maneira de hierarquizar esse fenômeno com relação a outros: com efeito, geralmente, os traços mais importantes serão integrados na constituição da pessoa. Isso quer dizer que a maneira de construir a pessoa poder ser objeto de acordos limitados, precários, de um dado grupo, mas ela sempre será suscetível de revisão.

Saliente-se um primeiro traço da pessoa; ela introduz um elemento de estabilidade. Todo argumento sobre a pessoa menciona essa estabilidade: presume-se a estabilidade interpretando o ato consoante com a pessoa, deplora-se que ela não tenha sido respeitada, quando se dirige a alguém a censura de incoerência ou de mudança injustificada. Grande número de argumentações tende a provar que a pessoa não mudou, que a mudança é aparente, que foram as circunstâncias que mudaram, etc[1].

Mas a estabilidade da pessoa nunca está completamente assegurada: técnicas lingüísticas contribuirão para acentuar a impressão de estabilidade. O uso do nome próprio faz presumir essa continuidade da pessoa; outros modos de expressão porão em evidência um traço permanente da pessoa: a inserção numa categoria típica (o avarento do seu pai), o uso do epíteto (Carlos Magno da barba florida), da hipóstase (sua generosidade contribuiu...), ao insistir num traço da pessoa considerado como permanente, reforçam com isso a impressão de estabilidade da pessoa inteira. Note-se, a esse respeito, o papel argumentativo daquilo a que chamamos figuras de estilo, o qual lhes confere um lugar importante em toda retórica cuja meta seja ganhar a adesão das mentes.

A pessoa, considerada como suporte de uma série de qualidades, autor de uma série de atos e de juízos, objeto de uma série de apreciações, é, portanto, esse ser duradouro a cuja volta se agrupa toda uma série de fenômenos aos quais ele confere uma coesão e um significado. Mas, por outro lado, essa própria pessoa é conhecida através de seus atos, de suas manifestações, pois existe uma solidariedade profunda entre a idéia que se tem da pessoa e o conhecimento que se tem do conjunto de seus atos. De fato, encontramo-nos perante uma constante interação entre o ato e a pessoa.

A vida moral e a vida jurídica necessitam dessas duas noções em sua ligação e sua independência relativa. A moral e o direito julgam ao mesmo tempo o ato e o agente: não poderiam contentar-se com tomar em consideração apenas um desses elementos. Pelo próprio fato de que se julga ele, o indivíduo, e não seus atos, admite-se que ele está ligado aos atos que cometeu. Mas, por outro lado, se alguém se ocupa com ele é por causa desses atos, que podem ser qualificados independentemente da pessoa. Se as noções de responsabilidade, de mérito e de culpabilidade põem a ênfase na pessoa, as de norma e de regra se preocupam acima de tudo com o ato. Mas essa dissociação do ato e da pessoa sempre é apenas parcial e precária. Poderíamos conceber o mérito de uma pessoa independentemente de seus atos, mas isso só seria possível numa metafísica em que a referência aos atos seria dada no contexto. Por outro lado, se as regras prescrevem ou vedam certos atos, seu alcance moral ou jurídico reside no fato de elas se dirigirem a pessoas. Os termos da relação ato-pessoa são bastante independentes para permitir o uso de cada um deles isoladamente em certos momentos, mas são suficientemente ligados para que sua intervenção conjunta caracterize áreas inteiras da vida social.

A distinção entre o ato e a pessoa e a interação dessas duas noções não são somente utilizadas pelo moralista. Elas permitem introduzir no pensamento distinções de um alcance argumentativo, que, mesmo que não sejam explicitamente invocadas, como nos dois exemplos a seguir, desempenham um papel eminente.

O primeiro desses exemplos nos é fornecido por um pequeno diálogo imaginado por Stevenson[2]:

> A (speaking to C, a child): To neglect your piano practice is naughty.
> B (in C's hearing): No, no, C is very good about practicing. (Out of C's hearing) It's hopeless to drive him, you know: but if your praise him, he will do a great deal.
> E Stevenson acrescenta:
> Here B is not opposed to the general direction of A's influence on C, but wishes to change the manner in which it is exerted.

A julga o ato de C e acha que C não está conforme à regra, que negligencia seu estudo de piano. B formula um juízo sobre a pessoa e diz ao sujeito que trabalha bem, na esperança de vê-lo amoldar-se à imagem lisonjeira que lhe é apresentada. Os dois visam ao mesmo resultado e, à primeira vista, parece que só se opõem porque o primeiro repreende e o segundo elogia, mas observe-se que os dois argumentos não são a contrapartida um do outro. Com efeito, a repreensão põe a ênfase na norma transgredida, e a pessoa só intervém em virtude dessa transgressão; no segundo caso a ênfase é posta na pessoa, que se procura encorajar apesar de seus atos.

O segundo exemplo nos é fornecido por um texto do Chevalier de Méré[3], no qual este contrapõe duas formas de expressar-se: "de todos os Domésticos, aqueles que o haviam bem servido foram recompensados" e "dentre esse grande número de Fidalgos, os que eram julgados de certo valor se rejubilavam com seu reconhecimento". Méré contrapõe, aqui, um modo delicado de exprimir-se a outro, que exprime o mesmo fato. De acordo com a segunda fórmula, parece-se recompensar pessoas, não atos, reconhece-se um mérito, não um serviço, o que, pelo menos no meio de Méré, é mais honroso. Além disso, colocam-se essas pessoas numa classe valorizada, a dos fidalgos, e, enfim, faz-se alusão à recompensa apenas de modo indireto, pela apreciação daqueles que dela se beneficiam: confere-se-lhes, por isso mesmo, o mérito suplementar de saber apreciar o reconhecimento de seu senhor, ou seja, destaca-se uma espécie de reciprocidade no reconhecimento. O conjunto desses procedimentos resulta numa valorização da pessoa: os atos passam para o segundo plano.

Depois destas considerações de ordem geral, examinaremos, sucessivamente, a influência dos atos sobre a concepção da pessoa e a da pessoa sobre os seus atos.

A reação do ato sobre o agente tem condições de modificar constantemente a nossa concepção da pessoa, quer se trate de atos novos que lhe são atribuídos, quer de atos antigos aos quais nos referimos. Ambos desempenham um papel análogo na argumentação, conquanto seja concedida uma preponderância aos atos mais recentes. Exceto em casos-limites, dos quais falaremos, a construção da pessoa jamais está terminada, nem sequer à sua morte. Contudo, certas construções apresentam uma rigidez muito maior do que outras. É esse o caso da personagem histórica, notadamente. Foi o que bem notou Aron quando escreveu[4]: "O outro, presente, lembra-nos incessantemente a sua capacidade de mudar; ausente, é prisioneiro da imagem que fizemos dele. Se ainda distinguimos em nossos amigos o que são do que foram, essa distinção vai se apagando à medida que os homens se afundam no passado". Em vez de falar de uma distinção que se vai apagando, preferiríamos dizer que a reação dos atos sobre a pessoa já não tem muita ocasião de se manifestar. No entanto, essa rigidez é apenas relativa: não só novos documentos podem determinar a revisão, mas, afora qualquer fato novo, a evolução da personalidade do historiador e a da opinião pública podem modificar a concepção da personagem pela integração em sua estrutura de atos considerados até então menores, ou pela minimização de atos anteriormente julgados importantes.

Essa concepção, que insiste na precariedade da construção da pessoa, opõe-se nitidamente a uma concepção "coisista" desta, em que cada ato só é considerado um indício revelador de uma personalidade imutável e preexistente às suas manifestações. Pode acontecer que se separe assim a pessoa de seus atos, como se distingue o fogo da fumaça, mas a utilização sistemática de semelhante concepção nos parecerá bastante estranha. É o que comprova esta passagem de Isócrates, que fala dos homens como de coisas:

> Se um sinal distinguisse os homens viciosos, melhor seria, de fato castigá-los antes que prejudicassem um de seus concidadãos. Mas, uma vez que não se pode reconhecê-los antes que tenham feito mal a alguém, convém, pelo menos quando são descobertos, que todos os detestem e os olhem como inimigos de todos[5].

Assim é que a punição não deveria ser proporcional à gravidade da ofensa, mas à maldade da natureza por ela revelada.

Acontece, porém, com muita freqüência que o ato nos obrigue a reconstruir a nossa concepção da pessoa, que nos obrigue a classificar a pessoa numa categoria diferente daquela à qual se acreditava que pertencesse. Tal remanejamento, e a transferência de valor que o acompanha, se exprime em geral pela afirmação de uma qualificação relativa à pessoa.

Conhece-se a célebre passagem de Pascal: "Há apenas três tipos de pessoas: umas que servem a Deus, tendo-o encontrado; outras que se empenham em procurá-lo, não o tendo encontrado; outras que vivem sem o procurar e sem o ter encontrado. As primeiras são razoáveis e felizes; as últimas são loucas e infelizes, as do meio são infelizes e razoáveis"[6]. O ato serve para qualificar a pessoa, para fazer dela um ser racional ou um louco; note-se, porém, que essa qualificação da pessoa deve servir para desqualificar certos comportamentos. O ato é que determina a nossa concepção do agente, mas a interação é tamanha que é, igualmente, a uma apreciação do ato que chegamos.

O valor que atribuímos ao ato nos estimula a atribuir um certo valor à pessoa, mas não se trata de uma valorização indeterminada. Se por acaso um ato determina uma transferência de valor, ele é correlativo de um remanejamento de nossa concepção da pessoa, à qual atribuiremos certas tendências, aptidões, instintos ou sentimentos novos, de um modo explícito ou implícito.

Na relação ato-pessoa, entendemos por ato tudo o que pode ser considerado emanação da pessoa; serão tanto ações como juízos, modos de expressão, reações emotivas, tiques involuntários. Assim é que, concedendo valor a um juízo, formularemos por isso mesmo uma apreciação sobre o seu autor. A maneira pela qual ele julga permite julgar o juiz e, à míngua de critério relativo ao objeto e sobre o qual haja acordo, é muito difícil impedir a interação entre o ato e a pessoa nessa área. O juízo formulado sobre os dois ao mesmo tempo depende muitas vezes da idéia que se forma daquilo que está em discussão. Dizer de um homem que é leviano, por ter tratado levianamente as coisas, não constitui um juízo fundamentado senão aos olhos dos que estão de acordo sobre a importância do que foi negligenciado; graças a esse mecanismo se introduz uma ambigüidade no debate em que, ao julgar as pessoas, prejulgam-se certas situações.

É raro que a reação do ato sobre a pessoa se limite a uma valorização ou a uma desvalorização desta última, e nada mais. O mais das vezes a pessoa serve, por assim dizer, de etapa que permite passar dos atos conhecidos para os desconhecidos, do conhecimento de atos passados para a previsão de atos futuros. Às vezes a argumentação concernirá a atos de mesma natureza, como em Calvino:

E é bem verossímil que nós, de quem jamais foi ouvida uma única palavra sediciosa, e cuja vida sempre foi reconhecida como simples e pacata, quando vivíamos sob vós, Majestade, maquinássemos derrubar reinos![7]

Às vezes, atos passados devem tornar verossímeis atos um pouco diferentes: em seu discurso contra Calímaco, Isócrates argumenta dizendo que quem prestou um falso testemunho não hesitará em levar falsas testemunhas em seu favor[8]. Por mais diferentes que sejam, sempre se procurará fazer os atos conhecidos e os atos presumidos entrarem na mesma categoria.

Pode-se argumentar baseando-se em atos habituais, em número suficiente para caracterizar uma maneira de ser; pode-se também basear-se num ato único, num único juízo, cuja importância se salientará. A singularidade do ato só constitui um obstáculo para esse modo de proceder se se faz uso de técnicas, das quais falaremos mais adiante, que visam a separar claramente o ato da pessoa. Assim é que a heresia, comprovada acerca de um único ponto suspeito, torna suspeito o todo da doutrina do teólogo condenado. Da mesma forma, Simone Weil tira um argumento do fato de que, nos escritos de Aristóteles, encontramos uma defesa da escravidão, para condenar não só todo o aristotelismo, mas também a corrente tomista nele inspirada[9].

Os atos passados e o efeito que produzem podem adquirir uma espécie de consistência, formar uma espécie de ativo que o autor deles não gostaria muito de perder. A boa reputação que se usufrui deve ser levada em consideração, e Isócrates não deixa de invocá-la para defender seu cliente:

> (Eu) seria o mais infeliz dos homens se, depois de ter gasto muito do meu dinheiro para o Estado, passasse por cobiçar o dos outros e por não ter nenhuma consideração por vossa opinião, quando me vêem fazer, não só de minha fortuna, mas até de minha vida, menos caso que da boa reputação que me concedeis[10].

A preocupação passada com a boa reputação se torna uma garantia de que não se faria nada que lhe pudesse determinar a perda. Os atos anteriores e a boa reputação que deles resulta se tornam uma espécie de capital que se incorporou à pessoa. Trata-se de um ativo que se adquiriu e se tem o direito de invocar em defesa própria. Note-se, a esse respeito, que, embora a argumentação retórica jamais seja coerciva, o próprio fato de se afirmar que a argumentação não pode ser descartada, que se deve conceder-lhe atenção, seria o sinal mesmo de sua racionalidade, de seu valor para um auditório universal.

Nas páginas que precedem, já havíamos aludido à reação do agente sobre o ato, mas a idéia que se fazia do agente era, por sua vez, fundamentada em atos anteriores. Em contrapartida, com muita freqüência, a idéia que se faz da pessoa constitui o ponto inicial da argumentação e serve, quer para prever certos atos desconhecidos, quer para interpretá-los de certa forma, quer para transferir para os atos o juízo formulado sobre a pessoa.

Um exemplo disso nos será fornecido por uma tirada espirituosa atribuída ao homem de Estado belga P. H. Spaak. Depois de uma entrevista coletiva, um jornalista insistia: "Será mesmo verdade, o que o senhor acabou de dizer?" – Spaak retorquiu-lhe: "Com a boa cara que tenho, será que eu poderia dizer aos senhores o que não é verdade?". Cumpre assinalar, a esse respeito, que existe uma comicidade da argumentação que resulta da aplicação dos esquemas argumentativos fora de suas condições normais de aplicação. O estudo dessa comicidade particular – que não se deve, ao que parece, confundir com o uso geral da comicidade na persuasão – deve permitir reconhecer os esquemas argumentativos. Permitirá também, sem dúvida, especificar-lhes as condições de aplicação. A tirada espirituosa de Spaak caricatura a passagem da pessoa para o ato tal como se pratica correntemente.

Prever o comportamento futuro de uma pessoa pelo que se sabe dela e de seu passado, induzir dos casos conhecidos aqueles que se ignoram, é isso que se faz constantemente ao raciocinar sobre as pessoas, bem como sobre as coisas. Mas é mais curioso constatar que se pode predizer o comportamento das pessoas não se baseando na experiência passada, mas na idéia de uma impossibilidade moral, fornecida por um sistema de crenças, e totalmente paralela à impossibilidade física, fornecida por um sistema científico. Assim é que Pascal nos declara, a propósito dos milagres: "Há muita diferença entre não ser a favor de Jesus Cristo e dizê-lo e não ser a favor de Jesus Cristo e fingir sê-lo. Uns podem fazer milagres, não os outros: pois fica claro, de uns, que estão contra a verdade, não dos outros, e assim os milagres ficam mais claros"[11]. – "Quem fosse inimigo encoberto, Deus não permitiria que fizesse milagres abertamente"[12]. Os milagres diabólicos são possíveis, porque não enganam ninguém; não é possível, em contrapartida, que Deus permita aos inimigos ocultos de Jesus Cristo enganar os fiéis através de milagres.

A interpretação dos atos pela imagem que se faz da pessoa constitui um aspecto mais específico da argumentação nessa área. Esse contexto fornecido pela pessoa, e que permite compreender melhor os seus atos, se manifesta o mais das vezes graças à noção de *intenção*.

Quando se passa do conhecimento de atos anteriores de uma pessoa a considerações sobre seus atos futuros, o papel da pessoa é eminente, mas de certo modo só constitui um elo privilegiado do conjunto de fatos que se invoca. Pelo contrário, a noção de intenção acentua ainda mais o caráter permanente da pessoa. A intenção é realmente ligada intimamente ao agente, é a emanação dele, o resultado de seu querer, do que mais o caracteriza. Como a intenção alheia nunca é conhecida por nós diretamente, podemos presumi-la apenas pelo que se sabe da pessoa, de suas características permanentes. Às vezes, presume-se a intenção graças a atos repetidos e concordes, mas existem casos em que apenas a idéia que se tem do agente permite determinar essa intenção. O mesmo ato, efetuado por alguém, será considerado diferente e apreciado de outra maneira, porque se acreditará que foi realizado com uma intenção diferente. O recurso à intenção constituirá então o núcleo da argumentação e subordinará o ato ao agente, cuja intenção possibilitará compreender e apreciar o ato. Assim é que Calvino, lembrando as aflições de Jó, que podem ser atribuídas simultaneamente a três autores, a Deus, a Satã e aos homens, achará que Deus agiu bem, Satã e os homens, pelo contrário, de um modo condenável, porque suas intenções eram diferentes[13]. Ora, a idéia que temos delas depende sobretudo daquilo que sabemos dos agentes.

Toda a argumentação moral baseada na intenção é uma moral do agente, que deve ser contraposta a uma moral do ato, muito mais formalista. O exemplo acima, por fazer intervir agentes tão caracterizados como Deus e Satã, mostra muito bem o mecanismo desses argumentos, mas não há controvérsia moral em que não os utilizem. A intenção do agente, os motivos que lhe determinaram a ação serão amiúde considerados como a realidade que se oculta por trás das manifestações puramente exteriores e que cumpre buscar conhecer através das aparências, pois se avalia que eles são, afinal de contas, os únicos que têm importância.

Eis ainda um pequeno diálogo de Stevenson que tem como efeito, diz-nos o autor, desqualificar o interlocutor e eliminar todo valor de seus conselhos[14].

> A: You ought to vote for him, by all means.
> B: Your motives for urging me are clear. You think that he will give you the city contracts.

Não deixa de ter interesse contrapor ao diálogo de Stevenson, e às conclusões que dele tira, esta passagem de Pareto:

> Uma certa proposição A só pode ser boa se é feita por um homem honesto; demonstro que quem faz essa proposição não é honesto ou é pago para fazê-la; logo, demonstrei que a proposição A é nociva ao país. Isto é absurdo; e quem usa desse raciocínio sai inteiramente do domínio das coisas razoáveis[15].

Admitir que a desonestidade do autor, ou o fato de que é interesseiro, constitui um argumento dirimente contra a sua proposição, rejeitar totalmente o argumento como irrelevante – estas são duas posições extremas igualmente simplistas. No primeiro caso, só se leva em conta a pessoa e intenções que se lhe atribuem, descurando de examinar a proposição que afirma; no segundo caso, só se leva em consideração a proposição, separando-a do que se sabe de seu autor. Na realidade, na prática cotidiana, levamos em conta esses dois fatores, pois o que sabemos do autor nos permite compreender melhor a proposição e apreciá-la em seu justo valor. Isto mostra bem que a prática, nessa área, é muito mais matizada do que as análises dos teóricos: a ação do agente sobre o ato é de uma intensidade infinitamente variável. É apenas no limite que se pode conferir-lhe uma influência exclusiva ou eliminá-la inteiramente; veremos que um desses limites se situa no campo da teologia, o outro no da ciência, na medida em que se considere esta um sistema auto-suficiente.

Há que assinalar, a esse respeito, um interessantíssimo estudo de Asch[16] que faz a crítica dos procedimentos habitualmente utilizados em psicologia social para determinar a influência do prestígio. Tais procedimentos consistem em perguntar aos sujeitos em que medida estão de acordo com um juízo. Posteriormente, o mesmo juízo é apresentado aos mesmos sujeitos, mas modificando os conhecimentos dos sujeitos relativamente ao autor do juízo. Asch mostra muito bem que os resultados obtidos não provam, como se crê geralmente, que os sujeitos modificam sua apreciação unicamente em consonância com o prestígio concedido ao autor. O juízo apreciado não é, de fato, um elemento invariável que se apreciaria levando em conta o prestígio de diferentes autores aos quais é atribuído. O juízo não é igual quando é atribuído a um autor em vez de a outro, muda de significado; não há mera transferência de valor, mas interpretação nova: o juízo é posto num novo contexto, sendo esse contexto o que sabemos da pessoa que supostamente o enunciou. Existem juízos, assim como atos, que interpretamos pelo que sabemos de seu autor. A influência reconhecida nestes últimos anos ao prestígio, e ao poder de sugestão que exerce, se manifesta de um modo menos irracional e menos simplista do que se pensou.

É essa interpretação dos atos em consonância com o que se sabe de seu autor que nos faz compreender o mecanismo do prestígio e da transferência de valor que ele opera da pessoa prestigiosa para seus mais diversos atos.

"Qual gênio não salva seus primórdios!", exclama Malraux[17]. E, de fato, quem julga as obras juvenis de um grande artista não pode impedir-se de ver nelas os sinais precursores do que fará a sua grandeza futura. O valor eminente reconhecido numa pessoa valoriza assim mesmo os atos anteriores ao momento em que ele se manifestou indiscutivelmente. O autor de obras geniais, criadas em épocas diferentes, é um gênio: essa qualificação reporta os atos a uma qualidade estável da pessoa, que se irradia tanto para os anos anteriores ao período de produção de obras-primas quanto para os anos seguintes. Já não basta dizer que o passado garante o futuro – pois o futuro pode perfeitamente valorizar o passado – mas a estrutura estável da pessoa permite prejulgar-lhe os atos, em particular os juízos: "Há pessoas", diz Méré[18], "que conhecem o verdadeiro mérito, e é um bom sinal quando lhes agradamos; mas há muito mais pessoas que não julgam bem, e não se deve regozijar-se de lhes ser tão agradável".

Vemos, assim, como o prestígio social pode servir para valorizar os atos, para suscitar tendências à imitação, para elaborar o ideal de um modelo do qual se procurará copiar a conduta pessoal. A utilização desse mecanismo de argumentação no conhecimento ensejou o uso e os abusos do argumento de autoridade.

Quando Cícero apresenta, em seus *Paradoxos*, as concepções estóicas que implicam certo desprezo pelas obras de arte, fornece o seguinte argumento em favor dessa tese:

> Em tua opinião, que diria L. Múmio, se visse um desses delicados manipular com amor algum penico feito de bronze de Corinto, ele que desprezou Corinto inteira?[19]

Esse argumento só tem interesse se L. Múmio tem prestígio. Note-se, aliás, que esse desprezo por Corinto, se pode servir de modelo, é também um dos elementos desse prestígio. Pois, muito amiúde, a autoridade à qual nos referimos é, ao mesmo tempo, objeto de uma justificação. Se falta o prestígio,

FILOSOFIA E ARGUMENTAÇÃO 235

os argumentos por modelo podem ficar sem valor. Citemos, a esse respeito, um exemplo cômico que nos obriga a fazer a distinção entre um esquema de argumentação e suas condições de aplicação: a *Retórica a Herênio* pretende dar um exemplo de argumentação fraca, porque se argumenta daquilo que se faz para o que se deve fazer. Trata-se de uma passagem do *Trinummus* de Plauto:

> É algo desagradável repreender um amigo por uma falta, mas por vezes é útil e proveitoso: pois eu mesmo repreenderei hoje meu amigo pela falta que cometeu[20].

O argumento não tem muito valor porque é emitido por uma personagem cômica, o velho Megarônidas. Mas nem sempre é assim. Basta, para se convencer disso, pensar nos confessores da fé.

A argumentação baseada na idéia de que é preciso seguir o modelo é tanto mais forte quanto mais incontestada for a autoridade. Quando se trata da autoridade divina, esse argumento até permite determinar normas do bem e do verdadeiro.

Com muita freqüência a autoridade é fundamentada na competência que, por si só, confere um valor argumentativo a certas expressões. Quando o professor diz ao aluno: "Não compreendo o que você está dizendo", habitualmente isto significa "você se expressou mal" ou "suas idéias não estão muito claras nesse ponto". A incompetência do competente pode servir de critério para desqualificar todos aqueles que não temos a menor razão para achar mais competentes do que quem se confessou incompetente. É esse o alcance da argumentação de Chevreul, presidente da Academia de Ciências de Paris, quando acena com sua própria incompetência para desqualificar o testemunho de peritos em escritas, por ocasião da discussão sobre a autenticidade dos manuscritos apresentados por Michel Chasles[21]. Essa forma de argumentação pode ter um alcance filosófico eminente, pois pode destruir a competência na matéria não só de um indivíduo ou de um grupo, mas de toda a humanidade. Quando se denuncia em si próprio as deficiências da razão, isso pode ser para assegurar bem as deficiências da razão humana em geral. A pessoa não se coloca, portanto, como exceção; muito pelo contrário, deixa entender que outros estão na mesma situação de quem fala. No limite, se todos os homens estão na mesma situação, é porque o problema não pode ser resolvido.

Schopenhauer mostra bem o abuso que se pode fazer desse argumento: o artifício da fingida incompetência pode ter serventia quando se está em enrascada[22]. Passamos, aqui, da argumentação retórica para a erística e mesmo para a sofística. É porque a argumentação retórica tem algum valor que se pode utilizá-la de má-fé, assim como só se concebe a falsificação de cédulas de dinheiro porque existem cédulas autênticas com valor. Se o argumento sofístico difere do argumento honesto pela má-fé com que é utilizado, para estabelecer essa má-fé nos outros, recorreremos ao conjunto de meios de argumentação retórica que nos permitem concluir dos atos a intenção. Assim, a argumentação sofística confirma duplamente o valor e a importância da retórica: o valor desta é confirmado tanto por aquele que a imita de má-fé, quanto por aquele que dela se serve para baldar os fingimentos do adversário.

Ao analisarmos sucessivamente a ação do ato sobre o agente e a do agente sobre o ato, fomos levados a enfatizar ora um, ora o outro. Mas trata-se apenas de um artifício de análise. A interação é constante, e com muita freqüência vemos isso de modo explícito.

Poderemos granjear a benevolência dos juízes, lemos na *Retórica a Herênio*[23], "pelo elogio da coragem, da sabedoria, da brandura, do brilho de suas sentenças; pela consideração da estima que elas mereceram, da expectativa que devem satisfazer". Portanto, passa-se da consideração das sentenças passadas para uma valorização do júri; e do bom júri para o bom veredicto esperado que, por sua vez, realçará o prestígio dos juízes. A evocação sucessiva do ato e da pessoa, depois da pessoa e do ato, nunca deixa a mente no ponto em que estava no início; o efeito cumulativo dessas interações se manifesta também enquanto não se faz uso de nenhuma técnica de ruptura; é o que chamaremos de interação bola de neve, que pode intervir mesmo quando se trata apenas de um único ato: uma obra que honra seu autor será ainda mais apreciada quando se faz uma idéia elevada deste. Mas a interação bola de neve se revela melhor quando há uma defasagem, quer no tempo, que na natureza dos atos a serem efetuados. Seu efeito é, então, o de permitir fundamentar na pessoa do agente esperanças muito superiores às que seus atos anteriores poderiam justificar se essa interação não houvesse ocorrido. Encontramos um exemplo dela no raciocínio citado por Whately[24], onde, baseando-se nos sinais da benevolência divina neste mundo, conclui-se pelo esplendor do além, passando pela conclusão intermediária de que Deus é benevolente. Não é preciso nada mais além da intervenção de uma pessoa para permitir a passagem de um campo observável para um campo totalmente diferente, do mundo atual para o mundo da vida futura, mas há mais: as mercês que esperamos no além ultrapassam infinitamente aquelas com que nos contentamos aqui na terra e que servem de ponto de partida para a argumentação em bola de neve.

Claro que a interação bola de neve implica que o ato e a pessoa atuem um sobre o outro numa mesma direção, mas a interação também pode dar-se em direções opostas: é geralmente nesses casos que se utilizam certas técnicas que a impedem de intervir, as quais teremos de analisar na continuação de nosso estudo.

As técnicas que rompem ou refreiam a interação entre o ato e a pessoa devem ser acionadas quando existe uma incompatibilidade entre o que sabemos da pessoa e o ato, ou seja, quando o ato deveria modificar profundamente a nossa concepção da pessoa e recusamo-nos a isso, ou quando a pessoa deveria conferir ao ato um valor incompatível com as conseqüências que ele acarreta, ou seja, com outras ligações que também influenciam o seu valor.

A técnica mais eficaz para impedir a reação do ato sobre o agente é a de considerar este como um ser perfeito, no bem ou no mal, como um deus ou um demônio. A técnica mais eficaz para impedir a reação do agente sobre o ato é a de considerar este como uma verdade ou a expressão de um fato sobre o qual há total acordo, pelo menos nas circunstâncias atuais. Começaremos pelo exame dessas duas técnicas, a que chamaremos técnicas de ruptura.

A introdução no pensamento de um ser perfeito, divino, fornece a possibilidade de separar completamente a pessoa do ato. No entanto, a noção de Deus nem sempre é utilizada dessa maneira, longe disso. Conhecemos uma série de argumentações em que Deus é apresentado obrando a fim de adquirir prestígio; supõe-se que tenha feito certas coisas para mostrar sua potência, como figura de sua potência, que, manifestando-se na ordem natural, permitirá crer na sua ação em outra ordem[25].

Leibniz, igualmente, recusa deixar de lado a obra e só considerar o obreiro:

> Assim, escreve ele, estou muito distante do ponto de vista daqueles que sustentam que não há regras de bondade e de perfeição na natureza das coisas ou nas idéias que Deus tem delas; e que as obras de Deus são boas apenas pela razão formal de que Deus as fez... É pela consideração das obras que se pode descobrir o obreiro[26].

Portanto, Leibniz quer raciocinar sobre Deus como se raciocina sobre os homens. No duplo movimento da pessoa para o ato e do ato para a pessoa, como se trata de Deus, é o primeiro movimento que predomina, mas Leibniz não quer contentar-se com ele: quer também compreender por que o mundo é bom e passar da obra para o obreiro. Todavia, não podemos esquecer que é graças ao primeiro movimento, privilegiado, que ele sabe que o mundo atual é o melhor de todos os mundos possíveis. Aliás, se ele tira partido do valor da criação para glorificar o Criador, sabe também como, se for esse o caso, impedir a ação do ato sobre o agente, tirando partido da perfeição divina. É isso que nos explica, em seus *Ensaios de Teodicéia*[27], ao imaginar a seguinte situação, de um homem de reputação extraordinária:

> Um homem poderia dar tão grandes e tão fortes provas de sua virtude e de sua santidade, que as razões mais aparentes que

se poderiam fazer valer contra ele para culpá-lo de um pretenso crime, por exemplo, de um furto, de um assassinato, mereceriam ser rejeitadas como calúnias de algumas falsas testemunhas, ou como um jogo extraordinário do acaso, que às vezes torna suspeitos os mais inocentes. De modo que, num caso em que qualquer outro estaria em perigo de ser condenado, ou de ser torturado... esse homem seria absolvido unanimemente por seus juízes.

Nesse caso, prossegue Leibniz, não haveria um direito novo, mas a aplicação de uma "boa lógica das verossimilhanças", pois que, diz ele:

> Há qualidades tão admiráveis nessa figura que, em virtude de uma boa lógica das verossimilhanças, deve-se conceder mais fé à sua palavra que à de muitos outros.

Essa justificação, por ele considerada racional, da técnica que consiste em recusar todo efeito desfavorável do ato sobre o agente, Leibniz a forneceu com base num exemplo humano, mas é óbvio que é quando é aplicada a Deus que essa técnica opera perfeitamente:

> Já reparei que o que se pode opor à bondade e à justiça de Deus são apenas aparências, que seriam fortes em um homem, mas se tornam nulas quando aplicadas a Deus e quando as pomos na balança com as demonstrações que nos asseguram da perfeição infinita de seus atributos.

Essa independência da pessoa com relação ao ato, encontramo-la igualmente quando se trata de valores negativos, e Bossuet se serve dela nesta curiosa passagem:

> Entretanto reconheçamos, cristãos, que nem as ciências, nem o grande espírito, nem os outros dons da natureza são vantagens muito consideráveis, porquanto Deus os deixa inteiros aos diabos, capitais inimigos seus, e por isso mesmo os torna não somente infelizes, mas também infinitamente desprezíveis; de sorte que, não obstante todas essas qualidades eminentes, miseráveis e impotentes que somos, nós lhes parecemos dignos

de inveja, somente porque apraz ao nosso grande Deus olhar-nos com piedade..."[28]

Trata-se, aqui, de qualidades, mas o mecanismo é igual quando se trata de atos. Tais qualidades não podem modificar a idéia que temos do demônio, mas são viciadas por ele, ficam desvalorizadas, não constituem "vantagens muito considerá-veis". O ato ou a qualidade são interpretados ou minimizados de modo que já não possam atuar sobre o agente, subordinam-nos completamente à natureza atribuída a este último.

A partir do momento em que um ato exprime um fato, o valor que lhe é concedido é totalmente independente daquele da pessoa; encontramo-nos na situação inversa daquela em que a pessoa estava ao abrigo de seus atos. "Um erro de fato lança um homem sábio no ridículo", diz-nos La Bruyère, contando, evidentemente, que esse erro constitua um fato incontestável. O prestígio de homem nenhum poderá fazer-nos admitir que 2 + 2 = 5, nem acreditar no testemunho de alguém, se nos pare-ce contrário à experiência. O que importa é saber qual é o valor conclusivo dessa experiência.

A propósito disso, Locke nos lembra que:

> To a man whose experience has been always quite con-trary, and has never heard of any thing like it, the most untainted credit of a witness will scarce be able to find belief: as it happe-ned to a Dutch ambassador, who entertaining the king of Siam with the peculiarities of Holland... amongst other things told him "that the water in his country would sometimes in cold wea-ther be so hard that men walked upon it, and that it would bear an elephant if it were there". To which the king replied: "hither-to I have believed the strange things you have told me, because I look upon you as a sober, fair man: but now I am sure you lie"[29].

Neste relato, a experiência e as generalizações que parece autorizar são consideradas como um fato, que prima sobre qualquer influência da pessoa. O ato desta, porque julgado incompatível com as convicções oriundas da experiência, é tido como mentira que é, por sua vez, considerada como um fato. A pessoa não tem nenhuma autoridade sobre ele. Mas, pelo contrário, o ato não deixa de ter efeito sobre a pessoa: a validade de todos os seus testemunhos anteriores é atingida.

O que é considerado um fato é independente da ação da pessoa; é por essa razão que se abala esse estatuto de fato ao reportar, por uma ou outra técnica, o enunciado à qualidade de quem o afiança. Conhece-se a célebre anedota do mágico que tinha a confiança do rei, a quem fez presente de roupas que só eram vistas, dizia ele, por homens irrepocháveis. O rei e seus cortesãos nada viam, mas não se atreviam a dizê-lo, até que um dia uma criança, em sua inocência, exclamou: "Por que o rei anda nu?" O feitiço estava rompido. O prestígio do mágico era suficiente para atribuir à percepção o valor de um critério da moralidade de cada qual, até o momento em que a inocência incontestável da criança destruiu esse preconceito favorável. A partir do momento em que a percepção já não estava ligada a um juízo de valor, atribuíram-lhe seu alcance habitual.

Quando um juízo exprime um fato? É o que sucede, como vimos, durante todo o tempo em que o acreditam válido para um auditório universal e, para evitar qualquer discussão a propósito disso, enquadram-no numa disciplina particular cujos fundamentos se supõem admitidos, cujos critérios foram objeto de uma convenção explícita ou implícita.

Existe uma série de técnicas científicas ou práticas que buscam atingir a objetividade separando o ato do agente, quer para o descrever, quer para o julgar. O behaviorismo fornece um exemplo disso; outro é fornecido por todos esses concursos em que se julgam os concorrentes com base em desempenhos mensuráveis, pelos concursos em que a obra é julgada sem que se conheça o nome do autor. Em direito, grande número de disposições visa a qualificar atos, independentemente da pessoa que os comete e nem sequer se preocupar com sua intenção. Em moral, semelhante recurso ao fato, sem considerar a intenção, é muito menos freqüente. Todavia, parece mesmo que a moral japonesa, por exemplo, mais formalista do que as morais do Ocidente, pode ser considerada uma moral do ato. Ruth Benedict cita a longa lista de diretores de escola japoneses que se suicidaram porque as chamas de um incêndio, às quais eram completamente alheios, haviam ameaçado o retrato do Imperador que ornamenta todo estabelecimento de ensino[30].

A separação do ato, a recusa de introduzir na apreciação deste considerações relativas à pessoa, parece muito mais racionalista do que a técnica inversa. Já vimos que Pareto ridiculariza a introdução de considerações sobre o autor para julgar da legitimidade de uma proposição. Limita-se a seguir, nesse ponto, a opinião de Bentham. Citemos a esse respeito uma observação de Whately[31], cuja clarividência, nesse ponto, só podemos admirar:

> "If the measure is a good one, says Mr. Bentham, will it become bad because it is supported by a bad man? If it is bad, will it become good, because supported by a good man?" E Whately replica: "It is only in matters of strict science, and that too, in arguing to scientific man, that the characters of the advisers (as well as all other probable arguments) should be wholly put out of the question".

Contudo, seja qual for o valor das considerações de Whately, é inegável que a preocupação com a objetividade incita a separar o ato da pessoa, porque é mais difícil obter o acordo sobre pessoas do que sobre atos ou, pelo menos, é assim que a situação parece apresentar-se graças à noção de fato. E dirão habitualmente de alguém que é justo porque julgou atos sem levar em conta pessoas. É verdade que esse modo de proceder apresenta, muitas vezes, vantagens incontestáveis, sendo a principal delas facilitar o acordo sobre critérios, mas jamais se deve esquecer que se trata apenas de um procedimento que por vezes apresenta sérios inconvenientes. A melhor prova disso são as recentes tentativas de individualização da pena.

Os casos em que a interação entre o ato e a pessoa é inteiramente rompida, num ou noutro sentido, são relativamente raros na vida social, pois são apenas casos-limites. A maioria das técnicas que neles são utilizadas são, não técnicas de ruptura, mas técnicas de *refreamento*, cujo efeito é restringir essa interação sem a anular completamente.

Uma dessas técnicas é o preconceito ou, melhor talvez, a prevenção. Um ato cometido por alguém não repercutirá na concepção que fazemos dessa pessoa, na medida em que o preconceito – favorável ou desfavorável – permite manter uma adequação entre o ato e a pessoa. Interpreta-se e julga-se o ato de tal maneira que ele não deva modificar a nossa idéia da pessoa, da qual já vimos que, todas as vezes que o ato não é perfeitamente unívoco, é ela que fornece o contexto que possibilita compreendê-lo melhor. Embora o preconceito permita, assim, remover uma incompatibilidade ameaçadora, ele não tem condições de ser utilizado quando esta é por demais manifesta.

A prevenção e o preconceito têm como efeito, muito amiúde, iludir sobre o valor do ato, transferir para este outros valores vindos da pessoa. Portanto, abster-se do preconceito seria operar uma ruptura salutar entre o ato e a pessoa. Mas, se nos colocamos no ponto de vista que nos parece primordial, o preconceito se apresenta como uma técnica de refreamento, uma técnica que se opõe às incessantes renovações da imagem da pessoa; é uma técnica que contribui eminentemente para a estabilidade da pessoa.

Se fizermos um paralelo entre o papel da prevenção e o do prestígio, veremos que o prestígio pode ser considerado o motor que assegura a ação do agente sobre o ato; tem um papel ativo, positivo, e intervém numa fase anterior àquela em que a prevenção entra em jogo. A prevenção corrige uma incompatibilidade entre o ato e a pessoa, intervém quando esta deve ser protegida contra o ato. Embora o prestígio prepare a prevenção, esta nem sempre lhe está vinculada, pois pode ser baseada em argumentos anteriores de diversas espécies.

Para evitar dar a impressão de que se julgam certos atos de acordo com a pessoa, de que se é vítima de um preconceito, muitas vezes será preciso recorrer a certas precauções. Uma delas consiste em preceder a apreciação desfavorável do ato por certos elogios da pessoa e vice-versa. Tais elogios se referirão às vezes a outros atos, mas isto com a intenção de elogiar a pessoa e de dar provas de imparcialidade.

Se a técnica do preconceito se revelar insuficiente e se o ato se impuser apesar de tudo, poder-se-á estabelecer, entre diversos campos de atividade, uma separação tal que o ato consumado num deles seja considerado irrelevante para a idéia que se faz da pessoa, cuja imagem será determinada pelos atos de outro campo. Em diferentes sociedades, e em diferentes meios, não se fará a determinação desses campos do mesmo modo: a constância no trabalho, a fidelidade conjugal, por exemplo, podem, em certos casos, ser determinantes para a imagem que se faz da pessoa e, noutros, ser relegadas aos campos reservados, constituídos pelos atos de pouca importância. A extensão desses campos inativos é o objeto de um acordo, o mais das vezes tácito, da mesma maneira que os valores e as ligações aceitos pelo grupo, e permite até caracterizar este último. É óbvio que o campo reservado, o dos atos considerados irrelevantes, pode variar conforme as pessoas: determinados atos, considerados sem importância no que diz respeito ao Príncipe, serão julgados essenciais para a idéia que se faz das pessoas de posição mais baixa, ou vice-versa; dar-se-á o mesmo com atos que cobrem certo período da vida, a infância, por exemplo.

Não se deveria crer, porém, que a ruptura entre o ato e a pessoa não se possa estender aos atos mais importantes, muito pelo contrário. Com efeito, os atos mais importantes são também os que se fiscalizam, precisamente porque se sabe que repercutirão na imagem que se faz da pessoa. Mas, se acreditarem que o ato foi realizado para criar uma certa impressão, seu valor representativo será fortemente diminuído. Foi o que não deixou de salientar Schopenhauer[32], para quem a pessoa colore, impregna o menor de seus atos: de fato, é quando não se fiscalizam, nas pequenas coisas, que os homens deixam aparecer melhor sua própria natureza.

Noutros casos, só reteremos da diversidade dos atos um aspecto particular, o único julgado importante; por vezes, fraciona-se a pessoa em fragmentos, sem interação uns com os outros; por vezes, tolhe-se a influência do ato sobre a pessoa, cristalizando esta numa determinada fase de sua existência.

Jouhandeau traça o retrato da mulher que reduz seu eu ao que ele foi, recusa integrar nele as ações presentes e diz ao cliente:

> Estou no passado; é apenas minha múmia, senhor, que conserta seus sapatos[33].

Essa técnica é utilizada com muito mais freqüência do que parece. Todas as vezes que há forte referência às ações do passado, cristaliza-se de certo modo o indivíduo. Este fica, assim, protegido, dotado de certo valor, mas perdeu também algo de sua espontaneidade.

Paulhan nota, com muita razão, a impressão desagradável que sentimos ao ouvir amigos falarem de nós. Essa impressão desagradável estaria ligada, segundo Paulhan[34], à ilusão de previsão do passado. Mas não é precisamente esta que causa essa impressão desagradável: é mais o fato de nossos atos serem tratados por outrem de um modo mecânico, imutável, como se a nossa pessoa tivesse parado em certa fase de sua evolução. É desagradável ouvir dizer de si mesmo: "Ele agirá com certeza de modo nobre e se sacrificará", porque esse ato é apresentado unicamente como a conseqüência do passado, porque não tem o poder de reagir sobre a nossa personalidade futura, de modelá-la ainda ante os nossos olhos e os olhos alheios.

Ao lado dessas técnicas de alcance geral, cuja considerável riqueza estamos muito longe de haver esgotado, existem técnicas de alcance mais restrito, que visam apenas a remover uma incompatibilidade entre o ato e a pessoa numa determinada circunstância.

Uma delas é o recurso à noção de exceção. O ato meritório ou censurável, que parece incompatível com o que sabemos por outras vias da pessoa, será considerado excepcional, o que impedirá de transferir, sem tirar nem pôr, seu valor para a pessoa. Contudo, em geral será preciso explicar como esse comportamento excepcional pôde suceder. Se um amigo prejudica você, você explicará esse comportamento pela ignorância, pela falta de jeito, para não ter de atribuí-lo a razões que abalarão suas relações de amizade. É numa concepção do mesmo gênero que se baseia o recurso respeitoso "do papa mal informado ao papa mais bem informado": dá-se a entender com isso que o juízo que combatemos, não o atribuímos à uma faculdade de julgar considerada imperfeita, mas a conselheiros mal informados. Pode-se, assim, desaprovar o juízo sem modificar a apreciação a respeito da pessoa.

Um procedimento radical consistirá em pretender que o ato só pertence aparentemente à pessoa, que lhe foi ditado, sugerido, por outro indivíduo, melhor ainda, que é outro indivíduo que fala através da sua voz. A pessoa é reduzida ao papel de testemunha.

> "Pregadores corrompidos", indaga-se Bossuet[35], "poderão trazer a palavra de vida eterna?" E responde, repetindo uma comparação de S. Agostinho: "A sarça carrega um fruto que não lhe pertence, mas que ainda assim é o fruto da vinha, embora esteja apoiado na sarça..." "... Não desdenheis essa uva, sob o pretexto de que a vedes em meio aos espinhos; não rejeiteis essa doutrina, porque está rodeada de maus costumes: ela não deixa de vir de Deus..."

Pode acontecer que o alvo da ruptura estabelecida entre a pessoa e seus atos não seja proteger a pessoa, mas obter que os atos sejam apreciados em seu justo valor e não sejam depreciados pela inveja ou pela má opinião que se tem de seu autor.

> César – conta o Chevalier de Méré[36] – atribuía ao favor dos deuses o que fazia de mais admirável. Entretanto, Catão lhe reprovava por não acreditar em Deus nem em deusas; é que César conhecia os sentimentos do mundo.

Demóstenes não deixa de amparar-se na mesma técnica:

> Pois bem, se em todas essas circunstâncias demonstrei mais previdência que os outros, não é de modo algum a uma sagacidade excepcional, nem a uma faculdade de que me orgulhasse, que entendo atribuí-la; não, essas ponderações justas, assino-lhes a paternidade a duas causas que vos vou dizer: em primeiro lugar, atenienses, a uma feliz oportunidade... em segundo lugar, ao fato de nem meus juízos nem meus cálculos me serem pagos...[37]

Neste exemplo, a ruptura do vínculo é apenas parcial: Demóstenes atribui seus bons conselhos à oportunidade, mas também à sua honestidade. A primeira razão poderia, de fato, voltar-se contra ele: se a oportunidade prevaleceu, por que ela o favoreceria ainda no futuro? Ora, o que importa é a confiança concedida às suas previsões atuais, que ele também atribui à honestidade, de que careceriam seus adversários.

O recurso à oportunidade ou à deusa Fortuna é uma profissão de fé de modéstia, que não se deve levar muito a sério, mas que permite atenuar a ação do ato sobre a pessoa. Podem-se aproximar dele os procedimentos que consistem em contar uma história como vinda de um terceiro, em enunciar um juízo precedendo-o de "dizem que" em vez de "pretendo que", em suma, todos os casos em que se tenta, tanto quanto possível, separar o ato da pessoa para reduzir o papel desta última ao de uma testemunha ou de um porta-voz.

É na área dos debates judiciários que todas essas técnicas são aplicadas em profusão. É nela que encontramos todos os procedimentos que ligam o ato à pessoa, e os que permitem romper-lhes a solidariedade: a única conclusão que se deve tirar é que a ligação ato-pessoa constitui apenas uma presunção e não deve ser considerada como um laço necessário. Dentre as técnicas examinadas na *Retórica a Herênio*, a que é conhecida pelo nome de deprecação é muito curiosa, de nosso ponto de vista: "O acusado confessa o crime e a premeditação, mas nem por isso deixa de implorar a piedade". E o autor acrescenta: "Quase não a podemos usar perante um tribunal, a menos que se fale sobre um homem recomendado por várias belas ações reconhecidas."[38] No limite, pedir-se-ia que só fossem levados em conta atos antigos que se põem em contraste com os atos recentes da pessoa. A argumentação implica ao mesmo tempo a solidariedade entre o ato e a pessoa – sem o que os atos anteriores não teriam significado algum para a causa – e tenta romper essa solidariedade com relação aos atos atuais. A deprecação, assim concebida, supõe que os atos recomendáveis expressam melhor a verdadeira personalidade do que os atos delituosos. Com isso, ela põe em jogo uma dupla convenção, a que liga o ato à pessoa e a que permite separá-los em certas circunstâncias; a dualidade dessa convenção é que, sozinha, torna possível essa forma de argumentação. A questão será saber se a ruptura do vínculo ato-pessoa parece suficientemente justificada em dada circunstância; mas cabe salientar que essa ruptura só é invocada em caso de dificuldade.

A ligação ato-pessoa parece-nos o protótipo de uma série de laços que provocam as mesmas interações e se prestam aos mesmos argumentos: a ligação entre indivíduo e grupo, aquela entre o acontecimento e a época em que sucedeu, e tantas outras ligações de coexistência das quais a mais geral é a do ato com a essência. Pudemos apenas esboçar nossas observações sobre as relações entre o ato e a pessoa, e o estudo das outras ligações, dos aspectos pelos quais lembram a primeira e pelos quais diferem dela, nos obrigaria a ultrapassar os limites deste artigo. Ficaremos satisfeito se as páginas precedentes afirmem no leitor a idéia de que a retórica, concebida como o estudo dos meios de argumentação, esclarece as mais variadas áreas do pensamento humano.

Capítulo IX
Liberdade e raciocínio *

Se examinamos o problema da liberdade espiritual no âmbito de uma discussão entre dois interlocutores, podemos considerar como manifestações da liberdade, de um lado, a atitude de quem inventa quer argumentos para sustentar sua tese, quer objeções contra a tese adversa e, do outro, o comportamento de quem se contenta em conceder ou em recusar sua adesão às teses que se lhe apresentam. A liberdade de invenção, fundamento da originalidade, seria simétrica à liberdade de adesão, fundamento de uma irmanação das mentes.

A liberdade de invenção escapa ao controle do filósofo analítico pois, na medida em que se consegue formalizá-la, ela perde, a um só tempo, a originalidade e o atrativo. A investigação da liberdade de invenção consiste em reduzi-la a mecanismos que podem satisfazer o psicólogo, mas não podem contentar o filósofo: este se verá, pura e simplesmente, obrigado a reduzir o campo da liberdade, fazendo esta recuar a um pouco mais adiante, a além das regularidades admitidas.

A história da filosofia está repleta, sobretudo, de estudos dedicados ao problema da adesão, particularmente às provas que visam a obtê-la. O uso da prova pode, de fato, ser considerado uma tentativa de reduzir a recusa de aderir, de forçar a indisciplina de toda mente anárquica a se submeter à ordem eminente que lhe pedem adotar. O fato de participar dessa comunhão das mentes, no seio de uma ordem dotada, pela filosofia

---

* Publicado *in Actes du IVe Congrès des Sociétés de Philosophie de Langue Française*, Neuchâtel, Éditions de la Baconnière, 1949.

clássica, de todas as perfeições, introduzirá o ser submisso na sociedade das pessoas racionais, virtuosas e felizes e lhe propiciará a *verdadeira liberdade*, oposta à licença do insubmisso, o qual é preciso converter pela persuasão, se não pela violência. A liberdade de aderir ou de não aderir é substituída pela liberdade resultante da adesão[1]. Reduzir-se-á a importância da liberdade prévia à adesão para enaltecer a liberdade que se realiza ao se identificar com a ordem perfeita, em que verdadeiro e bem se confundem. Um sistema assim, que é concebido sob a forma de um naturalismo, de um racionalismo ou de um intuicionismo – que diferem pelos meios que propõem para atingir essa ordem única –, se caracteriza por uma extensão, a todo o campo do conhecimento, tanto prático quanto teórico, da unicidade da verdade, universal e eterna. Se existe um critério objetivo daquilo que é válido em todos os campos, a liberdade do indivíduo, distinta da que resulta da sua identificação com a ordem perfeita, passa para o segundo plano e só é apreciada na medida em que permite a realização da liberdade ideal; a invenção vale apenas como descoberta, a adesão desaparece ante a verdade. O indivíduo apenas realiza seu destino humano seguindo a natureza, amoldando-se à razão ou perdendo-se em Deus. Suas características subjetivas são, por isso mesmo, aberrantes: sua imaginação e suas paixões o conduzem ao erro, ao vício. O papel da educação é padronizar, criar uma comunidade de homens formados a partir de uma mesma fôrma, comunidade que, às vezes, alguns pretendem universal e, às vezes, reduzem ao grupo dos eleitos, os únicos capazes de realizar a liberdade ideal.

A utilização abusiva do "método geométrico" que, partindo das evidências e procedendo por evidências, pretendia poder aplicar-se a qualquer problemática humana, não deixou de provocar uma reação em sentido contrário. A rejeição dos critérios objetivos em todas as matérias, que revaloriza, ao mesmo tempo, a liberdade de invenção e a liberdade de adesão, fez do indivíduo humano, em sua unicidade, o elemento central da filosofia. Em vez de integrar o homem na natureza, de concebê-lo como uma encarnação da razão ou como criatura submissa à vontade divina, o novo "humanismo" nega Deus, rejeita as estruturas, julgadas por demais acanhadas, do racionalismo e faz do homem o criador da ordem natural. Essa concepção, que emancipa o homem de qualquer critério que lhe seja exterior, que vê na liberdade individual o fundamento de todo valor e o valor supremo, não encontra modelos à altura do ser com orgulho desmedido, senão no Uno de Plotino ou no Deus de Descartes. Mas o homem, infinitamente livre, e por isso isolado de qualquer comunidade, fica encarregado da tarefa inumana de dar, sozinho, um sentido à sua existência.

Enquanto o monismo anterior, ao generalizar o ideal científico ao conjunto dos problemas humanos, descurava das particularidades individuais, a não ser para combatê-las, o pluralismo exagerado de seus adversários descura de tudo quanto fornece um fundamento à comunidade humana e se distingue por um desprezo específico por qualquer preocupação científica fundamentada no ideal de uma verdade universalmente válida. Se, de um lado, o caráter coercivo das provas não deixava outra alternativa à vontade humana senão aderir às conclusões de um raciocínio julgado irrefutável e suprima a arbitrariedade do indivíduo, do outro, a afirmação da infinitude da liberdade humana desorienta o indivíduo ao impor-lhe, não só a obrigação de escolher, mas ainda a de constituir as razões de sua escolha, tirando-as de seu próprio âmago. Aderindo a uma dessas duas concepções extremas, fica-se indeciso entre razões tão coercivas que suprimem toda liberdade de decisão e uma liberdade tão absoluta que só permite uma decisão sem razões.

Pela distinção, tornada clássica, entre juízos de realidade e juízos de valor, vários filósofos tentaram evitar esse dilema que os prensava entre um racionalismo e um irracionalismo, ambos intransigentes. Acaso a experiência não nos faz conhecer a existência de duas áreas diferentes, a da ciência teórica e a da atividade prática, visando a primeira delas ao verdadeiro, com a ajuda de dados julgados objetivamente válidos e de raciocínios de forma lógica perfeitamente coercivos, buscando a segunda delas a adesão ao preferível, com a ajuda de argumentos, de razões, que nunca são de tal modo evidentes que não deixem ao ouvinte uma larga margem de apreciação, uma liberdade de decisão, que tornam a sua adesão um ato cuja responsabilidade o sujeito deve assumir? Enquanto, na área do conhecimento científico, o indivíduo desapareceria ante os fatos e as evidências, no conhecimento prático sua liberdade de decisão viria, todas as vezes, em apoio das razões que lhe justificam a atitude.

Mas quais são esses raciocínios que nos justificam a conduta sem a determinar, que nos deixam a nossa liberdade de decisão, sem no entanto fazer que nossas escolhas nos pareçam absurdas e sem razão? Enquanto numerosas obras dedicadas à lógica e ao método científico nos possibilitaram conhecer melhor o mecanismo de nossos raciocínios no campo do conhecimento teórico, não existem obras contemporâneas que dêem uma idéia comparável da lógica dos juízos de valor. Mais até. A noção de juízo de valor é a tal ponto controvertida e a tal ponto confusa, que seu uso necessita, todas as vezes, de um debate prévio sobre o seu significado. Mas se os modernos, levados pelas ilusões do racionalismo propagadas graças aos progressos do conhecimento científico, negligenciaram o estudo da argumentação que visa à adesão ao que é apresentado como preferível, encontramos, na herança da Antiguidade clássica, obras que respondem às nossas preocupações nesse campo: trata-se de obras dedicadas à retórica, sendo a mais notável delas a *Retórica* de Aristóteles.

Atualmente, identificam a retórica com o estudo das figuras de estilo e não vêem em que isso possa interessar ao filósofo. Esquecem que, consoante uma tradição secular, a retórica se propõe persuadir, ganhar a adesão alheia, por meio de uma argumentação concernente ao preferível. O estudo da retórica, concebida como uma lógica dos juízos de valor, relativa não ao verdadeiro, mas ao preferível, em que a adesão do homem não é simplesmente submissão, mas decisão e participação, introduziria um novo elemento na teoria do conhecimento e não limitaria o debate à aceitação total de um racionalismo inspirado nos procedimentos científicos ou à sua completa rejeição.

A introdução de uma técnica intelectual que permitiria romper os âmbitos da alternativa "objetivismo sem sujeito" ou "subjetivismo sem objeto" necessariamente contribui de um modo apreciável para a compreensão das condições do exercício de nossa liberdade espiritual.

Capítulo X
*A busca do racional**

A segurança que Descartes tinha de poder, em virtude de seu método, "usar em tudo a sua razão" foi por mais de dois séculos compartilhada, em princípio, por todos os racionalistas. Fosse o modelo dessa razão as ciências matemáticas e o método dedutivo, ou as ciências físicas e o método indutivo, concedesse a concepção dessa "razão" a primazia ao *a priori* ou à experiência, a verdade é que o ideal confesso dos racionalistas era perseguir, sem esmorecimento, a solução efetiva de todos os problemas levantados pelo estudo da natureza ou pela conduta humana. Todos esses problemas, acreditavam, eram, pelo menos em princípio, suscetíveis de uma solução racional. É certo que, nos séculos XVII e XVIII, a idéia de uma razão divina, garantia e ideal da razão humana, sustentou, em grande parte, a confiança dos pesquisadores; mas os racionalistas do século XIX puderam dispensar essa hipótese graças aos progressos realizados pelas ciências matemáticas e experimentais: acreditavam que bastava estender a aplicação dos métodos positivos a domínios sempre mais extensos do saber, e até justificavam o atraso do pensamento racional em certos ramos por uma classificação das ciências que possibilitaria explicar-lhes o desenvolvimento desigual.

Mas sabe-se que, desde o final do século XIX, ocorreu uma reação, dirigida por todos que julgavam ameaçada a posição privilegiada que as concepções morais e religiosas do mundo ocidental haviam concedido ao homem na natureza. Em

---

* Publicado in *Études de philosophie des sciences*, em homenagem a F. Gonseth, Éditions du Griffon, 1950.

várias frentes, uma contra-ofensiva combateu as invasões do cientificismo. Opuseram-se aos problemas do conhecimento os problemas da ação, aos juízos de realidade os juízos de valor, às ciências naturais as ciências humanas (*Geisteswissenschaften*), ao campo do material o do intencional, às explicações causais as concepções finalistas. Toda a revivescência filosófica do final do século XIX e do início do século XX se caracteriza por um ataque em regra que deveria levar, se não à falência da ciência, como se dizia paradoxalmente no momento de um surto extraordinário dela, pelo menos a uma falência do cientificismo e ao abandono da esperança de que as ciências positivas forneceriam os meios de resolver todos os problemas que se apresentam ao homem.

Os notáveis progressos da lógica formal e da teoria do conhecimento, que sobrevieram na mesma época, deveriam contribuir, de um modo bastante inesperado, para diminuir as pretensões dos racionalistas. Com efeito, se a experiência e o cálculo deveriam ser considerados os únicos meios de conhecimento qualificados de racionais – e foi esse o ponto de vista de grande número de pensadores que se julgam racionalistas, os partidários do empirismo lógico –, cumpria renunciar a estudar racionalmente todo um campo do conhecimento, o da filosofia tradicional, e afirmar que, para um racionalista exigente, a maior parte dos enunciados que nele eram encontrados eram desprovidos de sentido. De forma que, passando do racionalismo clássico para o empirismo lógico, constata-se, a um só tempo, um rigor maior na utilização dos meios de prova e uma nítida diminuição das pretensões: enquanto os sucessores de Descartes se propunham usar em tudo a razão, esta era quase completamente eliminada, pelos racionalistas modernos, do campo da ação e daquele dos juízos de valor que podiam motivar as nossas escolhas. Estas poderiam, a rigor, ser justificadas pelo emprego de meios mais eficazes, mais seguros, de melhor rendimento. Conhecimentos técnicos poderiam guiar-nos, mas não considerações filosóficas: nenhuma argumentação racional era capaz de esclarecer as finalidades de nossos atos. Esta última conclusão, que é a de Goblot, em sua *Logique des juge-*

ments de valeur, vem confirmar os resultados da crítica de Pareto, que não concebe o uso do método "lógico-experimental" no campo da ação senão para determinar os atos mais eficazes. O caráter racional de nossos empreendimentos é medido unicamente pelo caráter adequado dos meios utilizados: as finalidades escapam a qualquer estimativa puramente racional, assim como, em geral, o estudo dos princípios. O racionalismo assim concebido não deixa nenhum espaço a uma filosofia racional

É verdade que alguns racionalistas contemporâneos, da linhagem de Brentano e de Husserl, que continuam a servir-se da intuição racional para fundamentar suas asserções, nunca renunciaram ao ideal de uma filosofia racional que abranja as diversas áreas do conhecimento. Mas é difícil ver em que essas intuições da razão se distinguem das intuições consideradas como irracionais e de que meios de prova suplementares se dispõe para se assegurar da legitimidade delas. Se o racionalismo devia mostrar-se tão exigente com os enunciados dos filósofos como com aqueles dos cientistas, se ele devia consistir na aplicação, aos problemas filosóficos, dos meios de prova utilizados em ciências, pareceria difícil qualificar de racionais determinadas filosofias, como a fenomenologia ou todas as que se reportam aos sistemas pós-kantianos.

Todos os esforços para constituir uma filosofia racional teriam resultado num impasse se os partidários do empirismo lógico tivessem tido razão, se suas análises do conhecimento científico tivessem sido completamente satisfatórias. Mas será que foi bem assim? A maneira pela qual eles fundamentam o conhecimento em certos elementos últimos, irredutíveis, sejam eles enunciados protocolares, fatos atômicos ou percepções, não fará pouco caso de todo o condicionamento histórico e social do saber, de seu desenvolvimento dialético que, só ele, permite explicar-lhe o crescimento e o desenvolvimento? Já Whewell havia, há cerca de um século, desenvolvido uma teoria da evolução histórica das ciências indutivas, e Brunschvicg, como Enriques, havia seguido vias paralelas nessa mesma direção. Esse esforço é continuado, com a máxima eficácia, pelos dirigentes da revista *Dialectica*. Uma análise muito acurada da estrutura das ciências matemáticas, por F. Gonseth, e das ciências físicas, por G. Bachelard, permitiu-lhes chegar a conclusões concordantes quanto à concepção de um novo racionalismo. O papel do cientista não consiste, pura e simplesmente, em submeter-se a evidências. O que caracteriza a atividade dos criadores, na área científica, é sua reação diante do obstáculo, diante da dificuldade, diante do problema, o modo como organizam o conjunto do saber adquirido para aí introduzir elementos novos que se mostram incompatíveis com o sistema de pensamento anteriormente admitido. É então que devem escolher as soluções mais adequadas, as que permitirão aplicações fecundas, progressos ulteriores, as que vão justificar-se pelo sucesso na prática. O cientista deixa de ser, nessa concepção, o ser anônimo que só tem de inclinar-se diante das respostas que a natureza lhe fornece; o cientista criador é um ser completo que participa através de sua atividade, que pesa, que escolhe, que decide. A atividade racional deixa de ser a de um espectador, e a metodologia das ciências deve levar isso em conta. Fica, nessa perspectiva, impossível estabelecer uma nítida separação entre o campo do conhecimento e o da ação. Deixa de haver, em última instância, critérios impessoais – uma natureza, uma evidência, um cálculo automático – que dispensam o pesquisador de assumir as suas responsabilidades. A atividade científica se apresenta numa luz totalmente diferente. Poder-se-á adotar essa nova teoria do conhecimento científico e fazer dela o ponto de partida de um novo racionalismo? O programa proposto por Descartes aos homens do século XVIII poderia ser reproduzido, com essas novas concepções da atividade científica, e propô-lo aos homens do nosso tempo? Foi esse projeto que, muito recentemente, P. Bernays comunicou ao último Congresso Internacional de Filosofia:

> Auf Grund unserer neuen Auffassung von der Methode des vernünftigen Erkennens ist die Aufgabe der rationalen Spekulation erneut gestellt, und zwar durchaus im Sinne der Bestrebungen eines Spinoza und eines Leibniz, nur auf einer anderen erkenntnis-theoretischen Grundlage. Der Vorwurf des

Rationalismus und dessen Widerlegung trifft nur gewisse ungenüngende Formen, die rationale Tendenz zur Geltung zu bringen, wie sie insbesondere da vorliegen, wo man sich die rationale Aufgabe zu leicht vorstellt, oder wo man sich von dem Verhältnis des Rationalen und des Empirischen eine zu schematische Auffassung bildet, oder auch, wo man sich von dem Charakteristischen des Rationalen und der Wissenschaftlichkeit eine zu enge Vorstellung macht[1].

Em que medida a revivescência da metodologia das ciências, a concepção dialética do saber racional permitem justificar a revivescência de um racionalismo moderno, é o que gostaríamos de examinar nas páginas que se seguem.

Se há algo que ressalta claramente dos escritos de todos que hoje preconizam um novo racionalismo – Bachelard, Bernays, Dupréel e sobretudo Gonseth – é a dissociação da idéia de razão de critérios e de concepções que lhe eram tradicionalmente associadas no pensamento filosófico: rejeição do critério da evidência, das concepções que reportam o racional às proposições necessárias e ao conhecimento *a priori*. Repudia-se a concepção de uma razão impessoal e absoluta. Um princípio – que Gonseth denomina princípio de tecnicidade – "erige em instância legítima não uma razão já pronta e anterior ou exterior à experiência do técnico das disciplinas especializadas, mas uma mente formada pela prática e informada pelos resultados do pensamento científico"[2]. Toda decisão, em questão científica, é tomada por alguém que compromete toda a sua pessoa no debate: a ciência remete à consciência do cientista. Mas as decisões deste não são inapeláveis, pois são submetidas à "consciência coletiva da ciência"[3], juiz supremo na matéria, mas cujos juízos não valem para a eternidade. O consentimento que o cientista busca não é o de toda a humanidade, forçosamente incompetente, mas o da "comunidade científica atual"[4], que só abandonará suas concepções aceitas, fundamentadas em razões, por concepções que podem prevalecer-se de razões melhores, que permitirão progressos na precisão das previsões, na eficácia das ações. Vê-se, com isso, que, quando se opõe à razão perfeita e imutável uma razão progressiva e dialética, é fora desta última que se devem encontrar critérios de progresso, critérios fornecidos pela experiência que servirá de prova. É verdade que, afinal de contas, serão homens os árbitros em qualquer polêmica, mas homens competentes. A decisão de cada um deles será "a decisão informada de uma mente que fez o projeto de curvar-se à lição da experiência"[5]; esta última é que possibilitará restabelecer "o *consenso* da comunidade científica" abalado provisoriamente por um fato inesperado que não se enquadra no saber anterior. Mentes informadas procederão à reorganização desse saber, tentarão integrar o fato novo de modo que deixe de ser inesperado e inexplicável e de sorte que o saber reorganizado possa suportar melhor a prova de experiências futuras. Apenas uma sistematização que permita integrar o conjunto dos fatos conhecidos do campo estudado será suscetível de obter o acordo unânime da comunidade científica. Os teóricos da ciência não se declaram satisfeitos com menos.

Em que medida os partidários do novo racionalismo podem transportar para o campo *filosófico* as conclusões resultantes da análise do conhecimento *científico*? Para dar-se conta de que esse transporte não pode efetuar-se de um modo por assim dizer automático, de que o que vale para o saber científico não pode, sem outra consideração, ser aplicado à filosofia, basta perguntar-se em que se tornam, neste último campo, os critérios do novo racionalismo.

Se, em matéria científica, a mente formada pelas disciplinas especializadas constitui a instância que decide e a consciência coletiva da ciência a que julga essa decisão, como transportar esses critérios para a filosofia? Será que vão admitir, ainda esta vez, que é o cientista especializado e a consciência coletiva da ciência que são competentes para dirimir todos os problemas filosóficos? Uma sugestão dessas pareceria ridícula tanto para os cientista como para os filósofos. Não somente, na imensa maioria dos casos, os cientistas especializados não se interessam pelos problemas filosóficos, que ignoram, mas também, quando lhes acontece encontrar algum, a propósito da sua própria disciplina, afastam-se deles com prudência e os enviam aos filósofos. Mas, mesmo quando se trata do pequeno número de cientistas que se interessam pela filosofia e cujas meditações contribuíram de um modo indiscutível para o progresso do pensamento, vai-se-lhes conceder, sem tirar nem pôr, o monopólio da competência em matéria filosófica? Vai-se, sem tirar nem pôr, afastar como incompetentes os juristas, os educadores, os sacerdotes, os artistas, os políticos e, sobretudo, todos os pensadores formados por um paciente estudo da história da filosofia? Vê-se que o princípio de tecnicidade, proposto por Gonseth, deve ser substituído por um princípio equivalente, porém diferente, na área da filosofia. Assim também, a consciência coletiva de qual ciência deveria constituir a derradeira instância que permite julgar as atitudes filosóficas? Iremos apelar a uma consciência coletiva da filosofia para dirimir os problemas nessa matéria? Se nenhum filósofo jamais apelou a semelhante instância é porque a experiência não lhe permite, dessa vez, realizar a unanimidade das mentes. Quais são os fatos que, nessa ocorrência, cumpriria levar em conta, como determinar-lhes a importância relativa? Em que medida os filósofos podem, a exemplo dos cientistas em quem deveriam inspirar-se, desprezar o que Bachelard chama "o *consenso* da experiência comum"? Se, como Bachelard salientou[6], os filósofos não trocam informações, que não bastam em sua área, mas argumentos que se esforçam em determinar o significado de certos fatos, em valorizar-lhes a importância no debate, é porque o seu mero enunciado é incapaz de criar o acordo tão desejado. Enquanto, em ciência, certos fatos possibilitam provar teorias e estabelecer a respeito delas um acordo, ainda que provisório, não se pode esperar igual resultado em filosofia, onde inumeráveis discussões opõem o real ao aparente – que é um fato, não o esqueçamos – e se esforçam em distinguir "graus do ser" que a experiência sozinha é incapaz de hierarquizar.

Resulta dessas considerações que se deva abandonar completamente as esperanças do novo racionalismo? Deve-se declarar que a revivescência da teoria do conhecimento científico não pode interessar, em nada, às pesquisas filosóficas e que a razão, mesmo dialética, se mostra incapaz de guiar o pensamento filosófico? Em nossa opinião, ainda é cedo demais para desistir da luta. Não se poderia, inspirando-se no exemplo de Bernays, salvaguardar a tendência racional nas pesquisas filosóficas, apartando dos critérios propostos por Bachelard e Gonseth o que vale apenas na área científica e é inaplicável em filosofia? Tentaremos, no final da presente exposição, apresentar algumas sugestões nesse sentido.

O novo racionalismo, assim como o racionalismo clássico, propõe-se estender ao conjunto dos problemas filosóficos os métodos do pensamento científico. Como ele, abandonará o critério da evidência racional e não admitirá que esta última forneça, a todos os seres que pensam, a garantia irrecusável das verdades absolutas e eternas. Em filosofia, tanto como em ciência, ele não poderá apresentar outra instância, outro critério, senão a mente daquele que delibera e que, após ter levado em consideração o pró e o contra, após ter pesado o conjunto dos argumentos apresentados numa dada situação, terá de escolher com toda a seriedade e com toda a sinceridade de um homem que se compromete ao decidir. Mas, se como em ciência e mais do que em ciência, uma decisão filosófica compromete quem a toma, é difícil determinar critérios de competência filosófica: só se poderia fazer uma definição objetiva de semelhante competência em consonância com uma concepção prévia da problemática filosófica. Se não queremos prejulgar, ao menos parcialmente, a solução que se deve dar aos problemas filosóficos, não podemos descartar *a priori* a opinião daqueles que não se satisfazem com um princípio qualquer de tecnicidade; este será substituído, em filosofia, por um *princípio de responsabilidade*, que estabelece uma solidariedade íntima entre a obra filosófica e seu autor.

O princípio de responsabilidade não nos fornece indicação alguma sobre as características de uma argumentação que poderíamos considerar racional, nem sobre os juízes que, em última instância, vão substituir a consciência coletiva da ciência. Em que consistirá o valor objetivo de uma argumentação filosófica, em que reconheceremos o êxito de um esforço visando a obter a adesão de todas as mentes racionais? É vão, cremos, esperar o acordo *efetivo* da "comunidade filosófica atual". Mas, para poder qualificá-las de racionais, nos bastaria que as premissas da argumentação filosófica, e essa própria argumentação, pudessem *pretender* dirigir-se à universalidade das mentes. Para Descartes e para Kant, a universalidade era sinal de racionalidade, mas seu critério era, para um, a evidência das intuições, para o outro, a necessidade das proposições. Rejeitamos esses dois critérios e não acreditamos, aliás, que uma posição filosófica possa um dia realizar efetivamente a unanimidade das mentes, nem no presente nem, *a fortiori*, na eternidade dos tempos. Mas o que podemos exigir de uma argumentação racional é que tenha pretensões à universalidade. Seu autor só deveria utilizar enunciados e meios de prova que, em sua mente, são suscetíveis de obter a adesão de todas as mentes razoáveis. Seu esforço deveria ser, no campo do pensamento, conforme ao imperativo categórico de Kant: deveria seguir, e propor a outrem, apenas construções intelectuais que possam sempre valer conjuntamente nos termos de uma universalidade das mentes. Tal pensamento deveria empenhar-se em identificar-se ao ideal do "pensamento racional universal" que, por ocasião de uma alocução comovente, S. Gagnebin apresentou nos últimos Simpósios de Zurique[7]. Mas é óbvio que esse auditório universal a que se dirige cada pensador racional não passa de uma criação de sua mente: ele depende desta última, da sua informação, da concepção que tem dos valores a que chamamos universais; é, portanto, histórica e socialmente determinado, está situado num meio de cultura e varia com este. O racional assim concebido não é eterno, portanto; ao contrário, cada época, cada civilização, mesmo cada disciplina têm sua concepção do racional, da "consciência coletiva racional" à qual nos dirigimos e cuja adesão solicitamos.

Os critérios do racional já não são intemporais nem impessoais, como na concepção cartesiana, mas, inspirando-nos em análises contemporâneas do pensamento científico, pensamos poder apresentar uma concepção nova do racional, que permanece ainda assim na tradição humanista do racionalismo clássico. Essa concepção apresenta um aspecto pelo qual a comunidade científica real poderia, por certos traços essenciais, influenciar a comunidade filosófica que, por sua vez, não é mais que um ideal de comunhão e de entendimento. Mas, ficar fiel a esse ideal, amoldar-se às exigências de objetividade que nos impõe, zelar por que nossa concepção do racional seja submetida à prova das mentes às quais se dirige, levar em conta o testemunho delas, empenhar-se em manter viva a afinidade daqueles que se preocupam com valores espirituais, eis um conjunto de exigências às quais deve submeter-se uma argumentação racional tal como a concebemos.

Capítulo XI
*Da prova em filosofia**

Nas concepções clássicas, a dos racionalistas bem como a dos empiristas, a prova é uma operação que deve levar toda mente normalmente constituída quer a reconhecer a verdade de uma proposição (ponto de vista racionalista), quer a tornar sua crença conforme ao fato (ponto de vista empirista). Nestas duas concepções, toda prova supõe a existência de um elemento objetivo e de uma faculdade – a razão ou a sensibilidade – comum a todos os homens e que lhes permitiria reconhecer de uma forma indubitável as verdades e os fatos. Formular todos os problemas de tal maneira que fossem suscetíveis de uma prova universalmente válida, admitir somente proposições assim fundamentadas, esse era o ideal confesso dos racionalistas e dos empiristas, de todos aqueles a que se poderia chamar cientificistas, porque as ciências matemáticas e naturais constituíam, para eles, o único modelo do saber.

A crítica filosófica do final do século XIX e os progressos da lógica no século XX obrigaram os herdeiros contemporâneos da corrente cientificista, os partidários do empirismo lógico, a limitarem as suas pretensões. O imperialismo metodológico de seus predecessores, eles substituem pela técnica da renúncia; já não afirmam que todos os problemas que os homens se colocam sejam, em princípio, suscetíveis de uma prova universalmente válida, mas proclamam que os domínios que escapam à prova pelo cálculo ou pela experiência não são

---
* Publicado *in Mélanges G. Smets*, Bruxelas, Librairie Encyclopédique, 1952.

suscetíveis de um estudo sério. Cumpre, simplesmente, abandoná-los às forças irracionais que dirigem os homens, ao devaneio poético, metafísico ou religioso.

Poderemos compartilhar esse pessimismo que abandona ao irracional e à sugestão não só todas as ciências humanas, mas também tudo o que concerne à nossa ação, aos problemas morais e políticos, na medida em que ultrapassam o plano puramente técnico, ou seja, quando são relacionados com a filosofia? Poderemos reduzir a prova apenas às operações mentais que algumas máquinas – máquinas registradoras ou máquinas de calcular – seriam capazes de controlar e, em muitos casos, poderiam substituir vantajosamente? Parece que, se a concepção clássica da prova, rigorosamente aplicada, deve levar-nos a semelhantes conseqüências, urge perguntar-se como sanar esse estado de coisas. Eis a minha hipótese: será que o impasse não resulta do fato de que se quis aplicar a todas as áreas de nosso pensamento uma concepção e uma técnica da prova que foram testadas no campo das ciências matemáticas e naturais? E, fazendo isso, não se terá considerado a prova científica, válida num campo bem específico do saber, como o único modelo que se teria de seguir em todos os casos de elaboração de um conhecimento válido? Se essa extrapolação não for fundamentada, se existirem áreas do saber em que as provas dedutivas e experimentais podem ser insuficientes e nos deixam desamparados ante os problemas que temos de resolver, deveremos renunciar a tratá-los racionalmente ou deveremos, ao contrário, ampliar o sentido da palavra "prova", de modo que englobe todos os procedimentos dialéticos, argumentativos, que nos possibilitam estabelecer a nossa convicção? Quando perguntamos a alguém que nos apresenta uma tese que não admitimos logo de saída: "Quais são as suas provas?", estamos prontos para aceitar outros argumentos além daqueles de que se ocupa a lógica tradicional, dedutiva ou indutiva. Consideraríamos como prova, nesse caso, todo argumento que nos diminui a dúvida, que nos suprime as hesitações. Essa ampliação da noção de prova nos permite estudar, ao lado da prova clássica, que poderíamos qualificar de lógica, as numerosas espécies de prova dialética ou retórica, que, via de regra, diferem da prova lógica porque dizem respeito a qualquer tese – e não somente à verdade das proposições ou à sua conformidade aos fatos – e porque não são coercivas nem necessárias. Essas provas são mais ou menos eficazes, ou seja, determinam uma adesão das mentes de intensidade variável, e poderíamos esperar estudar essa eficácia de um modo experimental, que leve em conta a diversidade das mentes, de sua formação, de seu condicionamento fisiológico ou social.

A distinção prévia dessas duas espécies de provas possibilitaria examinar-lhes as relações recíprocas, ao passo que sua confusão só pode obscurecer os problemas por elas levantados. Sabe-se que é na confusão delas, e na rejeição de todos os elementos que lhes tornam difícil a coincidência, que se fundamenta toda a epistemologia clássica centralizada em torno da noção de evidência, racional ou sensível. A evidência é, ao mesmo tempo, a força à qual toda mente normal tem de ceder e sinal de verdade do que se impõe como evidente. Toda prova seria redução à evidência, e o que é evidente não teria necessidade de prova. Mas essa identificação da prova lógica com certos estados psicológicos apresenta inconvenientes quando se trata de examinar tanto a estrutura da prova lógica como a das provas retóricas. Já Leibniz, contrariamente ao parecer de Pascal, viu que, em lógica, deveria haver empenho em reduzir ao mínimo o número de axiomas "sem distinguir a opinião que os homens têm deles e sem se preocupar se lhes dão seu consentimento ou não"[1]. Ele havia previsto que seria um obstáculo aos progressos da lógica colocar sob a dependência das condições psicológicas do conhecimento o estudo de estruturas formais que intervêm na demonstração. Por outro lado, essa identificação teve efeitos desastrosos sobre o estudo da prova retórica, pois, já vimos, ela obriga a abandonar, como sem valor, todo o campo enorme de nossas reflexões, de nossas deliberações e de nossas discussões em que a evidência não logra impor-se a todos os interlocutores. E não adianta nada querer apresentar todo esse domínio do conhecimento como dependente do cálculo das probabilidades, pois este suporia pelo menos, nessa perspectiva, um conhecimento evidente dos elementos que permitem a aplicação de probabilidades matemáticas, o que muito raramente acontece. Aliás, quando se trata da intensidade de adesão das mentes, mesmo a crença na verdade de uma proposição pode não ser suficiente: é isso que Bossuet observa quando, pregando as palavras do Evangelho a um auditório de cristãos, lhes diz claramente que seu discurso (sobre a prédica evangélica) não terá efeito se os corações e os espíritos não estiverem dispostos a acolhê-lo favoravelmente.

Como, por quais recursos argumentativos, obtém-se uma intensidade suficiente de adesão das mentes? O estudo filosófico suficiente desse problema foi inteiramente descurado pelos modernos. Houve mesmo, no século passado, alguns sacerdotes de grande reputação e de perspicácia admirável, tais como o arcebispo Whately e o cardeal Newman, que se ocuparam do nosso assunto, por causa dos problemas levantados pela prédica. Assim também, numa área totalmente diferente, esse assunto chamou a atenção, em especial nos Estados Unidos, dos especialistas da publicidade e da propaganda. Mas é aos pensadores da Antiguidade greco-romana, ao Aristóteles dos *Tópicos* e da *Retórica*, e ao Quintiliano da *Instituição oratória* que convém voltar, se quisermos encontrar precursores para a nossa maneira de encarar o problema da argumentação. Com efeito, a área cujo estudo teórico queríamos fazer reviver é a das provas que Aristóteles chamava de *dialéticas* e que, por causa do sentido específico que é associado à palavra "dialética" no pensamento contemporâneo, preferimos qualificar de *retóricas*. A retórica, tal como a concebemos, consistirá num estudo dos recursos de argumentação que permitem obter ou aumentar a adesão das mentes às teses que se lhes apresentam ao assentimento. Veremos que apenas a retórica, como a concebemos, permite compreender a natureza da prova em filosofia.

O objeto da retórica dos Antigos era a arte de falar em público de modo persuasivo. Mas, se nós nos colocamos no ponto de vista da natureza da prova, a maneira pela qual se efetua a comunicação com o auditório não é, evidentemente, essencial; o uso da palavra constitui apenas um caso particular seu. Assim também, o fato de dirigir-se ao público, a uma multidão reunida numa praça ou numa grande sala, longe de caracterizar o objeto de nosso estudo, define-lhe apenas um aspecto muito particular mediante a determinação de uma espécie de auditório dentre uma infinidade de outros. A retórica, tal como a consideramos, examina os argumentos de que nos servimos numa deliberação íntima, bem como aqueles que utilizamos num tratado que supomos dirigir-se a toda a humanidade: são mesmo estes dois últimos casos que apresentam maior interesse para a filosofia. E retórica dos Antigos já não constitui, nessa nova concepção, senão uma espécie particular do gênero que comporta o estudo do conjunto dos desenvolvimentos argumentativos cuja meta é persuadir.

Toda persuasão, exerça-se ela pela fala ou por escrito, supõe um auditório, aqueles que se procura persuadir, e com isso se introduz na prova um elemento social que nenhuma retórica pode desprezar. É porque o esforço do filósofo visa a uma espécie particular de auditório que a argumentação filosófica se distingue das outras argumentações retóricas.

O descrédito que Platão lança sobre a retórica, em *Górgias*, deveu-se ao fato de tratar-se de uma técnica do verossímil para o uso do vulgo. Sendo a preocupação do orador atuar de uma forma eficaz sobre um auditório de ignorantes, ele necessariamente devia adaptar seu discurso ao nível daqueles que o escutavam. As provas mais sólidas, aos olhos dos homens competentes, nem sempre eram as que granjeavam a convicção, sendo compreensível que Platão condene os subterfúgios dos oradores, que julga indignos de um filósofo. Mas, em *Fedro*, Platão sonha com uma retórica que seria digna dele, com uma retórica cujos argumentos poderiam convencer os próprios deuses. Se toda retórica tende à ação eficaz sobre as mentes, a qualidade dessas mentes é que distinguiria, portanto, uma retórica desprezível de uma retórica digna de elogios.

É verdade que, para Platão, a retórica que agradaria aos deuses seria fundamentada num conhecimento objetivamente válido. Mas como reconhecer o caráter objetivo de um conhecimento, a sua conformidade aos fatos, a verdade de uma proposição que se enuncia? Parece que os desenvolvimentos da teoria do conhecimento que visam a determinar o que é objetivo, real ou racional, ganhariam em clareza e em precisão se fossem concebidos em consonância com as mentes das quais uma certa adesão, efetiva ou presumida, permitiria a passagem do fato para o direito, do que é aceito para o que o deveria ser.

Já observamos o papel desempenhado pela idéia de evidência na passagem do aspecto psicológico para o aspecto lógico da prova. A adesão de uma mente sincera e honesta, que se inclina diante da evidência racional ou sensível, constitui o ponto inicial de toda certeza, sobretudo daquela que não exige nenhuma prova para afirmar-se. Até nova ordem, ela será considerada suficiente para garantir a objetividade de seu conteúdo, que nem sequer deverá ser explicitado para servir de ponto de apoio à ação. O que Pascal chama de "o consentimento vosso a vós mesmos, e a voz constante de vossa razão" constitui, até prova em contrário, o fundamento da objetividade. Somente por ocasião de um desacordo, de uma oposição, de uma contradição, é que a hesitação, a dúvida e a deliberação nos incitarão a preocupar-nos com provas discursivas. Apenas no segundo estádio, portanto, como muleta de uma crença abalada, é que surge o problema da prova, aquele em que intervém a argumentação.

É óbvio que, nesse momento, a evidência subjetiva já não pode, perante um interlocutor recalcitrante, ser considerada uma garantia suficiente da verdade ou da necessidade da proposição discutida. Já Aristóteles, em seus *Tópicos*, viu bem que, quando se trata de esclarecer os primeiros princípios, aqueles que, noutro contexto, ele considera necessários, mas cuja legitimidade o adversário não admite, somos mesmo obrigados a servir-nos das provas dialéticas. Sem elas, é impossível qualquer discussão filosófica concernente aos princípios: deveríamos renunciar a convencer quem recusa inclinar-se diante do que consideramos uma evidência. Ora, reportar-se a essa evidência, que o interlocutor recusa, significa recorrer a uma petição de princípio. Observe-se, a esse respeito, que a própria idéia de petição de princípio é correlativa do uso de provas dialéticas ou retóricas, sem as quais ela fica propriamente incompreensível. A petição de princípio não é uma falta de lógica, como pretenderam durante séculos aqueles que esqueceram a existência da retórica: a lógica nunca proibiu o uso do princípio de identidade que, afirmando que toda proposição implica a si mesma, deveria constituir a petição de princípio formalizada, *se esta última fosse uma falta puramente formal*. De fato, cometer uma petição de princípio é supor admitida uma premissa que o interlocutor contesta porque ela postula, de um modo mais ou menos implícito, uma proposição que deve ser provada. A verdade da premissa não está em causa, mas unicamente a adesão do interlocutor, o que mostra bem que todo debate em que se recorre a uma petição de princípio se prende à retórica, cujo objetivo é justamente ganhar a adesão do auditório.

Quando a evidência já não basta para fornecer essa passagem da adesão de fato para uma validade de direito, é possível servir-se, para assegurar essa passagem, da adesão de um determinado auditório. Em seus diálogos, Platão se serviu cientemente do acordo como sinal de verdade; vemo-lo com toda clareza por este pequeno discurso que, em *Górgias*, Sócrates dirige a Caliclés:

> Eis, pois, uma questão resolvida; todas as vezes que estivermos de acordo sobre um ponto, este ponto será considerado suficientemente provado por ambas as partes, sem que haja motivo para examiná-lo de novo. Não podias, de fato, concedermo por falta de ciência e por excesso de timidez e não poderias, fazendo-o, querer enganar-me; pois és meu amigo, dizes. Nosso acordo, em conseqüência, provará realmente que teremos alcançado a verdade.

Pareto bem que zombou do procedimento[2], mas não se deve, ao que parece, acreditar muito na ingenuidade de Platão. Se podemos parodiar o método dialético dizendo que ele equivale a afirmar: "Estamos de acordo, portanto é verdade", poderíamos caricaturar o critério da evidência reduzindo-o ao esquema: "Creio, portanto é verdade". De fato, se Platão prefere aos aplausos de uma multidão ignorante a adesão de um único interlocutor, livre para fazer valer seu espírito de crítica, é porque se supõe que a tese que triunfa, assim como aquela cuja evidência se impõe ao pensador solitário, tem uma validade objetiva e sua verdade tem de ser reconhecida por todos os outros homens. O uso da evidência ou o de um acordo específico para provar a verdade de uma tese, válida para todo o mundo, manifesta as preocupações características do filósofo. Este, de uma forma explícita ou implícita, em princípio dirige-se a um auditório universal, seus escritos visam à adesão de todas as mentes.

Porém nunca se pode estar seguro da adesão efetiva desse auditório, pois ele constitui apenas uma criação do nosso pensamento, apenas uma extrapolação a partir do que nos é efetivamente dado. O objetivo, o válido, o racional só podem *pretender* a adesão desse auditório universal. Mas, na própria medida em que tal adesão sempre só pode ser presumida, surge o problema das adesões efetivas que podem servir de base para a extrapolação, das quais, aliás, se sabe que variaram no decurso da história. O estudo das crenças que foram consideradas objetivamente fundamentadas, relativas a verdades eternas e universais, fornece os elementos de uma nova ciência que recebeu o nome de sociologia do conhecimento. A própria idéia de razão, concebida no pensamento clássico como relativa a estruturas invariáveis, independentes de qualquer desenvolvimento histórico e social, não passa de uma abstração: a única razão real, concreta, é uma razão encarnada.

Mas que fazer quando, apresentando uma proposição que parece objetivamente válida, à qual todos os seres racionais deveriam aderir, se encontra um ou alguns espíritos renitentes, que se obstinam em rejeitá-la? Pode-se ser levado, por isso, a modificar a concepção pessoal do auditório universal, mas pode-se também excluir os recalcitrantes do conjunto dos seres racionais. Haverá homens que negam a existência de Deus? pergunta-se La Bruyère. E a isso responde:

> É uma questão grave, se os há; e se assim fosse, isso provaria somente que há monstros.

Mas vê-se como, graças a semelhante procedimento, o auditório universal pode ser substituído pelo que qualificarei de auditório de elite, com a qualidade substituindo a quantidade. Será o auditório que comportará apenas os seres normais, os bons, os sensatos, os competentes, aqueles que têm a graça, aos quais foram reveladas verdades inacessíveis ao conjunto dos homens. Pode-se também considerar, do exterior, esses auditórios como os que aderem a um elenco de regras, de convenções, de crenças, e perguntar-se quais são as conclusões às quais, por meio de provas formais ou retóricas, eles chegam a partir de suas premissas. Elaborar-se-ão, assim, desenvolvimentos jurídicos, teológicos ou puramente formais, conforme a natureza das premissas e das provas aceitas. A vantagem de semelhante procedimento, em muitos casos, é eliminar a sempre delicada passagem do fato ao direito: em vez de nos perguntarmos o que é objetivamente válido para um auditório universal, cujo acordo é sempre aleatório e sujeito à discussão, contentamo-nos com premissas efetivamente aceitas pelos membros de tal grupo particular. O estudo do normativo é substituído pelo do positivo, o que possibilita acordos menos precários, mas de alcance mais limitado.

Poder-se-ia caracterizar a reflexão filosófica pelo fato de ela jamais se satisfazer com acordos dessa natureza, o que a distinguiria das ciências particulares, do direito positivo, de teologias ligadas por textos e de todos os enunciados normativos fundamentados no que se faz, no que é admitido por determinado grupo de homens. A filosofia visa ao universal, ao que supera as contingências particulares, as técnicas particulares. Isso lhe impõe uma dupla obrigação: a de se preocupar com situações concretas, que ela se propõe transcender, e a de examinar as técnicas que utiliza para realizar essa superação. O exame da prova em matéria filosófica, das condições psíquicas e sociais que ela se esforça por superar, permite-nos compreender como um pensamento preocupado com o concreto pode, não obstante, visar ao racional.

Capítulo XII
Resposta a uma pesquisa sobre a metafísica

Por ocasião de seu vigésimo aniversário, a revista Giornale di Metafisica *consagrou um número triplo, 20.º ano, n.ºˢ 4-6, a uma pesquisa sobre a filosofia que comportava as seguintes perguntas:*
1. Qual é o lugar que ocupa e que deveria ocupar a filosofia no mundo de hoje?
2. Será metafísico o problema filosófico fundamental e em que sentido se pode falar, hoje, de metafísica?
Eis minha resposta (publicada in Giornale di Metafisica, *1965, pp. 632-643).*

A afirmação de que toda filosofia requer um fundamento metafísico – de que, em conseqüência, ao rejeitar a metafísica o filósofo recusa explicitar os pressupostos de seu próprio pensamento – constitui uma tomada de posição sedutora, mas apresenta o risco de nos desnortear. Pois as próprias idéias de "metafísica" e de "fundamento" são associadas ao seu contexto ideológico, de sorte que, ao aderir ao que parece uma tese inevitável e banal, avaliza-se ao mesmo tempo toda uma série de pretensões que lhe parecem necessariamente vinculadas.

Explico-me. O modelo clássico da metafísica, na filosofia ocidental, isto é, a *Metafísica* de Aristóteles, é apresentada por seu autor como a filosofia primeira, sendo seu objeto o estudo dos primeiros princípios, anteriores aos de qualquer outra ciência. Pouco importa que essa filosofia primeira se identifique com a teologia, a ciência do ser primeiro, ou com a ontologia, a ciência do ser enquanto ser[1]. Pois o que nos interessa é que, seguindo Aristóteles, e séculos a fio, a metafísica foi identificada com uma teoria do ser. Mas será indispensável identificar os primeiros princípios da filosofia com uma teoria do ser? Não se poderá, à maneira de Kant, identificar esses primeiros princípios com os da epistemologia, de uma teoria do conhecimento prévia a qualquer teoria filosófica do ser? Deveremos mesmo, talvez, identificá-los com uma axiologia, que forneceria os critérios do que vale em todos os campos em que o homem se defronta com escolhas e decisões?

O que resulta das controvérsias a esse respeito é que não convém, logo de início, concluir pela necessidade de um fundamento metafísico em filosofia, pelo fato de ser a ontologia, a epistemologia ou a axiologia, que constituiria essa ciência dos primeiros princípios.

Mas uma segunda confusão deveria, parece-me, ser igualmente evitada.

A afirmação de que existem primeiros princípios em toda filosofia se identifica demasiado rápido com um absolutismo, segundo o qual tais princípios forneceriam um ponto inicial, inevitável e irrefragável, a qualquer visão do mundo, ponto inicial que se imporia por sua necessidade e por sua evidência a qualquer pensamento filosófico lúcido. Como é possível, então, que os metafísicos não só não se entendam sobre a lista desses primeiros princípios, mas também não estejam de acordo sobre o campo em que se deve procurá-los nem sobre o alcance que se deve conceder-lhes?

A própria idéia de fundamento, pela analogia que evoca, leva à busca de evidências indiscutíveis, de princípios primeiros que se imporiam pela clareza e pela distinção e forneceriam a garantia suficiente para todas as teses que deles poderíamos derivar, e é por isso que eu gostaria de alertar contra essa concepção tradicional. Não me parece indispensável conceber todo sistema filosófico a partir de um sistema matemático, cujos axiomas teriam o estatuto, não de hipóteses, mas de princípios categóricos, que nenhum ente de razão poderia recusar. Se é isso que implicaria a afirmação de que toda filosofia requer um fundamento metafísico, não posso endossá-la. Pois isto nos obrigaria a conceber a possibilidade de determinar o sentido, o alcance e a verdade desses primeiros princípios independentemente de qualquer contexto no qual se inserem, independentemente de qualquer contingência histórica e independentemente das conseqüências que deles se poderiam tirar. Para que eles possam desempenhar seu papel tradicional, cumpriria que fossem compreendidos e afirmados independentemente de qualquer elemento que os siga conforme a ordem das razões, o que supõe uma teoria do conhecimento que me parece inadmissível.

A idéia de que se pode dispensar a metafísica me parece aceitável se estamos dispostos, a um só tempo, a não tirar dessa afirmação a necessidade do absolutismo e a não identificar, *a priori*, os primeiros princípios de toda metafísica com os de um ramo particular da filosofia.

Se é verdade que, pela investigação e pela análise das teses pressupostas por uma determinada filosofia, conseguimos formular princípios fundamentais que poderíamos qualificar de metafísicos, o sentido, o alcance e a validade deles são associados, ao mesmo tempo, ao contexto de que foram extraídos e às conseqüências que eles permitem justificar. Ao querer separar os princípios, assim extraídos, de seu contexto e de suas conseqüências, obtêm-se enunciados vagos, suscetíveis de variadas interpretações. Se, assim isolados, eles podem tornar-se objeto de um acordo unânime, não é porque são claros e distintos, mas justamente na medida em que são vagos e ambíguos. Esse acordo cessará quando se pretender precisá-los de uma vez por todas, dando-lhes um sentido que não se modificaria, independentemente do contexto e das condições da aplicação deles.

Por outro lado, esses princípios metafísicos constituem, a meu ver, não um ponto inicial inevitável de toda filosofia, mas um ponto final na análise dos pressupostos de cada uma delas. A esse ponto final, somos levados pela busca de teses que acreditamos suscitariam o acordo do auditório universal, constituído por todos os homens racionais e competentes na matéria.

A análise regressiva que leva a esses princípios não redunda, pois, em teses que seriam, por sua vez, sem pressupostos de nenhuma espécie, pois isso suporia, o que me parece absurdo, a possibilidade de evidências independentes de qualquer contexto. Os princípios metafísicos nos quais nos detemos, para neles ver o fundamento do sistema, são princípios que, em seu contexto, parecem suficientemente assegurados ao filósofo para que este possa apresentá-los como tais a todo ser por ele considerado como racional. Mas o que parece assegurado e merece o nome de primeiro princípio, para um filósofo, pode necessitar de um aprofundamento, de um recuo a outros princípios, para outro filósofo, especialmente se ele vive noutro contexto histórico, cultural e social.

A concepção que defendo se afasta da idéia de um sistema filosófico que comporta uma ordem única e imposta, indo, por exemplo, do simples ao complexo, e cuja metafísica só comportaria elementos atômicos, claros em sua própria natureza, que constituiriam o fundamento irrefragável de todo sistema. De fato, por causa da possibilidade indefinida de prolongar as análises, em busca dos pressupostos, o ponto em que se pára não se impõe pela própria natureza das coisas, mas varia com o contexto histórico, com as convicções do filósofo e as de seu meio, com os problemas que essa filosofia se propõe resolver e a orientação dada às soluções trazidas.

A metafísica das filosofias regressivas, que se opõem a qualquer filosofia primeira, não se pretende absolutista, válida independentemente de qualquer contingência histórica, mas, consciente do condicionamento cultural e social de cada sistema de pensamento, afirma-se sem disfarces como uma metafísica situada[2].

Capítulo XIII
*O real comum e o real filosófico**

Da obra tão esperada de Martial Gueroult dedicada à dianoemática, ou seja, ao estudo dos sistemas filosóficos e à concepção da filosofia que deles se extrai, conhecemos apenas alguns trechos. Artigos e lições a ela se referem[1], e o admirável estudo da *Encyclopédie Française* nos fornece um antegosto seu, mas ainda não parece dita a última palavra sobre essa matéria fascinante e apaixonante para qualquer historiador da filosofia que reflete sobre a sua disciplina. Faz oito anos, em Royaumont, por ocasião da sessão de encerramento do colóquio sobre Descartes, consagrada ao problema do método em história da filosofia, Gueroult até se perguntava se essa dianoemática nasceria enquanto fosse vivo[2]. Esperamos isso de todo coração, pois o que dela sabemos permite entrever, desde já, a riqueza e a profundidade do todo. Como as observações que se seguem não passam de uma reflexão sobre a matéria que, na opinião de seu autor, ainda necessita de um último aprimoramento, a nossa única ambição é contribuir, por pouco que seja, à elucidação dessa obra que se anuncia monumental.

O estudo das relações da filosofia com sua história foi empreendido tanto por historiadores da filosofia como por filósofos, ou seja, por pensadores que elaboraram um sistema filosófico próprio. A falha destes últimos (Hegel ou Bergson, por exemplo) é conceber, a um só tempo, a essência da filoso-

---
* Publicado *in Études sur l'histoire de la philosophie, ses problèmes, ses méthodes* (hommage à Martial Gueroult), Paris, Fischbacher, 1964, pp. 127-138.

fia e a história da filosofia consoante a visão que lhes é própria, ou seja, de um ponto de vista extrínseco à história dos sistemas filosóficos. É por isso que, para chegar a conclusões objetivas, que não sejam laivadas pela parcialidade da abordagem, Gueroult prefere, para a sua análise, partir dos dados históricos, tais como se apresentam a todo historiador da filosofia sem preconceitos. Quais são os dados efetivos da dianoemática? São, segundo Gueroult, os diversos sistemas filosóficos que, tais como monumentos imperecíveis, atravessam vitoriosamente a história do pensamento. Nenhum desses sistemas triunfa definitivamente sobre seus concorrentes, nenhum deles é definitivamente refutado. Enquanto as ciências fazem uma nítida distinção entre o que é atual e o que é ultrapassado, e um cientista pode, a rigor, ignorar o passado de sua disciplina, não sucede o mesmo com o filósofo, para quem os sistemas do passado vivem num eterno presente e alimentam-lhe a reflexão tanto quanto os sistemas contemporâneos. Essa diferença fundamental entre o passado das ciências e o da filosofia decorre do fato de que, para o conjunto de seus praticantes, não há em filosofia, como há nas ciências, progresso regular comumente reconhecido. É, justamente, por o estado atual da reflexão filosófica não apresentar essa superioridade inegável sobre as filosofias do passado que estas não são, de modo algum, ultrapassadas e se impõem, assim como as filosofias atuais, e amiúde até muito mais do que estas, à atenção do mundo filosófico[3]. Essa situação, característica da filosofia, inversa à das ciências, é que deveria permitir determinar-lhe a natureza, lançar luzes sobre a própria idéia de verdade filosófica e sobre as relações tão particulares que a filosofia mantém com seu passado.

Como vários sistemas opostos e em geral incompatíveis se apresentam como sendo, cada um deles, o único detentor da verdade filosófica, como não existe critério extrínseco que permita desempatá-los, não será preferível, para escapar ao escândalo de verdades múltiplas e incompatíveis – pretendendo cada sistema ser a expressão objetiva da mesma realidade – renunciar a essa perspectiva e contentar-se com o estudo intrínseco dos sistemas filosóficos, comparáveis a monumentos, a obras de arte, sendo que cada qual teria seu valor próprio, sem que se deva conceder grande importância a suas pretensões à objetividade, à fidelidade ao mesmo real? Esta é a opinião defendida por E. Souriau em seu belo volume *L'instauration philosophique*, mas que Gueroult não pode compartilhar, ainda que expressando sua concordância sobre vários pontos dessa tese[4]. Se é verdade, diz-nos Gueroult, que os sistemas filosóficos podem ser comparados, com toda a razão, com monumentos, com catedrais ou com sinfonias, por causa da inegável importância do elemento arquitetônico, não se deve, porém, ignorar o que aproxima toda obra filosófica de uma obra científica, a saber: as preocupações de verdade, de objetividade e de racionalidade.

O ponto inicial de todo esforço filosófico, bem como o de um cientista, é *um problema* que se tem de resolver. Se é verdade que o esforço filosófico deve redundar num sistema, as preocupações de todo filósofo, que lhe impulsionam o pensamento, concernem a uma problemática à qual cumpre encontrar uma solução satisfatória[5]. Essa solução constituirá uma teoria que convém validar, cujas racionalidade e legitimidade devemos mostrar, e que se oporá às soluções apresentadas por filosofias concorrentes. Se as filosofias se combatem umas às outras é porque apresentam soluções diferentes aos mesmos problemas e porque cada uma pretende impor-se em detrimento das outras. Ora, nenhuma delas obtém a adesão do conjunto das pessoas qualificadas para julgá-las. Conquanto essas filosofias se constituam todas com relação ao real, cuja representação mais adequada elas pretendem fornecer, nenhum acordo geral pôde ser realizado quanto ao valor de tal pretensão e nenhum processo racional logrou desempatá-las em definitivo. Como explicar essa situação paradoxal, que é a expressão da especificidade da filosofia, e qual sentido particular cumpre conferir à verdade filosófica, essencialmente diferente da verdade científica?

A resposta de Gueroult, que se situa na linha de pensamento de Fichte, se fundamenta na oposição entre o *real comum* e o *real filosófico*. Embora seja verdade que cada filosofia se constitui com relação ao real, ainda não se determinou, por isso mesmo, de qual real se trata. O real comum a todas as filosofias é um real perfeitamente indeterminado; cada filosofia o determina à sua maneira, constituindo um real filosófico que lhe será próprio e com relação ao qual cada uma delas constituirá seu discurso do método[6]. Essa constituição do real filosófico por cada filosofia original conduz à solução do problema das relações entre a filosofia e seu passado, qualificada por Gueroult de *idealismo radical*.

Nessa perspectiva, "já não são as diferentes filosofias que têm de justificar sua realidade relativamente ao real comum, e sim a realidade desse real comum é que, posta em discussão pelos atos do pensamento filosofante, deve ser justificada por ele e, finalmente, exposta por ele. Mas, ao mesmo tempo, a realização de tal inversão tem como conseqüência legitimar a realidade das filosofias. Cessando de querer fundamentar-se em relação a um real comum exterior a elas, descobrem em si mesmas o fundamento de sua realidade própria... Aqui termina a primeira etapa da dedução transcendental. Ela resulta em colocar a realidade, não no objeto que cada filósofo contrapõe a si mesmo inicialmente, como a coisa que se deve compreender e revelar, mas em cada monumento filosófico concebido como uma Idéia. Relativamente a essas diferentes Idéias, o real comum, despojado de uma existência independente, já não subsiste senão como ocasião e como mera condição da possibilidade delas"[7].

Uma vez que cada doutrina traz sua resposta à pergunta "Que é a realidade?", o resultado é que "como o pensamento filosofante decreta sempre, em cada caso e soberanamente, onde está o real e em que consiste ele, é impossível conceber ao mesmo tempo que ele receba todas as vezes a sua própria realidade de um real anterior ao seu decreto e à sua atividade..."
O real filosófico dependerá, conseqüentemente, de um juízo tético de realidade, que o expõe livremente, mas de um modo que não poderia ser arbitrário, sob pena de fazer o real esvanecer. Uma arbitrariedade assim é excluída de antemão pela

racionalidade "que fundamenta qualquer filosofia – seja ela racional ou não"...[8] Com efeito, o real é exposto "como nascendo da síntese do real comum e do produto do juízo tético por intermédio da compreensão demonstrativa. Considerado em si mesmo, abstraindo-se o processo de demonstração intelectiva que o torna possível, o juízo tético do pensamento filosofante parece ser livre, portanto arbitrário e sem fundamento. Nada fornece que permita atribuir ao seu produto uma *realidade* que se coloca como um objeto diferente de uma imaginação arbitrária. Por outro lado, considerado em si próprio, o real comum, por sua indeterminação radical, não fornece nenhum fundamento de realidade fora do juízo tético que, em qualquer filosofia, se pronuncia sobre a realidade, a confere ou a recusa. Pela união do real filosófico, oriundo do juízo tético, com o real comum, graças ao processo de validação compreensiva da qual o real comum fundamenta a necessidade especificada arbitrariamente em certa norma pelo juízo tético, o real filosófico recebe a necessidade que lhe confere a objetividade, e o real comum recebe a riqueza em determinações que lhe confere a realidade"[9].

Daí resulta que cada filosofia, em virtude da síntese assim estabelecida, "é um mundo fechado em si mesmo, um universo de pensamentos encerrado em si, em suma, um *sistema*. Cada sistema se apresenta, efetivamente, como uma demonstração de si, completa em si mesma dentro dos limites que se traçou *a priori*, ou seja, conforme a norma instituída pelo juízo original. Essa auto-suficiência é a marca da absolutidade e acarreta uma pretensão à validade inteira e exclusiva. Ora, essas características são também as que sempre o pensamento filosofante pôs como critérios da realidade absoluta, o *ens realissimum*. Refletindo sobre si mesmo, o pensamento filosofante havia descoberto que a realidade soberana residia em seus atos e no que estes produziam. É perfeitamente natural que ele descubra em seguida, nesses produtos, as características que concedeu, desde sempre e antes de qualquer reflexão sobre si, à realidade absoluta, e, assim, cada uma das Idéias-sistemas constituídas pelo pensamento filosofante se revela portadora, em sua própria estrutura, da marca da realidade absoluta"[10].

Este conjunto de considerações que reproduz, de modo esquemático mas suficientemente claro, o pensamento de Gueroult, permite precisar as relações por ele entrevistas entre o real comum e o real filosófico, entre o ato tético que determina a originalidade de cada filosofia e a racionalidade que o fundamenta, conferindo ao real filosófico uma objetividade e mesmo uma necessidade que forçam o filósofo a inclinar-se diante desse real por ele elaborado como diante de uma realidade exterior ao seu próprio sistema.

As teses de Gueroult, que acabamos de esboçar, são fundamentadas numa longa experiência dos textos filosóficos, num profundo conhecimento de numerosos sistemas cuja magistral reconstrução ele empreendeu. Por outro lado, as teses da dianoemática se apresentam como uma reflexão *filosófica* sobre a filosofia e seu passado. Assim, é normal querer aplicar-lhes as categorias declaradas válidas para todo esforço filosófico original; mais particularmente, deveríamos reencontrar, nas teorias de Gueroult, o real comum e o real filosófico, presentes em qualquer filosofia.

O real comum, numa reflexão concernente à história da filosofia, será constituído pelo conjunto das características com as quais concorda, nesse domínio, o pensamento comum, antes de qualquer tomada de posição filosófica. É a esse real comum que recorre Gueroult, tanto para fundamentar suas teses pessoais referentes à natureza dos sistemas filosóficos como para refutar as de seus adversários. Certas constatações se impõem a todo teórico nessa área, tais como a diferença entre ciências e filosofia e as relações nitidamente diferentes que elas mantêm com suas respectivas histórias:

> Em filosofia..., não há, como nas ciências positivas, verdade atualmente considerada como adquirida que revogue, para o conjunto das filosofias dos tempos, tudo o que contradiz a filosofia de hoje, verdade considerada como subsistente intemporalmente.
>
> Tampouco há um processo de sua aquisição, que desenvolva no tempo uma ciência em crescimento, da qual se poderiam seguir, sejam quais forem as crises revolucionárias, os progres-

sos regulares. O passado da filosofia se apresenta, de fato, como uma sucessão de doutrinas que se excomungam reciprocamente, sem poder fazer que triunfem suas pretensões a uma verdade intemporal, universalmente válida e definitivamente adquirida[11].

Esses dados, que são o ponto de partida da dianoemática, podem ser acompanhados de um cepticismo filosófico que trataria todas as doutrinas como epifenômenos ilusórios. Mas, se compartilha tal cepticismo, o historiador da filosofia dissolve o próprio objeto de seu estudo e substitui o que é propriamente filosófico pelo psicológico e pelo sociológico que lhe devem explicar o aparecimento. Ou então, inversamente, dominado pela "exigência filosófica", concederá toda a importância à "explicação pelas influências espirituais livremente escolhidas e pela lógica dos conceitos. Dentro em pouco, ela [a exigência filosófica] o eleva ao ponto de vista intrínseco das razões internas, onde reside, aos olhos do criador da doutrina, o princípio verdadeiro de sua instituição e de sua subsistência"[12].

A opção, para a qual Gueroult chama-nos a atenção, levará em geral a conclusões diferentes o sociólogo e o historiador da filosofia. Este optará, o mais das vezes, de acordo com seu desejo de salvaguardar o essencial, a saber: a especificidade de seu objeto de estudo que fundamenta a dignidade e o valor da filosofia. É esse "essencial que, tornando os sistemas objetos dignos de uma história, os subtrai ao tempo histórico, os mantém de pé, enquanto são muitas vezes destruídas as condições históricas de meio e de momento que lhes haviam favorecido o desabrochar. Dirigindo-se então aos movimentos filosóficos, na medida em que possuem o valor intrínseco que os torna independentes do tempo, a história alcança a intemporalidade da filosofia"[13].

É em virtude de uma opção assim que os grandes sistemas filosóficos podem ser comparados a monumentos inabaláveis, que escapam às contingências históricas e desempenham um papel muito mais importante do que o de epifenômenos. Sua constituição é então apresentada como fundamentada em razões e não resultando de causas não-filosóficas.

Note-se que essa tomada de posição não é própria de uma filosofia particular, mas comum a toda a grande corrente humanista, a qual repugna a redução de criações intelectuais originais a uma mera conseqüência das condições históricas de seu aparecimento. A afirmação da autonomia da filosofia, que é o argumento invocado por Gueroult a favor de sua concepção, não é verdade de senso comum, mas tampouco caracteriza uma visão filosófica particular. O apelo à dignidade da filosofia, condição de sua racionalidade, parece escapar à dicotomia "real comum - real filosófico". Enquanto a oposição entre as ciências e a filosofia parece incontestada *hoje* – o que sugere a idéia de que o real comum não é invariável e independente das circunstâncias, mas que também ele possui uma história –, a tese que afirma a autonomia dos monumentos filosóficos – em reação contra o marxismo e o historicismo por ele pressuposto – se insere numa tradição filosófica racionalista. Essa tese não é própria de uma visão filosófica particular, mas pode, ao contrário, servir para estear uma visão assim graças à sua inserção numa tradição que salvaguarda a distinção das razões e das causas. Encontramo-nos perante esse apelo ao valor que parece, para Gueroult, inerente à elaboração do real filosófico[14].

Uma vez admitido, graças ao real comum, o que causa problemas à dianoemática – a existência de uma pluralidade de sistemas filosóficos opostos com iguais pretensões à verdade e à objetividade –, o idealismo radical fornecerá uma solução que apresentará os sistemas numa perspectiva filosófica, desvelando o que há de fundamentado e o que há de ilusório nas pretensões dos filósofos. O real comum que todos eles pretendem reencontrar não é, de fato, senão um real filosófico que cada sistema elabora à sua maneira. A dianoemática de Gueroult nos fornece, pois, uma solução que se quer válida, na medida em que apenas ela parece resolver de maneira adequada o problema levantado pela pluralidade irredutível dos sistemas filosóficos, que pretendem, cada qual, explicar objetivamente o real.

A solução do idealismo radical se imporá mais do que qualquer outra à dianoemática? Em grande número de estudos, dedicados às concepções de Dilthey e de Bergson, de Jaspers e de Bréhier, de Souriau e de Gilson, Gueroult se empenha em mostrar a superioridade de sua própria explicação. Cotejemos a visão da história da filosofia de Gueroult com a de Gilson, para definir com mais exatidão o lugar que nelas ocupam o real comum e o real filosófico. Basta-nos seguir, a esse respeito, a magistral exposição de Gueroult[15].

Embora Gilson e Gueroult estejam de acordo sobre a especificidade da filosofia e sobre as particularidades dos sistemas filosóficos, não se entendem sobre o que constitui a *philosophia perennis*. Para Gueroult, são as filosofias concretas e individualizadas que, tais como obras de arte particulares, formam juntas a realidade filosófica, objeto essencial do estudo e do interesse dos historiadores da filosofia. Para Gilson, pelo contrário, tais obras seriam apenas realizações de maior ou menor sucesso, "essências típicas de sistemas que devem ser evidenciadas em sua pureza abstrata... Descobrimos essas essências imperfeitamente realizadas nas doutrinas históricas; nelas a sua pureza se encontra alterada por fatores aberrantes de origem individual ou social. Para subir da história das filosofias à história *da* filosofia, cumpre elevar-se das doutrinas existentes às suas essências ideais". Daí esta definição: "A filosofia consiste nos conceitos das filosofias, consideradas na necessidade una e impessoal de seu conteúdo e de suas relações. A história desses conceitos e de suas relações é a história da própria filosofia"[16].

Para Gueroult, ao contrário, não há outra filosofia senão a concreta, e ela deve ser estudada nos pormenores de suas técnicas demonstrativas. O historiador da filosofia, a menos que faça obra de filósofo, não tem qualidade alguma para corrigir as filosofias realmente elaboradas no passado. É que, segundo ele, todo o aparelho demonstrativo de um sistema filosófico, "as técnicas e as estruturas que devem ser dominadas não se reduzem a combinações de lógica pura"[17]. Contrariamente a Gilson, Gueroult especifica que não há, "distinta da lógica comum, uma lógica da filosofia que, especificada em alguns tipos genéricos, constituiria uma técnica universal que domina todas as filosofias, capaz de fundamentar em cada uma delas *a* filosofia. Não há estruturas gerais, e sim estruturas individualizadas, indissociáveis dos conteúdos que lhes são aderentes"[18].

Enquanto, para Gilson e Gueroult, os sistemas filosóficos constituem obras racionais, cujos princípios seriam estabelecidos livremente, a visão que têm da história da filosofia é determinada por concepções diferentes da razão e da liberdade. Para Gilson, a racionalidade de um sistema resultaria de uma dialética objetiva, que comporta implicações de conceitos tomados da necessidade una e impessoal de suas relações; para Gueroult, as técnicas instaurativas e demonstrativas de um sistema seriam vinculadas à sua elaboração. Ao passo que, para Gilson, cada filósofo poderia escolher livremente os princípios que põe na base de seu sistema, o ato tético de que depende cada filosofia, segundo Gueroult, não seria em absoluto arbitrário, mas ligado à solução de problemas que estão no início de qualquer reflexão filosófica. Nada, nessa concepção, limita o poder de decisão do filósofo a uma única tomada de posição, da qual decorreria o conjunto das conseqüências filosóficas elaboradas no sistema. Como, para Gueroult, as técnicas demonstrativas não são exteriores ao sistema, mas formam um todo com ele, não fica excluído que o sistema se desenvolve levando em conta não um, mas vários problemas filosóficos aos quais o filósofo traz sua solução pessoal. Gilson, pelo contrário, acha-se capaz de isolar estruturas conceituais que, uma vez aceita a opção fundamental, deveriam impor-se ao pensamento do filósofo e não lhe permitiriam afastar-se delas sem errar. Será verdade que existe um número limitado dessas estruturas dialéticas e que os filósofos devem necessariamente descobrir uma delas para desenvolver um sistema coerente? Apenas um exame da maneira pela qual o real filosófico se constitui, de modo inverso ao pensamento comum e ao real comum, deveria permitir-nos tomar posição, nesse debate, sobre a própria natureza da filosofia, sobre as relações, na constituição desta, entre a liberdade e a razão.

É do pensamento comum, dos fatos e dos valores aceitos comumente em seu meio cultural, que o filósofo extrai os elementos constitutivos de sua reflexão. É o pensamento comum que fornece os dados dos problemas que o filósofo se empenhará em resolver, é nele inclusive que, com muita freqüência, irá buscar a formulação desses problemas; é na medida em que as exigências do pensamento comum tiverem sido satisfeitas que se aceitarão ou se rejeitarão as soluções propostas pelo filósofo.

Note-se, porém, que, para resolver os problemas que lhe apresenta o pensamento comum, o filósofo deverá elaborar critérios, que não serão iguais para todos e farão sua própria demonstração bifurcar em virtude de um apelo a valores, da preferência que lhes será concedida sobre outros valores; de sorte que apenas os que lhe aceitarem a opção o seguirão no caminho por ele escolhido. Essa escolha de um valor, numa encruzilhada do pensamento, constitui o ato tético, livre, mas não arbitrário, de que fala Gueroult, e determinará a especificidade do real filosófico, cuja determinação sempre inclui alguma opção fundamental. Encontramos um exemplo característico disso na afirmação, de Gueroult, da autonomia da filosofia, oposta àquela de todo historicismo e todo sociologismo que não veria nos sistemas filosóficos senão epifenômenos.

Os valores preferidos serão salvaguardados no real filosófico; os valores descartados ou desprezados serão desqualificados e declarados associados às *aparências*. Essas aparências, porém, cujo caráter subordinado e ilusório é possível mostrar, não se pode pensar em relegá-las ao nada, pois parecem ser reais no pensamento comum. Mas haverá empenho em provar que elas não são filosoficamente fundamentadas, que se reportam a uma opinião não esclarecida que fia nas aparências. É assim que o real filosófico se apresenta como o demonstrado, referindo-se a aparência ao gratuito. Mas somos mesmo obrigados a constatar que o que é considerado gratuito num sistema é tido como demonstrado em outro, e vice-versa. Como explicar tais atitudes e tais conclusões diametralmente opostas em pensadores que defendem, cada um deles, a racionalidade de seu ponto de vista? É porque a prova em filosofia não apresenta o caráter coercivo e demonstrativo a que nos habituaram as ciências formais; ela é argumentativa e depende de premissas e de argumentos cuja força e cujo alcance são apreciados diversamente[19]. A prova filosófica não é impessoal, e o juízo filosófico não pode ser inteiramente desvinculado da personalidade do filósofo. Esta, com suas convicções e opções fundamentais, não pode ser posta entre parênteses. A idéia de uma *epochê* teria sido apenas uma ingenuidade, se não devesse desempenhar um papel essencial nos sistemas fenomenológicos: o de separar o subjetivo do objetivo e de validar o que é posto como alheio a qualquer influência de uma opinião contestável.

É que, quando se opõe a outras intuiçõe, uma filosofia não pode apresentar-se como uma visão ou uma intuição puramente subjetiva, que seria tão-só arbitrária. Portanto, sua racionalidade é ligada a provas que mostrariam que, longe de ser arbitrário, o sistema apresentado logra resolver as dificuldades em que se debate o pensamento comum. Tais provas consistem em argumentos aos quais, teoricamente, argumentos em sentido contrário poderiam ter sido opostos. Mas, para lograr mostrar a superioridade de seus próprios argumentos sobre os de seus adversários, o filósofo apresentará uma ontologia, uma visão do real, na qual suas próprias provas se mostrarão, manifestamente, de valor superior. Assim é que, como bem percebeu Gueroult, o real filosófico e as técnicas de validação por ele implicadas são solidárias e intimamente ligadas. O caráter sistemático das filosofias se justifica pelo fato de que o real, que elas elaboram, e as técnicas de raciocínio que permitem validá-lo são indispensáveis ao filósofo para escapar à acusação de arbitrariedade.

A criação filosófica é obra de liberdade e de racionalidade, mas, se o filósofo estivesse sozinho no mundo, não poderia ter conciliado esses dois valores sem os identificar[20]. É com referência ao real comum que o filósofo dispõe de certa liberdade, e é com relação ao pensamento comum que deve provar sua racionalidade. É por isso que é indispensável, para compreender o alcance da reflexão filosófica e as relações que as diversas filosofias mantêm entre si, não separar seu exame e sua análise de suas relações com o mundo das *opiniões* e das *aparências*.

QUARTA PARTE
Teoria do conhecimento

Capítulo I
Sociologia do conhecimento e filosofia do conhecimento*

Se há um ramo da sociologia cujas implicações filosóficas são inegáveis, trata-se, certamente, da sociologia do conhecimento, ciência nova que, nascida na Alemanha após a Primeira Guerra Mundial, se desenvolveu recentemente nos Estados Unidos onde interessou grande número de pesquisadores. É às relações dessa ciência – tal como é representada pelos trabalhos de Karl Mannheim e de Pitirim A. Sorokin – com a filosofia do conhecimento que J.-J. Maquet acaba de consagrar uma obra interessante e solidamente documentada[1].

O postulado dessa nova disciplina, segundo os próprios termos de Maquet, é de que "o conhecimento humano não é determinado unicamente, nem por seu objeto, nem por antecedentes lógicos. O postulado indispensável nesse sentido é que, se não se houvesse reconhecido, de uma maneira geral, certa permeabilidade do conhecimento aos fatores extracognitivos, ninguém teria tido a idéia de torná-los objeto de um estudo particular" (p. 23).

Que o desejo, a paixão ou o interesse são causa de erro, é coisa que sempre se reconheceu, mas foi sobretudo depois de Kant que o conhecimento, chamado objetivo, foi submetido a uma crítica mais acurada. O hegelianismo, ao insistir no caráter dialético do saber, permitiu esclarecer o desenvolvimento imanente do conhecimento e o condicionamento histórico das idéias, mas foi sobretudo apenas depois de Marx que foi conce-

* Publicado in *Revue Internationale de Philosophie*, 13, Bruxelas, 1950.

dida uma atenção crescente à influência do fator social sobre a determinação do pensamento.

A sociologia do conhecimento pode ser definida como "a ciência da determinação do saber e do conhecer pela existência social" (p. 21), e nela se podem distinguir duas correntes: a representada por Mannheim, que estuda sobretudo os determinantes sociais do pensamento (corrente chamada "materialista" ou "marxista"), e aquela, representada por Sorokin, que enfatiza os determinantes culturais (corrente chamada "idealista").

Depois de haver analisado certo número de teorias políticas (ideologias e utopias), Mannheim chega à conclusão muito genérica de que o conhecimento qualitativo – oposto à matemática e às ciências naturais em suas fases quantitativas –, que comporta as ciências sociais, o conhecimento histórico, as *Weltanschauungen*, a ontologia, os fundamentos da teoria do conhecimento e mesmo todo o pensamento prático, é determinado, em sua forma e em seu conteúdo, por um fator social, a saber: "a situação do grupo na sociedade e na história... os objetivos e as necessidades de sua ação coletiva" (p. 52). O pensamento qualitativo se apresenta, assim, como que vinculado a uma perspectiva, e as etapas sucessivas que possibilitam libertar-se dela são: a tomada de consciência de sua perspectiva, a particularização, ou seja, a relativização de suas afirmações, e, por fim, a dissociação de seu grupo, o que permitiria realizar o desapego do intelectual (pp. 114-115).

Sorokin, pelo contrário, "tenta demonstrar que aquilo que determinada sociedade considera verdadeiro ou falso, científico ou não científico, legítimo ou ilegítimo, belo ou feio, é fundamentalmente condicionado pela natureza da cultura dominante" (p. 181). Esta é caracterizada pela concepção que se faz da realidade capital do mundo e, em conseqüência, do valor supremo. Tal concepção é expressa de uma das três maneiras seguintes: "O mundo que podemos atingir com os nossos sentidos é real e o que os supera é ilusório" (sistema cultural sensorial), "o que está além de nossos sentidos é real e este mundo é apenas uma aparência ilusória" (sistema cultural ideacional) e "o que podemos atingir com os nossos sentidos é real, mas toda a realidade não se limita a isso; o que está mais além é real também" (sistema cultural idealístico) (p. 179). Com um estudo estatístico, quantitativo, pormenorizado, Sorokin se empenha em provar que as categorias fundamentais da mente humana são influenciadas por essas premissas culturais, pois "a mente humana tende à consistência lógica", sendo compreensível "que as diversas produções mentais sejam logicamente ligadas a um princípio essencial, particularmente ao problema filosófico fundamental da natureza da realidade" (p. 212). Se as três respostas, enumeradas por Sorokin, a esse problema fundamental são as únicas possíveis (princípio de limitação), se cada uma delas é apenas parcialmente adequada e sua insuficiência fica cada vez mais patente (princípio de mudança imanente), concebe-se que a cultura humana tenha sido dominada, alternadamente, pelos três sistemas culturais traçados por nosso autor e que se sucedam na história do pensamento. Essa é a tese que Sorokin desenvolve longamente no segundo volume de *Social and Cultural Dynamics*, dedicado à flutuação dos sistemas de verdade, de moral e de direito.

Maquet consagra mais da metade de seu volume ao exame preciso e metódico dos sistemas de Mannheim e de Sorokin, mostra-lhes os méritos e insuficiências e indica de forma pertinente como poderíamos tê-los completado um com o outro. No entanto, não é esta a sua preocupação principal. O que ele se propõe, acima de tudo, é resolver o problema central das relações entre a sociologia do conhecimento e a filosofia do conhecimento. Em que medida a determinação social e cultural do pensamento influencia-lhe a natureza ou a validade? Haverá meios de conciliar os resultados positivos da sociologia do conhecimento, aos quais Maquet confere um valor inegável, com uma filosofia como o neotomismo, que supõe a existência de uma verdade objetiva e absoluta, que o filósofo teria condições de conhecer?

O problema de Maquet se parece, em muitos aspectos, com o criado aos cristãos do Renascimento pela introdução, na astronomia, do sistema de Copérnico: como conciliar as vantagens desse sistema com a concepção geocêntrica da Bíblia?

Sabe-se que Duhem estudou essa querela entre os "físicos" e os "geômetras" e como a idéia que ele se formou da teoria física lhe permitiu conciliar esta com a sua fé. Inspirando-se em Duhem, Maquet procura a salvação numa distinção nítida entre ciência e filosofia. Os princípios da sociologia do conhecimento, diz-nos, são ambivalentes: têm um alcance ao mesmo tempo científico e filosófico. Ora, conquanto exista uma provável conformidade entre os princípios científicos e filosóficos, um mesmo princípio pode, porém, constituir, a um só tempo, uma boa teoria e uma má filosofia (p. 132). Assim é, diz-nos ele, que a afirmação, por Mannheim, do caráter pragmático do conhecimento é, a um só tempo, teoria científica e conclusão filosófica. "Como teoria científica ele é posto pela mente simplesmente como um princípio do qual se pode deduzir logicamente a relação entre dois fenômenos, tal como a observação o estabeleceu (função explicativa) e do qual decorrem outras relações que a observação deverá controlar (função de direção de novas pesquisas). Espera-se de uma teoria científica unicamente que cumpra essas duas funções corretamente. Como afirmação filosófica, supõe-se que o princípio do conhecimento ativista exprima a natureza profunda e a finalidade do conhecimento em correlação com uma concepção metafísica do mundo e do homem. Espera-se de uma afirmação filosófica que seja verdadeira, que exprima realmente a própria natureza das coisas" (pp. 128-129).

Maquet se empenha em justificar seu ponto de vista com uma distinção escolar entre epistemologia e gnosiologia. Aproxima a epistemologia da metodologia e, especialmente, da metodologia das ciências. "A teoria do conhecimento (ou gnosiologia) tem, ao contrário, como objetivo determinar o significado ontológico do conhecimento. Ela é parte integrante de um sistema filosófico" (p. 108). O ponto de vista da epistemologia é crítico, o da gnosiologia, ontológico. Maquet aceita a contribuição epistemológica da sociologia do conhecimento, mas a separa claramente dos pressupostos filosóficos, que ele se dá ao trabalho de reconstruir, ao passo que apenas implícitos. Segundo Maquet, tanto Mannheim como Sorokin aceitam, como fundamento do sistema deles, uma visão metafísica da realidade, concebida pelo primeiro como um devir dialético não transcendental e, pelo segundo, como uma infinita multiplicidade (p. 313). Unicamente essa visão metafísica da realidade é que lhes permitiria, segundo ele, escapar à objeção que se opõe a todo relativismo; como eles poderiam, de outra maneira, responder às críticas que insistiriam no condicionamento social (Mannheim) ou cultural (Sorokin) da sua sociologia do conhecimento?

Temos de felicitar Maquet pela clareza e pelo vigor de sua exposição, pela lucidez de suas análises, pela pertinência de suas críticas, na medida em que concernem à técnica e ao alcance científico da sociologia do conhecimento. Parece-nos, contudo, que suas conclusões filosóficas estão insuficientemente fundamentadas. Todo o seu empenho visa, com efeito, a limitar o alcance da sociologia do conhecimento e a subtrair às suas investigações a ontologia, a teoria do conhecimento e a metafísica. Cumpre razões bem mais convincentes do que as fornecidas por Maquet para acompanhá-lo em seus desenvolvimentos, que seguem, convém notar, direção oposta à dos pontos de vista tanto de Mannheim como de Sorokin, pois, para aquele, *todo* conhecimento qualitativo é sujeito à sociologia do conhecimento, e para este, as concepções metafísicas desempenham um papel mais importante ainda na sociologia do conhecimento, o de fornecer o critério que permite determinar o sistema cultural em cujo interior todos os outros conhecimentos vêm situar-se. As razões que possibilitariam subtrair este ou aquele campo do saber às investigações da sociologia do conhecimento deveriam basear-se na estrutura desse saber e exigiriam, pois, um estudo aprofundado, e prévio, dessa estrutura. Nem Mannheim, nem Sorokin, nem Maquet se ocuparam, em minha opinião, suficientemente com esse problema que constitui um ponto inicial indispensável para qualquer sociologia do conhecimento que se pretendesse uma ciência progressiva.

Assim é que Mannheim não crê que todas as produções mentais sofram a influência das condições sociais. Afirma, por exemplo, que a asserção de que 2 mais 2 são 4 não dá nenhum indício sobre o tempo, o lugar, a pessoa que a formulou; e, em geral, seria esse o caso de todos os enunciados que se reportam às ciências que Pareto chamou de "lógico-experimentais", e que Mannheim opõe ao conhecimento qualitativo. Mas qual será a estrutura desse conhecimento qualitativo? Que é que o distingue do conhecimento quantitativo? Por que o fator social desempenharia papel tão relevante no primeiro caso e nenhum papel no último? Se Mannheim tivesse estudado essas questões mais de perto, o resultado de suas pesquisas não teria parecido ser uma generalização incerta e contestável.

Assim também, toda a sociologia do conhecimento de Sorokin é construída sobre a constatação de que a mente humana tende à consistência lógica. Resumindo as idéias de Sorokin, Maquet conclui: "Se supomos que a mente humana é lógica, ou pelo menos que, apreciando muito a coerência, tende a realizá-la, é explicável que a concepção que se faz da realidade capital tenha desempenhado o papel de variável independente das outras produções mentais" (p. 212). Mas de qual espécie de "lógica" se trata, nesse caso? Maquet nos esclarece de uma forma suficientemente precisa, mas que nos permite levantar algumas questões. "A lógica que se utiliza aqui", diz ele, "é uma espécie de lógica sem rigor que não receia saltar fases intermediárias do raciocínio. É ela que é utilizada na vida cotidiana e nas *Weltanschauungen* pessoais. Trata-se, porém, de uma verdadeira lógica: não se conclui qualquer coisa de qualquer coisa, mas procede-se por raciocínios muito simples que escamoteiam as menores e são especialmente sensíveis a uma espécie de semelhança entre o princípio e a conclusão... Logo, podemos concluir que a relação que une as variáveis independentes às dependentes é a que existe entre princípios e conseqüências numa lógica flexível" (pp. 207-209).

As frases que precedem são suficientemente claras: nenhum lógico admitirá que essa lógica "flexível e sem rigor", em que se é sensível "a uma espécie de semelhança entre o princípio e a conclusão" tenha o que quer que seja em comum com a sua ciência. Essa "lógica flexível" não apresentará, ao contrário, um ar de parentesco com a estrutura daquilo a que Mannheim chamava "o conhecimento qualitativo"? Para poder responder a essa pergunta, para determinar o campo de aplicação da sociologia do conhecimento, cumpriria estudar mais de perto essa estranha lógica e as razões que fazem que ela sofra a influência de fatores sociais e culturais. Veremos, na análise, que as provas administradas não são nem a prova pelo cálculo nem a prova experimental, mas o que Aristóteles chamara de "provas dialéticas" e estudara em seus *Tópicos* e em sua *Retórica*. Com efeito, o conhecimento socialmente condicionado se refere às crenças, aos assentimentos, às adesões dos homens. Na medida em que uma argumentação, mesmo racional, é utilizada para convencer, esta argumentação está muito distante da prova formal e consiste na aplicação de um conjunto de procedimentos de que os homens se servem hoje, como se serviram no passado, mas cuja teoria eles foram, sobretudo depois do século XVIII, esquecendo pouco a pouco. Essa teoria, cujo estudo constituía o centro da cultura do homem na Antiguidade greco-romana, nada mais é senão a que encontramos exposta nos antigos tratados de retórica. Estes contêm, ao lado de conselhos de composição, de estilo e de elocução, uma técnica da argumentação, uma lógica que fornece as razões por que é melhor admitir esta opinião em vez daquela outra, uma lógica dos juízos de valor. Apenas um exame detalhado da argumentação retórica permitirá assentar a sociologia do conhecimento sobre bases mais sólidas.

Um conhecimento dessa argumentação e de suas características permitirá responder, de modo mais pertinente do que Maquet, às objeções dos críticos que afirmam que as teorias de Mannheim e de Sorokin são, também elas, socialmente condicionadas.

Se é evidente que toda argumentação retórica, na medida em que se propõe convencer, visa a um determinado auditório, chamamos de argumentação objetiva ou racional aquela que supomos ser válida para um auditório universal, composto de todos os seres humanos ou, pelo menos, de todos os seres dotados de razão. Mas é óbvio que a idéia que se fez desse auditório variou no decurso da história, que foi influenciada pelo meio em que se viveu, pela educação recebida e por todos os outros elementos que determinam as concepções individuais. Poder-se-ia caracterizar cada homem pelo conjunto das proposições que ele considera válidas para semelhante auditório universal: essa seria a sua concepção da objetividade.

Na medida em que o intelectual, para Mannheim, deve libertar-se das perspectivas particulares de seu grupo, ele se esforçará por ter exigências de objetividade que transcendem as limitações deste último. Tal esforço não tornará o pensamento do intelectual completamente independente das condições sociais, mas lhe permitirá superar todas as oposições particulares que conhece: ele se proporá exprimir-se ao seu auditório numa linguagem que não desprezará nenhuma objeção que possa provir de cada canto do horizonte político ou social presente em sua consciência. A objetividade do intelectual, justamente na medida em que se liberta das oposições políticas e sociais que caracterizam sua época, depende de sua época, que permite descrever-lhe o esforço e compreender-lhe o êxito.

O auditório universal de Sorokin é muito mais vasto ainda, pois, estudando as produções mentais tais como são condicionadas pelos três sistemas culturais por ele evidenciados, e compreendendo-lhes a limitação, ele se empenha, por conta própria, em ultrapassar as perspectivas particulares, não no presente, como o intelectual de Mannheim, mas levando em conta todo o curso da história. Enquanto Mannheim não queria transcender senão as perspectivas e as limitações políticas contemporâneas, Sorokin busca libertar seu ponto de vista das contingências culturais, que caracterizam o devir histórico, e contrapor às três concepções metafísicas da realidade, as únicas possíveis segundo ele, uma quarta concepção cuja validade seria, por assim dizer, intemporal.

A sociologia do conhecimento, tanto a de Mannheim como a de Sorokin, pretendem aumentar nossas exigências referentes à objetividade de nosso saber. Mannheim e Sorokin põem no mesmo plano todas as perspectivas particulares por eles estudadas e se empenham em nos fornecer uma visão da realidade que, por transcender essas perspectivas, seria mais global, mais sintética, portanto mais objetiva. Suas teorias não alcançam, desse modo, uma objetividade absoluta, sonho irrealizável, mas uma objetividade que depende dos pontos de vista considerados subjetivos, que ela supera, situa e explica.

Capítulo II
*Os âmbitos sociais da argumentação**

Toda sociologia do conhecimento, pelo fato de propor-se estudar o condicionamento do conhecimento por elementos da realidade social, é levada, em razão da própria natureza das coisas, a distinguir, entre os conhecimentos, alguns que escapam a esse condicionamento ou que lhe sofrem os efeitos de modo reduzido. Opondo as ciências da natureza às ciências do homem, ou o saber quantitativo ao saber qualitativo, edifica-se uma classificação dos conhecimentos fundamentada essencialmente na idéia que se faz de sua maior ou menor independência com relação às condições sociais de sua elaboração.

Gostaria de sugerir outra forma de proceder, que me parece, a um só tempo, mais satisfatória do ponto de vista teórico e mais fecunda em suas aplicações sociológicas. Ela consiste em partir de uma distinção técnica entre *demonstração* e *argumentação* e em tirar das próprias condições em que se apresenta toda argumentação, ou determinada argumentação particular submetida a exame, conseqüências de ordem sociológica.

A lógica moderna, e mais especialmente a lógica formal, se dedica ao estudo da demonstração que, partindo de premissas verdadeiras ou supostas verdadeiras, deve resultar necessariamente em conclusões verdadeiras ou de probabilidade calculável. A prova demonstrativa, que consiste unicamente nessa

---

* Relatório apresentado no segundo colóquio da Associação dos Sociólogos de Língua Francesa, em Royaumont, em 18 de março de 1959. Publicado *in Cahiers Internationaux de Sociologie*, Paris, 1959, vol. XXVI, pp. 123-135.

passagem das premissas à conclusão, escapa, ao que parece, ao condicionamento social.

A argumentação, cujo estudo teórico foi abandonado pelos lógicos há mais de três séculos, apresenta, ao contrário, um vasto campo de investigações ao sociólogo do conhecimento. A teoria da argumentação estuda *as técnicas discursivas que permitem provocar ou aumentar a adesão das mentes às teses que se apresentam ao seu assentimento*[1]. Daí resulta, fato essencial para o sociólogo, que toda argumentação se desenvolve consoante o auditório ao qual se dirige e ao qual o orador é obrigado a adaptar-se. Entendo por orador quem apresenta a argumentação, seja oralmente ou por escrito; entendo por auditório todos aqueles a que visa a argumentação, sejam eles ouvintes ou leitores.

A diversidade dos auditórios é imensa. Podem variar quantitativamente, indo do próprio orador, que se divide em dois na deliberação íntima, passando pelo ouvinte único do diálogo e por todos os auditórios particulares, até o conjunto dos seres capazes de razão, a saber, o auditório universal, que já não é uma realidade social concreta, mas uma construção do orador a partir de elementos de sua experiência. Podem variar de mil outras maneiras, conforme a idade, o sexo, o temperamento, a competência e toda espécie de critérios sociais ou políticos. Podem variar, sobretudo, conforme as funções exercidas e, mais particularmente, conforme o papel dos ouvintes seja o de chegar a uma decisão, qualquer que seja a sua natureza, ou simplesmente de formar-se uma opinião, adquirir uma disposição para uma ação eventual e indeterminada.

Toda argumentação visa, de fato, a uma mudança na cabeça dos ouvintes, trate-se de modificar as próprias teses às quais aderem ou simplesmente a intensidade dessa adesão, medida pelas conseqüências posteriores que ela tende a produzir na ação. A perspectiva da argumentação não permite, como a da demonstração, separar inteiramente o pensamento da ação[2], e compreende-se que o exercício da argumentação seja, ora favorecido, ora impedido, e amiúde regulamentado por aqueles que na sociedade detêm o poder ou a autoridade.

Cada sociedade possui instituições e prevê cerimônias que favorecem a comunhão social, o culto dos heróis e dos sábios que constituem os modelos reconhecidos, a transmissão, mediante a educação das crianças e dos adultos, dos valores aprovados.

Em certas sociedades, o exercício da argumentação, em variados setores, é monopólio de pessoas ou de organismos especialmente habilitados para isso; às vezes ele é submetido à autorização ou à censura prévia; quase sempre há áreas em que a argumentação corre o risco de ser ilegal, de violar uma legislação que protege interesses públicos ou privados. Para poder tomar a palavra, é mister, em grande número de casos, possuir uma qualidade, ser membro ou representante de um grupo. Às vezes a argumentação é limitada, quanto à sua duração, ao seu objeto, ao momento em que pode ser apresentada: existem, nessa matéria, costumes e regulamentos, e os códigos de processo civil e penal podem ser utilmente examinados desse ponto de vista.

O exercício eficaz da argumentação supõe um meio de comunicação, uma linguagem comum, sem a qual o contato das mentes é irrealizável. Essa linguagem é produto de uma tradição social, que será de feitio diferente no caso de uma linguagem natural ou no de uma língua técnica, comum aos membros de uma disciplina ou de uma profissão, diferente no caso de uma língua comum e no de uma língua reservada apenas aos iniciados.

O orador, de posse de uma linguagem compreendida por seu auditório, só pode desenvolver sua argumentação conectando-a a teses admitidas pelos ouvintes, sem o que se arrisca a cometer uma petição de princípio. Daí resulta que qualquer argumentação depende, no tocante às suas premissas, como aliás a todo o seu desenvolvimento, do que é aceito, do que é reconhecido como verdadeiro, como normal e verossímil, como válido; com isso se arraiga no social, cuja caracterização dependerá da natureza do auditório. As teses admitidas serão ora as do senso comum, tal como é concebido pelo auditório, ora as dos praticantes de uma determinada disciplina, científica, jurídica, filosófica ou teológica. O conhecimento dessas teses, que devem servir de fundamento para a argumentação, é uma condição indispensável da eficácia desta.

O estatuto epistemológico dessas teses pode ser variável: tratar-se-á ora de afirmações elaboradas no seio de uma disciplina científica, ora de dogmas, ora de crenças de senso comum, ora de preceitos ou de regras de conduta aprovados, ora, pura e simplesmente, de proposições que foram admitidas pelos interlocutores num estágio anterior da discussão. Todas essas teses, seja qual for seu estatuto, têm em comum o fato de não se poder, com o risco de parecer ridículo, descartá-las sem fornecer motivo que justifique tal comportamento. O riso sanciona a inobservância não justificada do normal na argumentação e, em virtude dessa reação, o normal se torna socialmente normativo. Daí resulta que, na argumentação, ao contrário do que sucede na demonstração, não se justifica qualquer coisa, pois fornecer argumentos em favor de uma tese significa admitir implicitamente que ela não está fora de discussão. Seria muito instrutivo seguir, na história de uma sociedade ou de uma determinada disciplina, a evolução do que nelas é considerado óbvio, normal, razoável, e discernir as causas e as razões dessa evolução. A historicidade da razão sempre está ligada à sua inserção numa tradição, em que a inovação deve fornecer suas credenciais. É por isso que, com tanta freqüência, a melhor justificação de uma conduta, a que dispensa qualquer outra razão, consiste em mostrar que ela é conforme à ordem reconhecida, que pode prevalecer-se de precedentes incontestados. O precedente desempenha um papel primordial na argumentação cuja racionalidade é ligada à observação da *regra de justiça*, que reclama tratamento igual de situações semelhantes[3]. Ora, a aplicação da regra de justiça supõe a existência de precedentes que nos instruam sobre a maneira pela qual foram resolvidas situações semelhantes à que se apresenta. Tais precedentes, assim como os modelos em que se inspira uma sociedade, fazem parte de sua tradição cultural, que pode ser reconstruída a partir das argumentações que os utilizaram.

Invocar um precedente significa assimilar o caso novo a um caso antigo, significa insistir nas similitudes e desprezar as diferenças. Se a assimilação não é imediatamente aceita, uma argumentação pode mostrar-se indispensável. Ora, para determinar quais argumentos são, no assunto, relevantes, para determinar quando um argumento será considerado forte ou fraco, a regra de justiça intervém de novo; é graças à sua intervenção que o próprio valor dos argumentos – que contrariamente às provas demonstrativas nunca são coercivos – depende de seus usos anteriores, da admissibilidade e da eficácia que, em contextos semelhantes do passado, lhes foram reconhecidos. A regra de justiça se apresenta, assim, como o princípio constitutivo da razão histórica[4], enquanto os princípios de identidade e de não-contradição fornecem, em virtude de seu caráter mais formal, as peças-mestras de uma razão invariável e eterna.

Gostaria de concluir esta breve comunicação com algumas reflexões que entram mais diretamente no âmbito deste colóquio, pois se situam, não mais no plano das condições sociais da argumentação, mas no plano de nossa visão sobre ela. Trata-se das variações por que passaram a teoria da argumentação, a retórica e os tópicos, no curso da história do pensamento ocidental, e das hipóteses que tendem a explicar essas variações de acordo com o condicionamento social.

Como se sabe, a teoria da argumentação, salvo uma ou outra obra do século XVIII dedicada à tópica jurídica, foi quase inteiramente negligenciada pela filosofia e pela lógica pós-cartesianas. Os problemas tratados por essa teoria foram estudados na Antiguidade greco-romana, na Idade Média e sobretudo no Renascimento, por autores que se ocupavam com retórica e com Tópicos, examinavam as provas qualificadas por Aristóteles de dialéticas para contrapô-las às provas analíticas da lógica formal, as quais visam não à argumentação, mas à demonstração.

A evolução da retórica e da teoria da argumentação segue a sorte do estatuto epistemológico da *opinião* contraposta à *verdade*; conforme se pretender que toda verdade se apresenta como a opinião mais defensável ou que a opinião não passa de aparência de verdade, conceder-se-á à retórica e à argumentação um lugar de maior ou menor importância. As controvérsias, que opõem os sofistas aos eleatas, aos pitagóricos e aos platônicos, fornecem-nos os primeiros textos a esse respeito. Trata-se de saber se a verdade resulta do diálogo, da discussão, do cotejo das opiniões, ou se existem meios diretos, imediatos, de atingi-la cujo uso seria preferível a qualquer retórica, transformada, de técnica de invenção e de discussão, em técnica de apresentação e de persuasão concernente muito mais à forma do que ao conteúdo do discurso. Enquanto Aristóteles e seus sucessores, assim como os filósofos da Média e da Nova Academia, adotaram uma posição mais favorável à retórica, os estóicos, logo seguidos pelos neoplatônicos e pelos pensadores cristãos, nela viam apenas um procedimento de exposição. Cada vez mais, em vez de convencer, o discurso deve sobretudo agradar, a retórica deixa de ser uma técnica filosófica para se tornar um procedimento literário, papel que desempenhará durante toda a Idade Média. Os séculos do Renascimento são os do maior progresso da retórica, tornada o centro do pensamento humanista. Para os mais variados pensadores, ela é então a técnica humana mais significativa, a que une o pensamento à ação. Mas o recurso à evidência, característico dos séculos XVI e XVII, primeiro à evidência religiosa tal como é sentida pela consciência do bom cristão, depois à evidência racional do cartesianismo, por fim à evidência sensível do empirismo, suprime toda importância filosófica da retórica como técnica da argumentação. A retórica se torna o estudo dos procedimentos de estilo, o que permanecerá até o romantismo, o qual submeterá as próprias técnicas à inspiração do poeta. O positivismo, tal como se desenvolve no decorrer da segunda metade do século XIX, marca o declínio mais acentuado da retórica, afastada dos programas dos liceus franceses em 1885. Em contrapartida, sob a influência do pragmatismo e da filosofia dos valores e por causa do espaço crescente assumido pela filosofia da linguagem no pensamento contemporâneo, os estudos sobre a retórica, como técnica de argumentação, de persuasão e de apresentação ao mesmo tempo, se multiplicaram, mais particularmente depois dos últimos vinte anos.

Haverá uma correlação entre essa evolução e as condições sociais e históricas concomitantes? Algumas hipóteses a esse respeito foram admitidas por vários autores que se ocupam de épocas diferentes: o nascimento de um regime de liberdade e de democracia favoreceria o progresso da retórica e sua importância filosófica, enquanto a constituição de um Estado autoritário acarretaria o seu declínio. É nessa perspectiva que é julgada hoje a controvérsia que opõe os sofistas a Platão[5], que é explicado, por Gwynn[6], o declínio da retórica depois do advento do Império Romano, que é apresentado o papel da retórica medieval[7], que são explicados o progresso e o declínio da retórica do Renascimento[8]. Não será da mesma forma que se deveria explicar a revivescência contemporânea da teoria da argumentação?

Espero que estas poucas sugestões sirvam de ponto de partida a estudos mais aprofundados de sociólogos e de historiadores apaixonados pelos problemas de sociologia do conhecimento.

Discussão

Sr. M. de Gandillac. – A única observação que eu gostaria de fazer se refere a um ponto de história que só toca lateralmente ao que deve ser, aqui, o essencial do debate, ou seja, à sociologia do conhecimento. Trata-se, em suma, do sentido da dialética em Aristóteles. Para ouvintes pouco familiarizados com a filosofia grega, algumas fórmulas do Sr. Perelman puderam parecer equívocas; quando o Sr. Perelman opõe uma lógica da demonstração rigorosa a uma lógica da persuasão, reproduz decerto um pensamento antigo, hoje muito desconsiderado. Acontece, historicamente, que Aristóteles ignora o que denominamos hoje uma lógica puramente formal. Ele entende "silogismo" no sentido mais amplo e sempre aplicado a um conteúdo real, dedutivo ou indutivo, demonstrativo ou simplesmente provável. Se o silogismo dialético não é coercivo, isso se deve simplesmente, para ele, ao fato de as premissas permanecerem no plano da *doxa*. Mas a forma do raciocínio é tão rigorosa quanto a do silogismo demonstrativo.

Esse ponto de história é secundário. Na perspectiva do Sr. Perelman, tal como ele a definiu com perfeição, é nítida a distinção entre a forma e o conteúdo. É a propósito desse conteúdo que ele introduziu a diferença entre o que compete a uma metodologia rigorosa do conhecimento e o que corresponde ao plano das opiniões. É aí que nos aproximamos do problema propriamente sociológico, e gostaríamos de conhecer a reação dos sociólogos a esse respeito.

Sr. G. Gurvitch. – Tive a impressão, ao escutar meu colega e amigo Perelman, de certa concessão que ele gostaria de fazer à sociologia do conhecimento, admitindo-a como uma espécie de prima pobre, depois que a lógica descobriu suas verdades. Não prego nenhuma espécie de imperialismo da sociologia do conhecimento, já que creio que a sociologia do conhecimento, a epistemologia e a lógica se formulam reciprocamente questões, sendo provavelmente sempre uma disciplina vizinha a que presumidamente responde. Dito isto, não creio, de minha parte, que se possa limitar o estudo da sociologia do conhecimento ao problema exclusivo da argumentação. Creio que, para o sociólogo do conhecimento, o primeiro problema que se apresenta é o seguinte: por que, em certas sociedades e em certos momentos da história do pensamento humano, a argumentação desempenha um papel tão grande; por que, noutros períodos e noutras estruturas sociais, a argumentação não desempenha esse papel; por que às vezes a argumentação se aparta, digamos, da lógica e mais largamente da epistemologia, e por que em outros momentos se integra a elas. São *essas variações* que o sociólogo do conhecimento tem o direito de estudar. E isto abriria a discussão sobre um problema mais vasto do que o que o Sr. Perelman expôs, de um modo tão interessante, perante nós. Considero que é possível dar uma série de exemplos em que, no fundo, o problema da argumentação é inteiramente secundário, em que ele não intervém no desenvolvimento de uma ciência ou no desenvolvimento de uma doutrina filosófica. Procederei por casos extraídos de uma área em que as correlações funcionais entre o conhecimento e um âmbito social ressaltam de um modo particularmente claro. É o que sucede, por exemplo, com o conhecimento político. Temos diante de nós um gênero de conhecimento particularmente participante que é, ao mesmo tempo, uma tomada de posição, uma profissão de fé, um aproveitamento de meios às vezes revolucionários, às vezes oportunistas, para realizar a aspiração. Aqui, a argumentação desempenha um papel deveras subalterno; argumenta-se muito, mas já não é, em absoluto, argumentação, é propaganda, porque, tanto intelectual como emotivamente, os jogos estão feitos de antemão. No fundo, não são argumentos que vão penetrar na mente ou mudar as idéias do adversário político. Peço desculpas por essa comparação, mas há certa analogia nas discussões entre as diferentes escolas filosóficas porque, em geral, o pensamento filosófico, como tal, é igualmente muito participante e representa um gênero de tomada de posição tanto para com o mundo como para com a sociedade, mas diferente da tomada de posição política. Se os senhores tiverem à sua frente representantes de escolas filosóficas diferentes, cumprirá dizer que a argumentação dos diversos filósofos, uns contra os outros, não passa no fundo de uma argumentação puramente formal, porque na realidade eles reproduzem sua convicção política, sua doutrina filosófica, suas visões do mundo, e a argumentação é apenas uma maneira de apresentar sua orientação de uma forma acessível.

Devo confessar aos senhores, correndo o risco de decepcioná-los, que se pode observar, até nova ordem, uma situação até certo ponto análoga em sociologia. Creio que uma das grandes dificuldades contra as quais a sociologia tem de lutar é que, na fase atual de seu desenvolvimento, ela continua uma ciência em que a argumentação nem sempre é essencial. O que é essencial é a constatação dos fatos e é a elaboração de uma conceituação operatória. Mas a argumentação entre as diferentes escolas sociológicas, a argumentação sociológica propriamente dita, desempenha ainda um papel extremamente limitado em nossa ciência, e isso poderia fornecer mais uma prova de que os coeficientes humanos (sociais e políticos) ainda não estão suficientemente postos entre parênteses.

Permitam-me agora ir um pouco mais longe, falando tanto como filósofo quanto como sociólogo. Para os sociólogos, é evidente que, se a argumentação surte efeito, trata-se no fundo de uma maneira de difundir conhecimentos. Mais amplamente, poderíamos dizer que a argumentação nas ciências é sobretudo uma maneira de difundir, é uma difusão num círculo limitado ou num círculo mais largo. A questão não é adquirir um conhecimento pela argumentação; trata-se, pela argumentação, de difundir conhecimentos já adquiridos. Em filosofia, não é possível separar a argumentação da lógica e, de um modo mais geral, da epistemologia e até da ontologia, senão segundo certas escolas filosóficas, mas não segundo todas as escolas. Tomemos, por exemplo, a escola dialética, não no sentido de Aristóteles, mas no sentido histórico da demolição dos conceitos assentes, ou seja, no sentido de Platão, de Plotino, de Fichte, de Hegel, de Marx, de Proudhon, etc. Aqui já não há uma oposição efetiva entre uma análise, uma afirmação, uma demonstração e a dialética. E, então, essa dialética não necessita ser argumentativa, porque, se encontramos a dialética no movimento das próprias idéias ou no próprio ser, se a dialética não passa de uma manifestação de um movimento real, já não há problema de distinção entre os conhecimentos adquiridos, entre as certezas adquiridas e a argumentação. A argumentação se torna totalmente secundária. Portanto, devemos sair de certa preconcepção da lógica e da epistemologia, para chegar a uma separação entre a argumentação e a demonstração propriamente dita. Porque outras tomadas de posição negariam qualquer possibilidade de separar os dois aspectos.

Sr. C. Perelman. – Eu poderia responder em poucas palavras a essas observações muito interessantes. Antes de mais nada, não se trata de considerar a sociologia do conhecimento como a prima pobre da lógica ou da epistemologia. Em minha opinião, todas as disciplinas são ramos auxiliares umas das outras. Penso que o senhor será o último a recusar este ponto de vista. Por conseguinte, não quis de modo algum reduzir a sociologia do conhecimento ao estudo dos problemas apresentados pela argumentação. Apresentei uma abordagem. Todo um conjunto de problemas que interessam à sociologia do conhecimento podem ser elucidados graças a essa abordagem, mas é claro que muitos outros problemas podem ser estudados na sociologia do conhecimento. Mostrei que o fato de a argumentação se transformar, de a sua teoria desempenhar um papel importante numa época e não noutra, é um dos problemas da sociologia do conhecimento; aliás, eu o levantei e apresentei em consideração aos sociólogos do conhecimento. Por outro lado, faço questão de salientar que, para mim, a argumentação se apresenta também na deliberação íntima da pessoa consigo mesma. E, todas as vezes que a nossa posição não está inteiramente esclarecida, argumentamos com nós mesmos. Neste caso, não posso admitir que em qualquer área que seja, exceto na área da revelação – e ainda deve-se argumentar quanto à interpretação correta da revelação – se possa reduzir a argumentação à mera difusão de idéias. Concordo em admitir com o senhor que há áreas em que, de fato, a argumentação é apenas fingimento, que os jogos estão feitos. Há, aí, um problema muito interessante. Por que se deverá fingir? É preciso que a argumentação tenha interesse e valor em grande número de casos, para que as pessoas se dêem ao trabalho de fingir argumentar. É porque uma moeda está em circulação e possui um valor que se dão ao trabalho de fabricar moeda falsa.

Por outro lado, o senhor nos diz que, em política, em filosofia e mesmo em sociologia, o que o senhor lamenta, a argumentação consiste simplesmente numa redução de outrem à própria pessoa, que não acarreta nenhuma mudança de posição. Por quê? Há na argumentação, em minha opinião, duas coordenadas, deve-se julgar a argumentação por meio de dois critérios. Há, primeiro, o critério da eficácia. Mas isto não basta, porque toda eficácia da argumentação é relativa a certo auditório. E a argumentação que é eficaz para um auditório de gente incompetente e ignorante não tem a mesma validade que a argumentação que é eficaz para um auditório competente. Daí resulta que derivo a validade da argumentação e a força dos argumentos da qualidade dos auditórios para os quais tais argumentos são eficazes. Agora, o senhor lamentará não haver argumentos válidos para as escolas filosóficas e sociológicas. Isto supõe, de fato, que ainda não se tem um critério comum que permita julgar da validade dos argumentos, tanto entre os filósofos como entre os sociólogos, e isto seria, talvez, uma prova decisiva para afirmar que a sociologia não é desvinculada da filosofia, já que ainda não tem condições de elaborar critérios sobre cuja validade haja um acordo. É justamente essa a situação característica da filosofia. Mas, na medida em que devo argumentar comigo mesmo, quando construo meu sistema filosófico, a argumentação intervém inevitavelmente e, então, não posso dizer que em todos os casos ela não passa de uma artimanha Então, os senhores me dirão, a sua concepção da argumentação só vale para certas concepções da razão, da lógica, etc., e toda a corrente da dialética a que chamarei realista, que vai de um certo Platão a Marx, não leva em conta a argumentação; estou de pleno acordo com o senhores. Pessoalmente, parti da lógica formal, estudei a área da lógica formal, ou seja, da prova demonstrativa. Vi que um campo inteiro de nossos raciocínios é deixado inexplorado. Perguntei-me como, racional ou razoavelmente, dominar esse campo. E vi que isso comportava quase tudo o que nos importa na vida, na prática, tudo o que é essencial para as ciências não formais e, de um modo muito particular, para as ciências humanas. Se bem que, faz pelo menos um século, a lógica venha sendo reduzida, resumida à lógica formal e à prova demonstrativa, parece-me que convém desenvolver toda uma área da lógica que seja complementar daquela da lógica formal. Todos os raciocínios que os dialéticos realistas consideram como sendo objetivos e necessários entram na área da argumentação, se admitimos os critérios do lógico formalista. Evidentemente, tudo depende do critério. Aliás, mostrei-lhes bem que há vicissitudes da teoria da argumentação, justamente na medida em que estenderam indevidamente o campo da demonstração; se admitem demonstrações que não são universalmente convincentes, devem mostrar por que as demonstrações aritméticas são convincentes e por que as outras não o são. Há, ainda assim, fatos que examinamos como lógicos formalistas e dos quais cumpre, em minha opinião, tirar conclusões filosóficas. Não devemos iludir-nos. Podemos falar de um raciocínio e dizer que é necessário, mas, de fato, se ele não é convincente, que significa a idéia de necessidade, neste caso? Que significa a idéia de prova coerciva quando a prova não é coerciva? Um dos procedimentos utilizados na argumentação, que não é um procedimento leal, porque quem o utiliza prefere a eficácia à lealdade, quando se dirige a auditórios pouco críticos, é justamente a aplicação de uma má qualificação. Ora, há um procedimento desleal em toda essa concepção dialética que qualifica de prova coerciva o que, efetivamente, não é prova coerciva. Há nisso uma falsa qualificação e é preciso esclarecer essa falsa qualificação a partir, evidentemente, de uma certa concepção do que é a prova coerciva. Para mim, a prova coerciva é aquela que podemos tornar mecânica; mas notem bem que não reduzo a essa forma de prova coerciva a concepção que tenho do racional e do razoável. Creio que o racional e o razoável vão mais além. Mas acho que aquilo a que chamamos lógica, que é o estudo de meios de prova, comporta justamente, de um lado, a prova demonstrativa e, do outro, o uso de argumentos.

Sr. Erard. – Parece-me ver um exemplo particularmente flagrante do condicionamento social da argumentação, no sentido em que o entende o Sr. Perelman, nas técnicas de discussão que acompanham o modo democrático de conduta tal como o definiram Lewin e seu Research Center for Group Dynamics, em contraste com a autocracia e com o *laisez-faire*, isso sem falar dos tipos de autoridade intermediários. Aqui, a discussão coletiva – evolutiva ou livre – deve conduzir a uma "decisão de grupo" que implica, dizem, participação e integração no grupo – ou melhor, constituição de um Nós mais ou menos intenso –, adesão ao projeto e ao chefe, despertar da responsabilidade individual e da autodisciplina, interesse pelo trabalho, etc., favorecendo ao mesmo tempo a catarse, pois a psicanálise não está ausente da teoria!

Sr. Malgaud. – O Sr. Perelman pode hoje ser chamado de chefe da escola de Bruxelas, que expõe, no tocante à lógica, que a velha lógica formal é limitada demais e que, no fundo, todo pensamento nosso se move noutro plano, que é aquele do que se poderia chamar lógica comum. Ora, está claro que neste momento a sociologia se vê chamada, em primeiro lugar, a fornecer essas idéias, porquanto, aliás, a maioria das idéias dos homens são idéias que são as da ação e da vida. O Sr. Gurvitch, se bem compreendi, esta manhã contrapôs a essa argumentação do Sr. Perelman o problema da dialética. Mas a argumentação não é uma regra, ela surge de sua própria matéria; a dialética, se bem compreendi o pensamento do Sr. Gurvitch, talvez possua uma lógica interna. E é a esse respeito que eu gostaria de lhes dizer duas palavras sobre uma obra que escrevi muitos anos atrás, uma vez que (como passa o tempo!) foi publicada em 1921, e que intitulei *Le problème logique de la société*. Tentei discernir uma forma geral da sociedade em que me perguntei se não encontraríamos na sociedade ao mesmo tempo uma razão e uma forma lógica. Nessas condições, nasce o que chamamos de noção capital de coerção social. A coerção social é justamente uma ação coletiva dirigida, dessa vez, contra o indivíduo delinqüente. E, daí, novos desenvolvimentos, porque veremos que esse grupo, se está unido ante um inimigo atual, deve continuar a ser permanente perante todos os inimigos possíveis, sob pena de arriscar-se ao aniquilamento se se dispersar. Penso que a lógica propriamente dita pareceria ser uma lei da sociedade, não quando considerássemos os fenômenos em sua causalidade histórica, porque então intervêm a contingência e eventualmente os fatores materiais, mas, ao contrário, enquanto se trata desse elemento propriamente lógico que se apresenta como uma lei da sociedade.

  E parece-me também que teríamos aqui uma lógica bastante precisa, já que é uma verdadeira forma que é absolutamente geral. Praticamente, para uma sociedade como a nossa, é no grupo do Estado representante do grupo externo que descortinaríamos as grandes funções, que são o direito, a moral e tudo quanto foi construído pela economia política, pela própria política, antagonista do direito quando o direito se torna justamente demasiado liberal e esmaga o indivíduo, o que então provoca uma reação da massa oprimida para obter, por exemplo, um movimento operário, primeiro livre, depois político, tornando-se um poder do Estado. Tudo que invoquei são formas propriamente lógicas, idéias que se deduzem umas das outras.

E creio que no tema deste debate chegamos a uma conclusão extremamente precisa e que estaria relacionada, se bem compreendo, com as conclusões do Sr. Gurvitch, já que seria propriamente a formação das idéias, pela sociedade, que faria as leis lógicas.

Sr. Hamon. – Trata-se, em suma, de conhecer as condições sociais em que um argumento é eficaz e, para evitar qualquer discussão, definamos aqui o argumento como sendo a razão com pretensão objetiva dada em apoio de uma tese. Há exemplos de regulamentação explícita dos argumentos, notadamente nos diferentes códigos, a fim de evitar o escândalo de dosar as forças concludentes, etc., mas há também regulamentações implícitas que variam conforme os auditórios (Tribunal, Parlamento, Congressos políticos, etc.). Aqui tal argumento surte efeito, ali não funciona. O bom orador é aquele que sente isso por instinto. Aliás, não terá sido a crescente variedade dos auditórios que acarretou, na segunda metade do século XIX, o declínio da retórica e o recuo conjunto da lógica formal, tornada secundária ante a diversificação dos públicos? Aliás, aqui se levanta uma questão: incindirá a variação sociológica apenas sobre as premissas do raciocínio ou sobre o próprio andamento dele?

Sr. Perelman. – Para responder ao Sr. Hamon, eu teria de retomar alguns elementos. Partirei de seu exemplo de um argumento que surte efeito hoje e não surtiu efeito há três séculos. Como se teria de qualificar um argumento assim, se devêssemos definir o argumento, de acordo com o Sr. Hamon, como uma razão com pretensão de objetividade que é dada em favor de uma tese? Será que não era um argumento há três séculos e tornou-se um argumento hoje? Em vez de falar de argumentos com maior ou menor força, com maior ou menor aceitação, transferiremos a discussão para a seguinte questão: é ou não é um argumento? Um dirá que é uma razão com pretensão de objetividade e o outro dirá que não admite que seja uma razão com pretensão de objetividade: discutir-se-á o próprio estatuto do argumento. E, a esse respeito, faço questão de acrescentar imediatamente que a palavra "objetividade", no tocante à argumentação, deveria ser substituída pela palavra "imparcialidade", porque, em todos os domínios em que se trata de argumentação, a objetividade é difícil de ser precisada. Quando se trata de escolher uma maneira de agir, há sempre uma qualidade que se exige do orador: é a imparcialidade. Mas essa própria imparcialidade pode mudar de sentido conforme os auditórios. Prefiro, de todo modo, fornecer à teoria da argumentação um contexto que faria, daquilo que o senhor pretende ser a única possibilidade de argumentação, um caso particular.

O senhor me pergunta por que a retórica desapareceu com o advento da democracia, digamos, a partir do último quartel do século XIX, se bem que tenha sido praticada por nossos pais. O que foi praticado por nossos pais não era, em absoluto, uma retórica que visava a formar uma opinião. Era uma retórica muito mais formal, concebida como um procedimento de exposição. A retórica relativa ao conteúdo desenvolveu-se sobretudo durante o Renascimento. A partir do fim do Renascimento degenerou-se; isso se deu, em grande parte, por causa da intervenção de Pierre de La Ramée e de Omer Talon. Foi Talon que suprimiu da retórica tudo quanto não era simplesmente procedimento de exposição. Pessoalmente, forneço uma explicação totalmente diferente desse fenômeno: a técnica de persuasão, a partir da última parte do século XIX, era fundamentada no prestígio da ciência e se inspirava no modelo da ciência. Toda argumentação devia ser feita em nome da verdade e em nome da ciência. E, em conseqüência, também se devia evitar qualquer alusão favorável à retórica, para não enfraquecer o alcance da argumentação. Se quiserem, é um procedimento de retórica não falar de retórica. Assim, Pascal, que era um dos maiores mestres da retórica argumentativa, dizia que um bom orador não faz caso da eloqüência. Há um procedimento que consiste em esconder os procedimentos e, o que Paulhan mostrou no que tange ao romantismo e ao "terrorismo" em literatura, creio que também se pode mostrar no tocante à técnica da argumentação.

Enfim, o senhor me pergunta se o condicionamento social do raciocínio incide sobre o fundo ou sobre a forma. Acho que essa questão admite uma separação entre fundo e forma que não entra no contexto de meu pensamento. O que importa para a argumentação é a escolha das premissas para lhes dar uma *presença* na consciência dos ouvintes. O que conta essencialmente é, portanto, uma escolha. Escolha que é submetida a todas as espécies de técnicas de apresentação, de forma. Dizer que se argumenta em nome da verdade ou em nome da ciência, quando não se trata nem de lógica formal nem de razão coerciva, são técnicas de argumentação. O senhor as chamará de técnicas de fundo ou de técnicas de forma? Acho que a separação é perigosa. As duas estão ligadas, porque se trata de uma hierarquia implícita dos valores, superioridade conferida a certas teses sobre outras. E essa hierarquia, pela valorização, é a um só tempo uma questão de fundo e uma questão de forma.

Sr. Maître. – Parece-me que alguns critérios utilizados pelo Sr. Perelman necessitam ser precisados. Assim, o recurso às máquinas, para distinguir entre argumentação e demonstração, é ambíguo; com efeito, todo sistema de regras operatórias rigorosas poderia em princípio ser mecanizado; mas, se utilizamos, por exemplo, a álgebra de Boole para produzir encadeamentos correspondentes aos da lógica formal, escolhemos precisamente uma álgebra adequada; outras álgebras teriam fornecido seqüências alheias à lógica formal; algumas álgebras mal construídas até poderiam ter servido de modelo para máquinas que funcionam de um modo rigoroso e produzem erros sistematicamente.

Assim também, o critério da eternidade da lógica formal colide com o fato de que civilizações muito evoluídas – penso naturalmente no caso da China clássica – não encontraram a idéia de prova rigorosa.

Por outro lado, ficaria tentado a propor nuanças ao pessimismo do Sr. Gurvitch. Ele evocou discussões entre professores universitários ou entre líderes políticos, que têm poucas possibilidades de convencer os adversários. Ora, tais personagens discutem para um público que é, por sua vez, de certo modo capaz de mudar de opinião a partir de argumentações. Pode-se também citar o exemplo da Assembléia Nacional, cujos oradores se dirigem, de fato, mais aos eleitores do que aos colegas.

Partindo das observações de Piaget sobre o papel da cooperação na formação das atitudes científicas, vê-se que um acordo sobre as regras operatórias pode até originar-se de certas discussões entre sociólogos, para passar da argumentação para a demonstração, da ideologia para a ciência. Assim, em sociologia das religiões, esse descentramento conduz aos poucos a um acordo metodológico entre membros de diferentes confissões e mesmo entre crentes e incréus.

Srta. Mitrani. – Penso que, em nossa realidade social atual, a noção de argumentação tende a ser substituída pela noção, muito mais pobre e ao mesmo tempo mais manipulável, de informação. A argumentação implica a liberdade de reflexão deixada ao sujeito, ao passo que a informação, enquanto técnica de transmissão de mensagens destinadas a desencadear condutas, é muito mais coerciva.

Sr. C. Perelman. – Nem todos os sistemas de lógica formal são forçosamente sistemas coerentes. Há sistemas de lógica contraditórios que podemos reproduzir mecanicamente. O que me interessa é que não podemos reproduzir mecanicamente procedimentos de argumentação. Porque a intervenção do interlocutor e o papel global desempenhado por um argumento num contexto fazem que não seja possível pegar um esquema argumentativo e mecanizá-lo, sem o transformar inteiramente.

É evidente que a lógica formal nasceu em certo momento. Podemos até perguntar-nos em que medida a nossa própria concepção da lógica não se deve a uma formalização a partir da retórica, tal como foi desenvolvida por gente como Górgias, e por ocasião de problemas que surgiram na Sicília, onde o formalismo jurídico deixou de ser aplicável por causa de mudanças sucessivas de regime. Há, aí, um problema muito interessante, o da maneira pela qual se manifesta um formalismo.

Mas, uma vez que fica manifesto, é considerado coercivo. Cumpriria, pois, fazer uma distinção entre o problema histórico do nascimento de um formalismo e o problema vivo e atual de sua validade.

Faço questão de insistir no fato de que nem sempre convém, com o risco de desconsiderá-la indevidamente, definir a retórica exclusivamente como um procedimento que visa à propaganda e às massas. Creio que não podemos, não só discutir com outrem, mas mesmo nos envolver numa deliberação íntima, sem utilizar a argumentação. Portanto, não se trata de evitar a argumentação. Não se trata de dizer que ela é ineficaz: uma certa argumentação é que é ineficaz, contraposta a outra que apresentamos a nós mesmos. Mas, dizer que a argumentação como tal é ineficaz é dizer que agimos simplesmente ao acaso, ou em virtude de intuições incomunicáveis; como racionalista, não posso admiti-lo.

Quanto à observação da Srta. Mitrani, parece-me que a idéia de informação é um equivalente positivista e simplista da idéia de argumentação, porque a argumentação comporta como caso particular a informação, mas o inverso não é verdadeiro. É como pretender que tudo que eu digo, digo em nome da verdade. Posso, evidentemente, pretender isso, se creio que tudo que afirmo é produto de uma revelação. Mas, a não ser que se queira desenvolver uma teoria da informação com fundamento profético, querer fazer toda afirmação passar por informação é, na minha opinião, uma forma de enganar o interlocutor. Equivale a imitar os que denominam ministérios da informação aqueles encarregados da propaganda.

Capítulo III
*Pesquisas interdisciplinares sobre a argumentação**

Uma condição indispensável à fecundidade das pesquisas interdisciplinares é a existência de uma teoria que assegure, a um só tempo, a terminologia e as perspectivas dos estudos empíricos ou experimentais. Sem uma teoria assim, há o risco de cada disciplina examinar fenômenos diferentes ou, pelo menos, fenômenos dos quais seria difícil determinar em que correspondem aos estudados por outra disciplina. Assim é que é difícil correlacionar os conhecidos estudos de Festinger e de sua escola sobre a dissonância[1] com a contradição, tal como está definida em lógica formal, e com a incompatibilidade, tal como foi definida na teoria da argumentação[2].

Por inúmeros anos, os estudos referentes à psicologia do raciocínio ignoraram completamente a contribuição da lógica moderna. O grande mérito de J. Piaget foi ter, tanto por seu esforço pessoal como pela colaboração com lógicos profissionais, posto a psicologia em contato com a lógica. Assim também, a sociologia do conhecimento, cujo interesse é inegável, foi muito prejudicada pela ausência de uma teoria do raciocínio não formal. Pois é evidente que o raciocínio formal, tal como é analisado pela teoria moderna da demonstração, não pode, por sua própria natureza, ser influenciado pelas condições psicológicas e sociológicas do conhecimento. O raciocínio formal é impessoal e intemporal, o que permite concebê-lo

---

* Relatório apresentado, em 6 de setembro de 1996, em Evian, no Congresso Mundial de Sociologia, publicado *in Logique et Analyse*, Bruxelas, 1968, vol. XI, pp. 502-511.

em termos platônicos ou em termos puramente formalistas. Apenas uma teoria da argumentação possibilita especificar com precisão os pontos de impacto em que os elementos psicológicos ou sociológicos exercem uma inegável influência.

A argumentação tem como objeto o estudo das técnicas discursivas cujo intuito é ganhar ou reforçar a adesão das mentes às teses que se lhes apresentam ao assentimento[3]. Toda argumentação pressupõe um orador, aquele que apresenta um discurso (o qual pode, aliás, ser comunicado tanto por escrito como verbalmente), um auditório, aqueles a que visa a argumentação (o qual pode identificar-se com o orador, na deliberação íntima) e uma finalidade, a adesão a uma tese ou o crescimento da intensidade da adesão, que deve criar uma disposição à ação e, se for o caso, desencadear uma ação imediata.

Esta apresentação sintética das bases da teoria da argumentação revela, imediatamente, o grande número de noções suas que concernem diretamente à psicologia do raciocínio, à psicologia social e à dinâmica das relações humanas. Em nosso tratado tivemos, várias vezes, a ocasião de citar estudos psicológicos relativos ao prestígio e à credibilidade do orador, à influência da ordem de apresentação dos argumentos, ao papel do meio na aceitação deles. Numa contribuição muito densa ao volume consagrado à teoria da argumentação, publicado pelo Centro Belga de Pesquisas de Lógica[4], Apostel fez um levantamento das várias teorias psicológicas e sociológicas que poderiam ser utilmente aplicadas ao estudo das teses da teoria da argumentação. Seu artigo, intitulado "Rhétorique, psycho-sociologie et logique"[5], examina sucessivamente alguns trabalhos dedicados à dinâmica das atitudes e das crenças, à dinâmica dos grupos e à teoria da informação; apresenta várias hipóteses referentes à possível aplicação delas ao estudo da eficácia dos esquemas argumentativos.

Se não fôssemos limitados pelo tempo, poderíamos examinar sistematicamente todos os aspectos da teoria da argumentação passíveis de um estudo interdisciplinar. Basta-nos, atualmente, assinalar alguns desses aspectos, dentre os mais dignos de nota.

Dentre as condições prévias da argumentação, deve-se levar em consideração o desejo de persuadir, o de escutar e de se deixar convencer, a existência de uma linguagem comum ao orador e ao auditório. Em qual momento, em quais circunstâncias aparecem esses diferentes elementos? Como se efetua a passagem do comando para a persuasão? Quais são as condições psicológicas e sociológicas que favorecem tal passagem? Conviria distinguir, a propósito disso, as condições que favorecem uma argumentação livre dos procedimentos que instituem, numa sociedade, em certos casos e para certas situações, um contato obrigatório entre orador e auditório. Basta pensar, a esse respeito, nas instituições políticas e religiosas, na instrução obrigatória, bem como em todos os procedimentos previstos pelo direito, tanto nacional quanto internacional, que favorecem um contato das mentes, ora unilateral, ora bilateral, como num processo ou na discussão.

Os problemas da linguagem, enquanto instrumento de comunicação e de argumentação, podem suscitar estudos de lingüistas e de sociólogos. Ao lado de uma linguagem comum e profana, verifica-se a existência de línguas sacras, de línguas técnicas, cujas interferências com a língua comum, por ocasião de processos de argumentação, merecem uma análise minuciosa. Um caso típico de tal interferência seria fornecido pela linguagem jurídica, apresentada ora como uma linguagem hermética, apenas para o uso dos iniciados, ora como uma linguagem acessível a todos. O modo como interagem, em direito, o uso comum e o uso técnico de uma mesma noção poderia ser utilmente comparado ao modo como as noções filosoficamente elaboradas modificam o uso comum de noções tais como *realidade*, *liberdade*, *essência*, *existência*, *natureza*, *Deus*, etc.

Qualquer argumentação, para ser eficaz, deve apoiar-se em teses admitidas pelo auditório. Como a intensidade de adesão poderá ser medida ou, pelo menos, avaliada? Em que medida e em que circunstâncias os membros de um auditório socialmente organizado serão, a esse respeito, solidários uns com os outros? Haverá pessoas cujo parecer é mais representativo? Como essa representatividade pode ser conhecida? Em que medida se poderá fazer fé nas afirmações anteriores de uma pessoa ou de um grupo? Em que circunstâncias se poderá, ao contrário, esperar uma mudança de parecer ou de atitude? Qual será, a esse respeito, o papel do princípio de inércia[6], que permite contar com a continuidade das opiniões, que não se abandonam sem razão, e da regra de justiça[7], que exige o tratamento igual de situações essencialmente semelhantes? Conhece-se a importância do *precedente* na vida social, em especial na vida jurídica. Através de análises de metodologia das ciências poderíamos precisar-lhe a importância igualmente em todas as disciplinas intelectuais. Um estudo assim seria especialmente útil, parece-me, para aclarar uma noção própria da teoria da argumentação, a de *força* de um argumento. Essa noção é alheia à teoria da demonstração, que só conhece provas concretas, ou seja, conformes às regras, e provas que não o são. Ora, não basta, na argumentação, conformar-se a uma regra para chegar a uma conclusão coerciva. Argumentos são fortes ou fracos. Como se deverá avaliar essa força ou essa fraqueza? Dever-se-á identificá-la com a eficácia de uma argumentação? Mas esta só pode ser determinada relativamente a certo auditório. Dever-se-á resumi-la à noção de validade, sendo esta determinável pela probabilidade calculável da conclusão? Mas nem todos os argumentos podem ser reduzidos a um esquema de probabilidade: é certo que seria interessante ver quais argumentos podem ser formalizados e quais seriam as condições dessa formalização.

Para que um argumento surta algum efeito, é preciso que seja percebido como relevante. Como se poderá definir essa noção? Poder-se-á concebê-la direta ou indiretamente, servindo-se da noção de *irrelevância*? Poder-se-á apreendê-la nas diferentes disciplinas em que é usada?

Enquanto a prova demonstrativa, que é coerciva, torna indubitável a relação das premissas com a conclusão, como a argumentação nunca é coerciva, pode-se perguntar-se em que medida uma tentativa de argumentar em favor de uma tese se arrisca, ao contrário, a abalar a confiança que se tem nela. Quem se desculpa se acusa, dizem. E, efetivamente, o fato de discutir a reputação de um homem prova que ela é discutível, que não está livre de discussões. Quando convém argumentar em favor de uma tese, o que a leva a ser posta em discussão? Aliás, levanta-se um problema igual quanto às definições: quando se procura definir uma noção? quando se supõe, ao contrário, que ela é suficientemente clara para não dever ser definida? Como toda argumentação, trate-se de deliberação íntima ou de discussão pública, avança sobre o tempo da ação que ela deve preparar ou desencadear, o debate das decisões, às vezes até mesmo o das noções, não pode ser abandonado à arbitrariedade de cada qual. Concebe-se que certas matérias não possam ser postas em discussão, muito menos contestadas, pelo menos não a todo instante. Aristóteles se pergunta, nos *Tópicos*, que gêneros de problemas podem ser discutidos. Para ele, não se deve discutir com quem pergunta se é preciso respeitar os pais ou se os deuses existem: deve-se castigá-lo. Em direito, a coisa julgada é aquela que não se pode contestar, salvo em circunstâncias excepcionais. Compreende-se que numa sociedade, ciosa de eficácia, regulamente-se, por costumes e por procedimentos, o desejo de dialogar indefinidamente, que pode extravasar-se nesses diálogos de mortos. É por isso que estudos históricos e sociológicos referentes aos procedimentos de discussão, aos participantes, ao objeto, ao tempo e ao lugar, procedimentos que redundam com muita freqüência numa regulamentação jurídica, não deixam de ter interesse. Quem poderá tomar a palavra nesta ou naquela circunstância, quais serão as regras às quais se deverá submeter, qual será a origem e o alcance dessas regras, como e por que evoluirão? Constataremos, a esse respeito, variações notáveis, desde a cerimônia religiosa, em que o uso do discurso é regulamentado no menor detalhe, até a troca livre de palavras entre amigos de longa data.

O espírito crítico, dizem-nos, pode aplicar-se a qualquer objeto. Isto não é totalmente verdade, mesmo hoje, nos meios mais livres; não foi certamente esse o caso na maioria das sociedades historicamente conhecidas. Como e por que o espírito crítico invade novas áreas? Por que certas críticas, em certas épocas, não têm alcance e outras, muito parecidas às vezes, têm um alcance revolucionário, em política, em ciência ou em religião?

Os tipos de argumentos utilizados, assim comol a sua eficácia, variarão com os meios, as épocas e as disciplinas; como os poderemos classificar? Podemos distinguir estilos na argumentação, tais como os estilos clássico e romântico, que procuramos definir e contrapor graças ao uso de lugares-comuns fundamentados na quantidade e na qualidade?[8]

Certos argumentos – aos quais chamamos quase-lógicos – parecem tirar sua validade do fato de evocarem raciocínios formais, lógicos ou matemáticos. Podemos perguntar-nos se isso implica que os esquemas formais sejam conhecidos, como tais, pelos utilizadores, se os esquemas que embasam determinado argumento são os mesmos no orador e nos diversos ouvintes; podemos, aliás, perguntar-nos em quais épocas, em quais meios, esse tipo de argumento é particularmente apreciado. A meu ver, são épocas que ainda não atingiram a plena consciência de um raciocínio formalmente rigoroso, mas isto é apenas uma hipótese por verificar.

Quando encontramos argumentos particulares que nos parecem ineficazes e ultrapassados, até mesmo ridículos, podemos discernir o que, em nossa reação diante deles, se deve a uma transformação de nossos conhecimentos, a uma modificação dos valores admitidos, ela própria talvez ligada a uma modificação de estrutura social?

Todos os esquemas argumentativos serão igualmente aptos a nos revelar essas modificações? Certos tipos de argumentos, tal como o argumento por analogia, não são privilegiados nesse aspecto?

O problema do argumento ultrapassado, inadaptado, se assemelha evidentemente ao do argumento utilizado em sociedades muito distantes das nossas. As argumentações que estas utilizam não podem revelar-nos não só suas opiniões aceitas, mas também seus valores e sua estrutura social? A propósito disso, surge um problema mais geral ainda. Haverá tipos importantes de argumentos que são desconhecidos nessas sociedades, ou que nelas só se apresentam metamorfoseados, de um modo que os deixa irreconhecíveis? Que formas assumirão, por exemplo, as dissociações[9] (tal como a oposição entre aparência e realidade) nas sociedades primitivas? Para quais incompatibilidades elas permitirão encontrar uma solução?

Existirá uma ordem prescrita no uso dos argumentos ou uma ordem que possamos considerar a mais eficaz? Em que medida, e por que razão, a ordem dos argumentos pode influir na eficácia do discurso? Assim também, qual é a influência do fato de ser o primeiro ou o último a tomar a palavra no decorrer de um debate? Haverá uma ordem de presenças nessa matéria? Como será estabelecida? Concebe-se que todas essas questões possam ser regulamentadas, e o sejam muito amiúde graças a tradições e convenções. Quais são as áreas que lhes escapam? Nas disciplinas cujo objeto é a busca da verdade todas essas questões serão sem importância?

Todas as disciplinas científicas devem, para progredir, elaborar hipóteses que serão submetidas à prova da experiência. A escolha dessas hipóteses será arbitrária ou será guiada por razões que se reportam à argumentação? Observe-se, a esse respeito, que a própria formulação da hipótese necessita recorrer a uma linguagem que servirá, mais tarde, para descrever a experiência que a deveria controlar. Essa linguagem resulta de uma tradição científica que lhe permitiu a elaboração: existe, de fato, uma dialética da teoria e da experiência, que se efetua por intermédio da linguagem elaborada e modificada pelo homem de ciência. Na medida em que essa dialética recorre a estruturas conceituais, que integram os resultados da experiência e do cálculo, o papel que nela desempenham as técnicas argumentativas não pode ser negado. Quais são os tipos de argumentos que intervêm na elaboração das ciências indutivas? Seu papel, quando se trata de ciências experimentais, parece, a muitos, concernir mais à invenção das hipóteses do que à prova da legitimidade delas. Isto é verdade sobretudo no tocante às ciências indutivas, que supõem a existência de regularidades que possibilitam a previsão e o controle. Mas não é esse o caso das disciplinas, tal como a história, que estudam os fatos não repetíveis, das ciências humanas, em que é difícil discernir regularidades suficientemente isoladas de seu contexto para torná-las comparáveis. Nesse caso, as ciências deverão contentar-se com presunções que queríamos que fossem precisas, numerosas e concordantes. Às vezes, mesmo, quando são visões globais do homem e do universo que se acham confrontadas, como numa antropologia filosófica ou numa ontologia, a relação entre as teses filosóficas e o que se poderia verificar a respeito delas é muito indireta, pois são dois conjuntos de argumentos que são opostos um ao outro. Como avaliar a força desses argumentos? Existirão critérios de validade ou de probabilidade, independentes dos sistemas filosóficos, e que permitiriam desempatar os pontos de vista confrontados? Um estudo histórico e analítico dos sistemas filosóficos, assim como dos argumentos que eles descartam ou favorecem, certamente lançaria luzes sobre essa delicada questão[10].

A utilidade que haveria em formalizar e em submeter ao cálculo diversos tipos de argumentos é inegável. Mas essa formalização, que sempre necessita de hipóteses prévias que tornariam possível a redução de um raciocínio não formal a um raciocínio formal, supõe uma tomada de posição prévia atinente à importância do que é desprezado, por causa da redução ao formal. Observe-se que essas tomadas de posição, quando têm alcance geral, são associadas a uma filosofia discutível, mas são aceitas com muito mais facilidade quando têm alcance mais reduzido, metodológico, por assim dizer. Embora o utilitarismo, em geral, seja uma filosofia muito controvertida, é muito mais fácil admitir o valor do critério de utilidade para comparar soluções de problemas particulares. É por essa razão que será mais fácil nas ciências e nas técnicas particulares do que nas argumentações de alcance filosófico o acordo sobre a utilização de certos tipos de argumentos e sobre o fato de descartar outros. O estudo dos argumentos que acompanham as tentativas de redução lançaria luzes significativas na metodologia das ciências e das técnicas, comparada com a do pensamento filosófico.

Salientamos, no *Tratado da argumentação*, a importância da presença para a eficácia da argumentação[11]. O estudo psicológico do modo como a *apresentação* de certos fatos os torna presentes na consciência, e por isso influi na eficácia de uma argumentação, teria muito alcance para a estilística. Muitas figuras tradicionais da retórica poderiam ser examinadas do ponto de vista da sua eficácia argumentativa. De uma maneira geral, ao analisar as diversas figuras de retórica segundo os esquemas argumentativos aos quais se reportam, poder-se-ia tentar determinar-lhes o impacto sobre este ou aquele tipo de auditório, indicar os casos em que seu uso é pouco apropriado e os casos em que é indispensável. Aliás, deveriam ser empreendidos estudos estilísticos, e outros, para pôr em evidência a maneira pela qual forma e conteúdo interagem na mente de um auditório. Em que medida as variações de forma serão possíveis sem implicar variações sobre o conteúdo, em que medida ambas são indissociáveis? Tais problemas mereceriam um estudo diferenciado de acordo com as áreas, indo de diversas disciplinas científicas até a publicidade comercial.

A psicologia, a psicopatologia e a filosofia poderiam, sem dúvida, ajudar-nos a precisar a noção de *racional*, que só se concebe no contexto de uma argumentação. Que será uma escolha ou uma decisão racional? Que será racionalizar ou apresentar como racional o que não o seria efetivamente? Que será uma interpretação racional de um fenômeno, de um símbolo, de um texto, de um comportamento? A noção de racional poderá ser expressa ou definida em termos psicológicos, sociológicos ou filosóficos? Esses diversos pontos de vista se imbricam ou são apenas parcialmente sobreponíveis? Quais são as relações de uma teoria psicanalítica da interpretação com os esquemas argumentativos? Sabe-se a importância que a escola do Dr. Lacan dá a essas questões.

Esta pequena amostragem de problemas referentes à argumentação, que poderiam ser objeto de pesquisas interdisciplinares, mostrou, assim espero, que este é um campo de investigações muito extenso e, ao mesmo tempo, muito pouco explorado.

Capítulo IV
*Analogia e metáfora em ciência, poesia e filosofia**

Como a analogia e a metáfora são instrumentos graças aos quais nos expressamos, comunicamos nosso pensamento e procuramos exercer uma ação sobre outrem, é normal que, para cumprirem essa função de modo eficaz, convenha adaptá-las todas as vezes ao objetivo perseguido. Um estudo retórico da analogia e da metáfora não pode ater-se a examiná-las num contexto particular e numa perspectiva específica, pois há o risco de ele considerar de natureza geral o que se deve apenas à especificidade do uso e do contexto.

Se Gonseth tem mesmo razão de escrever que "para conferir uma significação mais precisa às palavras cujo sentido continua aberto, cumpre introduzi-las em situações e em atividades a cujas exigências elas só poderão atender determinando-se com mais exatidão[1]", o estudo retórico de noções tais como *analogia* e *metáfora* necessita analisá-las em áreas múltiplas, sem se ater a examinar o que se tornam numa área específica, ainda que esta seja tão importante como a área científica. Filosoficamente, seria tão ridículo limitar a analogia ao papel que pode desempenhar no cálculo analógico como querer derivar o sentido da palavra "real" apenas de seu uso na expressão "os números reais". Talvez Black tenha razão de dizer que "toda ciência deve partir de uma metáfora para terminar numa álgebra"[2], mas nenhum poeta admitirá que o único uso válido das metáforas seja o que redundará numa formalização. O que é eficaz numa área é com-

---
* Publicado *in Revue Internationale de Philosophie*, 1969, 23º ano, pp. 3-15.

pletamente inutilizável noutra. Interessando-me essencialmente pelo papel das analogias e das metáforas em filosofia, parecer-me-á útil preceder o exame delas pelo dos usos antitéticos que lhes é dado em ciência e em poesia.

Gostaria, porém, de notar previamente que, mesmo sendo contrário à generalização indevida de uma concepção da analogia, específica a uma área, creio que não se pode ater-se a generalidades de uma vagueza inaceitável: assim como uma teoria do real não deve examinar tudo que, no uso comum, qualificamos de real – quando tal termo é tomado por sinônimo de importante, por exemplo –, assim também devemos descartar de nosso exame todos os casos em que a analogia é sinônimo de similitude bastante fraca entre os termos que comparamos. Fazemos questão de salientar que, para nós, não há analogia senão quando é afirmada uma *similitude das relações*, e não simplesmente uma similitude entre termos. Se afirmamos que A é B (esse homem é uma raposa), não se tratará, para nós, de uma analogia, e sim de uma metáfora, que é uma analogia condensada, e da qual trataremos mais adiante. Para nós, o esquema típico da analogia é a afirmação de que A está para B assim como C esté para D. A e C, B e D podem ser tão diferentes um do outro quanto possível: cumpre mesmo que sejam heterogêneos para que a analogia não se reduza a uma mera proporção.

É essencial, para que a analogia cumpra uma função argumentativa, que o primeiro par (A-B) seja menos conhecido, sob algum aspecto, do que o segundo (C-D), que o deve estruturar graças à analogia. Chamaremos o par que é objeto do discurso de *tema*, o segundo, graças ao qual se efetua a transferência, de *foro* da analogia[3].

Numa proporção aritmética (dois está para três assim como seis está para nove e como dez está para quinze), os números dois, seis e dez são diferentes, e o fato de serem pares não os torna análogos. Não há, aliás, entre esses pares de termos, analogia, mas uma *igualdade de relações*: a simetria da igualdade é tal que a ordem em que esses pares são colocados é totalmente indiferente; ora, com relação ao ouvinte, tema e foro não são, em absoluto, intercambiáveis.

Se, em virtude de certa familiaridade com o tema, este se torna tão conhecido que podemos pôr, do ponto de vista epistemológico, tema e foro em pé de igualdade, supera-se a analogia para afirmar a existência de uma mesma estrutura. Nesse caso, a especificidade dos termos do tema e do foro em nada influencia o efeito da analogia, tornando-se tema e foro exemplos diferentes de uma mesma relação xRy, em que x e y terão como valores ora os termos do tema, ora os do foro.

Assim como, para o estudo da analogia, não podemos identificar esta com alguma semelhança entre termos, assim também, para analisar a metáfora no prolongamento da analogia, é-me impossível qualificar de metáfora um tropo qualquer em que se substitua um termo por outro.

É verdade que Aristóteles, em sua *Poética* ($1457b^{7\,10}$) define a metáfora como a locução que dá a um objeto um nome que pertence a outra coisa, sendo a transferência fundamentada numa relação de gênero com espécie, de espécie com gênero, de espécie com espécie, ou numa analogia. Mas sabemos que se qualifica hoje de *metonímia* e de *sinédoque*, que são opostas às metáforas, os tropos em que a transferência dos termos é fundamentada, quer numa relação simbólica (a cruz por o cristianismo), quer numa relação de parte com todo (velas por navios), de gênero com espécie (os mortais por os homens) ou de espécie com gênero. É por essa razão que só me ocuparei com metáforas que, na definição de Aristóteles, são fundamentadas numa analogia e que não passam, efetivamente, de analogias condensadas.

Repetindo Aristóteles ($1457b^{10\,13}$), a partir da analogia A está para C assim como C está para D, haverá metáfora quando, para designar A, se diz o C de B ou, ainda, quando se afirma que A é um C. Se a velhice está para a vida assim como o entardecer está para o dia, qualificaremos metaforicamente a velhice de entardecer da vida ou diremos ainda que a velhice é um entardecer. Note-se, aliás, que se, sendo o tema tão conhecido quanto o foro, dizemos indiferentemente "o entardecer é uma velhice" ou "a velhice é um entardecer", já não se trata senão de metáfora puramente ornamental. Mas, então, essa metáfora só é bem-sucedida se seu valor deixa de ser verbal, porque certos aspectos dos *termos* do foro colocam os termos correspondentes do tema na perspectiva afetiva buscada. Assim é que a metáfora "a juventude é uma manhã" será mais expressiva do que "a velhice é um entardecer", pois as sensações vinculadas ao frescor da manhã, pelo fato de não durar muito, acentuarão esses aspectos da juventude para os quais se quer chamar a atenção.

Aparentemente contrário ao meu ponto de vista, Black considera que a metáfora é fundamentada numa ligação entre dois *termos*, cada qual situado em seu contexto, com os lugares-comuns que lhes são associados[4]. Mas, na realidade, na medida em que os contextos aos quais alude são indispensáveis para a compreensão, ele acaba também por ver na metáfora apenas uma analogia condensada, em que os contextos representam os termos B e D subentendidos. Dizendo de um homem que é um urso, um leão, um lobo, um porco ou um carneiro, descreve-se metaforicamente seu caráter, seu comportamento ou seu lugar entre os outros homens, em virtude da idéia que se tem do caráter, do comportamento ou do lugar desta ou daquela espécie no mundo animal, tentando suscitar a seu respeito reações iguais às que se sente comumente a respeito dessas mesmas espécies.

O lingüista que subscreve a minha definição da metáfora ficará, não obstante, tentado a estabelecer distinções que lhe parecem importantes de seu ponto de vista pessoal. Preferirá chamar *catacrese*, em vez de metáfora, o uso metafórico de um termo que permite designar aquilo para o que a língua não possui termo próprio (o pé da mesa, o braço da poltrona, a folha de papel); qualificará de *expressões de sentido metafórico* aquelas que, de tanto serem utilizadas, já não são percebidas como figuras, mas consideradas formas habituais de expressar-se, mencionadas no dicionário (um pensamento claro, profundo ou sublime); reservará o nome de *metáfora* às metáforas originais, em que tema e foro são ainda nitidamente heterogêneos. Observe-se que tais distinções interessam o retórico na medida em que, como catacreses e expressões de sentido metafórico são admitidas espontaneamente e sem esforço, bastará dar-lhe, por uma técnica apropriada, seu efeito analógico pleno para que elas acabem por estruturar-nos o pensamento e por atuar sobre a nossa sensibilidade de uma forma particularmente eficaz.

O estilo científico raramente lança mão das metáforas. Em compensação, especialmente na fase inicial, quando se lança numa nova área de pesquisas, o cientista não hesita em deixar-se guiar por analogias. Estas desempenham um papel essencialmente heurístico, como instrumento de invenção, a fim de fornecer ao pesquisador as hipóteses que lhe orientarão as investigações. O que importa, acima de tudo, é a fecundidade delas, as novas perspectivas que abrem à pesquisa; no limite, deveriam poder ser eliminadas, devendo os resultados colhidos poderem ser formulados numa linguagem técnica, cujos termos seriam tomados de empréstimo às teorias específicas da área explorada. Finalmente, a analogia será substituída por um modelo, um esquema ou uma lei geral que engloba tema e foro, de preferência de feitio matemático. Nas ciências, a analogia não pode ter a última palavra.

Já em poesia, as analogias serão muito mais raras do que as metáforas, que, para alguns críticos, são a própria alma do estilo poético, afastando-o da banalidade da linguagem comum.

Jean Cohen, inspirando-se numa distinção, introduzida por H. Adank[5], entre "metáforas explicativas" e "metáforas afetivas", considera estas últimas como características da linguagem poética[6]. Segundo ele, apenas afastando-se do uso habitual é que o poeta alcança seus fins, efetuando, graças a uma metáfora afetiva, o restabelecimento do sentido de sua mensagem: "o poeta atua sobre a mensagem para mudar a língua. Se o poema viola o código da fala, é para que a língua o restabeleça ao transformá-lo. Este é o objetivo de qualquer poesia: obter uma mutação da língua que é, ao mesmo tempo, como veremos, uma metáfora mental"[7]. A metáfora, entendida num sentido lato, como sinônimo de tropo, é necessária para reduzir "a impertinência" da mensagem com relação à norma. Para Jean Cohen, as metáforas poéticas, essencialmente afetivas, só são compreendidas se contrapomos o sentido emotivo ao sentido cognitivo das palavras. Repetindo uma distinção, que encontramos pela primeira vez na célebre obra de Ogden e Richards, *The Meaning of Meaning* (1927), convém contrapor ao sentido habitual das palavras, que podemos chamar denotativo e que figura nos dicionários, o sentido afetivo que cada palavra possuiria virtualmente e que seria seu sentido conotativo[8]. A linguagem poética, violando deliberadamente o código objetivo, não permitindo a comunicação de uma mensagem cognitiva satisfatória, obriga o leitor, que não quer resignar-se ao absurdo, a dar às palavras, graças à metáfora afetiva, um sentido conotativo apropriado. "A metáfora poética não é mera mudança de sentido, é mudança de tipo ou de natureza de sentido, passagem do sentido nocional para o sentido emocional."[9] É para facilitar essa transposição que o poeta recorrerá com tanta freqüência às figuras sugeridas por uma similitude fonética, à repetição de sons, de sílabas, às aliterações de toda espécie.

Embora essa tese possa parecer sedutora, a mim ela parece simplificar a realidade do fenômeno, pois deixa de lado o que o processo metafórico deve, o mais das vezes, à analogia subjacente, cuja reconstituição apela eminentemente às faculdades intelectuais e criativas do leitor, e que é fundamental na comunicação do pensamento filosófico.

O uso filosófico da analogia, essencialmente cognitivo, é tão diferente do uso poético quanto do uso científico. Ocorre a certos filósofos-poetas, tais como Pascal ou Nietzsche, servir-se de metáforas, mas as *imagens* dos filósofos não passam, o mais das vezes, de analogias. É isso, de todo modo, que se deve constatar ao examinar atentamente as passagens de Descartes citadas por Spoerri em seu sugestivo relatório sobre "La puissance métaphorique de Descartes"[10]. Spoerri observou que "Descartes quase não conhece as metáforas no sentido próprio"[11] mas recorre comumente às analogias. É porque um pensamento filosófico, mesmo tão racionalista quanto o de Descartes, não as pode dispensar. Para um filósofo, a analogia não é um mero intermediário, um auxiliar do pensamento que se busca e que o filósofo, bem como o cientista, poderia dispensar em sua conclusão. É, antes, remate e formalização de sua argumentação, da qual seria vão perguntar se termina numa álgebra. Mas sucede muitas vezes que os autores mais recalcitrantes com relação a uma linguagem imagética vão buscar suas analogias despertando expressões de sentido metafórico que fazem parte da linguagem comum ou prolongam uma catacrese, que parece mesmo a única maneira de se expressar na ocasião.

A partir da expressão "o encadeamento das idéias", Descartes acaba, com toda a naturalidade, por falar da cadeia das proposições que não é mais sólida do que o mais fraco dos elos: "com freqüência", escreve ele na 7.ª regra para a direção do espírito, "aqueles que querem deduzir algo depressa demais e de princípios distantes não percorrem toda a cadeia das proposições intermediárias com o cuidado necessário e saltam irrefletidamente muitas coisas. E por certo ali, onde um ponto é omitido, ainda que seja o menor, no mesmo instante a cadeia é rompida, e toda a certeza da conclusão se esvanece"[12].

O pensamento não desconfia muito da metáfora, que se limita a desenvolver a expressão "o encadeamento das idéias", mas cujo caráter analógico percebemos imediatamente se lhe opomos outra analogia. Opondo-me à concepção, a um só tempo dedutiva e unitária, do raciocínio em Descartes, e à sua visão do raciocínio como uma cadeia, escrevi num texto que analisava a estrutura do discurso argumentativo: "quando se trata da reconstituição do passado, o raciocínio se parece muito mais com um tecido cuja solidez é de longe superior à de cada fio que lhe constitui a trama"[13].

Basta o raciocínio ser concebido como uma cadeia ou como um tecido para que a relação entre o conjunto do discurso e cada um de seus elementos seja vista numa perspectiva totalmente diferente. Com efeito, cada foro estrutura de modo diferente o tema, que incita a pôr em evidência alguns de seus aspectos, deixando outros na sombra. Black observou com muita exatidão que a metáfora seleciona, suprime e organiza os caracteres do sujeito principal (o tema), implicando a seu respeito proposições que se aplicam normalmente ao sujeito subsidiário (o foro)[14]. Assim é que, observa ele, ao descrever uma batalha em termos extraídos do jogo de xadrez, elimina-se dela o aspecto emotivo[15].

Concebe-se que, muito amiúde, a discussão filosófica oponha uma analogia outra, corrija a do adversário ou a prolongue de uma forma em que este não pensara.

Vimos como, opondo o foro do tecido ao da cadeia, apresentamos diferentemente um discurso racional. Mas ocorre com muita freqüência que a discussão filosófica utilize um mesmo material tradicional, um mesmo foro, para desenvolvê-lo ou emendá-lo de diversas formas.

O método, ou a maneira que se deve seguir para adquirir conhecimentos, é normalmente comparado a um caminho, mas a maneira de utilizar esse foro, para pôr em evidência esta ou aquela perspectiva, será todas as vezes característica das preocupações do autor.

Conhece-se a célebre imagem que Descartes utiliza na segunda parte do *Discurso do método*: "Como um homem que caminha sozinho e nas trevas, resolvi caminhar tão lentamente e usar tanta circunspecção em todas as coisas que, embora só avançasse muito pouco, pelo menos evitaria cair"[16]. Para Leibniz, ao contrário, que insiste no aspecto social do conhecimento, "o gênero humano considerado em comparação com as ciências que servem à nossa felicidade" é semelhante a um bando de pessoas, às quais recomenda "caminhar em comum acordo e com ordem, compartilhar as estradas, mandar reconhecer os caminhos e consertá-los"[17].

Para os dois pensadores, apesar de suas divergências, a ciência perfeita existe no espírito de Deus, basta encontrá-la: o caminho está lá, basta percorrê-lo. Em contrapartida, para Hegel, o espírito absoluto está em devir, o conhecimento é um caminho que se constrói a si mesmo. A essa concepção impessoal da dialética, eu gostaria de contrapor uma visão que leva em conta, com mais nitidez, no progresso do conhecimento, a tradição, a iniciação, o exercício. Para exprimi-la, diria que nossa trajetória intelectual é ajudada por nossos pais e mestres, que, antes de construir mos novas estradas, de melhorar as antigas, utilizamos grande número de caminhos traçados pelas gerações que nos precederam; que certos caminhos, de tanto que foram negligenciados, se degradam e se cobrem de uma vegetação que nos faz perder-lhes o traçado, que às vezes ficamos felizes de reencontrar após vários séculos de abandono; que certos caminhos são tão escarpados que apenas alpinistas bem equipados e com longo treino se atrevem a aventurar-se por eles.

Spinoza, para "tratar da via e do método que nos levarão a tal conhecimento das coisas que importa conhecer", preferirá utilizar o foro fornecido pelo martelo e por outras ferramentas:

... para descobrir a melhor das investigações do verdadeiro, não há necessidade de outro método para investigar o primeiro e, para encontrar o segundo, necessidade nenhuma de um terceiro, e assim ao infinito; pois, desse modo, nunca se poderia chegar ao conhecimento do verdadeiro nem sequer a algum conhecimento. Acontece aqui o mesmo que com instrumentos materiais para os quais o presente raciocínio é válido. Pois, para forjar, é preciso um martelo e, para ter um martelo, é preciso fabricá-lo. Para o que se necessita de um martelo e de outras ferramentas e, para possuí-los, é preciso ainda de outros instrumentos, e assim infinitamente. E, por esse raciocínio, seria vão tentar provar que os homens não têm meio algum de forjar.

Mas, no início, os homens, com instrumentos naturais, realizaram certos objetos muito fáceis, conquanto com dificuldade e imperfeitamente, e, fabricados estes, confeccionaram outros objetos mais difíceis com menos trabalho e mais perfeição; e, assim, gradualmente, dos trabalhos mais simples às ferramentas, das ferramentas a outros trabalhos, e a outras ferramentas, lograram executar numerosas e dificílimas obras, e sem muito trabalho. Da mesma forma, o entendimento, por sua própria força inata, forja para si ferramentas intelectuais graças às quais adquire outras forças para outras obras intelectuais e, graças a essas obras, outras ferramentas, ou seja, o poder de buscar mais adiante. Assim, avança degrau por degrau até o topo da sabedoria1[18].

Deixando-nos guiar por essa analogia de Spinoza, somos levados naturalmente a visões contrárias às do racionalismo clássico, segundo o qual nossas idéias inatas são claras e distintas e garantem a verdade das proposições evidentes constituídas de tais idéias. Com efeito, se devemos avaliar as nossas primeiras ferramentas intelectuais da mesma maneira que os instrumentos naturais de que nos fala Spinoza, nossa atenção é atraída para a imperfeição deles e para o caráter social e progressivo do saber que, em vez de ser o empreendimento prudente de um homem solitário ou mesmo de um bando caminhando coordenadamente, exige para o seu aperfeiçoamento uma tradição secular, uma continuidade no esforço de grande número de gerações que se apóiam umas nas outras em sua caminhada rumo a um futuro melhor. Esse exemplo mostra como a analogia aceita por um autor pode ser prolongada num sentido que lhe contradiz as próprias conclusões.

Todas essas analogias, é vão submetê-las, em toda a sua amplitude, a uma verificação empírica qualquer. O que é possível, em compensação, é que o ponto de vista elaborado graças à analogia se mostre fecundo em certas áreas, estéril noutras, que possa suscitar algumas aplicações particulares, pesquisas interessantes e frutuosas que possam levar a resultados cientificamente controláveis. Cumpre observar, porém, que, com muita freqüência, a analogia leva não a uma hipótese teórica, empiricamente verificável, mas a uma regra de conduta, como na célebre apologia de Epicteto:

> Se uma criança enfiar o braço dentro de um vaso de bocal estreito, para tirar figos e nozes, e se encher a mão com eles, que lhe acontecerá? Não a poderá tirar e chorará. "Larga alguns (dizem-lhe), e retirarás a mão". Tu, faze o mesmo com teus desejos. Não desejes senão um pequeno número de coisas, tu as obterás1[19].

A analogia de Epicteto não é heurística nem afetiva. Aqui fornece um modelo de conduta; às vezes a analogia filosófica prepara ou exprime toda uma axiologia, ou mesmo uma ontologia.

Existe, como se sabe, todo um material analógico que constitui uma constante de cada cultura, talvez até seja comum a toda a humanidade. O papel do Sol e da luz no mundo visível, servindo de foro para falar de Deus, do Bem ou do conhecimento, é uma das constantes da filosofia e da religião no Ocidente. A tradição, platônica, agostiniana, cartesiana, até o Século das Luzes, nela se inspira e dela se nutre.

O diálogo inteiro de *A República* é uma longa analogia entre o Sol no mundo visível e o Bem no mundo inteligível, e culmina no mito da caverna[20].

Johannes Scotus Erigena se servirá da luz e dos olhos para fazer-nos compreender as relações da graça divina com a liberdade humana:

> Como o homem rodeado de trevas muito espessas, embora tendo o sentido da visão, nada vê pois nada pode ver antes que venha do exterior a luz, que ele sente inclusive quando conserva os olhos fechados, e que percebe, do mesmo modo que tudo quanto o rodeia, quando os abre; assim a vontade do homem, por todo o tempo em que está na sombra do pecado original e dos seus próprios, é entravada por suas próprias trevas. Mas, quando aparece a luz da misericórdia divina, não só ela destrói a noite dos pecados e a culpabilidade deles; mas também, curando a vontade do doente, abre-lhe a vista e a torna apta a contemplar essa luz purificando-a pelas boas obras[21].

Sabe-se como a influência neoplatônica, considerando o Sol como um reflexo ou mesmo como filho de Deus, favoreceu a aceitação, por Copérnico e por tantas outras mentes, da hipótese heliocêntrica em que "o Sol, sentado num trono real, é apresentado como governando os planetas, seus filhos, que giram ao seu redor"[22].

Por uma curiosa inversão das coisas, o cardeal de Bérulle desenvolverá seu cristocentrismo opondo-o ao heliocentrismo dos antigos egípcios, que chamavam o Sol de Filho visível do Deus invisível. A isso, o cardeal de Bérulle replicará que é Jesus "que é o verdadeiro Sol que nos olha pelos raios de sua luz, que nos abençoa com seu aspecto, que nos rege por seus movimentos: Sol que devemos sempre olhar e sempre adorar, Jesus é realmente o Filho único de Deus..."[23]

É graças a uma analogia com a luz que Descartes procura convencer-nos da unidade da sabedoria humana e do método científico que pode ser elaborado independentemente de seu objeto: "... dado que todas as ciências nada mais são senão a sabedoria humana, que permanece sempre una e sempre a mesma, por mais diferentes que sejam os objetos aos quais se aplica, e que não recebe mais mudanças desses objetos do que a luz do Sol da variedade das coisas que ela ilumina"[24].

As variações sobre esse tema chegam ao infinito[25]. Gostaria, para mostrar bem como é persistente essa tradição, de citar esta passagem de Brunner que, ao desafio que lhe lançava, no Simpósio do Instituto Internacional de Filosofia de Oberhofen, o professor F. Ayer, pedindo-lhe que apresentasse uma única verdade metafísica, respondeu:

> Eis um exemplo de verdade metafísica. É formulado, é verdade, em forma de imagem. Mas isso em nada lhe diminui a autenticidade; ao contrário, pois a imagem é mais sintética do que o enunciado conceitual e contém em geral, como sucede aqui, uma profundidade infinita de meditação.
> A luz que está nesta sala vem da luz exterior. Digo que há a mesma relação entre a luz que está aqui e a luz exterior que está entre o mundo e Deus. Com efeito, a luz daqui não é aquela que está lá fora, pois é menos clara do que ela. E, no entanto, deve toda a sua realidade da luz exterior.
> Verifica-se essa verdade pelos critérios que assinalei, ou seja, por sua evidência, por sua universalidade, por sua potência radical de explicação e por sua potência de purificação espiritual[26].

Muitas vezes, para que se compreenda melhor o tema, modifica-se o foro, aproximando-o do tema que ele deve esclarecer. Esse é um dos procedimentos favoritos de Plotino, a que E. Bréhier chamou correção de imagens[27]. Outra coisa é a emenda da analogia, na qual se modifica o foro do interlocutor para proporcionar outra imagem do tema que é discutido. Demos alguns exemplos disso anteriormente. Leibniz gosta dessa técnica de controvérsia. A Locke, que comparava o espírito a um bloco de mármore vazio e informe, Leibniz retruca que esse bloco possui veios que o predispõem a assumir mais uma figura do que outra[28]. Aqui a emenda do foro deve levar a um melhor conhecimento do tema.

Toda a história da filosofia poderia ser reescrita enfatizando-se não a estrutura dos sistemas, mas as analogias que guiam o pensamento dos filósofos, a maneira pela qual se correspondem, se modificam, são adaptadas ao ponto de vista de cada qual. Existe um material analógico que atravessa os séculos e que cada pensador usa de seu jeito. A multiplicidade das analogias, sua adaptabilidade às necessidades e às situações não permitem identificar a visão filosófica à intuição bergsoniana, dizer que há uma única e mesma intuição fundamental que se exprime de variadas maneiras nos escritos do filósofo. Mas é indubitável que nenhum pensamento filosófico pode dispensar analogias que o estruturam, o tornam inteligível e expressam, ao mesmo tempo que o estilo pessoal do filósofo, a tradição na qual ele se insere, que prolonga e adapta às exigências de sua época.

Capítulo V
O papel da decisão na teoria do conhecimento*

Em que medida o fato de decidir-se por uma certa tese ou a obrigação de tomar uma decisão, o desejo ou a obrigação de tomar uma decisão, o desejo ou a obrigação de correlacionar uma proposição com uma área sistematizada do saber determinam a estrutura de nosso conhecimento, é uma questão que merece o exame atento dos teóricos.

Nas concepções clássicas, racionalistas e empiristas, toda decisão humana, que não seja submissão às evidências racionais ou à intuição sensível, é causa de erro. Debalde Pascal protestou, afirmou que nos havíamos metido num negócio arriscado, que era preciso escolher e apostar; suas idéias, embora tenham contribuído para o desenvolvimento do cálculo das probabilidades, não influenciaram muito os teóricos do conhecimento.

Não é que o problema lhes tenha escapado. Para Descartes, "como as ações da vida freqüentemente não suportam nenhum adiamento, é uma verdade muito certa que, quando não está em nosso poder discernir as opiniões mais verdadeiras, devemos seguir as mais prováveis" (*Discurso do método*, 3.ª parte). Mas esta regra de conduta, boa na prática, não tem nada em comum com o método científico. Quando não se trata de agir, mas somente de meditar e de conhecer, toda desconfiança nossa não seria exagerada, diz-nos Descartes. Quando se trata de ciência, ele toma a firme e constante resolução "de nunca

---

* Extraído das Atas do 2.º Congresso Internacional da União Internacional de Filosofia das Ciências, Neuchâtel, 1955, v. I, pp. 150-159.

aceitar coisa alguma como verdadeira sem que a conhecesse evidentemente como tal".

Essa distinção taxativa, entre o método preconizado para as ciências e aquele que é recomendável nas "ações da vida", supõe uma separação muito nítida entre a teoria e a prática e uma diferença de natureza entre as verdades científicas e as opiniões que guiam a nossa ação. As verdades, garantidas pela evidência, são eterna e universalmente válidas, são o resultado de uma meditação solitária, independente de qualquer tradição científica e de qualquer elaboração lingüística, bem como das necessidades da prática. A história das ciências consistiria, nessa perspectiva, no acréscimo do número de suas verdades. O método científico, assim concebido, é o único que mereceria ser integrado numa teoria do conhecimento.

Semelhante concepção da atividade científica poderia parecer muito estranha a todos os que dela participam: foi ela, não obstante, que forneceu os âmbitos da teoria do conhecimento clássica, em que o cientista é considerado como sozinho diante da natureza. É verdade que os trabalhos de Whewell, de Brunschvicg, de Enriques, de Bachelard, de Piaget e sobretudo de Gonseth, assim como todo o movimento pragmatista, situaram a atividade científica noutra perspectiva, mas ninguém, pelo que sabemos, ainda se ocupou de nosso problema, que é o do papel da decisão na estruturação do conhecimento.

Para esclarecer o nosso ponto de vista, tomemos duas áreas sistematizadas, que nos apresentariam os casos extremos, aquele em que a decisão do cientista não influencia de modo algum o conhecimento e aquele em que a decisão desempenha um papel essencial; os dois casos seriam fornecidos; um pela lógica formal, o outro pelo direito.

Um sistema de lógica formalizado contém regras de construção de expressões bem formadas, axiomas e regras de dedução. Todas essas regras devem ser desprovidas de ambigüidade, e todo ser (homem ou máquina), capaz de distinguir signos e de arranjá-los conforme uma ordem, deveria poder reconhecer se a expressão é bem formada e a dedução correta. O exame da estrutura do sistema é que permite estabelecer se o sistema é coerente, quais expressões são dedutíveis dele, se uma expressão bem formada é independente dele – o que possibilitaria juntá-la ao sistema, ou juntar sua negação, sem que o sistema ficasse incoerente. A vontade do pesquisador não pode modificar em nada as conclusões às quais conduziu o exame do sistema; a única forma de evitar uma conclusão desagradável é substituir o sistema por outro, no qual já não seria possível obter o resultado que se deseja evitar.

As coisas são completamente diferentes num sistema jurídico. O juiz é amarrado pelo sistema de direito que ele deve aplicar; nos Estados modernos, ele não tem poder legislativo. Mas, por outro lado, impõem-lhe a obrigação de julgar: todos os sistemas de direito modernos contêm disposições atinentes ao delito de denegação de justiça. Poderá ser penalizado como culpado de denegação de justiça "o juiz que recusar julgar, sob pretexto do silêncio, da obscuridade ou da insuficiência da lei" (Art. 4º do Código Napoleão, cf. art. 258 do Código Penal belga). Essa disposição considera que o juiz, cuja competência na matéria é determinada pela lei, deve poder responder se a lei se aplica ou não se aplica à demanda, seja qual for a natureza desta; ele deve, ademais, motivar sua sentença, ou seja, indicar a maneira pela qual correlaciona sua decisão com a legislação por ele aplicada. Por essa dupla obrigação, o legislador decidiu de antemão que o juiz deve considerar o sistema jurídico coerente e categórico, e a técnica jurídica deve adaptar-se a essa dupla exigência. Se vários textos parecem poder resolver, de um modo contraditório, uma dada situação, o juiz deve dizer por que razões aplica o texto que tem sua preferência; se nenhum texto lhe permite, à primeira vista, decidir antes num sentido do que no outro, deve encontrar uma técnica de interpretação que lhe possibilite, ainda assim, encontrar uma solução. É ajudado em sua tarefa pelos jurisconsultos que elaboram a doutrina jurídica e estudam as dificuldades suscetíveis de ocorrer. As técnicas peculiares ao raciocínio dos juristas, os problemas trazidos pela interpretação da lei, as argumentações que lhe justificam a aplicação, tudo isso se relaciona com a obrigação que se impõe ao juiz de decidir-se e de motivar sua decisão: trata-se, para ele, de redigir uma sentença, a mais conforme às disposições da lei, não sendo essa conformidade determinável pelos simples critérios da lógica formal. A obrigação de tomar uma decisão motivada constitui um elemento essencial na constituição do saber jurídico.

Para os racionalistas clássicos, a obrigação de decidir-se pode ser importante na prática, mas de maneira nenhuma na constituição da ciência, cujas proposições verdadeiras coincidem com as idéias divinas. Ora, no entendimento divino, e na natureza das coisas, tudo é determinado (Leibniz) ou mesmo necessário (Spinoza): as verdades científicas são como as idéias divinas, que formam um sistema coerente e categórico. No espírito de Deus, e naquele do conhecimento racional que nele deve inspirar-se, a obrigação de decidir não cria o menor problema, porquanto o sistema das idéias divinas é categórico e permite fornecer uma resposta a qualquer questão. Isto supõe, aliás, que as questões são formuladas numa língua que corresponde exatamente às idéias divinas, e que toda linguagem que dela se afasta só pode gerar confusões e erros.

A extrapolação que consiste em conceber o pensamento divino a partir de um sistema de geometria é baseada na idéia preconcebida, e hoje reconhecida como falsa, de que é possível enriquecer ao infinito os meios de expressão de um sistema sem lhe suprimir o categorismo. Ora, unicamente nesse caso é que o papel da decisão seria nulo na elaboração do conhecimento; em compensação, apenas a decisão seria importante, na ausência de qualquer sistema que permita motivá-la: mas, então, não sendo fundamentadas em nada e sendo desprovidas de qualquer racionalidade, as decisões seriam inteiramente arbitrárias e não contribuiriam de maneira nenhuma para a elaboração do saber. De fato, nosso saber real se encontra entre esses casos extremos. São excepcionais, e com uma sintaxe pobre de meios de expressão, os sistemas formais que possibilitam demonstrar toda proposição que neles se pode formular, ou sua negação. Em todos os outros casos, a decisão do pesquisador pode ser muito importante na elaboração do conhecimento.

Se a obrigação de decidir domina a estrutura das disciplinas jurídicas, o papel da decisão está longe de ser desprezível em filosofia, nas ciências naturais e nas ciências humanas. Ele pode distinguir-se em variadas circunstâncias.

Estando formulada uma questão, podemos perguntar-nos se os fatos conhecidos e os métodos aceitos numa dada disciplina permitem respondê-la. Se não for esse o caso, o pesquisador não é obrigado, como o juiz no tribunal, a fornecer uma resposta motivada: pode abster-se e decidir que os elementos de que dispõe não são suficientes. Mas pode também imaginar métodos novos ou corrigir os antigos, em busca de uma solução ao problema que lhe foi formulado. Por exemplo, como as técnicas aprovadas em história moderna não possibilitam resolver um grande número de problemas de história da Antiguidade grega, pode, à míngua de testemunhos numerosos e concordantes, contentar-se com fontes de informações menos seguras. Assim é que as exigências da crítica histórica variam conforme os períodos do passado que se estudam. Os métodos aplicados dependem, em grande parte, da natureza das questões formuladas e quem exigisse, em todos os casos, um mesmo gênero de precisão e de rigor deveria abster-se, o mais das vezes, de qualquer resposta e seria considerado, freqüentemente, desprovido de bom senso. Esta conclusão, que vale para todas as ciências, é aplicável *a fortiori* à filosofia. Com efeito, quando se trata desta última, a obrigação, que se desejaria impor ao pesquisador, de não aplicar senão certos métodos para a solução dos problemas que surgem, é ainda mais arbitrária porque não há nada mais controvertido do que a metodologia filosófica.

Outra situação epistemológica em que a estrutura do conhecimento depende de uma decisão do cientista é aquela em que, sendo um fato conhecido, e não sendo contestada sua independência de uma área do saber sistematizada, ele se pergunta se vai modificar esta última para adaptá-la ao fato que se deseja correlacionar-lhe. O problema seria completamente diferente se a experiência nos houvesse fornecido resultados incompatíveis com as previsões teóricas: como esses resultados estão em contradição com a teoria, esta deve ser corrigida, podendo a discussão referir-se apenas às modificações propostas. Em contrapartida, na situação analisada, a discussão pode versar sobre o interesse que há em considerar os fatos novos – cujo estabelecimento é a meta das pesquisas de ordem empírica – como relativos a uma área do saber da qual eles são formalmente independentes. As ciências não conhecem, como o direito, regras de competência, e cabe ao cientista tomar, sob sua responsabilidade, a decisão de integrar os fatos em questão na área de sua pesquisa. Essa extensão da teoria, com a unificação que ela introduz em nosso saber, constitui um dos principais elementos do progresso científico, consistindo o outro elemento na eliminação das incompatibilidades que se apresentam, tanto no seio da teoria como entre esta e os dados da experiência. Essa decisão de integrar os fatos novos na teoria orienta de um modo essencial a invenção de hipóteses apropriadas, estimula a modificação dos princípios e das classificações aceitas, do sentido conferido aos termos técnicos. A lógica da invenção não obedece aos esquemas dedutivos nem aos cânones de Mill: é regida por exigências que só se podem exprimir por meio de noções, tais como a simplicidade, a economia de pensamento, a fecundidade, a regularidade, a generalidade, que não são suscetíveis de uma definição unívoca.

Se o desejo de responder a questões precisas é o aguilhão de qualquer técnica, o desejo de correlacionar com uma área do saber fatos que lhe são independentes produz, com o cuidado de eliminar contradições entre a teoria e a experiência, a tensão expressa pelo que F. Gonseth chamou de princípio de dualidade, essencial à concepção dialética da ciência. A tensão entre a teoria e a experiência terá, às vezes, como conseqüência, a crítica de certos resultados, a condenação deles como não conformes ao sadio método científico, e, às vezes, quando os fatos estão fora de discussão, ela pode ocasionar uma reformulação dos princípios e dos métodos. Neste último caso, a arbitragem entre os fatos e os métodos, efetuada pelo homem de ciência, não é feita dentro do espírito da evidência, mas consiste na busca da solução mais apropriada, que parece a mais conforme à realidade, sendo, aliás, as razões da preferência concedida a certa solução raramente determinadas inteiramente pela experiência e pelo cálculo.

Conferindo ao princípio de dualidade, assim como às decisões responsáveis que sua aplicação acarreta, um papel decisivo na evolução das ciências e das técnicas, bem como das idéias políticas e filosóficas, seremos capazes de compreender, a um só tempo, o desenvolvimento interno que elas apresentam e as razões por que se diversificam.

Se a opinião científica, em cada ramo do saber, se afasta da opinião do senso comum, se os métodos científicos podem diferir de um ramo a outro e, inclusive no âmbito mesma disciplina, de uma questão a outra, é porque as idéias, tendo partido provavelmente de um saber comum, se diferenciaram no contato com problemas especiais que o pesquisador se propunha resolver, é porque os métodos se adaptaram a elas, de sorte que, atualmente, a prática de cada disciplina necessita de uma iniciação prévia, a um só tempo, ao corpo da doutrina e aos métodos considerados válidos. Isto, evidentemente, não quer dizer que as diferentes ciências se desenvolvem numa redoma, sem se influenciarem mutuamente, mas sim que o desenvolvimento delas não depende unicamente, como se acreditou e talvez ainda acreditem certos positivistas, de elementos tais como a simplicidade ou a generalidade; o que suporia, aliás, uma classificação das ciências estabelecida de um ponto de vista unitário. O ideal da unidade da ciência – que se propõe unificar as ciências nas condições criadas por um método científico que constitui uma idealização e uma esquematização da realidade – não se interessa pela situação histórica concreta na qual as diversas disciplinas se desenvolveram. O ideal da unidade da ciência parece estar mais na linha de uma concepção cartesiana do saber.

Segundo a concepção cartesiana da ciência, esta é constituída de verdades evidentes, fixadas *ne varietur* seja qual for o desenvolvimento posterior do saber; isso supõe que a linguagem na qual tais verdades são enunciadas e as noções que servem para exprimi-las não sofrerão mais nenhum contragolpe causado pelos progressos que essa ciência poderia realizar.

Aliás, essa é também a opinião de todos os cientistas positivistas, para os quais toda ciência consiste nos fatos que foram estabelecidos, e que assim permanecem definitivamente, sejam quais forem as teorias, passageiras e secundárias na evolução das ciências, nas quais são integrados.

Mas, se admitimos que as ciências se desenvolvem a partir de opiniões anteriormente admitidas, que substituímos por outras, quer em caso de dificuldade resultante de uma contradição, quer para permitir a integração de novos elementos de conhecimento na teoria, a compreensão da metodologia científica exige que nos preocupemos não em construir o edifício científico sobre evidências, mas em indicar por que e como certas opiniões admitidas deixam de ser consideradas como as mais prováveis e mais idôneas para expressar nossas crenças e são substituídas por outras. O estudo pormenorizado da evolução das idéias científicas seria muito revelador a esse respeito. Se as teorias de Whewell sobre a indução ainda superam tudo quanto foi realizado nessa área, elas devem isso a um exame histórico prévio das ciências indutivas. Whewell teve o grande mérito de fazer notar a importância da linguagem para a teoria científica e o modo como o progresso do pensamento é concomitante com a evolução das noções. Um estudo atento dos raciocínios utilizados pelos criadores, em ciência e em filosofia, revelaria que esses raciocínios são infinitamente mais variados do que tudo quanto se pode encontrar nos manuais de lógica e de metodologia científica. Esse resultado estimulará, talvez, os lógicos a conceder mais importância ao estudo da teoria da argumentação, inteiramente negligenciado durante estes três últimos séculos, por causa tanto das concepções racionalistas e cartesianas quanto das idéias positivistas e empiristas a respeito da metodologia das ciências.

Na nova perspectiva, que opomos às concepções clássicas da atividade científica, nem os princípios evidentes dos racionalistas, nem os fatos irrefragáveis dos empiristas constituem elementos de conhecimento claros e distintos que mais nenhum progresso ulterior viria modificar nem precisar.

Se, nas mais variadas disciplinas, encontramos princípios que alguns se esforçam por conservar intangíveis e se certos enunciados parecem resistir à evolução do saber, é porque as noções contidas nessas proposições, que parecem universalmente válidas, se precisam ou se modificam para que os princípios continuem a guardar sua validade. A afirmação de que toda proposição é verdadeira ou falsa pode ser conservada, se é permitido redefinir, em conseqüência, as noções de "proposição" e de "verdade". Para pretender que todo fenômeno tem uma causa, cumpre tomar pelo menos um desses termos num sentido diferente do sentido kantiano. "É preciso sempre agir em conformidade com a justiça" é uma regra de moral universalmente válida, se é permitido ter uma opinião diferente sobre a concepção da justiça. Pode-se admitir que o estudo da história é baseado no postulado de que a natureza humana não variou, contanto que não se enumere com precisão os traços humanos que se supõem invariáveis.

Pretender que os fatos, uma vez estabelecidos, podem ser considerados como definitivamente adquiridos significa supor que nenhum progresso, de ordem teórica ou experimental, lhes modificará algum elemento ou mesmo a maneira pela qual foram enunciados. Essa atitude parece defensável para um platonizante que crê que as estruturas conceituais, por meio das quais os fatos foram expressos, constituem o reflexo adequado de uma realidade racional. O cientista que não compartilha esse ponto de vista se aterá a pretender que aquilo a que chama fato constitui uma espécie de resíduo que passa de uma teoria a outra e que nenhuma evolução do saber poderá deixar de levar em conta. Essa atitude, também desta vez, é perfeitamente sustentável, contanto que não se precise, de uma vez por todas, em que consiste esse resíduo irredutível.

Reflexões análogas seriam proveitosas no que tange aos métodos e aos critérios que permitiram estabelecer os princípios intangíveis e os fatos irredutíveis. O caráter invariável destes últimos supõe métodos e critérios cuja perfeição garante o caráter imutável dos resultados: apenas os progressos científicos seriam de ordem quantitativa. Mas não é assim que se apresenta a atividade científica: ela não é fundamentada num conjunto de métodos *ne varietur* que seriam prévios à nossa pesquisa e que nos seriam dados para todos os fins úteis. Tais métodos foram adaptados à solução de certos problemas, e problemas novos podem obrigar-nos a imaginar novas formas de pensamento e novas técnicas. Querer transpor, para as mais diversas áreas do saber, métodos aprovados em matemáticas e em física – e ainda concepções idealizadas e cristalizadas desses métodos – em geral significa condenar-se à esterilidade. Uma psicologia cujas únicas técnicas se limitassem a medidas e a cálculos deveria renunciar por muito tempo, e talvez para sempre, a responder a questões essenciais referentes ao conhecimento do homem. Esse modo de agir conduz, aliás, a opor tudo o que é ciência, e é tratado de um modo conforme a um modelo único do saber, às elaborações intelectuais devidas às decisões que devemos tomar, e que desprezamos do ponto de vista teórico, considerando-as irracionais. Isso equivale a tratar como irracionais não só todos os raciocínios sobre os valores, mas também a filosofia e as ciências humanas, que, submetendo-se a semelhantes exigências de "racionalidade", seriam infalivelmente reduzidas à trivialidade. Se a fidelidade a certos métodos não permite responder a certas questões, não é necessariamente porque as questões não têm significado: isto pode suceder também porque os métodos que se quer utilizar não são apropriados.

Nosso ponto de vista não deve, em absoluto, ser considerado como favorável ao irracionalismo. Só quando as técnicas consideradas racionais são reduzidas à sua expressão mais simples é que o campo do irracional cresce desmesuradamente.

De fato, as respostas que fornecemos às questões que nos apresenta a prática, a maneira pela qual correlacionamos os fatos novos, que em geral são respostas a questões que formulamos ao real, com sistemas teóricos dos quais eram independentes logicamente, toda conduta nossa, na medida em que não é fundamentada numa dedução rigorosa, não são, porém, senão muito raramente o resultado de uma decisão arbitrária.

As razões que fundamentam as nossas decisões consistem, o mais das vezes, em opiniões que consideramos as mais prováveis, sendo, aliás, a probabilidade nessa matéria raramente suscetível de determinação quantitativa. Tais opiniões são elaboradas graças a raciocínios que não se prendem nem à evidência nem a uma lógica analítica, mas a presunções cujo exame depende de uma teoria da argumentação. Todas as opiniões e todas as argumentações não merecem igual consideração. Isto não impede a existência de uma argumentação racional, de uma argumentação que, a exemplo do imperativo categórico de Kant, pretende valer para a comunidade dos espíritos razoáveis.

O papel da decisão na elaboração das nossas idéias foi por demais negligenciado na teoria do conhecimento. Levando em conta razões que temos para decidir de uma certa forma ou técnicas de raciocínio pelas quais as decisões ou os fatos são vinculados a sistemas teóricos, esperamos poder reintegrar numa teoria do conhecimento que se pretende racionalista todo o imenso domínio que lhe escapa atualmente e que inclui, entre outros, os próprios métodos pelos quais se elabora a teoria do conhecimento.

Capítulo VI
*Opiniões e verdade**

Faz parte da tradição, e não somente em filosofia, opor a verdade às numerosas opiniões, a realidade às diversas aparências, a objetividade às impressões fugidias. A verdade, a realidade e a objetividade devem permitir dirimir o debate, distinguir o falso do verdadeiro, a ilusão do que é conforme ao real, a alucinação do que é conforme ao objeto. A verdade, a realidade, a objetividade traçam o caminho reto do conhecimento e nos alertam contra todas as divagações. Elas fornecem a norma à qual convém submeter as opiniões, as aparências e as impressões, cujo estatuto é equívoco, e incerto o fundamento, pois são ao mesmo tempo fonte de saber e de erro. Não nos enganemos, de fato: sem as opiniões, as aparências e as impressões, o acesso à verdade, à realidade e à objetividade nos é fechado; cumpre que a verdade seja crua, que a realidade se manifeste, que a objetividade seja percebida. Muito mais. Para a criança confiante e crédula, opinião e verdade, aparência e realidade, impressão e objetividade são indiscerníveis. Somos nós que, dispondo do material elaborado por uma tradição crítica, falamos a esse respeito de confusão, enquanto a mente não prevenida ainda está no estágio prévio. O momento do discernimento chega somente quando, com relação a um mesmo objeto, as opiniões se chocam, as aparências se opõem, as impressões deixam de concordar. É porque nem todas as opiniões, as aparências e as impressões são compatíveis que convém dissociar

* Publicado *in Les études philosophiques*, Paris, 1959, pp. 131-138.

a verdade das opiniões, a realidade das aparências e a objetividade das impressões. Fica-se sabendo, desde então, que há opiniões falsas, aparências ilusórias e impressões enganadoras, mas nem todas são dessa natureza: é preciso um critério para salvar o que merece ser salvo.

Esse critério não é imediatamente dado, ao mesmo tempo que as opiniões, as aparências e as impressões, pois, se fosse, o erro seria totalmente inexplicável. Descartes vai, para prová-lo, submeter à prova da dúvida metódica tudo quanto admitíamos sem espírito crítico, e eliminar o que não resiste ao exame. Vejamos o que subsiste e quais são as suas características. Conhecemos o resultado da prova: o evidente é indubitável; impõe-se a nós, sejam quais forem os esforços para resistir a ele ou para o abalar; é a mais sólida das nossas certezas. Todas as nossas opiniões serão submetidas ao crivo da evidência: serão descartadas aquelas a cujo respeito subsiste a menor dúvida; as outras fornecerão o núcleo irredutível e o modelo de qualquer saber, pois são a um só tempo dadas e garantidas. O que é evidente se impõe como verdadeiro ao nosso pensamento, não passando a evidência do aspecto subjetivo de uma verdade objetiva. Desse modo é encontrado o método para bem conduzir a nossa razão. Não confiando senão no que é evidente ou redutível à evidência, ficaremos de posse de uma ciência objetivamente válida, "sendo as proposições verdadeiras que a constituem a mesma coisa que o ser".

Às condições que se devem observar para constituir uma ciência, equiparam-se aquelas que nos permitem preservar-nos do erro, precaver-nos contra ele. Haverá que evitar prevenções e preconceitos, frutos da imaginação e da precipitação, propagados pela "educação, pelos hábitos, pelo exemplo e pela autoridade"[1]. E Rousseau se empenhará em aplicar essas regras em seu novo sistema pedagógico: "Que ele (o aluno) não saiba nada só porque vós lhe dissestes, mas porque o compreendeu por si só; que não aprenda a ciência, que a invente. Se nunca substituirdes em sua mente a autoridade pela razão, ele não mais raciocinará; não será mais do que o joguete da opinião dos outros"[2].

Em que condições a evidência será sinal de verdade e critério do valor das opiniões? Cumprirá, para começar, que a própria idéia de uma evidência enganadora ou de uma falsa evidência constitua uma impossibilidade lógica. Pois, de outro modo, surgiria imediatamente, a seu respeito, o problema do critério que permite distinguir as verdadeiras evidências das falsas, e teríamos somente postergado a dificuldade. A evidência, para cumprir seu papel, deve não só garantir a verdade de seu objeto, mas deve ser, ela própria, incontestável: as dissociações opinião-verdade, aparência-realidade, impressão-objetividade não são concebíveis no que lhe concerne. A evidência, por natureza indubitável, se reportará a um saber verdadeiro, que descreve o real tal como é objetivamente.

Na evidência, a verdade é reconhecida pela presença real de seu objeto[3]. Mas é preciso que esse objeto seja suficientemente distinto de tudo o que ele não é, suficientemente isolado, para justificar a segurança de que a idéia evidente não ultrapassa, de nenhum modo, o que é efetivamente dado à consciência. O critério de evidência não se acomoda, em absoluto, com uma visão global e sintética: são-lhe necessários objetos cuja simplicidade garanta a distinção; a visão evidente é analítica e o universo por ela revelado é atomizado.

A evidência não pode sofrer nenhuma variação, nem no espaço nem no tempo, e não pode depender das características individuais da mente. Será a mesma para cada qual, seja qual for seu temperamento ou sua formação, sua idade ou sua pátria; todos esses elementos subjetivos e variáveis, que diferenciam os homens, constituem obstáculos para o exercício dessa faculdade invariável e presente em cada ser humano normalmente constituído, que é a razão. O uso correto da razão será, pois, precedido de uma ascese, de uma purificação do sujeito, da eliminação de tudo que poderia formar obstáculo para a percepção de idéias evidentes. Estas não serão de modo algum um produto histórico, uma criação individual ou social, pois a razão não pode sofrer a evolução no tempo, porquanto as idéias evidentes de cada qual revelam verdades universais e eternas. Tais verdades não serão formuladas numa linguagem contingente, pois, para que a evidência seja exprimível e comunicável, sem risco de erro nem de equívoco, cumpre que a linguagem seja calcada sobre o seu objeto, que o reflita sem deformação, que as distinções e as ligações lingüísticas reproduzam as do real. No realismo assim justificado, as noções correspondem a essências eternas, erguidas no mundo das idéias ou pensadas por um espírito eterno e perfeito ao qual elas fornecem modelos para a sua atividade criadora. A razão humana se apresentará, nesta última perspectiva, como uma faculdade iluminada pela razão divina, fonte e garantia do conhecimento evidente. Assim, assentada sobre o critério da evidência, fundamento das verdades absolutas, vai-se elaborando pouco a pouco, a partir da metafísica grega e através dos sistemas de S. Agostinho, Duns Scot e Descartes, toda uma filosofia absolutista, com sua teoria do conhecimento, sua ontologia e sua teologia[4].

As filosofias nominalistas, que fundamentam o nosso saber não em verdades evidentes mas numa experiência indubitável, e procuram, assim, um ponto de apoio absoluto para o conhecimento, conservando ao mesmo tempo desconfianças acerca de nosso entendimento, podem ser agrupadas em duas categorias: a dos místicos e a dos empiristas. Tanto para uns como para os outros, não é a evidência racional, mas sim a experiência – trate-se do êxtase místico ou da simples sensação – que tem condições de estabelecer um contato imediato entre o sujeito e o objeto, a tal ponto que sujeito e objeto aí se tornam indiscerníveis.

O êxtase, que é apenas ocasional, não permite a elaboração de uma ciência, de um sistema de verdades comunicáveis: tem de ser acompanhado de um cepticismo no que tange ao conhecimento discursivo. Para que o empirismo possa levar ao saber, terá de transportar para o plano da experiência sensível as estruturas do racionalismo.

Não são as idéias claras que, combinando-se em verdades evidentes, constituirão o fundamento capital de qualquer saber; são as sensações, dados imediatos da intuição sensível, que fornecerão as idéias simples e garantirão a existência de conexões entre essas idéias. As sensações não podem enganar-nos, não diferem de indivíduo para indivíduo, pelo menos enquanto se tratar de homens normais, e nenhuma formação prévia é necessária para assegurar a conformidade das sensações, provenientes de um mesmo objeto, em todos os observadores que se encontram, com relação a esse objeto, na mesma situação. Os traços permanentes da natureza humana explicarão a elaboração das idéias enquanto impressões enfraquecidas.

Se fosse preciso recorrer à imaginação e ao gênio inventivo dos indivíduos para explicar a formação das idéias, estas só teriam o estatuto de hipóteses, de extrapolações, que em bom método cumpriria submeter a uma constante verificação. Apenas as verdades concernentes a seres singulares seriam seguras e forneceriam *fatos*, fundamentos inabaláveis de todo saber. Toda afirmação de uma generalidade superior àquela dos fatos só constituiria uma opinião, uma teoria, cuja legitimidade os fatos deveriam confirmar. Estes últimos, pelo contrário, estariam ao abrigo de qualquer crítica, seriam átomos do saber, do mesmo modo que as idéias evidentes, essencialmente invariáveis, independentes do indivíduo e de seu temperamento, de sua formação e de sua história.

A linguagem seria, nessa perspectiva, obra humana e arbitrária, mas não teria muita importância, pois seria puramente convencional: as mesmas experiências seriam exprimíveis em várias linguagens, todas elas perfeitamente intercambiáveis, pois um acordo sobre as convenções permitiria facilmente passar, mediante tradução, de uma língua a outra. No fundo, assim como o realismo, o nominalismo visa à eliminação da linguagem, elemento de deformação e de mal-entendido. Encaram, ambos, como um contato direto entre o sujeito e o objeto, o conhecimento, do qual seriam descartados todos os elementos subjetivos e perturbadores, e ao qual a intuição, racional ou sensível, forneceria o fundamento inabalável. O erro resultaria de tudo que é alheio à intuição, à experiência, aos fatos, mas estes, quando são claramente percebidos, são indubitáveis. Para evitar o erro, há que pôr à prova o conteúdo empírico de toda opinião, que só contém de verdade o que a experiência permite controlar.

O racionalismo realista e o empirismo nominalista se apresentam assim, apesar de suas inegáveis divergências, em especial no que concerne ao estatuto da linguagem, como doutrinas que, postas perante o mesmo problema, o do fundamento do conhecimento, recorrem a soluções análogas. Trata-se de fornecer um fundamento que seja, a um só tempo, dado e indubitável, um elemento que constitua, na cabeça do sujeito, uma manifestação autêntica do objeto. O sujeito que pusesse à prova essa evidência seria, por assim dizer, transparente. Estaria "aberto ao ser"; a iluminação à qual fará o ser submeter-se deverá deixar este "no que ele é e tal como é"[5], ela não o fará sofrer a influência deformadora de nenhuma particularidade do sujeito cognoscente. Ainda que a consciência que sente essa evidência seja um buraco de ser, um nada, ainda assim o problema seria facilmente resolvido, pois se teria a certeza de que a idéia coincide infalivelmente com o objeto do conhecimento; nessas condições, a distinção tradicional entre idealismo e realismo já não tem sentido. E, de fato – talvez não se tenha salientado isso o bastante –, assim que há evidência, racional ou sensível, com seu duplo caráter de elemento de conhecimento e de manifestação autêntica do real, não convém distinguir o sujeito do objeto pois, assim que há evidência, eles coincidem. Seria vão perguntar-se, a propósito das doutrinas que fundamentam o conhecimento na evidência, se elas são idealistas ou realistas, pois, o mais das vezes, o estatuto da evidência fica indeciso. Quando, como em Spinoza, a idéia evidente não coincide com seu objeto, mas lhe é conforme, chega-se a um paralelismo ontológico do qual, da mesma forma, seria vão perguntar-se se é realista ou idealista.

Em semelhantes doutrinas, a opinião, que não é evidente, é necessariamente errônea ou, pelo menos, insuficientemente elucidada. Ou então será vinculada à evidência por uma demonstração de forma correta, ou não poderá pretender o estatuto de conhecimento. Pois toda incerteza, todo desacordo são sinais de erro. As opiniões só são defensáveis na falta de evidência impessoal que permitisse dirimir, quando a urgência nos obrigasse a adotar um ponto de vista, a tomar uma decisão indispensável para "as ações da vida". Assim é que, habitualmente, as opiniões são ligadas à prática, ao senso comum, à vida cotidiana, mas não têm nenhum direito adquirido em ciência, exceto, talvez, a título de hipótese provisória, que deve desaparecer o mais depressa possível para ser substituída por um saber bem fundamentado, como os andaimes na frente dos edifícios em construção, dos quais não fica nenhum vestígio quando o prédio está pronto.

As opiniões desaparecem diante da evidência, mas têm uma relevância inegável e recobram importância tão logo a evidência não pode impor-se. O desprezo da opinião, na grande tradição filosófica do Ocidente, vai de par com a confiança no critério da evidência e com a importância de seu campo de aplicação. Quais são as estruturas do real e do conhecimento que tornam a evidência possível; como conceber o homem ou as faculdades humanas iluminadas pela evidência; como se elabora a linguagem humana que exprime e comunica as evidências – eis os grandes problemas de qualquer metafísica absolutista.

A rejeição do absolutismo significa, acima de tudo, a rejeição do critério da evidência. Mas significa, ao mesmo tempo, a reabilitação da opinião. Se não se admite a validade absoluta do critério da evidência, já não há, entre a verdade e a opinião, diferença de natureza, e sim de grau. Todas as opiniões ficam mais ou menos plausíveis, e os juízos que fundamentam essa plausibilidade não são, por sua vez, estranhos a toda controvérsia. Já não há saber objetivo e impessoal ou, o que equivale ao mesmo, garantido por um espírito divino. O conhecimento se torna um fenômeno humano, do qual o erro, a imprecisão, a generalização indevida nunca estão inteiramente ausentes. O conhecimento, sempre perfectível, é sempre imperfeito. A verdade não é coincidência perfeita com seu objeto; a não ser que não tenha objeto, como nas concepções formalistas das ciências dedutivas, ela é aproximação e generalização, únicas coisas que tornam possível sua comunicação. O conhecimento se torna situado no meio cultural, na tradição, na disciplina. A história do conhecimento deixa de ser história dos erros da mente humana para se tornar a de seus progressos. O passado deixa sua marca no presente, como o morto deixa sua impressão no vivo: assim como em direito, não há, em ciência, solução de continuidade. O saber humano jamais começa no zero, com uma tábula rasa. A ilusão de ser filho de ninguém, o primeiro pensador de uma nova aurora, que abole os antigos ídolos e as velhas tábulas, é sempre acompanhada de uma iluminação sobrenatural. Pois, se não se é inspirado por uma divindade que se revela ao indivíduo profético, o que é que permite ao inovador romper completamente com o passado, pretender-se tão superior e tão mais próximo da verdade do que todos que o precederam? Só há racionalidade à custa da continuidade.

É nas regras e nos critérios já elaborados, nos métodos já postos à prova – e que podemos melhorar e substituir apenas com razões reconhecidas como válidas mesmo por aqueles que os haviam admitido até então – que o inovador, que aperfeiçoa e enriquece o saber humano, que estende e aprofunda o campo do conhecimento racional, encontrará os argumentos que lhe permitirão impor seu ponto de vista. Não há progresso humano sem iniciação prévia. A criança abandonada a si mesma, sem pais e sem mestres, se tornaria um homem inculto, se um dia atingir a dignidade humana.

Nas épocas em que os fundamentos da sociedade pareciam inabaláveis, quando o homem, chegado à maturidade, podia acreditar que havia armado sua razão já em seu nascimento, que ela era um dom divino que a educação se empenhava em velar e empanar, o indivíduo, em face de Deus e da verdade, pôde lançar, em nome da consciência e da ciência, um desafio a todo o seu passado. Mas os imperativos da consciência e as afirmações da ciência, para não serem os de um louco ou de um iluminado, devem ser suscetíveis de se tornar o bem comum de toda a humanidade. A razão do indivíduo, em seus aspectos teóricos e práticos, tinha autoridade para opor-se aos preconceitos e aos erros de seu meio e de sua época, quando tinha a garantia da razão divina, que esclarecia todos os homens racionais. Mas se semelhante garantia vier a faltar, não será em seu próprio passado, nas tradições e nas disciplinas nas quais foi iniciado, que o indivíduo poderá encontrar a garantia de sua própria racionalidade?

A regra fundamental, que rege tanto a sua teoria quanto a sua prática, e cujo respeito manifesta a racionalidade de seu pensamento e de sua ação, será a *regra de justiça*, que lhe exige tratar da mesma forma os seres e as situações que lhe parecem essencialmente semelhantes[6]. As diversas culturas e as diversas disciplinas determinam esse tratamento e elaboram as categorias que, neste ou naquele domínio, precisam a noção vaga de "essencialmente semelhante". O que importa e o que não importa, as diferenças que são irrelevantes e as que são determinantes, nada disto é fixado ao acaso ou por alguma intuição, mas é definido em conformidade com as exigências e com os critérios em vigor em cada técnica e em cada disciplina científica. A regra de justiça fornece a parte comum, e puramente formal, da atividade racional. Mas o conteúdo ao qual essa regra se aplica, o modo de precisar o que ela deixa indeterminado, é obra de opiniões humanas, opiniões que caracterizam a personalidade do seu autor e, através dela, todo o seu passado, toda a sua formação, toda a tradição que ele prolonga e que, em caso de necessidade, aperfeiçoa e renova.

A razão, que é o apanágio e a glória de cada ser humano, não é essa faculdade eternamente invariável e completamente elaborada, cujos produtos seriam evidentes e universalmente aceitos. A racionalidade de nossas opiniões não pode ser uma garantia definitiva. É no esforço, sempre renovado, para fazer que as admitam pelo que consideramos, em cada domínio, como a universalidade dos homens razoáveis, que são elaboradas, precisadas e purificadas as verdades, que constituem apenas as nossas opiniões mais seguras e provadas.

Capítulo VII
Da temporalidade como característica da argumentação*

Demos o nome de *argumentação* ao conjunto das técnicas discursivas que permitem provocar ou aumentar a adesão das mentes às teses que se apresentam ao seu assentimento; sendo o termo tradicional *demonstração* reservado aos meios de prova que possibilitam concluir, a partir da verdade de certas proposições, pela de outras proposições, ou ainda, no terreno da lógica formal, passar, com a ajuda de regras definidas de transformação, de certas teses de um sistema a outras teses do mesmo sistema.

Enquanto a demonstração, em sua forma mais perfeita, é uma série de estruturas e de formas cujo desenvolvimento não poderia ser recusado, a argumentação tem uma natureza não coerciva: deixa ao ouvinte a hesitação, a dúvida, a liberdade de escolha; mesmo quando propõe soluções racionais, não há uma vencedora infalível.

As oposições que se podem notar entre demonstração clássica e lógica formal de um lado, e argumentação do outro, podem, ao que parece, reduzir-se a uma diferença essencial: o tempo não tem a menor importância na demonstração; em contrapartida, ele é, na argumentação, primordial. Ao ponto de podermos perguntar-nos se não é a intervenção do tempo que melhor permite distinguir a argumentação da demonstração.

Sem dúvida, a demonstração é, como já dissemos, uma série de estruturas e de formas; mas essa série poderia ser dada

---

* Escrito em colaboração com L. OLBRECHTS-TYTECA, este texto foi publicado *in Archivio di Filosofia*, vol. *Il Tempo*, Roma, 1958, pp. 115-133.

de uma vez, instantaneamente; pois nada de novo se insere no meio do caminho, nada do que é dado se modifica.

É que a demonstração se relaciona com a contemplação; situa-se no instante, ou pelo menos num tempo vazio. No limite, tem as características de uma mística: Deus vê, desde tempos imemoriais; o homem vê o que Deus vê. Ele o vê imediatamente e para sempre, a conclusão é formada desde o início e de uma vez por todas. Na medida em que a demonstração se dirige a um agente, serão imaginadas técnicas para assegurar a intemporalidade das premissas: será a evidência cartesiana, intuição definitiva, completa, indubitável. Serão também imaginadas técnicas para assegurar a intemporalidade da conclusão: a demonstração não se dirigirá ao homem todo mas a certas faculdades intemporais, tais como o entendimento, a razão. A lógica formal participa desse aspecto contemplativo no sentido de que as regras de formação, de transformação, são oferecidas em bloco. A evidência intuitiva do começo é aqui substituída por uma convenção; mas o desenrolar que se opera não exige intervenção nenhuma daquele a quem ele é apresentada. Acrescente-se que essa característica de contemplação se prende às demonstrações referentes ao provável, na medida em que este é tratado como algo certo: uma demonstração de lógica modal, uma demonstração cujo intuito é afirmar, a partir de dados definidos, a probabilidade numérica do advento de certos acontecimentos, podem ser consideradas intemporais enquanto não se faz intervir, no cálculo, quer um agente com sua liberdade, quer um acontecimento contingente que modifique o desenrolar previsto.

Já a argumentação que solicita uma adesão é acima de tudo uma ação: ação de um indivíduo, a quem podemos chamar, de maneira muito geral, o orador, sobre um indivíduo, a quem podemos chamar, também de maneira muito geral, o ouvinte, e isso tendo em vista desencadear uma outra ação.

Com efeito, a ação argumentativa, bem como a ação que a argumentação visa a desencadear, são obras de agentes. A pessoa intervém assim a cada passo; com sua estabilidade, mas também com sua faculdade de escolha, com sua liberdade criadora, com os imprevistos de seu comportamento, com a precariedade de seus compromissos. A adesão da pessoa às teses que se lhe apresentam não é simples registro dos resultados conseguidos pela argumentação: as teses adotadas podem ser remanejadas, modificadas, a fim de ser harmonizadas com outras crenças; podem ser realizadas novas estruturações para permitir a adesão plena ao que é proposto.

Note-se que os antigos, que por outro lado tiveram uma consciência muito viva da importância da argumentação, da distinção que se deve fazer entre o raciocínio analítico e o raciocínio dialético ou retórico, que salientaram o papel do orador e o do auditório, tiveram, porém, tendência a considerar a argumentação como uma espécie de contemplação. A sentença do juiz incide, diz Aristóteles, sobre o passado[1]. Isto quer dizer que se considera, acima de tudo, na sentença, o veredicto baseado no que foram os fatos e não um ato que influenciará o futuro. Para Quintiliano, o discurso epidíctico é aquele que confere censura ou elogio; incide, também ele, sobre o passado[2]. A argumentação, para os antigos, conduz sobretudo a uma visão, e isto decerto porque a tendência filosófica geral deles é contemplação, e também porque os problemas de conjectura, encarados como reconstituição do que foram os fatos, os problemas de qualificação, encarados como atribuição justa de certos termos a certos seres, atos ou situações, pareciam constituir o essencial das tarefas do orador. Uma visão mais rica destas, e também as concepções com as quais nos familiarizam filosofias mais recentes, notadamente o pragmatismo, ajudam hoje a discernir o aspecto ativo da argumentação.

À ação do orador é uma agressão, pois sempre tende a mudar algo, a transformar o ouvinte. Mesmo quando visa a fortalecer a ordem social estabelecida, ela abala a quietude daquele a quem se dirige e de quem quer sustentar as crenças ameaçadas. Essa ação tende a suscitar outra, a adesão desejada se traduzirá por uma ação ou, pelo menos, por uma disposição à ação. Não basta obter uma decisão; esta só se manifesta realmente se for capaz, chegado o momento, de desencadear uma ação, se a pessoa não se ativer a travar, como Demóstenes censurava a seus concidadãos, "uma guerra de decretos"[3].

Na demonstração, não se trata de verificar se o assentimento dado às conclusões é efetivo: uma vez que estas são coercivas, não há necessidade de verificar se a demonstração atingiu sua meta. Em contrapartida, na argumentação, o orador não se contentará, o mais das vezes, com uma declaração verbal de adesão. Insistirá até que a ação encetada justifique a confiança que depositara em sua argumentação. Quando se tratar de obter uma disposição à ação, que não deverá manifestar-se a não ser que as circunstâncias o exijam, ter-se-á cuidado de fortalecê-la tanto quanto o possível. Sabe-se que os efeitos de uma argumentação não são definitivos, que a adesão é modificável com o tempo, geralmente enfraquece, ainda que às vezes constatemos, ao contrário, um fortalecimento inesperado[4]. Seja como for, ao passo que a memória basta para guardar uma demonstração, a argumentação deve ser vivida de novo. Quando muito, os resultados obtidos podem ser considerados como geradores de uma adesão provisória. Esta estará sujeita à revisão.

Toda formulação de adesão ultrapassa o instante presente: pensa-se aderir, declara-se a adesão, quando talvez já não se adira. Mas essa estabilidade relativa, que se confere à adesão ao formulá-la, é apesar de tudo muito precária: qualquer compromisso pode ser revisto. Isto explica que, de um lado, o orador esteja à espreita dos sinais de adesão a fim de poder construir sobre eles uma argumentação posterior – e conhece-se o papel desempenhado, a esse respeito, por certas técnicas como a do juramento, da confissão, da coisa julgada – e que, do outro lado, uma argumentação nunca seja inteiramente suficiente: daí o interesse da repetição, da insistência, que numa demonstração não têm utilidade. Daí, também, a legitimidade de buscar, posteriormente, argumentos em favor de uma decisão já tomada. É exagerada a tendência de ver má-fé ou ilusão na prática consistente em argumentar depois de haver tomado partido. É porque toda tomada de decisão é precária, porque toda argumentação se insere num contexto perpetuamente modificável. É também porque os argumentos que pareceram suficientes para ocasionar uma decisão talvez não fossem válidos para um auditório diferente. Disso, quem decidiu se apercebe perfeitamente: daí, às vezes, seu cuidado de procurar, para outrem, argumentos diferentes daqueles que o convenceram pessoalmente.

Ligada a todas as mudanças acarretadas pelo tempo, mudança da pessoa, mudança do contexto argumentativo, a argumentação jamais está definitivamente encerrada; nunca é inútil reforçá-la. Mas, por outro lado, sendo uma ação, a argumentação se situa em limites temporais estritos. A duração de um discurso é em geral minuciosamente controlada, a atenção do ouvinte não pode prolongar-se indefinidamente; a urgência da decisão impede que se prossigam os debates, mesmo que as incertezas não tenham sido dominadas, mesmo que todos os ângulos do problema não possam ter sido examinados de modo exaustivo. Na maior parte das sociedades, existem instituições que, quando não se trata de decisões que as circunstâncias externas tornam inelutáveis, visam a fazer respeitar os limites de tempo. Os *nappaltlatolli* (a palavra dos oitenta dias) dos astecas, descritos como audiências gerais em cujo decurso, todos os quatro meses do calendário indígena, "liquidava-se" durante vários dias todos as questões pendentes, tanto políticas como judiciárias[5], parecem corresponder a um cuidado dessa espécie.

Porque não há, teoricamente, limite temporal às demonstrações, porque nada impede um sucessor de quem a encetou prossegui-la em condições idênticas às condições iniciais, como nada impede uma máquina de terminá-la em alguns instantes, e porque não é útil, uma vez terminada, recomeçá-la, o problema da amplitude de uma demonstração nada tem em comum com o da amplitude de uma argumentação: é por razões de comodidade ou de elegância que determinado autor esquematizará uma parte de uma demonstração e desenvolverá outras. Essa decisão didática em nada influenciará o valor da demonstração, pois sempre fica entendido que as partes esquematizadas sumariamente poderiam ser desenvolvidas com rigor. Pelo contrário, na argumentação, na qual, de um lado, há um limite estrito ao que se pode introduzir e, do outro, utilidade ilimitada em introduzir novos argumentos, o problema da amplitude se torna essencialmente um problema de escolha. Ele tem como corolário a técnica dos subentendidos; o orador deixa supor que dispõe de argumentos, faz alusão a eles, esboça-os deixando ao ouvinte o cuidado de desenvolvê-los. Daí também a importância capital de tudo que pode fornecer presença aos argumentos: empenha-se para pôr no campo da consciência e para nele manter os elementos que deverão acarretar a adesão; o estilo "enfático", destinado a suscitar as emoções, terá como função primordial fixar o pensamento. Reciprocamente, os elementos aos quais se confere presença são valorizados porque escolhidos: juízos de valor intervêm, assim, mediante o simples emprego de certos dados. E, ao passo que, na demonstração, não se confere nenhuma primazia ao que se utiliza, sobre os outros elementos do sistema, às seqüências que se reproduzem, sobre aquelas que se encontram apenas uma vez, aqui é totalmente diferente: destacar um elemento, reproduzir uma afirmação, detalhar as conseqüências de uma hipótese podem ser sinais de hierarquização.

Por outro lado, percebe-se a relevância que, num debate, a diversão pode ter. Ela embaralha as pistas, mais simplesmente ainda, come o tempo disponível: o *filibuster* praticado pelos senadores americanos é seu caso extremo. Entretanto, se bem que uma argumentação sempre possa ser utilmente prosseguida, às vezes é bom, para dar a impressão de que se dispõe de argumentos muito fortes, não empregar todo o tempo disponível; a argumentação assume, assim, certas características da demonstração: compartilha de sua finitude, de seu aspecto irrevogável.

Essa prensa do tempo que comprime a argumentação não é somente uma obrigação de condensar o debate, uma limitação imposta à amplitude, uma obrigação de escolher os argumentos mais pertinentes ou, no caso de um pleiteante, os mais favoráveis. É, para o ouvinte, a obrigação de se decidir mesmo que nenhum dos argumentos apresentados pareça totalmente convincente e mesmo que se julgue com motivos para imaginar, teoricamente, que o desenrolar prolongado da argumentação traria uma solução certa. É freqüente, aliás, que, dentre os argumentos destacados, figure o da oportunidade: há uma ocasião a aproveitar ou a perder, uma conjuntura que não mais se reproduzirá e na qual a decisão solicitada deve inserir-se. Assim, a prensa do tempo transforma as próprias condições do raciocínio: obriga mormente a hierarquizações, e também a remanejamentos de conceitos para que estes se adaptem, com maior ou menor acerto, porém rapidamente, a uma situação.

O problema da decisão, quando se trata de uma ação, se apresenta em condições muito diferentes do da resolubilidade de um sistema formal. Não se trata de saber se se pode ou não, por métodos gerais, afirmar que uma proposição ou sua negação é uma tese de um sistema, ou seja, que é demonstrável no sistema. A obrigação de decidir é dada, precede qualquer exame dos meios de prova. É mesmo, em certos casos, imposta por textos: "O juiz que recusar julgar sob pretexto do silêncio, da obscuridade ou da insuficiência da lei, poderá ser penalizado como culpado de denegação de justiça" (Código Napoleão, art. 4º). É evidente que apenas o limite de tempo torna essa obrigação efetiva e explica suas conseqüências sobre o pensamento. De fato, não se poderia querer considerar o limite de tempo como um cutelo que se ateria, em dado momento, a suspender a argumentação. Vimos que a consciência desse limite influi sobre o raciocínio e sobre o modo que é conduzido: ela influi igualmente sobre o modo como a argumentação é acolhida. Pois a decisão que se deve tomar exige que se adaptem os dados argumentativos, as normas nas quais o orador se baseia, de maneira que sejam aplicadas à situação presente. Embora o juiz seja obrigado, pelo código, a julgar, nem por isso deixa de ser obrigado a motivar suas sentenças. Por isso, a necessidade de julgar implica que se trate o sistema jurídico como sendo completo, como sendo suscetível de fornecer uma solução. Vê-se, assim, que a obrigação de decidir pode reagir sobre a própria concepção que se tem da ordem jurídica. Dá-se o mesmo em outros domínios. A esse respeito, a argumentação jurídica oferece, ao que parece, um modelo útil para apreender certos aspectos fundamentais do pensamento comprometido com a ação[6].

Uma vez que um limite de tempo é imposto à argumentação pelas exigências da ação, é preciso além disso restringir-lhe os inconvenientes. Em todas as sociedades, cuida-se de que possam ser recomeçados certos debates, e isso apesar da importância concedida à coisa julgada. Às vezes esse recomeço é submetido a certas restrições: cumpre, por exemplo, que possa ser invocado um "fato novo". Mas algumas decisões deverão, por sua vez, intervir para declarar o que constitui um fato novo. O fato de alguém desejar recomeçar um debate poderia, a rigor, ser considerado um fato novo, se não se temesse, desse modo, ser arrastado a contínuas revisões. Por isso a definição do que constitui um fato novo é indispensável. É difícil, porém, considerar essa definição, por sua vez, como imutável. Ela poderá ser, quer revisada por uma decisão emanante de um corpo *ad hoc*, quer reinterpretada para corresponder a situações imprevistas.

Decerto os limites de tempo, que o recomeço do debate permite em certa medida superar, não são, o mais das vezes, senão ligeiramente transferidos: existem em muitos casos prazos de perempção, além dos quais é vedado qualquer recomeço. Seja como for, a argumentação, comprimida numa prensa temporal, é convidada a superá-la em razão dos próprios efeitos que o tempo produz, não só sobre os acontecimentos que essa argumentação deveria influenciar ou levar em consideração, mas também na própria intimidade de sua estrutura.

Como tais efeitos são inevitáveis? Porque, como dissemos, se trata de uma ação, que envolve agentes pessoais. Porém, com mais precisão ainda, porque tais agentes utilizam dados e instrumentos que, por seu turno, estão sujeitos a modificações.

A demonstração, sobretudo a lógica formal, logrou subtrair-se ao tempo isolando os dados de qualquer contexto diferente do sistema em causa e cristalizando os instrumentos do raciocínio.

Há duas maneiras possíveis de fazer os dados escaparem a qualquer influência do contexto: isolando o sistema artificialmente, ou então considerando que ele deve abranger a totalidade do cosmos. O primeiro meio é o que a demonstração utiliza, perfeita e definitivamente nos sistemas formais, imperfeitamente nas demonstrações das ciências naturais, que devem confrontar seus resultados com o real concreto, mas fazem abstração deste no correr da demonstração. O segundo meio, que cumpriria qualificar, não mais de isolamento, mas de totalitarismo, só é aceitável numa concepção teórica da demonstração, em escala divina.

Mas nenhuma dessas duas formas de preservar os dados é utilizável na argumentação. Com efeito, esta tem como característica o fato de não se poder determinar *a priori* o que é relevante: a participação da pessoa é suscetível de revisão, se novas objeções se apresentam em sua mente; assim, a amplitude útil é, como sabemos, ilimitada. Por conseguinte, no curso mesmo da argumentação, introduzir-se-ão, quer se queira quer não, novas premissas. Poder-se-ia, a esse respeito, ficar tentado a comparar a argumentação a uma seqüência de demonstrações, da qual cada uma teria outras premissas, ou seja, uma espécie de cadeia de demonstrações, interrompida por alguns saltos. Essa visão é permitida, mas contanto que se reconheça que esses saltos não são somente imprevisíveis mas também podem ser diferentes para cada ouvinte, e, o que é melhor ainda, que pode haver reação da conclusão sobre as premissas, e que, muito amiúde, todo o raciocínio deveria ser, portanto, retomado em novas bases. Ademais, aos dados propostos pelo orador se sobrepõem quase sempre argumentos espontâneos que nascem no ouvinte da própria consideração do discurso, ou seja, ao tomar o discurso como objeto de reflexão; esses argumentos espontâneos constituem premissas novas que vêm interagir com os dados primitivos, os dados propostos pelo orador.

Acrescentemos, por fim, incessantes mudanças de nível que a demonstração não conhece. Para que não haja confusão nem dúvida a esse respeito, os lógicos formalistas têm grande cuidado de distinguir a linguagem da metalinguagem. Na argumentação, não somente a existência de argumentos espontâneos faz que a reflexão sobre o discurso se mescle com o objeto do discurso, mas esse próprio objeto é situado em níveis que variam constantemente: um orador, que quer provar que sua opinião sobre determinada matéria não mudou, não hesitará em argumentar alegando a própria matéria, a sua opinião sobre ela, mas também o conceito de "mudança" utilizado erradamente pelo adversário, ou ainda considerações sobre a natureza dos conceitos em geral. Sem dúvida, seria possível evitar essas mudanças de nível, ou pelos menos analisá-las para reconhecer-lhes a intervenção; mas elas não têm de modo algum a mesma natureza da passagem irrefletida da linguagem para a metalinguagem. Com efeito, elas atuam sobre a argumentação e lhe modificam os efeitos porque estes formam um todo só com ela, da mesma forma que os argumentos espontâneos suscitados pelo discurso. Pode até acontecer que distinções entre linguagem e objetos de linguagem, entre linguagens de diferentes níveis, sejam introduzidas com a única finalidade de entrar em ação em seguida como fator de valorização ou de desvalorização. Conhece-se a depreciação que se inflige a certos enunciados qualificando-os de "palavras", em contraste com as "coisas". A dissociação entre o que é "verbal" e o que é "real" é, todavia, apenas um dos modos de depreciação vinculados a diferenciações de níveis: semelhante depreciação também pode efetuar-se dissociando-se o que é conceito válido do que não passa de ilusão de conceito, entendendo-se com isso o que não deveria figurar entre os nossos instrumentos de pensamento. Assim, uma argumentação relativa aos deveres para com a nação poderá tratar esta, ora como um objeto cujos caracteres analisamos, ora como um objeto cuja denominação verificamos, ora ainda como um conceito cujos contornos circunscrevemos, ou como um conceito cuja legitimidade discutimos, ora, enfim, como uma expressão cuja significação procuramos, ou ainda como uma expressão cuja repercussão calculamos. Quase não há limite para o jogo dos níveis possíveis, pois esses pontos de vista não são fixados de uma vez por todas. São adotados no próprio decurso dos debates, geralmente com uma intenção argumentativa. Eles se impõem às vezes com toda a naturalidade ao interlocutor, independentemente do que é explicitamente proposto. Por isso os próprios dados da argumentação formam um conjunto que não poderia ser definitivamente fechado.

Se a demonstração libertou-se do tempo ao isolar do contexto um sistema, tentou também libertar-se da influência do tempo sobre os instrumentos utilizados. Todo o seu esforço no sentido da univocidade é uma maneira de cristalizar o tempo. O que equivale a dizer que a demonstração se liberta da linguagem. Ela se torna somente linguagem, ou nem um pouco linguagem, como aprouver, sendo esta fixada de uma vez por todas. Ela suprime a influência do símbolo sobre o simbolizado e reciprocamente. A argumentação, pelo contrário, é essencialmente um ato de comunicação. Implica comunhão das mentes, tomada de consciência comum do mundo tendo em vista uma ação real; supõe uma linguagem viva, com tudo o que esta comporta de tradição, de ambigüidade, de permanente evolução.

As noções utilizadas, por estarem inseridas numa linguagem natural, a de uma comunidade social, não podem ser completamente apartadas de sua história; esta, conforme os interlocutores, estará mais ou menos presente, de maneira às vezes diferente. Não há signo lingüístico que não seja, mesmo para a mente mais rude, dotado de alguma significação etimológica, verdadeira ou falsa; não há signo técnico que não seja influenciado por sua significação em outras áreas e reciprocamente. Isto é verdadeiro sobretudo quando se trata de noções que passaram, em dado momento, por uma elaboração em sistemas filosóficos, nos quais cumpriram uma função técnica, ficando ao mesmo tempo destinadas ao uso humano mais amplo. Tais noções fazem desde então parte de uma herança comum a toda uma civilização, mas com infinitas variações.

Por outro lado, as noções não formais sempre são "abertas", no sentido de que sempre é possível ocorrer uma situação que exigirá novas especificações: a noção deve poder ser adaptada a essa função imprevisível. Por vezes, é no próprio curso de uma argumentação e dada a sua inserção nesta que as noções se transformam e que se criam novas configurações que tomam lugar no pensamento[7].

A cooperação da linguagem com o pensamento, a criação de pensamento apenas pelo exercício da linguagem foi muitas vezes posta em evidência. Cassirer cita elogiosamente algumas páginas de H. von Kleist, "Sobre o acabamento progressivo do pensamento nas palavras", onde, analisando o célebre discurso de Mirabeau, mostra que este, muito moderado no princípio, ainda não pensava nas baionetas com as quais deveria concluir sua resposta ao enviado do rei[8]. Trata-se aí de uma formação do pensamento pela linguagem que apenas o passar do tempo permite, mas em que o símbolo não cria propriamente seu objeto. Já não se dá o mesmo quando, apenas pela repetição de certos termos, cria-se no ouvinte um ser de pensamento novo. No discurso de Antônio (Shakespeare, *Júlio César*, ato III, cena II), "Brutus is an honourable man" não serve somente para reforçar a todo instante a oposição entre os fatos e uma qualificação que se mostra derrisória, para criar assim um feixe de argumentos convergentes; a repetição cria também um objeto novo, vinculado a essa situação única e a esse contexto bem definido e que seria como que uma caricatura do homem honrado. Esse novo objeto existirá pelo menos enquanto durarem o discurso e sua repercussão nos ouvintes. Nada pode esclarecer melhor a formação de semelhantes noções nascidas da repetição, que apenas o tempo e sua acumulação de impressões permitem suscitar, do que o emprego do *leitmotiv* no drama wagneriano. Seria errado dizer que este junta uma forma determinada a um objeto de pensamento preexistente. Decerto expressaremos amiúde, por simples comodidade, a correspondência entre o *leitmotiv* e uma situação pelo emprego de símbolos verbais, já conhecidos, e que parecem adaptados à estrutura do drama. Mas o *leitmotiv* criou signos musicais que não são equivalentes a nada dado, e que apenas a repetição permitiu dotar de significação. O que não era instrumento de comunicação está, assim, prestes a tornar-se e, por isso mesmo, fornece às noções da linguagem um conteúdo novo: "espada", "morte" podem ser percebidos, por intermédio de associações que uma sintaxe usual e o emprego dos símbolos lingüísticos habituais não comportam.

Portanto, o discurso exerce uma ação tal sobre o auditório que, à medida que se vai desenrolando, o modo como o auditório reage, como apreende os dados, se modifica. Daí a importância considerável, na argumentação, da ordem adotada. Esta realiza um verdadeiro condicionamento do auditório.

A noção de ordem tem múltiplos aspectos. A ordem pode, antes de mais nada, expressar uma construção, uma série de operações que deve efetuar-se segundo uma progressão definida: Descartes encara a ordem como uma passagem do simples ao complexo. A ordem pode igualmente significar sistema: a ordem paladiana, a ordem capitalista são sistemas dotados de certa completitude, de certa perfeição interna e de certo isolamento com relação a outras ordens ou com relação ao caos. Sob esses dois aspectos, a progressão e o sistema, a noção de ordem pode intervir na demonstração. Ainda que seja mister insistir no fato de que regras de construção não são parte integrante de toda demonstração e só caracterizam alguns dos sistemas nos quais pode operar-se uma demonstração.

De todo modo, vê-se que esses dois aspectos da ordem, pelos quais ela importa aos sistemas formais, são eminentemente intemporais. Tudo o que podia ser dado o é de uma vez: a regra de construção, as relações entre elementos. Nada mudará porque o tempo passa. Em contrapartida, na argumentação, a ordem assumirá significado muito diferente. O que é dito em primeiro lugar serve para estear o que segue e que será recebido de modo muito diferente pelo auditório porque este terá sido, entrementes, pela própria argumentação ou por outras causas, modificado. Daí a importância que adquirem, para o efeito argumentativo, o destaque dado aos argumentos fortes ou aos argumentos fracos, o destaque dado às concessões. Daí também a importância que há em ocupar o terreno, em deixar uma derradeira impressão viva e favorável cujo efeito se fará sentir por muito tempo; em suma, a tática argumentativa inteira deve levar em conta o papel do tempo.

Há argumentos que tiram seu significado do fato de se prever certos desenvolvimentos: dizer que é perigoso tomar determinada decisão, porque há risco de ela acarretar outra que a pessoa se recusaria a tomar desde já, significa reconhecer que a nova situação assim criada será diferente por causa dessa mesma primeira decisão. Dizer que se deve continuar a fazer o que se fez, a fim de não perder o proveito do que foi realizado, significa colocar-se numa perspectiva em que o passado condiciona o futuro. Argumentos de direção, argumentos do desperdício só adquirem sentido numa perspectiva temporal. Mas o tempo assim evocado, bem como aquele que se faz intervir quando se raciocina sobre os efeitos e as causas, sobre os móbeis e os motivos, só é tempo pleno na medida em que as modificações que introduz são, simultaneamente, inelutáveis e, de certa maneira, contingentes ou pelo menos imprevisíveis, não podem ser descritas completamente com o vocabulário e com os conhecimentos presentes. O tempo age porque faz intervir o que E. Dupréel chamou de *intervalo*, indeterminação que se insere entre os termos que constituem uma ordem[9]. Assim, a ordem em que se situam os argumentos, e que é fruto de uma ação da parte do orador, adquire toda a sua importância pelo fato de que a ordem, no sentido de construção, de sistema, ou de determinação necessária, comporta sempre, na realidade, algum intervalo.

A própria natureza de uma argumentação depende em grande parte dos argumentos já desenvolvidos, pois o condicionamento do auditório que foi realizado altera o sentido dos argumentos. Mas tal alteração não é uma modificação inteiramente previsível. Como ela mesma está situada num tempo pleno, não podemos dar-nos conta dela inteiramente. Podemos, entretanto, assinalar a transformação habitual quase insidiosa de certos argumentos. Assim, uma enumeração de exemplos, que visam a promover uma generalização, tenderá a transformar-se numa enumeração de ilustrações, que confirmam uma regra. Daí a importância capital da ordem em que são fornecidos os exemplos, pois a sua transformação em ilustração dependerá largamente do efeito produzido pelos primeiros citados. Mostramos noutra obra que a célebre enumeração de exemplos, pelos quais Descartes visa a provar a superioridade do que é construído por uma pessoa sozinha sobre o que é obra coletiva, compreende provavelmente, em seu pensamento, primeiro exemplos, depois ilustrações[10]. Assim também, toda analogia, na mesma medida em que é aceita, tende a superar-se: transformamos a relação assimétrica entre tema e foro, em que o tema deve ser estruturado, esclarecido, graças ao foro, e em que tema e foro pertencem a domínios diferentes, noutra relação em que os domínios se aproximam, até se unificam[11]. Se não há operação lógica que seja influenciada pelo tempo, em compensação quase não há argumento que não receba seu significado, ou sua força, do lugar que ocupa, do momento em que é empregado. É a essa observação, por certo, que se pode reportar a vacuidade dos esforços para distinguir formalmente, na argumentação, juízos de valor e juízos de realidade. De fato, o estatuto dos juízos pode variar conforme o lugar que ocupam no discurso: um enunciado que, em certo momento, perante certo auditório, será considerado juízo de realidade, poderá, noutro momento ou perante outro auditório, ser considerado juízo de valor.

Da mesma forma, a força dos argumentos não será independente de sua situação na história. Com efeito, pensamos que essa força é determinada pela regra de justiça: o que foi considerado válido numa dada situação será considerado válido numa situação parecida: a regra de justiça exige, de fato, que se trate da mesma maneira seres, situações, objetos quaisquer que pertençam a uma mesma categoria essencial[12]. A inércia é que explica a aplicação da regra de justiça aos seres que se sucedem no tempo, que faz que se trate do mesmo modo as situações novas e as que já foram encontradas. Inércia que, segundo Schopenhauer, é por ela mesma uma lei da vontade, tanto nos hábitos humanos de pensamento quanto nos movimentos dos corpos físicos[13]; que, zomba Sterne, faz o homem se parecer com um cachorrinho que se recusa a aprender uma nova gracinha[14]. Inércia que, seja como for, vemos operante em toda argumentação.

Os argumentos anteriormente utilizados constituem, pois, em cada disciplina particular, espécies de precedentes cujo valor foi reconhecido em virtude de seu êxito, seja sua adequação ao que se considera realidade, seja sua fecundidade ulterior como base de novos raciocínios, seja o consenso que se estabeleceu a respeito deles. Tornaram-se todos eles modelos, moldes, com os quais se julga poder contar.

Embora a inércia seja suscetível de transformar uma conduta em modelo, isso não significa que esses modelos, notadamente os argumentativos, não sejam suscetíveis de modificação. O precedente, em direito, fornece uma imagem daquilo que queremos dizer: é um modelo, um molde que é seguido até nova ordem. Mas um modelo que, por sua vez, é passível de mudança. Tal raciocínio que, numa determinada sociedade ou numa determinada disciplina, pareceu forte, já não o será em novas circunstâncias, do mesmo modo que um precedente, em direito, pode ser substituído por uma decisão não conforme, que por seu turno fará precedente. Basta que o tempo tenha trazido modificações suficientes no estado de espírito de uma jurisdição, ou em seus meios de investigação.

Isso quer dizer que, na argumentação, tudo seja movediço, incerto, imprevisível, escolhido arbitrariamente? Não, por certo. A argumentação é, ao contrário, estruturada por uma série de fatores de estabilidade, faz pensar mais numa sucessão de núcleos do que num escoamento fluido. Os cortes formados pelas decisões por tomar, a concentração de reflexões constituída pelos pontos por julgar, as pausas representadas pela coisa julgada, os modelos constituídos pelos precedentes, tudo isso são fatores que delimitam, porém, o argumento; sem por isso tirarem seu caráter eminentemente instável, sua inserção num tempo pleno que sempre traz algo de novo. Dissemos que a argumentação era uma agressão. Assim, o ônus da prova compete sempre a quem quer mudar alguma coisa, regra de fato que em geral se traduz, em direito, em disposições precisas. De maneira geral, toda mudança deve ser justificada, seja ela uma mudança de comportamento ou uma mudança de apreciação; pois, se é verdade que o tempo modifica, traz o imprevisível, importa ainda que essa mudança seja lavrada, reconhecida, para que possa justificar outras mudanças: "mudei", dirão, "porque as circunstâncias mudaram". Sem isso a inércia reina absoluta. E estamos sujeitos ao entimema citado por Aristóteles: "Se, antes de agir, eu vos tivesse pedido a estátua prevendo esta ação, vós ma teríeis concedido, e, agora que agi, ma recusareis?"[15].

A matéria de nossos raciocínios é, de fato, construída de maneira que se minimize o papel destrutivo e criativo do tempo.

A lógica formal se contenta com símbolos não interpretados; na demonstração, ainda que vá além do domínio puramente formal, o orador apóia-se tanto quanto possível em objetos cristalizados, abstratos ou concretos. A matéria que é a base da demonstração está constituída de uma vez por todas. Quando é observada no tempo, trata-se, tanto quanto possível, de um tempo vazio. O pensamento corrente, bem como o pensamento científico, criou objetos de pensamento estáveis, as coisas com suas propriedades, as estruturas como expressão de relações. A argumentação igualmente não deixa de servir-se deles. Todavia, na medida em que é ação, inserida no tempo, não pode pretender cristalizar assim todos os seus objetos. Decerto ela criou fatores de estabilidade parcial: a noção de pessoa, em sua oposição aos atos, é o protótipo de uma dessas criações que permitem, a um só tempo, conservar a espontaneidade, a variedade, a imprevisibilidade dos atos e, não obstante, conferir ao agente um caráter de permanência suficiente para que se possa inseri-lo em raciocínios. Assim também a noção de essência, em sua oposição ao que é apenas acidente, é um procedimento de estabilização, calcado na relação da pessoa com o ato. Uma série de técnicas, notadamente a qualificação e o epíteto, ajudam essa estabilização consagrando-a.

Entretanto, isso são apenas paliativos. É preciso, necessariamente, argumentar no tempo e sob seu império. Ora, o tempo permite todo tipo de escapatórias que tornam a argumentação não coerciva. Por isso um dos maiores esforços da mente que argumenta consistirá em subtrair completamente os seres, as normas, ao seu aspecto temporal. Com efeito, somente num sistema fechado, unívoco, intemporal, é que podem existir contradições verdadeiras, que obrigam a renunciar a certas asserções se se quiser manter outras e respeitar, ao mesmo tempo, um princípio de não-contradição, seja qual for, aliás, o alcance preciso deste. Na argumentação, não existem contradições. Há tão-somente incompatibilidades, a obrigação de escolher entre dois seres, duas regras, duas soluções, duas ações. Tais incompatibilidades resultam de uma decisão, são *expostas*, ainda que, para aquele a quem são apresentadas, possam assumir um aspecto objetivo. Em geral procurar-se-á apresentá-las como contradições lógicas. Para conseguir expô-las com toda clareza, acentuar-se-á o caráter intemporal das afirmações de fato ou das normas de conduta que são empregadas.

Ao tornar simultâneas certas exigências, elimina-se qualquer esperança de poder torná-las compatíveis: é possível satisfazer sucessivamente as obrigações para com diversos seres; costuma ser impossível fazê-lo ao mesmo tempo. Uma das formas de tornar as normas intemporais será, evidentemente, dar-lhes um campo de aplicação ilimitado. Se uma norma é válida em todas as circunstâncias, referindo-se isso tanto ao espaço quanto ao tempo, já não será possível, conseqüentemente, escapar ao seu confronto com outra norma, confronto que, num plano mais restrito, não teria sido inevitável. Toda generalização é, de certa maneira, uma forma de escapar ao tempo e, com isso, de tornar normas incompatíveis.

Outro meio consistirá em enfatizar que o que será consumido pela realização de um fim imediato já não poderá ser reservado como meio para um fim posterior. Znaniecki analisa muito bem a aproximação que se opera entre uma ação presente e uma ação virtual: assim, duas tendências entram em conflito quando as ações por elas acarretadas dependem de uma mesma pessoa, origem de obstáculo ou de cooperação: a criança não pode, a um só tempo, comer uma fruta que a mãe a proíbe de comer e obter dela a permissão de ir brincar com os amigos[16]. Pela mediação da mãe, os fins perseguidos ficam concomitantes, estabelece-se uma incompatibilidade, entre duas tendências, entre as quais cumprirá doravante escolher.

A retórica, ao tornar presentes certos acontecimentos futuros, com a mesma presença de acontecimentos atuais, confere-lhes, dizia Bacon, uma força tal que eles tornam as nossas decisões mais racionais[17]. Portanto, além dessa presença indispensável, a argumentação pode conferir a elementos que normalmente estarão distantes no tempo uma simultaneidade que nasce da inserção deles num sistema de fins e de meios, de projetos e de obstáculos. Estes aí se tornam incompatíveis porque esse sistema encaixa, de certo modo, num momento único o que pertencia a cadeias de pensamento isoladas, espalhadas no tempo.

Um dos procedimentos, em contrapartida, para impedir o surgimento de certas incompatibilidades será tornar sucessivos os elementos que seriam incompatíveis, torná-los, se não independentes, pelo menos ligados de uma maneira solta. Essa espécie de diluição no tempo pode operar-se de uma forma muito simples, somente considerando as ações como devendo ser executadas uma após a outra, evitando correlacioná-las. Ela também pode realizar-se convertendo as duas condutas em questão em simples atos, cuja relação é assegurada por uma subestrutura fundamental. Às vezes é incompatível comportar-se ao mesmo tempo como bom pai e como bom patriota, mas uma mesma pessoa poderá comportar-se, ora como bom pai, ora como bom patriota. A dissociação entre atos e pessoa não resolve a incompatibilidade para quem está colocado diante dela. Mas justifica escolhas sucessivas, permite conservar os valores que se prezam, ainda que se devam sacrificá-los momentaneamente; uma apreciação favorável sobre a pessoa poderá ser mantida se seu prestígio for suficiente para que nem todos os seus atos reajam sobre ela.

No plano teórico, tal diluição temporal permite igualmente escapar de certas dificuldades: a sociedade comunista adiará para mais tarde a realização de satisfações para as quais os sacrifícios atuais serão considerados como meios; ou ainda, o mal no mundo não será mais que uma aparência temporal; uma visão mais ampla o porá posteriormente em seu verdadeiro lugar, secundário e acidental. As dissociações que presidem a semelhante diluição no tempo podem ser variadas. Embora sejamos capazes de descrever o seu princípio, as suas aplicações, em contrapartida, são de uma variedade infinita porque o tempo – sempre ele – introduz uma vida da mente que permite sempre novas e imprevisíveis criações mentais. As maneiras de remover as incompatibilidades, quer evitando que ocorram, quer imaginando compromissos, são, sem dúvida, em número ilimitado.

Quanto à argumentação quase-lógica – denominamos assim a que se esforça em moldar os argumentos segundo os esquemas da demonstração lógica ou matemática –, ela teria como característica ser limitada em suas possibilidades. Mas esse é apenas um aspecto teórico no qual, neste momento, não há interesse em nos aprofundarmos. Ao contrário, é importante salientar quanto todas as modalidades desse gênero de argumentação são ligadas à intemporalidade. É o caso dos argumentos baseados na divisão do todo em suas partes, que permitem passar da parte ao todo, raciocinar por exclusão de várias partes para descobrir uma delas; é o caso dos argumentos de complementaridade, que se baseiam num limite móvel entre partes de um todo; é o caso dos argumentos por dilema. Todos eles implicam que o tempo não intervirá para modificar a situação. Um dos modos de raciocinar que podemos caracterizar pelo termo genérico "argumento do sacrifício", que consiste em avaliar alguma coisa pelo sacrifício que se está disposto a aceitar para obtê-la, implica igualmente que o que se põe num dos dois pratos da balança não varie. Quando se avalia o valor do objeto pelo desgosto que sua perda acarreta, raciocina-se de uma maneira intemporal, apesar de, manifestamente, perda e desgosto não estarem fora do tempo e não escaparem a seus efeitos. Assim também, quando se evoca a importância do meio empregado como medida do fim perseguido, põem-se na balança elementos que, essencialmente sucessivos, são, numa vista d'olhos instantânea, apreendidos de uma maneira intemporal. Nem a acusação de tautologia deixa de compartilhar essa característica da argumentação quase-lógica. Censura-se de haver dito, com outras palavras, ou com as mesmas palavras, a mesma coisa. Ora, não poderia ser possível, num contexto novo, noutro momento da discussão, dizer a mesma coisa. É apenas por uma redução ao esquema lógico, à noção intemporal de identidade, que se pode, pois, introduzir semelhante acusação. E a refutação consistirá geralmente em mostrar que a pretensa tautologia trazia algo novo, a modificação de alcance e de sentido que é conferida ao enunciado pelo novo contexto ou pelo lugar ocupado no raciocínio.

Dá-se o mesmo com a negação: concebe-se perfeitamente o papel da negação dupla no domínio intemporal da demonstração. Ele não pode subsistir tal como na área da argumentação: jamais se apaga completamente o que foi dito uma vez. É, portanto, sob a aparência do quase-lógico que a argumentação crê poder servir-se da negação dupla.

Uma das razões por que um argumento previsto é desvalorizado pode estar relacionada com o fato de se imaginar que ele nada traz de novo; por conseguinte, se era conhecido e não havia prevalecido, é porque não tinha valor real. Em caso assim, a argumentação quase-lógica, com sua intemporalidade, se sobrepõe a outros fatores argumentativos, pois a previsão é também afirmação de uma competência da parte de um dos interlocutores, afirmação de uma permutabilidade entre argumentos, afirmação de que se trata de um expediente, com o que isso comporta de desvalorizador.

O que acabamos de dizer da argumentação quase-lógica talvez explique por que, na Antigüidade clássica, era praticada com uma virtuosidade e uma espécie de ingenuidade que às vezes nos espantam. A filosofia antiga fazia certamente um esforço considerável no sentido da intemporalidade: o Uno de Parmênides, as Idéias de Platão, a essência de Aristóteles, tudo isso eram manifestações desse esforço. Hoje o alcance do tempo, com o pensamento histórico, com o evolucionismo, com as filosofias da ação, tornou-se eminente. Mesmo em física, o tempo tende a desempenhar um papel que antes não lhe cabia, papel que, em certos casos, já não é somente o de uma dimensão análoga às do espaço. Por isso a argumentação quase-lógica não perde seus direitos – aliás, ser-nos-ia impossível prescindir dela, que está a todo momento em nossos raciocínios –, mas é utilizada com mais moderação e menos alegria. Cumpre lembrar, a esse respeito, que o cálculo quase-lógico se aplicava comumente, entre os antigos, aos próprios argumentos. J. de Romilly evidenciou com muito acerto, em Tucídides, a pesagem dos argumentos, as operações de adição, de subtração, praticadas pelos defensores de pontos de vista opostos[18]. O primeiro dos grandes historiadores usa aqui uma aritmética dos argumentos, tal como lha propuseram os pensadores de sua época, técnica que estratifica as unidades argumentativas que serão comparadas. Poder-se-ia crer que o modelo matemático deveria ter dado hoje à argumentação quase-lógica um novo prestígio, graças aos sucessos dessa disciplina e das que lhe utilizam os instrumentos. De certo modo é verdade, mas esse prestígio emprestado por certo não compensou a perda da serenidade feliz com que a argumentação quase-lógica era empregada quando parecia sustentar-se por si só sem dificuldades. Hoje o prestígio das ciências formais constitui antes um ideal, que certos teóricos das ciências humanas desejariam, com grande esforço, alcançar, desesperançados que ficam tanto com os lentos progressos de suas disciplinas como com a perpétua incerteza dos raciocínios práticos, com a sucessão dos sistemas filosóficos cuja diversidade parece mesmo irremediável.

Em direito, enquanto o formalismo tende a assimilar os raciocínios às demonstrações, incluídas em sistemas fechados e tão imutáveis quanto possível, pelo menos até que seja proclamada uma nova regra, certos procedimentos de interpretação jurídica visam a minimizar indiretamente o papel do tempo, mesmo reconhecendo explicitamente que houve mudança: a investigação da vontade do legislador, por exemplo, nada mais é que um esforço para remontar artificialmente o curso do tempo, proceder de modo que este não pareça ser realmente criador. Outras técnicas de interpretação, em contrapartida – as que reconhecem o papel próprio da evolução e tentam fazer-lhe justiça, notadamente sob a aparência da evolução da linguagem e servindo-se da extensão natural das noções, ou das oportunidades da polissemia, ou ainda dos métodos que levam em conta as necessidades sociais, a incessante modificação delas –, renunciam mais abertamente a expulsar o tempo e por isso se situam numa perspectiva muito mais argumentativa do que demonstrativa.

As distinções que esboçamos entre argumentação e demonstração levam a conjeturar que a idéia que se faz do papel do tempo influenciará fortemente a posição que se toma a seu respeito.

No plano do comportamento, há três formas de atitude possíveis: a atitude *lógica*, que consiste em formular normas que sejam de uma precisão, de uma clareza tais que possam aplicar-se a qualquer situação futura. Essa atitude faz pouco caso das circunstâncias imprevisíveis, cristaliza o dado para poder reconhecer-lhe de antemão todos os aspectos, prever as dificuldades e preparar desde logo sua solução. Ela desejaria reduzir, no futuro, e uma vez operado esse trabalho preparatório, todo raciocínio a uma dedução. A atitude *prática*, pelo contrário, não ignora que surgiriam dificuldades, mas se reserva o direito, perante cada problema, de fazer a melhor escolha, de encontrar soluções que, nascidas no tempo, são válidas somente para o momento presente, mas mesmo assim representam um esforço de criação adaptado ao problema formulado.

A atitude *diplomática* evita resolver as dificuldades, aplainá-las. Procura adiar-lhes a solução fechando tanto quanto possível os olhos para o fato de que a dificuldade de que se foge assim suscita amiúde uma nova dificuldade. Ela espera, seja que o tempo as elimine, seja que um momento mais oportuno permita uma solução menos onerosa.

No plano teórico, o destaque que se concede ao tempo, a importância dada à história, ao concreto, ao que se apresenta apenas uma vez, influencia fortemente a situação que se confere à demonstração e à argumentação, uma em comparação com a outra, a da lógica em comparação com a retórica, com o sentido em que desejamos que este termo seja utilizado, o destaque, também, da verdade em relação à opinião. Decerto é lícito opor lógica e retórica como sendo dois aspectos característicos de uma atividade humana, o raciocínio. As duas noções formam então o que chamamos de um par classificatório. Essa solução pode bastar para caracterizá-las utilmente[19]. Mas, para o filósofo, geralmente se estabelecerá o que chamamos de um par filosófico, ou seja, um par do qual um dos termos, embora desfrutando a vantagem de ser o mais diretamente percebido, não é mais que uma emanação, ou uma aparência, ou uma ilusão, ou um meio, ou uma aproximação, em suma, é subordinado a outro termo que é norma ou critério do primeiro[20]. Termos, pois, a exemplo do par $\frac{\text{aparência}}{\text{realidade}}$, em certas filosofias, um par $\frac{\text{retórica}}{\text{lógica}}$ e, inversamente, em outras, um par $\frac{\text{lógica}}{\text{retórica}}$. O par $\frac{\text{retórica}}{\text{lógica}}$ caracteriza um pensamento clássico, e não ficaremos espantados, depois do que acabamos de dizer, de que seja vinculado aos pares $\frac{\text{impuro}}{\text{puro}}$, $\frac{\text{temporal}}{\text{eterno}}$. Em contrapartida, o par $\frac{\text{lógica}}{\text{retórica}}$ caracteriza um pensamento que faz plena justiça ao tempo. É, antes, a expressão de uma visão romântica[21] e será vinculado ao par $\frac{\text{tempo}}{\text{duração}}$, no qual o tempo é considerado um tempo vazio em contraste com a duração, no sentido bergsoniano. Ele poderá igualmente reportar-se a um par $\frac{\text{parcial}}{\text{total}}$, $\frac{\text{abstrato}}{\text{concreto}}$, $\frac{\text{teoria}}{\text{fato}}$, em que total, concreto, fato representam a riqueza do único, do que está mergulhado na história e constitui a história, do que só se apresenta uma vez.

Cumprirá ater-se a uma classificação didática? Cumprirá adotar quer o par $\frac{\text{lógica}}{\text{retórica}}$, quer o par $\frac{\text{retórica}}{\text{lógica}}$?

Isso dependerá, parece, do papel que se atribui à noção de tempo numa filosofia. Se essa noção for por sua vez considerada apenas um aspecto variável, até mesmo passageiro, do pensamento humano, e se a categoria do tempo não for essencial, a necessidade de adotar semelhantes pares talvez se faço sentir menos imperiosamente.

A verdade é que, como conceitos científicos, demonstração e argumentação são vinculadas a aspectos muito diferentes da pesquisa. Por inserir-se no tempo, a argumentação é vinculada à antropologia, à sociologia, à psicologia. Enquanto a demonstração é a mesma para todos, enquanto é considerada do ponto de vista de um espírito único, imutável, a argumentação varia com os indivíduos, com o lugar deles na história, com a idéia que, em dado momento, se faz deles. E, no entanto, a argumentação, também ela, não pode desenvolver-se sem que intervenha alguma regra, sob pena de ficar sem efeito. Dissemos que a força de um argumento depende de certos modelos aceitos. Mas por quem são eles aceitos? Por um grupo efetivo ao qual o orador se dirige. Está certo. Por um auditório de cientistas especializados em suas disciplinas. Está certo de novo. Mas o que o orador almeja também é que certos modelos sejam válidos para todos aqueles a quem sejam apresentados, que certos dados sejam aceitos por todos; ter-se-á em vista o auditório mais extenso possível, um auditório universal que sirva de norma por intermédio do normal. A razão assim encarnada deixa de ser normativa por si só, como na demonstração, ou por convenção, como na lógica formal. Ela só é normativa por causa dos indivíduos que a encarnam. A própria imagem que se fez desses indivíduos é temporal. Almejamos que o auditório universal seja aquele de todos os homens e de todos os tempos, mas a idéia que nos fazemos dele é a de um instante. Somos obrigados, se não queremos nos iludir, a reconhecer que esse auditório universal é situado, que é uma extrapolação daquilo que sabemos num dado momento, que talvez transcenda as poucas divergências de que temos consciência, mas não temos garantia nenhuma de que as superamos a todas. Nosso empenho e nossa boa vontade a esse respeito são o único elemento de racionalidade que possamos apreender. Essa consciência de não ser senão criação de um instante histórico, é notável que muitos dentre nós sejamos levados, hoje, a atribuí-la ao próprio auditório universal. Com isso, introduzimos um elemento de racionalidade no fato de fornecer uma situação histórica ao indivíduo concreto que argumenta, ao mesmo tempo que conferimos um aspecto temporal à razão.

 A argumentação se vincula, assim, a uma sociologia do conhecimento, que ela contribui para justificar e que, em compensação, deve explicar alguns de seus aspectos. Vincula-se também a uma ética. Falou-se com freqüência da obrigação, para o cientista, de submeter-se aos dados dos fatos; a de inclinar-se diante de uma demonstração não pode ser muito contestada, porquanto a demonstração é, por natureza, coerciva. Em contrapartida, numa argumentação, compete a nós pesar com a mais completa boa-fé as razões pró e contra, e, sobretudo, formar do auditório universal uma idéia tão clara, tão rica, tão nuançada quanto permita o momento em que vivemos.

Notas

PRIMEIRA PARTE

Dialética e Diálogo

1. Cf. *Dialectica*, 6, 1948.
2. *Id.*, pp. 109-119.
3. *Id.*, pp. 117-118.
4. *La Dialectique*, Presses Universitaires de France, 1969 , 300 pp.
5. Num interessante artigo: "Rhétorique, dialectique et exigence première", *in La théorie de l'argumentation*, Louvain, Nauwelaerts, 1963, pp. 206-218.
6. DIÓGENES LAÉRCIO, IX, S. I.
7. Cf. J. DE ROMILLY, *Histoire et raison chez Thucydide*, Paris, 1956, p. 233.
8. "Le développement anti-logique des écoles grecques avant Socrate", *in La dialectique, op. cit.*, pp. 40-47.

Capítulo II

1. Seção 12, 2.ª parte.
2. Nenhuma paz e segurança, nem mesmo a amizade comum, podem ser estabelecidas ou preservadas entre os homens enquanto prevalecer esta opinião, de que o domínio está fundamentado na graça e que a religião deve ser propagada pela força das armas. LOCKE, *The Second Treatise of Civil Government a Letter Concerning Toleration*, Oxford, Blackwell, 1948, p. 135.
3. BENTHAM, *Oeuvres*, trad. fr. Bruxelas, 1829, t. I, "Principes de législation", Cap. XIII, p. 40.

4. PASCAL, *Pensées*, 205 (139.ª ed., Brunschvicg), *in Oeuvres*, ed. de la Pléiade, Paris, 1941.

5. Cf. as observações de D. VAN DANZIG *in Democracy in a World of Tensions*, ed. por R. Mc Keon, University of Chicago Press, 1951, pp. 54-55.

6. Ch. ODIER, *L'angoisse et la pensée magique*, Neuchâtel, 1948, p. 122.

7. Ch. PERELMAN e L. OLBRECHTS-TYTECA, *Tratado da argumentação*, § 76.

8. J. St. MILL, *Utilitarianism*, ed. por J. Plamenatz, Oxford, Blackwell, 1949, pp. 169-171.

9. É melhor ser um ser humano insatisfeito do que um porco satisfeito; melhor ser um Sócrates insatisfeito do que um tolo satisfeito. E se o tolo ou o porco forem de opinião diferente é porque eles conhem apenas seu próprio lado da questão. A outra parte conhece ambos os lados. J. St. MILL, *op. cit.*, p. 172.

10. O verdadeiro é o nome de tudo o que provar ser bom à guisa da crença, e bom também por razões determináveis definidas. W. JAMES, "What Pragmatism Means", *in Essays in Pragmatism*, Nova York, Hafner Publishing Company, 1948, p. 155.

11. CALVINO, *Institution de la religion chrétienne*, Genebra, 1888, L. II, cap. II, § 1.

12. LEIBNIZ, *Oeuvres*, ed. Gerhardt, 5.º vol., *Nouveaux essais sur l'entendement*, p. 60.

13. Cf. G. MARCEL, *Un homme de Dieu*.

14. ARISTÓTELES, *Retórica*, L. II, 1399 a.

15. Cf. BENTHAM, *op. cit.*, cap. I, p. 10.

16. BENTHAM, *op. cit.*, cap. VIII, p. 24.

17. QUINTILIANO, *Institution oratoire* [*Institutiones oratoriae*], trad. fr. Paris, Garnier, vol. II, L. VI, cap. III, § 77.

18. GUIGUES LE CHARTREUX, "Meditaciones", *Patrologie latine*, t. CLIII, col. 610 B.

19. QUINTILIANO, *op. cit.*, vol. II, L. V, cap. X, § 84.

20. É. GILSON, *Le thomisme*, Paris, Vrin, 1945, p. 223.

21. MONTAIGNE, *Essais*, Bibliothèque de la Pléiade, Paris, 1946, L. III, cap. VIII, pp. 904-905.

22. S. WEIL, *L'enracinement*, Paris, Gallimard, 1949, p. 213.

23. E. GOBLOT, *La logique des jugements de valeur*, Paris, 1927, pp. 55-56.

24. SCHELER, *Le formalisme en éthique*, p. 180 (trad. fr. p. 196).

Capítulo III

1. H. L. A. HART, *The Concept of Law*, Oxford, Clarendon Press, 1961.

Capítulo IV

1. PLATÃO, *Gorgias*, 471d.
2. PLATÃO, *Gorgias*, 487e, trad. fr. A. Croiset.
3. V. PARETO, *Traité de sociologie générale*, trad. fr. Boven, Paris, 1917, t. I, § 612.
4. E. GLOBOT, *La logique des jugements de valeur*, Paris, 1927, pp. 16-17.
5. ARISTÓTELES, *Topiques*, I, 101, a^{57}-$101b^5$, trad. fr. Tricot.
6. PLATÃO, *Eutidemo*, 275a.
7. ARISTÓTELES, *Refutações sofísticas*, $165b^{1-5}$.
8. Aristóteles, por exigências de seu estudo, identifica argumentação erística e sofística, mas não podemos admitir essa simplificação.
9. Cf. "Da prova em filosofia", *infra*.

SEGUNDA PARTE

Lógica ou retórica?

1. *Enciclopedia universal*, V. *Oratoria*.
2. Walter Dill SCOTT, *Influencing Men in Business. The psychology of argument and suggestion*, 2.ª edição, Nova York, Ronald Press Cy, 1916, p. 31.

"Qualquer homem assinará uma promissória de 1.000 dólares se um revólver estiver contra a sua cabeça e se for ameaçado de morte, caso não assine. A lei, todavia, não o considerará obrigado ao pagamento da promissória, por ela ter sido assinada sob coação. Um homem convencido apenas pela força da lógica evitará, provavelmente, a ação que pareceria a conseqüência natural da convicção assim obtida."

3. Walter Dill SCOTT, *id.*, pp. 45-46.
4. PASCAL, *Oeuvres*, ed. de la Pléiade, "De l'art de pensuader", p. 375.
5. KANT, *Critique de la raison pure*, trad. fr. Tremesaygues e Pacaud, Paris, Alcan, 1927, p. 634.

6. *Id.*, p. 635.
7. PASCAL, *Oeuvres*, ed. de la Pléiade, "De l'art de persuader", p. 375.
8. PASCAL, *Oeuvres*, ed. de la Pléiade, *Pensées* 470 (195), p. 961 (ed. Brunschvicg, 252).
9. Berthold STOKVIS, *Psychologie der suggestie en autosuggestie*, Lochem, 1947.
10. Benjamin N. CARDOZO, *The Paradoxes of Legal Science*, Columbia University Press, 1928, pp. 8, 67.
11. 5.ª edição, Paris, 1947.
12. Pío BAROJA, *La caverna del humorismo*, Madri, Rafael Caro Raggio, 1920, pp. 50, 87, 89, 111, 137, 201, 280.
13. Eugène MAGNE, *La rhétorique au XIXe siècle*, Paris, 1838, Prefácio, p. 5: "No *Journal de l'instruction publique*, dizia-se, em 1836, que a retórica, sem a proteção oficial dos regulamentos universitários, hoje estaria morta na França."
14. Trata-se de um artigo sobre o mesmo assunto publicado por WHATELY na *Encyclopaedia metropolitana*.
15. Richard D. D. WHATELY, *Elements of Rhetoric*, 1828, Prefácio, p. 1: "Afinal, pensei ser preferível conservar o título "Retórica" por ser aquele com que designei o artigo na *Enciclopédia*; se bem que, sob certos aspectos, esteja sujeito à objeção. Além de ser utilizado com mais freqüência como referente unicamente ao *discurso* público, também é suscetível de sugerir a muitas mentes uma idéia associada de declamação vazia ou de artifício desonesto.

"Com efeito, o assunto talvez esteja apenas alguns graus acima da lógica na estima popular; sendo uma em geral considerada pelo vulgo a arte de desnortear os cientistas com frívolas sutilezas; a outra, a de enganar a multidão com mentiras especiosas".
16. ARISTÓTELES, *Rhétorique*, liv. I, 1357a, trad. fr. Médéric Dufour, Collection des Universités de France, Paris, 1932.
17. Cf. ARISTÓTELES, *Retórica*, livro 1.º; *Tópicos*, liv. 1.º, liv. VIII; *Primeiros analíticos*, II.
18. CÍCERO, *De Oratore*, liv. I, 31; liv. II, 10, 11, 12.
19. QUINTILIANO, *Institution oratoire*, trad. fr. Henri Bornecque, Paris, Garnier, t. I, liv. III, cap. VII, § 3, p. 373.
20. Richard D. D. WHATELY, *Elements of Rhetoric*, Oxford, 1828, Parte III, cap. I, § 6, p. 198.
21. LA BRUYÈRE, *Oeuvres*, ed. de la Pléiade, "Os Caracteres; Do púlpito", 2, p. 456.
22. *Id.*, 11, p. 460.

23. ARISTÓTELES, *Rhétorique*, liv. I, 1355a, trad. fr. Médéric Dufour, Collection des Universités de France, Paris, 1932.

24. Cf. Jean PAULHAN, *Les fleurs de Tarbes ou la terreur dans les lettres*, Gallimard, 1941.

25. Cf. I. A. RICHARDS, *Mencius on the Mind*, Londres, Kegan Paul, Trench, Trubner and Co., 1932; *The Philosophy of Rhetoric*, Oxford University Press, 1936.

26. M. OSSOWSKA, *Podstawy Nauki o Moralnosci* (Os fundamentos de uma ciência da moral), Varsóvia, Czytelnik, 1947, pp. 132-133.

27. Charles L. STEVENSON, *Ethics and Language*, New Haven, Yale University Press, 1945, p. 27.

28. PASCAL, *Oeuvres*, ed. de la Pléiade, *Pensées*, 334 (C 217), p. 910 (ed. Brunschvicg, 195) e 335 (C 217), p. 911 (ed. Brunschvicg, 194).

29. Cf., mais acima, M. OSSOWSKA.

30. Cf. QUINTILIANO, *Institution oratoire*, trad. fr. liv. III, cap. VII, VIII; liv. V, cap. XII; liv. XII.

31. Citado por Dale CARNEGIE in *Public Speaking and Influencing Men in Business*; p. 344 da tradução francesa de Maurice Beerblock e Marie Delcourt, Liège, Desoer, 1950.

32. Para a história da dialética, cf. Karl DURR, Die Entwicklung der Dialektik, *Dialectica*, vol. I, n.º 1, pp. 45-62.

33. PASCAL, *Oeuvres*, ed. de la Pléiade, *Pensées*, 589 (17), p. 1.019 (ed. Brunschvicg, 758).

34. ARISTÓTELES, *Rhétorique*, trad. fr. Voilquin e Capelle, Paris, Garnier, liv. III, cap. XV, 7.

35. LA BRUYÈRE, *Oeuvres*, ed. de la Pléiade, "Os caracteres; Dos juízos", 47, p. 379.

36. LEIBNIZ, "Nouveaux essais sur l'entendement", *Oeuvres*, ed. Gerhardt, 5.º vol., Berlim, 1882, p. 226.

37. LEIBNIZ, "Essais de Théodicée", *Oeuvres*, ed. Gerhardt, 6.º vol., Leipzig, 1932, p. 284.

38. Cf. um interessante capítulo em Florian ZNANIECKI, da Universidade de Poznan, *The Laws of Social Psychology*, University of Chicago Press, Impresso na Polônia, 1925.

39. Cf. *Rhétorique à Herennius*, trad. fr. liv. I, cap. XV; CÍCERO, *De inventione*, liv. II, cap. XXIV.

40. Robert BROWNING, *Poems*, Oxford University Press, 1919, "Bishop Blougram's Apology", p. 152.

No conjunto, pensou ele, justifico-me
Sobre cada ponto em que chicaneiros como este

Criticam-me a vida: ele tenta um tipo de esgrima –
Desvio – ele está derrotado, já chega para ele;
Está no chão. Se cedesse o solo
Sobre o qual me apóio, existiria outro mais firme ainda
Por baixo, a que, ambos, poderíamos chegar descendo.

41. Winston CHURCHILL, *Mémoires sur la deuxième guerre mondiale*, trad. fr. Paris, Plon, 1948, t. I, p. 112.

42. Vilfredo PARETO, *Traité de sociologie générale*, trad. fr. Pierre Boven, 2 vols., Payot, 1917-1919.

43. Cf. R. L. DRILSMA, *De woorden der wet of de wil van de wetgever*, Proeve eener bijdrage tot de leer der rechtsuitlegging uitgaande van Raymond Saleilles en François Gény, Amsterdam, N. V. Noordhollandsche uitgevers Maatschappij, 1948.

O autor se apóia nos trabalhos dos lingüistas, principalmente de Anton REICHLING S. J., *Het woord*, Numegen, 1935; Het handelingskarakter van het woord, *De Nieuwe Taalgids*, XXXI, 1937, pp. 308 a 332.

44. E. DUPRÉEL, "La logique et les sociologues", *Rev. de l'Institut de Sociologie*, Bruxelas, 1924, resumo de 72 páginas; "La pensée confuse", *Annales de l'École des Hautes Études de Gand*, t. III, Gand, 1939, pp. 17 a 27. Reproduzido *in Essais pluralistes*, Paris, Presses Universitaires de France, 1949.

45. LA BRUYÈRE, *Oeuvres*, ed. de la Pléiade, Paris, "Os caracteres; Dos bens da fortuna", 23, p. 202 e nota de J. Benda, p. 709.

46. Clarence Irving LEWIS, *An Analysis of Knowledge and Valuation*, La Salle, Illinois, 1946, p. 493.

47. PROUST, *À la recherche du temps perdu*, N.R.F., Paris, 1923, T. VI, 2: "A prisioneira", p. 228.

48. Cf. J. PAULHAN, *Les fleurs de Tarbes*, Paris, N.R.F., Gallimard, 1941; *Braque le Patron*, Genebra-Paris, Éditions des trois collines, 1946.

49. Cf. E. DUPRÉEL, "Le renoncement", *Archives de la Société belge de Philosophie*, fasc. n.º 2, 2.º ano, Bruxelas, 1929-1930. Reproduzido *in Essais pluralistes*, Paris, Presses Universitaires de France, 1949.

50. Cf. QUINTILIANO, *Intitution oratoire*, trad. fr. Henri Bornecque, Paris, Garnier, liv. IV, cap. I, 8.

51. Dale CARNAGIE, *Public Speaking and Influencing Men in Business*, p. 207 da tradução francesa de Maurice Beerblock e Marie Delcourt, Liège, Desoer, 1950.

52. Como a indução é, em nossa opinião, um raciocínio complexo, que combina procedimentos retóricos com inferências lógicas e um recurso à experiência, não a levamos em conta em nossas análises preliminares, julgando que seu exame só pode ser frutuoso depois de uma exposição detalhada dos meios retóricos de prova.

53. CÍCERO, *De Oratore*, liv. III, 16.

54. LEIBNIZ, *Oeuvres*, ed. Gerhardt, 5º vol., Berlim, 1882, Nouveaux essais sur l'entendement, p. 399.

55. LEIBNIZ, *id.*, p. 308.

56. LEIBNIZ, *id.*, p. 353.

57. LEIBNIZ, *id.*, pp. 445-448.

58. Este estudo figura, com o título *Eristische Dialektik*, in Arthur SCHOPENHAUER, *Sämtliche Werke herausgegeben von Dr. Paul Deussen*, 6.e band, herausgegeben von Franz Mockrauer, Munique, Piper Verlag, 1923. Cf. também alusões de Schopenhauer a esse trabalho *in Parerga und Paralipomena* e capítulo sobre a Retórica *in Die Welt als Wille und Vorstellung*.

59. QUINTILIANO, *Institution oratoire*, trad. fr., liv. II, cap. XVII, 30 ss.

60. J. Stuart MILL, *Système de logique*, trad. fr., baseada na 6.ª ed. inglesa, de Louis Peisse, 2 vols. Paris, 1866, t. I, Prefácio, p. XXII.

Capítulo II

1. Cf. A. CHURCH, *Introduction to Mathematical Logic*, Princeton University Press, 1956, vol. I, pp. 48-56.

2. A. CHURCH, *op. cit.*, pp. 53-54.

3. B. RUSSELL, *An Inquiry into Meaning and Truth*, Londres, 1948 (1.ª ed. 1940), pp. 58-59.

4. A. CHURCH, *op. cit.*, p. 51, distingue *symbol* e *symbol-occurrence*.

5. V. por exemplo A. TARSKI, "The Semantic Conception of Truth", *in Philosophy and Phenomenological Research* (1944), v. IV, p. 370, n.º 5.

6. Cf. QUINE, *From a Logical Point of View*, Harvard University Press, Cambridge, 1953, pp. 50-51, 71-72, etc.

7. V. mais adiante, cap. II, "Evidência e prova".

8. Cf. A. CHURCH, *op. cit.*, pp. 4-7.

9. Cf. G. FREGE, *Logische Untersuchungen*, "Beiträge zur Philosophie des Deutschen Idealismus", 1918-1919, I Der Gedanke, pp. 58-78, II Die Verneinung, pp. 143-157. V., a esse respeito, meu artigo: "Metafizyka Fregego", *Kwartalnik Filozofczny*, Cracóvia, 1937, pp. 119-142 (em polonês, com resumo em francês).
10. R. CARNAP, *Introduction to Semantics*, Harvard University Press, 1942, p. 90.
11. C.-J. DUCASSE, "Propositions, Truth", and the Ultimate Criterion of Truth, *Philosophy & Phenomenological Research* (1944), v. IV, p. 320.
12. B. RUSSELL, *op. cit.*, p. 166.
13. Cf. L. WITTGENSTEIN, *Tractatus Logico-philosophicus*, Londres, 1922.
14. V. a esse respeito QUINE, *op. cit.*, VI, "Logic and the Reification of Universals", em especial pp. 127-129.
15. Cf. TARSKI, *op. cit.* e "Der Wahrheitsbegriff in den formalisierten Sprachen", *Studia philosophica*, I (Varsóvia). 1935, pp. 261-405.
16. TARSKI, *op. cit.*, p. 347.
17. B. RUSSELL, *Human Knowledge*, Londres, 1948, p. 129.
18. Cf. B. RUSSELL, *Inquiry*, pp. 81, 137 s.
19. Cf. G. FREGE, "Ueber Sinn und Bedeutung", *Zeitschrift für Philosophie und philosophische Kritik*, 1892, t. 100, pp. 34-35.
20. Cf. A. CHURCH, *op. cit.*, p. 23.
21. Cf. QUINE, *op. cit.*, pp. 108-113.
22. *Id.*, p. 71.
23. Cf. Ch. PERELMAN e L. OLBRECHTS-TYTECA, *Traité de l'argumentation*, Paris, Presses Univ. de France, 1958; 5.ª ed., Bruxelas, Éditions de l'Université de Bruxelles, 1988. Trad. br., *Tratado da argumentação*, Martins Fontes, São Paulo, 1996.

Capítulo III

1. Ch. PERELMAN e L. OLBRECHTS-TYTECA, *Rhétorique et Philosophie*, Paris, Presses Universitaires de France, 1952.
2. LEIBNIZ, *Nouveaux essais sur l'entendement, Oeuvres*, ed. Gerhardt, 5.º vol., Berlim, 1882, p. 87.
3. Cf. um interessante artigo de F. WAISMANN, "Verifiability", *in* A. FLEW, *Essays on Logic and Language*, Oxford, Blackwell, 1951, pp. 17-144.

4. Ch. PERELMAN, "O papel da decisão na teoria do conhecimento", *infra*.

5. E. DUPRÉEL, Sur les rapports de la logique et de la sociologie, ou théorie des idées confuses", *Revue de métaphysique et de la morale*, jul. de 1991; *Le rapport social*, Paris, Alcan, 1912, pp. 227 s.; "La logique et les sociologues", *Revue de l'Institut de Sociologie Solvay*, 1924, nn. 1, 2; "La pensée confuse", *Annales de l'École des Hautes Études de Gand*, t. III, 1939, republicado *in Essais pluralistes*, Paris, Presses Universitaires de France, 1949.

6. E. DUPRÉEL, *Sociologie générale*, Paris, Presses Universitaires de France, 1948, pp. 181-182.

7. Ch. PERELMAN, "De la Justice", *in Justice et Raison*, pp. 9-80.

8. MEILLET, *Linguistique historique et linguistique générale*, Paris, Klincksieck, 1921-1936, "De quelques mots français", t. II, p. 130.

9. Cf. Cl. L. ESTÈVE, *Études philosophiques sur l'Expression Littéraire*, Paris, Vrin, 1938, pp. 203-204.

10. H. LEFEBVRE, *À la lumière du matérialisme dialectique I: Logique formelle, logique dialectique*, Paris, Éditions Sociales, 1947, p. 25.

11. S. DE BEAUVOIR, *Le deuxième sexe*, Paris, Gallimard, 1949, vol. I, p. 25.

12. E. GILSON, *Le Thomisme*, 5.ª ed., Paris, Vrin, 1945, p. 523.

13. BOSSUET, *Sermons*, Paris, Garnier, vol. II, "Sobre a integridade da penitência", p. 616.

14. H. LEFEBVRE, *op. cit.*, pp. 38-39.

15. *Id.*, p. 20.

16. Ch. PERELMAN, "Filosofias primeiras e filosofia regressiva", *infra*.

17. Ch. PERELMAN, "A busca do racional", *infra*.

18. E. ROOGE, *Axiomatik alles möglichen Philosophierens*, Meisenheim, Haim, 1950, p. 86.

19. Cf. J. PAULHAN, *Entretien sur des faits divers*, Paris, Gallimard, 1945, p. 67.

20. P. BERNAYS, "Die Erneuerung der rationalen Aufgabe", *Atas do X Congresso Internacional de Filosofia*, Amsterdam, North Holland Publishing Co., 1949, vol. I, p. 50.

21. Ed. CLAPARÈDE, "La Genèse de l'hypothèse", tirado dos *Archives de Psychologie*, vol. XXIV, Genebra, Kundig, 1934, p. 45.

22. A. GIDE, "Prétextes", Paris, *Mercure de France*, 1947, p. 135.

23. *Id.*, p. 175.

24. J.-P. SARTRE, *Situations II*, Paris, Gallimard, 1948, p. 280.
25. Kenneth BURKE, *A Grammar of Motives*, Nova York, Prentice Hall, 1945, p. 55.
26. Cf. notadamente *Le rapport social*, p. 246.
27. Cf. Ch. PERELMAN, "De la méthode analytique en philosophie", *Revue Philosophique de la France et de l'Étranger*, Paris, 1947, republicado *in Justice et Raison*, pp. 81-94.
28. J.-P. SARTRE, *Situations II*, p. 235.
29. PLOTINO, *Ennéades*, trad. fr. E. BRÉHIER, Coll. des Universités de France, Paris, vol. 7, 1938, tomo VI, 2.ª parte, VI, 9, 1, p. 173.
30. *Id.*, VI, 9, 6, p. 179.
31. *Id.*, VI, 9, 6, p. 180.
32. *Id.*, vol. 6, 1936, tomo VI, 1.ª parte, VI, 5, 4, p. 95.
33. G. MARCEL, "Position et approches concrètes du mystère ontologique" (continuação de *Le monde cassé*), Paris, Desclée de Brouwer, 1933, p. 273.
34. Ch. CHASSÉ, "La clé de Mallarmé est chez Littré", *Quo vadis*, março-abril-maio de 1950; *Les clefs de Mallarmé*, Paris, Aubier, 1954.
35. G. JAMATI, "Le language poétique", *in Formes de l'art, formes de l'esprit*, Paris, Presses Universitaires, 1951, pp. 271-272. Cf. também as excelentes observações de R. CAILLOIS *in Poétique de Saint-John Perse*, Paris, Gallimard, 1954, pp. 22 ss.

TERCEIRA PARTE

Filosofia e argumentação, filosofia da argumentação

Capítulo I

1. Cf. A. LALANDE, *Vocabulaire technique de la philosophie*, 5.ª ed., Paris, 1947, pp. 602-604. Trad. br. de Fátima Sá Correia *et al.*, *Vocabulário técnico e crítico da filosofia*, Martins Fontes, São Paulo, 1993.
2. Everett W. HALL, "Metaphysics", *in Twentieth Century Philosophy*, Nova York, 1947, pp. 145-194.
3. Cf. "Fragments pour la théorie de la connaissance" de M. E. DUPRÉEL, *Dialectica*, 5, pp. 63-64.
4. Cf. *Dialectica*, 6, pp. 123-124. Ver a esse respeito as observações de M. BERNAYS, *in Dialectica*, 13 e nossa resposta *in Dialectica*, 21.
5. *Dialectica*, I, p. 36.

6. Cf. Ch. PERELMAN, "De la méthode analytique en philosophie", *Revue philosophique*, Paris, 1947, pp. 34-46.

7. Cf. "Fragments pour la théorie de la connaissance" de M. E. DUPRÉEL, *Dialectica*, 5, p. 65.

Capítulo II

1. Cf. Peter C. VIER, O. F. M., *Evidence and its Function According to John Duns Scotus,* Franciscan Institute Publications, St. Bonaventure, N. Y., 1951, pp. 48-51.

2. *Id.*, p. 55.

3. SPINOZA, *Éthique*, trad. fr. II, XLIX, escólio.

4. A.-J. AYER, *The Problem of Knowledge*, Londres, Macmillan, 1956, p. 34.

5. Cf. VIER, *op. cit.*, pp. 121-125, assim como ARISTÓTELES, *Metafísica*, 1011a, S. AGOSTINHO, *De Trinitate*, "Patrologie latine", 42, col. 1073.

6. LEIBNIZ, "Nouveaux essais sur l'entendement", *in Die philosophischen Schriften*, ed. Gerhardt, vol. V, p. 67.

7. *Id.*, p. 388.

8. Cf. St. JASKOWSKI, "On the Rules of Suppositions in Formal Logic", *in Studia logica I* (Varsóvia), 1934.

9. DESCARTES, *Oeuvres*, ed. de la Pléiade, *Méditations*, p. 161.

10. *Id., Regulae*, p. 50.

11. *Id., Regulae*, p. 10.

12. *Id., Regulae*, p. 5.

13. *Ib., Regulae*, p. 6.

14. Cf. G. BACHELARD, *La philosophie du non*, Paris, Presses Universitaires de France, 1940.

15. DESCARTES, *op. cit.*, *Méditations*, p. 165; *Secondes réponses*, p. 273.

16. Cf. D. HUME, *Traité de la nature humaine*, trad. fr. Leroy, Paris, Aubier, 1946, pp. 365-366.

17. LEIBNIZ, *op. cit.*, p. 500.

18. DESCARTES, *op. cit.*, *Discours de la méthode*, p. 103; *Premières réponses*, p. 243.

19. Ch. PERELMAN e L. OLBRECHTS-TYTECA, *Traité de l'argumentation*, Paris, 1958, § 27; 5.ª ed. Bruxelas, 1988.

20. DESCARTES, *op. cit.*, *Discours de la méthode*, p. 102.

21. LEIBNIZ, *Die philosophischen Schriften*, ed. Gerhardt, vol. VII, p. 157.
22. V. Ch. PERELMAN, "Éducation et rhétorique", *in Justice et raison*, Bruxelas, 1972, pp. 104-117.
23. Ch. PERELMAN e L. OLBRECHTS-TYTECA, *Rhétorique et Philosophie*, Paris, Presses Universitaires de France, 1952.
24. Cf. Ch. PERELMAN, "A busca do racional", *infra*.
25. V. *id.*, "La règle de justice", *in Justice et raison*, Bruxelas, 1972, pp. 224-233 e *Tratado de argumentação*, § 52.
26. V. *infra*, "O papel da decisão na teoria do conhecimento".

Capítulo III

1. D. HUME, *Traité de la nature humaine*, L. III, seção I, trad. fr. Leroy, Paris, Aubier, 1946, p. 573.
2. *Ibid.*
3. H. FEIGL, *De Principiis non Disputandum...? in Philosophical Analysis*, ed. por M. Black, Nova York, 1950, pp. 122-154.
4. V. Ch. PERELMAN, "La spécificité de la preuve juridique", *in Justice et raison*, Bruxelas, 1972, pp. 206-217.
5. Cf. *Le fait et le droit. Études de logique juridique*, Bruxelas, Bruylant, 1961.
6. Cf. Ch. PERELMAN e L. OLBRECHTS-TYTECA, *Traité de l'argumentation*, Paris, 1958, 47, 5.ª ed., Bruxelas, 1988.
7. Cf. para um desenvolvimento mais detalhado: *Tratado da argumentação*, cap. IV: "A dissociação das noções".
8. Cf. A.-J. AYER, *The Problem of Knowledge*, Londres, Macmillan, 1956, p. 34. Ver também *supra*, "Evidência e prova".

Capítulo IV

1. Cf. L. OLBRECHTS-TYTECA, "Rencontre avec la rhétorique", *in La théorie de l'argumentation, perspectives et applications*, Louvain, Nauwelaerts, 1963, pp. 9-11.
2. Cf. Ch. PERELMAN, "Désaccord et rationalité des décisions", *Archivio di Filosofia*, Pádua, 1966, p. 88, republicado *in Droit, Morale et Philosophie*, p. 103.
3. Cf. H. GOUHIER, "La résistance au vrai et le problème cartésien d'une philosophie sans rhétorique", *in Retorica e Barocco*, Roma, 1955.

4. Ver Ch. PERELMAN e L. OLBRECHTS-TYTECA, *Tratado da argumentação*, §§ 6-12.

5. Cf. M. G. SINGER, *Generalization in Ethics*, Nova York, 1961, e R. M. HARE, *Freedom and Reason*, Oxford, 1963.

6. H.W. JOHNSTONE Jr., *Philosophy and Argument*, The Pennsylvania State University Press, 1959, "Philosophy and Argumentum ad hominem", *Journal of Philosophy*, vol. XLIX, 1952, pp. 489-498.

Capítulo V

1. Ch. PERELMAN e L. OLBRECHTS-TYTECA, *Tratado da argumentação*, em especial o § 25.

2. ARISTÓTELES, *Tópicos*, III, 116a, 117a.

3. SHELLEY teria sido o primeiro, segundo P. DE REUL, a cantar a humanidade como grande Ser coletivo e único. Cf. Paul DE REUL, *De Wordsworth à Keats, Études sur la poésie anglaise*, Paris, ed. Albert, 1933, pp. 217-218.

4. J.-J. ROUSSEAU, *Émile*, Paris, Firmin-Didot, 1898, pp.11-12.

5. CHATEAUBRIAND, *Génie du christianisme*, Paris, Garnier, 1880, I, p. 50.

6. V. HUGO, *Préface à Cromwell*, Paris, Nelson, p. 19.

7. Cf. Gustave CHARLIER, *Le mouvement romantique en Belgique (1815-1850)*, Bruxelas, Renaissance du Livre, I, pp. 238-239, 256.

8. CALVINO, *Institution de la religion chrétienne*, liv. II, cap. V, § 6.

9. Cf. PERELMAN e L. OLBRECHTS-TYTECA, *op. cit.*, §§ 90-96.

10. Cf. Henri GOUHIER, "La résistance au vrai et le problème cartésien d'une philosophie sans rhétorique", *in Retorica e Barocco*, dir. de E. Castelli, Roma, Fratelli Bocca, 1955.

11. W. WORDSWORTH, "Expostulation and Reply", *in Poetical Works*, Oxford University Press, 1917, p. 481.

12. Cf. P. DE REUL, *op. cit.*, pp. 169-170.

13. Cf.G. CHARLIER, *op. cit.*, p. 169.

Capítulo VI

1. Cf. Ch. PERELMAN e L. OLBRECHTS-TYTECA, *Tratado da argumentação*, § 52.

Capítulo VII

1. PLATÃO, *Fedro*, 273e.
2. *La théorie de l'argumentation, perspectives et applications*. Publicação do Centre National de Recherches de Logique, Louvain-Paris, Nauwelaerts, 1963, pp. 206-218.
3. *Op. cit.*, p. 207.
4. Cf. H. GOUHIER, "La résistance au Vrai et le problème cartésien d'une philosophie sans rhétorique", *Atti Congresso Internazionale di Studi Umanistici* (Veneza, 1954), Roma, Fratelli Bocca, 1955, pp. 85-97.
5. DESCARTES, *Oeuvres*, ed. de la Pléiade, Paris, 1952, p. 40.
6. *Id.*, p. 138.
7. *Id.*, p. 140.
8. *Id.*, p. 142.
9. Cf. H. GOUHIER, *op. cit.*, p. 95.
10. L. III, cap. 18, § 19, p. 389 (Oxford, 1948).

Capítulo VIII

1. Cf. o estudo de N. LEITES, "The Third international on its Changes of Policy", na obra coletiva dirigida por H. LASSWELL, *Language of Politics, Studies in Quantitative Semantics*, Nova York, George N. Stewart, 1949.
2. Ch. L. STEVENSON, *Ethics and Language*, New Haven, Yale University Press, 1945, p. 128:
"A (dirigindo-se a C, uma criança): É feio negligenciar seu estudo de piano.
B (Quando C está ouvindo): Não, não, C está se exercitando muito bem. (Quando C não está ouvindo) Não adianta nada ralhar com ela, mas se você a elogiar, ela dará o melhor de si. B não se opõe à influência que A quer exercer sobre C, mas deseja modificar o modo como se exerce essa influência".
3. Chevalier DE MÉRÉ, *Oeuvres complètes*, Collection des Universités de France, 3 vols., Paris, 1930, vol. III, p. 134.
4. R. ARON, *Introduction à la philosophie de l'histoire*, Paris, Gallimard, 1948, p. 80.
5. ISÓCRATES, "Contre Lobbitès", 14 *in Discours*, trad. fr. G. Mathieu e E. Brémond, Collection des Universités de France, 3 vols. Paris, vol. I, 1928.

6. PASCAL, *Oeuvres*, ed. de la Pléiade, *Pensées*, 364 (61), p. 922 (ed. Brunschivicg, 257).

7. CALVINO, *Institution de la religion chrétienne*, Genebra, 1888, ed. revista e corrigida, a partir da edição francesa de 1560, por Frank BAUMGARTNER, "Au Roy de France...", p. 14.

8. ISÓCRATES, "Contre Callimakhos", 57, *in Discours*, trad. fr. G. Mathieu e E. Brémond, Collection des Universités de France, 3 vols., Paris, vol. I, 1928.

9. S. WEIL, *L'enracinement*, Paris, Gallimard, 1949, p. 206.

10. ISÓCRATES, "Contre Callimakhos", 63, *in Discours*, trad. fr. G. Mathieu e E. Brémond, Collection Universités de France, 3 vols., Paris, vol. I, 1928.

11. PASCAL, *Oeuvres*, ed. de la Pléiade, *Pensées*, 751 (461), p. 1.065, ed. Brunschvicg, 836.

12. PASCAL, *Oeuvres*, ed. de la Pléiade, *Pensées*, 753 (117), p. 1.067, ed. Brunschvicg, 843.

13. CALVINO, *Institution de la religion chrétienne*, Genebra, 1888, ed. revista e corrigida, a partir da ed. francesa de 1560, por Frank BAUMGARTNER, liv. I, cap. XVIII, 1.

14. Ch. L. STEVENSON, *Ethics and Language*, New Haven, Yale University Press, 1945, p. 128.

"A: Você deveria de qualquer maneira votar nele.

B: Os motivos pelos quais você me pede isso estão claros. Você pensa que ele confiará a você a execução das obras públicas".

15. V. PARETO, *Traité de sociologie générale*, trad. fr. Pierre Boven, 2 vols., Payot, 1917-1919, t. II, 1756, p. 1163.

16. ASCH, "The doctrine of suggestion, prestige and imitation in social psychology", *Psychological Review*, vol. 55, 1948, pp. 250-276.

17. A. MALRAUX, "Saturne", *Essai sur Goya*, La Galerie de La Pléiade, Paris, Gallimard, 1950, p. 18.

18. Chevalier DE MÉRÉ, *Oeuvres complètes*, Collection des Universités de France, 3 vols., Paris, 1930, vol. I, p. 77.

19. CÍCERO, *5.º parodoxo*, 2.

20. *Retórica a Herênio*, liv. II, cap. XXIII. Cf. PLAUTO, *Trinummu*s, ato I, cena I, v. 5.

21. VAYSON DE PRADENNE, *Les fraudes en archéologie préhistorique*, Paris, Nourry, 1932, p. 397.

22. SCHOPENHAUER, *Eristische Dialektik*, Kunstgriff 31, Sämtliche Werke herausgegeben von Dr. DEUSSEN, Munique, Piper Verlag, 6. Band, 1923, p. 423.

23. *Retórica a Herênio*, liv. I, cap. V.
24. R. WHATELY, *Elements of Rhetoric*, Oxford, 1828, p. 62.
25. Cf. PASCAL, *Oeuvres*, ed. de la Pléiade, 560 (43), p. 1.007 (ed. Brunschvicg, 643).
26. LEIBNIZ, *Discours de méthaphysique*, Paris, Vrin, 1929, pp. 26-27.
27. LEIBNIZ, "Essais de Théodicée", *Oeuvres*, ed. Gerhardt, pp. 70–74.
28. BOSSUET, "Sermon sur les démons", *in Sermons*, Paris, Garnier, vol. II, p. 11.
29. LOCKE, *An Essay concerning Human Understanding*, Londres, Routledge, 1894, liv. IV, cap. XV, 5.:
"Para um homem a quem a experiência sempre ensinou o contrário e que jamais ouviu falar de uma coisa parecida, a confiança mais total concedida a uma testemunha não será muito suficiente para obter crédito: como nos ensina a história daquele embaixador holandês que, entretendo o rei de Sião com curiosidades da Holanda, lhe diz, entre outras coisas, 'que a água em seu país às vezes ficava tão dura, durante o tempo de frio, que os homens podiam passear por sua superfície, e que esta agüentaria o peso de um elefante se houvesse algum por lá'. Ao que o rei respondeu: 'até agora acreditei nas coisas estranhas que me tínheis contado, porque o tomo por um homem sério e honesto, mas agora tenho certeza de que mentis'".
30. R. BENEDICT, "The Chrysanthemum and the Sword", *Patterns of Japanese Culture*, Boston, Houghton Mifflin, 1946, p. 151.
31. R. WHATELY, *Elements of Rhetoric*, Oxford, 1828, parte II, cap. III, 4, pp. 162-164. "Se a medida proposta for boa, diz o Sr. Bentham, ela se tornará má porque sustentada por um homem mau? Se for má, ela se tornará boa porque sustentada por um homem de bem?" E Whately replica: "é apenas quando se trata de ciência pura, e ainda assim, discutindo com homens de ciência, que o caráter dos conselheiros (assim como todos os outros argumentos prováveis) deve ser deixado inteiramente de lado".
32. SCHOPENHAUER, "Zur Ethik", *in Parerga und Paralipomena*, Sämtliche Werke, Leipzig, Brockhaus, 6. Band, 1939, p. 245.
33. M. JOUHANDEAU, *Un monde*, Paris, Gallimard, 1950, p. 34.
34. J. PAULHAN, *Entretien sur des faits divers*, Paris, Gallimard, 1945, p. 67.
35. BOSSUET, "Sermon des pécheurs", *in Sermons*, Paris, Garnier, vol. II, p. 489.

36. Chevalier DE MÉRÉ, *Oeuvres complètes*, Collection Universités de France, 3 vols., Paris, 1930, vol. II, p. 109.
37. DEMÓSTENES, "Sur la paix", 11, *in Harangues*, trad. fr. M. Croiset, Collection des Universités de France, 2 vols., Paris, vol. II, 1925.
38. *Retórica a Herênio*, liv. I, cap. XIV.

Capítulo IX

1. Cf. Ch. PERELMAN, "Les deux problèmes de la liberté humaine", *in Actes du Xe Congrès International de Philosophie*, Amsterdam, 1949, pp. 580-582.

Capítulo X

1. "Die Erneuerung der rationalen Aufgabe", *in Actes du Xe Congrès International de Philosophie*, Amsterdam, 1949, vol. I, p. 50.
"Tendo em vista a nova concepção do método do conhecimento racional, coloca-se, mais uma vez, a tarefa da especulação racional, bem no sentido dos esforços de um Spinoza e de um Leibniz, só que em outra base teórica de conhecimento. O projeto do racionalismo e sua refutação atingem apena scertas formas insuficientes de valorizar a tendência racional fácil demais; ou onde existe uma concepção por demais esquemática da relação entre o racional e o empírico; ou ainda onde há uma idéia demasiadamente restrita sobre o característico do racional e a condição da ciência."
2. *Dialectica*, 6, p. 124.
3. F. GONSETH, *in Dialectica*, I, p. 36.
4. G. BACHELARD, *Le rationalisme appliqué*, Paris, 1949, p. 22.
5. F. GONSETH, *in Dialectica*, 6, p. 302.
6. G. BACHELARD, *op. cit.*, Paris, 1949, p. 1.
7. *Dialectica*, 6, p. 191.

Capítulo XI

1. LEIBNIZ, "Nouveaux essais sur l'entendement", *Oeuvres*, ed. Gerhardt, 5.º vol., Berlim, 1882, p. 67.
2. V. PARETO, *Traité de sociologie générale*, trad. fr. vol. I, cap. IV.

Capítulo XII

1. Cf. M. HEIDEGGER, *Kant et le problème de la métaphysique*, trad. fr. A. De Waelhens e W. Biemel, Paris, Gallimard, 1953, p. 67 e P. AUBENQUE, *Le problème de l'être chez Aristote*, Paris, Presses Universitaires de France, 1962, Introdução.

2. Para o desenvolvimento das teses defendidas acima, ver *supra*: "Filosofias primeiras e filosofia regressiva", "Evidência e prova", "Juízos de valor, justificação e argumentação", "A busca do racional", "Da prova em filosofia", e, *infra*: "O real comum e o real filosófico", "O papel da decisão na teoria do conhecimento", "Opiniões e verdade"; *Tratado da argumentação*, Conclusão; "Raison éternelle, raison historique", "Ce qu'une réflexion sur le droit peut apporter au philosophe", publicados *in Justice e Raison*, Bruxelas, 1972; "On Self-evidence in Metaphysics", *International Philosophical Quarterly*, fev. de 1964.

Capítulo XIII

1. *Leçon inaugurale* ministrada em 4 de dezembro de 1951 por Martial GUEROULT no Collège de France, 34 pp.; Émile BRÉHIER, *Revista Brasileira de Filosofia*, 1952, vol. II, pp. 426-449; "Brunschvicg et l'Histoire de la Philosophie", *Bulletin de la Société Française de Philosophie* (sessão de 30 de janeiro de 1954), 48.º ano, n.º 1, 36 pp.; "Le Problème de la légitimité de l'histoire de la Philosophie", *in La Filosofia della Storia della Filosofia, Archivio di Filosofia*, Roma, 1954, pp. 39-63; "La voie de l'objectivité esthétique", *in Mélanges d'esthétique et de science de l'art,* oferecidos a Étienne Souriau, Nizet, pp. 95-127; "Logique architectonique et structures constitutives des Systèmes philosophiques", *Encyclopédie Française*, v. 19; "Bergson en face des philosophes", *Les études bergsoniennes*, v. V, Paris, 1960.

2. *Descartes*, Cahiers de Royaumont, Paris, 1957, p. 458.

3. Cf. para o que precede: M. GUEROULT, *Leçon inaugurale*, pp. 14-15; "La légitimité de l'histoire de la philosophie", pp. 43-44.

4. Cf. o artigo "La voie de l'objectivité esthétique".

5. Cf. "La voie de l'objectivité esthétique", pp. 113-114; "Logique architectonique et structures constitutives des systèmes philosophiques", *Encyclopédie Française*, 19, 24-15.

6. "Logique architectonique et structures constitutives des systèmes philosophiques", *Encyclopédie Française*, 19, 26-2.

7. Citado de acordo com um texto inédito de M. GUEROULT intitulado *L'essence de l'histoire de la philosophie*.
8. *Leçon inaugurale*, p. 22.
9. V. *L'essence de l'histoire de la philosophie*.
10. *Ibid*.
11. *Leçon inaugurale*, pp. 14-15.
12. *Id*., p. 17.
13. *Id*., pp. 17-18.
14. Cf. "Logique architectonique et structures constitutives des systèmes philosophiques", *Encyclopédie Française*, 19, 24-16.
15. *Leçon inaugurale*, pp. 24-30.
16. *Id*., p. 24.
17. *Id*., pp. 31-32.
18. *Id*., p. 33.
19. Cf. Ch. PERELMAN, "Da prova em filosofia", *supra*.
20. Ch. PERELMAN, "Ce qu'une réflexion sur le droit peut apporter aux philosophes", *Archives de Philosophie du droit*, 1962, v. VII, pp. 35-44.

QUARTA PARTE

Teoria do conhecimento

1. Jacques-J. MAQUET, *Sociologie de la connaissance. Sa structure et ses rapports avec la philosophie de la connaissance. Étude critique des systèmes de Karl Mannheim et de Pitirim A. Sorokin*, prefácio de F. S. C. Northrop, edição do Institut de Recherches Économiques et Sociales de l'Université de Louvain, Nauwelaerts, Louvain, 1949, 360 pp.

Capítulo II

1. Cf. Ch. PERELMAN e L. OLBRECHTS-TYTECA, *Traité de l'argumentation*, Paris, Presses Universitaires de France, 1958, p. 5 (5.ª edição, Bruxelas, Éditions de l'Université de Bruxelles, 1988).
2. Cf. Ch. PERELMAN, "Les rapports théoriques de la pensée et de l'action," *in Entretiens philosophiques de Varsovie*, do Instituto Internacional de Filosofia, Varsóvia, Ossolineum, 1958, pp. 23-28.

3. Cf. Ch. PERELMAN e L. OLBRECHTS-TYTECA, *Tratado da argumentação*, § 52: "A regra de justiça".
4. Cf. Ch. PERELMAN e L. OLBRECHTS-TYTECA, "Da temporalidade como caráter da argumentação", mais adiante.
5. E. DUPRÉEL, *Les sophistes*, Neuchâtel, Éditions du Griffon, 1948, p. 28.
6. Aubrey GWYNN, *Roman Education from Cicero to Quintilian*, Oxford, Clarendon Press, 1926.
7. R. MCKEON, "Rhetoric in the Middle Ages", *Speculum, A Journal of Medieval Studies*, vol. XVII, jan. 1942, pp. 1-32.
8. E. GARIN, *L'umanesimo italiano*, Filosofia e vita civile del rinascimento, Bari, Laterza, 1952, em especial pp. 103 ss.

Capítulo III

1. L. FESTINGER, *Theory of Cognitive Dissonance*, Evanston, Row and Peterson, 1957 e Jack W. BREHM e Arthur E. COHEN, *Explorations in Cognitive Dissonance*, Londres e Nova York, Wiley and Sons, 1962.
2. Ch. PERELMAN e L. OLBRECHTS-TYTECA, *Tratado da argumentação*, § 46.
3. Cf. *Id.*, p. 5.
4. *La théorie de l'argumentation, perspectives et applications*, Louvain, Nauwelaerts, 1963, 614 pp.
5. *Op. cit.*, pp. 263-314.
6. Cf. *Traité de l'argumentation*, pp. 142-144.
7. *Id.*, § 52.
8. Cf. Id., § 25, bem como o artigo: "Classicismo e romantismo, na argumentação", *supra*.
9. Cf. *Tratado da argumentação*, §§ 89-93.
10. Cf. "*O argumento pragmático*", supra.
11. Cf. *Tratado da argumentação*, § 29.

Capítulo IV

1. F. GONSETH, "Analogie et modèles mathématiques", *in Dialectica*, 1963, vol. XVII, pp. 123-124.
2. M. BLACK, *Models and Metaphors*, Cornell University Press, 1962, p. 242.

3. Cf. Ch. PERELMAN e L. OLBRECHTS-TYTECA, *Traité de l'argumentation*, p. 501. Remeto às páginas 499 a 549 do tratado, para desenvolvimentos mais detalhados atinentes à analogia e à metáfora.

4. M. BLACK, *op. cit.*, p. 41.

5. H. ADANK, *Essai sur les fondements psychologiques et linguistiques de la métaphore affective*, Genebra, Union, 1939.

6. J. COHEN, *Structure du langage poétique*, Paris, Flammarion, 1966, pp. 113 ss.

7. *Id.*, p. 115.

8. *Id.*, pp. 210-211.

9. *Id.*, p. 214.

10. Th. SPOERRI, "La puissance métaphorique de Descartes", *in Descartes*, Cahiers de Royaumont, Paris, Les Éditions de Minuit, 1957, pp. 273-287.

11. *Id.*, p. 276.

12. DESCARTES, *Oeuvres*, col. de la Pléiade, Paris, 1952, p. 58.

13. Ch. PERELMAN, "Evidência e prova", *supra*.

14. M. BLACK, *op. cit.*, pp. 44-45.

15. *Id.*, p. 42.

16. DESCARTES, *op. cit.*, p. 136.

17. LEIBNIZ, *Die philosophischen Schriften*, ed. Gerhardt, vol. VII, p. 157.

18. SPINOZA, *De la réforme de l'entendement, in Oeuvres complètes*, ed. de la Pléiade, Paris, 1962, pp. 111-112.

19. Ch. PERELMAN e L. OLBRECHTS-TYTECA, *op. cit.*, p. 512.

20. Cf. mais especialmente PLATÃO, *A República*, VI, 508c.

21. J. SCOTUS, *Liber de Praedestinatione*, IV, 8, "Patrologie latine", t. 122, p. 374-375.

22. Cf. Th. S. KUHN, *The Copernican Revolution*, Cambridge, Mass., 1957, p. 130.

23. Cf. C. RAMNOUX, "Héliocentrisme et christocentrisme", *in Le Soleil à la Renaissance*, Presses Universitaires de Bruxelles, 1965, p. 449.

É curioso comparar esta passagem com aquela, assinalada por Hans BLUMENBERG (Kopernikus im Selbstverständnis der Neuzeit, *in Akademie der Wissenschaften und der Literatur in Mainz*, Wiesbaden, Steiner Verlag, 1964, p. 366), onde MARX, em sua *Crítica da filosofia do direito de Hegel,* utiliza o que Blumenberg qualifica de metáfora explosiva, dizendo que o homem racional "deve girar em torno de si mesmo, como de seu verdadeiro sol. A religião não passa de um sol ilusório que gira em torno do homem por todo o tempo em que ele não gira em

torno de si mesmo". Cf., a propósito disso, do mesmo autor, *Paradigmen zur einer Metaphorologie*, Bonn, 1960.
24. DESCARTES, *op. cit.*, p. 37.
25. Ver, entre outros, em R. MISRAHI, *Lumière, commencement, liberté*, Paris, Plon, 1969, o primeiro capítulo inteiro.
26. *Dialectica*, 1961, p. 295.
27. Cf. Ch. PERELMAN e L. OLBRECHTS-TYTECA, *op. cit.*, p. 510.
28. *Id.*, pp. 521-522.

Capítulo VI

1. DUMARSAIS, "Essai sur les préjugés", *Oeuvres*, Paris, 1797, t. VI, p. 135.
2. *Émile*, Paris, Firmin-Didot, 1898, p. 181.
3. HUSSERL, *Die Idee der Phänomenologie*, Haia, Nijhoff, 1950, pp. 59-61.
4. V. acima, "Evidência e prova".
5. HEIDEGGER, *De l'essence de la vérité*, trad. fr. A. de Waelhens, Louvain, Nauwelaerts, 1949, pp. 84-88.
6. Cf. Ch. PERELMAN e L. OLBRECHTS-TYTECA, *Tratado da argumentação*, § 52, "A regra de justiça".

Capítulo VII

1. ARISTÓTELES, *Retórica*, livro I, 1358b.
2. QUINTILIANO, *Instituição oratória*, livro III, cap. 4, 7.
3. DEMÓSTENES, *Primeira Filípica*, § 30.
4. A respeito do "sleeper effect", ver Ch. PERELMAN e L. OLBRECHTS-TYTECA, *Traité de l'argumentation*, p. 65.
5. Cf. J. SOUSTELLE, *La vie quotidienne des Aztèques à la veille de la conquête espagnole*, Paris, Hachette, 1955, pp. 170-172.
6. Cf. Ch. PERELMAN, "O papel da decisão na teoria do conhecimento", *supra*.
7. Cf. CH. PERELMAN e L. OLBRECHTS-TYTECA, "As noções e a argumentação", *supra*.
8. Cf. E. CASSIRER, "Le langage et la construction du monde des objets", *Journal de Psychologie*, 1933, vol. XXX, n.os 1-4 (Psychologie du langage).

9. Cf. E. DUPRÉEL, "La cause et l'intervalle ou ordre et probabilité", *Archives de la Société Belge de Philosophie*, fasc. 2, 1933. Republicado *in Essais pluralistes*, Paris, Presses Universitaires de France, 1949, pp. 196-235.

10. Cf. Ch. PERELMAN e L. OLBRECHTS-TYTECA, *Traité de l'argumentation*, p. 483.

11. *Id.*, pp. 527-532.

12. *Id.*, p. 52.

13. SCHOPENHAUER, ed. Brockhaus, vol. 6, *Parerga und Paralipomena*, Band II, § 307.

14. Laurence STERNE, *Vie et opinions de Tristram Shandy*, trad. fr. Mauron, Paris, Laffont, 1946, p. 188.

15. ARISTÓTELES, *Rhétorique*, L. II, 1397b.

16. Florian ZNANIECKI, *The Laws of Social Psychology*, University of Chicago Press, 1925, p. 201.

17. BACON, *Of the Advancement of Learning*, 2.º livro, Oxford University Press, 1944.

18. Cf. Jacqueline DE ROMILLY, *Histoire et raison chez Thucydide*, Paris, Les Belles Lettres, 1956, pp. 223-226.

19. Foi o que fizemos, por exemplo, em "Lógica e retórica", *supra*.

20. Cf. Ch. PERELMAN e L. OLBRECHTS-TYTECA, *Tratado da argumentação*, cap. IV.

21. Cf. Ch. PERELMAN e L. OLBRECHTS-TYTECA, "Classicismo e romantismo na argumentação", *supra*.

Cromosete
Gráfica e editora Ltda.

Impressão e acabamento
Rua Uhland, 307 - Vila Ema
03283-000 - São Paulo - SP
Tel/Fax: (011)-6104-1176
Email: adm@cromosete.com.br